教育部人文社会科学重点研究基地
北京大学东方文学研究中心

林丰民 / 主编
史　阳 / 执行主编

东方文学研究

季羡林题

集刊 ◎ 第

JOURNAL
OF EASTERN
LITERATURE STUDIES

中西書局

图书在版编目（CIP）数据

东方文学研究集刊. 第十二集 / 林丰民主编；史阳执行主编. —上海：中西书局，2023
ISBN 978-7-5475-2222-6

Ⅰ.①东… Ⅱ.①林… ②史… Ⅲ.①文学研究－东方国家－丛刊 Ⅳ.①I106-55

中国国家版本馆CIP数据核字（2023）第253841号

DONGFANG WENXUE YANJIU JIKAN (DI SHI-ER JI)
东方文学研究集刊（第十二集）

林丰民　主编　史　阳　执行主编

责任编辑	田　甜
装帧设计	姚骄桐
责任印制	朱人杰

出版发行	上海世纪出版集团 中西书局（www.zxpress.com.cn）
地　　址	上海市闵行区号景路159弄B座（邮政编码：201101）
印　　刷	浙江天地海印刷有限公司
开　　本	787毫米×1092毫米　1/16
印　　张	19.75
字　　数	297 900
版　　次	2023年12月第1版　2023年12月第1次印刷
书　　号	ISBN 978-7-5475-2222-6/I·247
定　　价	98.00元

本书如有质量问题，请与承印厂联系。电话：0512-52381162

北京大学东方文学研究中心简介

  北京大学东方文学研究中心是教育部下设的国内唯一的东方文学和文化研究的综合学术基地与交流平台。中心坚持贯彻"东方大文学"的发展思路，从单一的文学研究，扩展到东方不同时期、不同区域的文学与历史、文学与宗教、文学与艺术、文学与考古等多学科的交叉研究；坚持以东方语言为基础，深入探究东方原典语言文献，充分发挥中心的语言优势；坚持深入揭示中国文化与文学在东方国家和地区的流传及其影响，促进中国与"一带一路"上的亚洲国家的文学、文化的理解、交流和互动。中心致力于引领国内东方文学研究的学术前沿，打造中国东方文学研究的制高点，是具有中国特色的东方文学研究和具有中国话语特色的东方学研究的重要摇篮，也是具有一定国际影响力的东方文学研究的学术机构，为中国东方文学和东方学研 究的繁荣，创立东方学和东方文学研究方面的中国学派做出贡献。

目 录

综 合 研 究

论阿多尼斯与阿拉伯—伊斯兰美学
　　——"国际视野的东方美学研究"系列论文之三 ………… 麦永雄 / 3
印度古典味论面面观 ………………………………………… 尹锡南 / 22
论印度现代印地语文学的成因 ……………………………… 王　靖 / 42
阿拉伯小说中的新冠疫情书写：审视、关怀与守望
　　………………………………………………… 杨婉莹　尤　梅 / 56

比较文学研究

丝路诱惑，海舶破浪
　　——丝绸之路上的中国与西亚、北非文学文化交流 ………… 孟昭毅 / 71
中国文学在阿拉伯的传播
　　……………………… ［埃及］哈赛宁（Hasanein Fahmy Hussein）/ 83
中国歌剧《白毛女》在蒙古国舞台
　　………… ［蒙古］B.孟和巴雅尔　著　雅如歌　译　刘迪南　审校 / 98

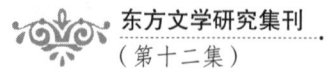

民族文学和民间文学

传说中的《玛纳斯》演述大师们
　　——论19世纪的玛纳斯奇及其在史诗传承中的重要作用
　　………………阿地里·居玛吐尔地　芭丽扎提·阿地里 / 115
"一带一路"视野下的中亚波斯语古典诗人 ……………沈一鸣 / 149
民国以来世界各民族史诗汉译与出版现状分析 …………范宗朔 / 168
菲律宾马拉瑙史诗《达冉根》（第一卷）中的战斗描写及
　　战争观念研究…………………………………………胡昕怡 / 190

作家作品研究

从叙述者看菲律宾小说《70年代》的现实意义 …………郑友洋 / 207
宗教时间里的社会理想
　　——论赫尔南德斯诗歌中的宗教意识……………………王　彧 / 223
战后"无赖派"对民族问题的思考
　　——以太宰治与坂口安吾为例…………………………向志鹏 / 242
丹津拉布杰小说《娜仁其木格和萨仁格日勒图的故事》
　　叙事策略研究…………………………………………格根陶丽 / 258

女性文学研究

"她体内如此优美的声音"
　　——阿拉伯女性作家的创作困境………………………孔　雀 / 273
日本江户时期"女卢生"形象的诞生 ……………………虞雪健 / 293

综合研究

论阿多尼斯与阿拉伯—伊斯兰美学*
——"国际视野的东方美学研究"系列论文之三

麦永雄

内容提要 阿拉伯—伊斯兰美学是东方美学三大重镇之一,具有悠久的历史传统和丰赡的思想资源。法拉比、伊本·西拿和伊本·路西德等人堪称古典阿拉伯—伊斯兰思想传统的代表人物,而阿多尼斯则是当代具有国际影响的阿拉伯—伊斯兰诗人与文艺思想家。阿多尼斯的文学世界颇具特色,他重视国际交流,且与中国文坛关系密切。考察阿多尼斯文艺思想的审美维度,可以更为全面地理解其思想特质与学术价值。关注阿多尼斯与阿拉伯—伊斯兰美学的对话关系,有助于我们一窥当代阿拉伯—伊斯兰美学研究的堂奥。

关键词 国际视野 阿多尼斯 阿拉伯—伊斯兰美学 对话关系

在流光溢彩的世界文明中,阿拉伯—伊斯兰世界涌现出一批著名学者,包括阿拉伯—伊斯兰哲学和美学传统中"古典理性主义的三位主要

---

* 本文为国家社会科学基金项目重大招标项目"改革开放40年文学批评学术史研究"(18ZDA276);国家社科基金项目"东方美学的当代化与国际化会通研究"(18XWW003)的阶段性成果。

思想家"[①]——阿尔-法拉比（al-Farābī，拉丁名"阿尔法拉比乌斯"）、伊本·西拿（Ibn Sīnā，拉丁名"阿维森纳"）、伊本·路西德（Ibn Rushd，拉丁名"阿威罗伊"）。而20世纪以来，阿多尼斯（Adūnīs）则成为当代阿拉伯审美文化的代表人物。在国际视野下的东方美学领域，我们可以通过阿多尼斯一窥阿拉伯—伊斯兰美学的堂奥。

一、阿多尼斯的文学世界与国际地位

阿多尼斯原名阿里·艾哈迈德·赛义德（Ali Ahmad Said），为阿拉伯现代主义运动的倡导者，当代世界最杰出的阿拉伯诗人和思想家。薛庆国教授认为："在迄今出版的二十余部理论著作与随笔、杂文集中，他展示出一位富有理性，精深广博的大思想家本色。对祖国与流亡地，东方与西方，自我与他者，诗歌与创作，宗教与神灵，知识与认知等等主题作了富有哲学意味和启示意义的思考。较之诗人阿多尼斯，作为思想家的阿多尼斯对阿拉伯当代文化产生的影响更加深远。因此，他也成为当今阿拉伯世界最重要，也最具争议的文化人之一。"[②] 阿多尼斯是一位思想活跃、涉足多个领域的作家，多年来一直是诺贝尔文学奖热门人选。

1930年阿多尼斯出生于叙利亚海滨村庄卡萨宾，具有黎巴嫩公民身份。在17岁时，他的诗歌获得叙利亚第一任总统舒克里·库阿特利（Shukri al-Quwatli）的青睐，从而脱离贫困家境，就读于叙利亚的法语学校。1948年借用"阿多尼斯"之名发表诗歌并获得成功，此后便以"阿多尼斯"为笔名进行创作。1956年移居黎巴嫩。阿多尼斯具有国际性的高等教育背景与教学经历。他1954年毕业于叙利亚大学（现大马士革大学）哲学专业。1973年获圣约瑟夫大学阿拉伯文学博士学位。1960—1961年获得奖学金赴巴黎学习，1976年为大马士革大学访

---

① Richard C. Taylor, Luis Xavier López-Farjeat, *The Routledge Companion to Islamic Philosophy*, N.Y.: Routledge, 2016: 274.

② 薛庆国:《阿多尼斯：翱翔于思想天际的诗人》，载阿多尼斯:《在意义的天际写作：阿多尼斯文选》，薛庆国、尤梅译，外语教学与研究出版社2012年版，第238—239页。

问教授。1980年移居巴黎以躲避黎巴嫩内战。1980—1981年在巴黎任大学教授。从1970年到1985年，阿多尼斯在黎巴嫩大学、大马士革大学、索邦大学（巴黎第三大学）、美国乔治敦大学和普林斯顿大学等多所大学任教，讲授阿拉伯文学。1985年，他携妻子和两个女儿定居巴黎。

阿多尼斯被视为当今世界阿拉伯审美文化的标志性人物。20世纪80年代起，阿多尼斯长期在欧美讲学、写作。迄今共出版二十四部诗集，并有思想、文化、文学论著二十部及大量译著、编著。其作品体现的对阿拉伯文化的深刻反思和独特见解在阿拉伯甚至全世界都产生了深远的影响。爱德华·赛义德称他为"当今最大胆、最引人瞩目的阿拉伯诗人"。[1] 基于他博士论文的四卷本学术专著《稳定与变化》（*The Static and the Dynamic*，1973—1978；一译《静态与动态》）出版后，在整个阿拉伯文化界引起轰动，被公认为研究阿拉伯思想史、文学史的经典著作。此外，他还把自己在法国的系列演讲汇集成书，出版《阿拉伯诗学导论》（*An Introduction to Arab Poetics*，1991）等著作。他曾荣获布鲁塞尔文学奖、土耳其希克梅特文学奖、歌德奖等多项国际大奖。[2] 作为当代世界享有盛誉的阿拉伯著名作家，阿多尼斯在诗歌、诗学和文艺美学思想等领域贡献卓著，其文学活动与中国文坛关系密切。他经常跨越国别疆界，与异国学者进行诗歌与文艺思想的国际交流。

阿多尼斯被誉为"翱翔于思想天际的诗人"，曾多次造访中国，对中国怀有美好的情感与记忆。他曾经撰文《北京与上海之行：云翳泼下中国的墨汁》，倾情记述自己2009年3月的北京和上海之行。他记录了他在两地的审美体验，信手描绘下榻、游历、宴请、诗会，以及访谈等细节。他认真地对待与中国各界的交往，列出了仲跻昆、邳溥浩、易宏、李琛、穆宏燕、杨炼、芒克、陈晓明、欧阳江河、唐晓渡、汪剑

---

[1] 阿多尼斯：《在意义的天际写作：阿多尼斯文选》，薛庆国、尤梅译，外语教学与研究出版社2012年版（书籍勒口简介文字）。

[2] 关于阿多尼斯的生平与创作，主要参阅维基百科 https://en.wikipedia.org/wiki/Adunis 和 V. B. Leitch ed., *The Norton Anthology of Theory and Criticism*, New York: Norton & Company, Inc. 2010: 1623-1627；阿多尼斯：《在意义的天际写作：阿多尼斯文选》，薛庆国、尤梅译，外语教学与研究出版社2012年版。

钊、蓝蓝、西川等数十位中国诗人的名字，认为"这些诗人将中文向世界文学开放（俄语、英语、法语、波斯语等等），并在那辽远的疆域中遨游。我们结识，交谈，一起远行。在此，旅行，与其说是求知的方式，毋宁说是爱的方式。于是，我们每一个人在凝望他前往的那个国家的星空时，就能看见星辰的玉腿，就能抚摸其酥胸"。阿多尼斯这样描述上海的夜谈："今夜将守着意义的坟墓不眠。与我一起夜谈的，是我中文诗选的编辑王理行，译者薛庆国及上海的诗人们：默默、郁郁、叶人、祈国、远村、叶青，以及美丽而年轻的女诗人梅花落。""薄暮时分，黄浦江畔，水泥变成了一条丝带，连接沥青与云彩，连接东方的肚脐与西方的双唇。"[1]在阿尔-法拉比、伊本·西拿（阿维森纳）、伊本·路西德（阿威罗伊）等贤哲之后，阿多尼斯以跨文化的流亡作家的身份和诗人兼思想家的本色，反思传统、革故鼎新，积极融入当代化与国际化的进程，赓续、刷新与丰富了阿拉伯—伊斯兰审美文化的版图，在当代世界成为阿拉伯—伊斯兰文学、诗学与美学的标志性的人物。

阿多尼斯的一个重要身份是当代著名的阿拉伯文学、文化批评家。在中国，对阿多尼斯的译介与研究主要集中于其诗歌及文选。北京外国语大学薛庆国教授是阿多尼斯著述的主要译介者，先后翻译出版了阿多尼斯的文选《在意义天际的写作：阿多尼斯文选》（外语教学与研究出版社2012年版）和诗集《时光的皱纹》（译林出版社2017年版）、《我的孤独是一座花园》（译林出版社2017年版）、《桂花》（译林出版社2019年版），以及第八届鲁迅文学奖文学翻译奖获奖作品《风的作品之目录》（人民文学出版社2021年版）等。而西方学界对阿多尼斯的关注则更多地聚焦于其在诗学领域的成就。20世纪以来，阿多尼斯入选享有西方文论"黄金标准"之誉的《诺顿理论与批评选集》（2010年）。"诺顿"从文艺理论维度对阿多尼斯作了评述，收入其著作《阿拉伯诗学导论》第一章《贾希利叶时期的诗学与口述传统》和第四章《诗学与现代性》。[2]尽管阿多尼斯以阿拉伯诗歌和诗学驰名于世，其著述也

---

[1] 阿多尼斯：《在意义的天际写作：阿多尼斯文选》，薛庆国、尤梅译，第208—223页。

[2] 参阅拙文：《当代西方文论"黄金标准"视野中的东方学者》，《外国文学动态研究》2018年第3期。

蕴含着丰富的美学思想,但遗憾的是,迄今为止关于阿多尼斯的美学研究成果仍然比较匮乏。

有鉴于此,我们将对阿多尼斯的《在意义的天际写作:阿多尼斯文选》和收录于《诺顿理论与批评选集》的篇章等中外文献进行耕读,努力过滤、筛选与评述阿多尼斯的美学思想。

二、阿多尼斯文艺思想的审美维度

阿多尼斯自由翱翔于思想的天际,诗名远播、见解独特、富于批判锋芒,著有大量关于文化、思想与诗歌理论的著作。他的美学思想,凸显于以下几个维度:

"稳定与变化"论凸显了变革创新的美学取向。阿多尼斯以国际化的当代美学眼光,在"稳定与变化"的理论张力中反思阿拉伯审美文化传统,倡导变革创新。他在其巨著《稳定与变化》中指出,阿拉伯主流文化的特征是稳定,因而厌弃变化。这种"稳定"观强调:1. 权威性、唯一性,不存在多元与分歧;2. 真理不在人间或自然界,而在经典文本中;3. 照搬经典去看待、理解现实;4. 思维方式具有笃信的、实用与伦理的特征,不会质疑与思考;5. "复兴"就是回归经典,而不是开创未来;6. 真理被权力垄断,因为经典要靠权力护卫。"稳定"体现的是复古思想,它假设来自宗教启示与过去的知识完美无缺而无法超越,因而未来没有意义。在阿拉伯思想史上,"稳定"的思想长期占据主导地位,"稳定"(Al-thabāt)已到了近乎"沉睡"(Al-subāt)的地步。固守着稳定的精神堡垒,阿拉伯人对标新立异的事物,总是心怀疑虑和不安,欲加排斥乃至清除而后快。在阿拉伯思想史上,这样的事例屡见不鲜。阿多尼斯认为,当今阿拉伯世界对伊斯兰教的理解,在很大程度上是失之偏颇和肤浅的。在传统阿拉伯社会中,君主被赋予"真主在人间代理者"的神授地位,对权威的顺从与膜拜是与对神灵绝对的信仰纠结在一起的,这为专制主义在阿拉伯社会大行其道提供了沃土。阿拉伯世界近代以降经历了许多重大事件,遭遇了多次严重挫折,但阿拉伯人却很少做深刻的反省,不从自身寻找原因,而动辄将过错归咎于他人——帝国主义、犹太复国主义等。①

阿多尼斯的《稳定与变化》旨在重新解读阿拉伯文学史，文化史。他的研究结论是：稳定与变化是阿拉伯历史中相伴相随的两个因素，变革与创新的思想代表了阿拉伯文化最为宝贵的成分。但遗憾的是，与之相对的稳定、因袭的思想，却在阿拉伯历史中一直占据主流并延续至今。②阿多尼斯还批评原教旨主义让"稳定"的信仰凌驾于"变化"的知识上，用因袭和效仿代替思考，"抛弃科学、哲学、诗歌、绘画、雕塑和音乐，鄙视身体、天性、自然和梦想的文化"，并且认为这与《古兰经》提到四十九次的"理性"（Aql）精神背道而驰，是极其危险的取向。③阿多尼斯对阿拉伯社会文化的批判，直指因循守旧、拒绝变革，神本主义、宗教蒙昧主义盛行，专制、腐败的政治文化蔓延，缺乏反省意识等弊端，体现出变革创新的美学取向。

在三卷本《阿拉伯诗选》的序言中，阿多尼斯坦言："我是在一个充满激烈冲突和分歧的文化氛围中编选这本诗选的，正是阿拉伯诗歌现代化的实践、尤其是《诗歌》杂志的出版营造了这一氛围。"他强调自己的立足点是："阿拉伯诗歌的现代性不是与阿拉伯诗学或者传统割裂，相反，它是传统的变奏。"④因此，他强调阿拉伯诗歌的现代化要重视语言本身的美学和美学史，创造新的美学。

阿多尼斯关于"稳定与变化"的文艺美学取向，可以在20世纪法国著名哲学家德勒兹和中国古代刘勰那里引发思想共振。在西方文艺思想史上，柏拉图以降的主流传统看重本质"存在"（being），而德勒兹的差异哲学和游牧美学则倡导动态"生成"（becoming）。刘勰在其名著《文心雕龙》"时序"篇注意到时运与世情对"稳定与变化"或兴与废、质与文的影响："时运交移，质文代变。""文变染乎世情，兴废系

---

① 薛庆国:《阿多尼斯：翱翔于思想天际的诗人》，载阿多尼斯:《在意义的天际写作：阿多尼斯文选》，薛庆国、尤梅译，第239—243页。

② 薛庆国:《阿多尼斯：翱翔于思想天际的诗人》，载阿多尼斯:《在意义的天际写作：阿多尼斯文选》，薛庆国、尤梅译，第245页。

③ 阿多尼斯:《在意义的天际写作：阿多尼斯文选》，薛庆国、尤梅译，第28页。

④ 阿多尼斯:《在意义的天际写作：阿多尼斯文选》，薛庆国、尤梅译，第121—122页。

于时序。"①"通变"篇则强调"文律运周,日新其业。变则其久,通则不乏"。文学艺术的发展规律要求不断地创新,才能有恒久的生命力;会通传统,才能够获得源源不断的滋养。刘勰认为要通过效法经典来矫正诡诞浮泛的文风("矫讹翻浅,还宗经诰"),还倡导以充沛的情感、旺盛的气势返本开新("凭情以会通,负气以适变")。②相形之下,阿多尼斯的"稳定与变化"论更倾向于以动态"生成"否弃静态"存在",锋芒显露,蕴涵偏激之情。而刘勰关于"时序""通变"的审美取向,切中肯綮,更具辩证旨趣。

以编选阿拉伯诗歌集丛的方式体现批判美学的旨趣。阿多尼斯不仅擅长以诗歌表达自己的美学观点,而且还通过编纂文学文本来体现审美旨趣。美国著名文论史和选本专家雷奇主编的《诺顿理论与批评选集》认为,阿多尼斯主编的三卷本《阿拉伯诗歌选集》(1964年)对逾十五个世纪的阿拉伯诗歌进行取舍,体现了其所倡导的改革创新的诗学原则,引发了文坛的震动和争议。③薛庆国教授则认为,阿多尼斯主编的三卷本《阿拉伯诗选》是阿拉伯诗歌里程碑式的作品。"在阿多尼斯眼里,好诗要么表达诗人的独特情感与体验,要么富有想象力和思想魅力;而那些只以文辞藻饰见长的诗歌,或主要起社会、政治功能的颂诗、矜夸诗、攻讦诗等等,尽管在文学史中地位显赫,却受到他的冷落。"④阿多尼斯自豪地表白:

> 它已成为阿拉伯诗歌艺术和美学上的首要参考。我们从中读到的不是权力,而是人;不是机构,而是个体;不是政治,而是自由;不是部落主义,而是叛逆;不是追随者的修辞,而是创新者的体验。⑤

---

① 赵仲邑:《文心雕龙译注》,漓江出版社1982年版,第364—366页。

② 赵仲邑:《文心雕龙译注》,第264—266页。

③ V. B. Leitch ed., *The Norton Anthology of Theory and Criticism*, New York: Norton & Company, Inc. 2010: 1623.

④ 薛庆国:《阿多尼斯:翱翔于思想天际的诗人》,载阿多尼斯:《在意义的天际写作:阿多尼斯文选》,薛庆国、尤梅译,第245页。

⑤ 薛庆国:《阿多尼斯:翱翔于思想天际的诗人》,载阿多尼斯:《在意义的天际写作:阿多尼斯文选》,薛庆国、尤梅译,第245页。

以诗文选本表达自己的对评骘臧否和美学思想，不仅体现于阿多尼斯主编的《阿拉伯诗歌选集》和雷奇主编的《诺顿理论与批评选集》之中，在中国古代文学和文献学领域也有异曲同工之处，如中国现存的最早一部诗文总集《文选》（《昭明文选》）所选录的诗文辞赋，就体现了南朝萧统"事出于沉思，义归于翰藻"的选本原则与编纂思想。

以流散者的人生体验凸显多元审美文化的差异与张力。阿多尼斯具有强烈的泛阿拉伯主义情感，创办过多种有影响的杂志。亲政府作家和局势迫使他逃离了叙利亚，一生多在国外生活，常居黎巴嫩与法国两地。他在20世纪下半叶领导现代主义革命运动，对阿拉伯诗歌所产生的震撼性影响，可媲美于T. S. 艾略特之于英语诗歌界。阿多尼斯因批评伊斯兰教而遭到伊斯兰当局和学者的反对，一些叙利亚反对派曾对他发出死亡威胁并呼吁焚烧他的书籍。尽管如此，这仍然无碍于阿多尼斯的世界性影响。阿多尼斯的诗歌名句"世界让我遍体鳞伤，但伤口长出的却是翅膀"（《我的孤独是一座花园》），富于哲理地凸显了他特色斐然的审美体验。

阿多尼斯既是流亡者，亦是流散作家，其生活与创作生涯跨越国别与地区的疆界，融会了东西方世界的审美哲思与人生体验。他曾经撰文《祖国与流亡地之外的另一个所在》，引证《阿拉伯人之舌》大词典关于"Nafyi"（流放或流亡）的词义和例证，提及阿拔斯王朝诗人艾布·泰马姆（公元788—846年）的著名诗句"栖身之国皆为我国"和法国著名哲学家德勒兹"根茎"（块茎）的多元化观念。①阿多尼斯在《语言的头颅，沙漠的身躯》中说："诗歌是我的自由的祖国，是我疑问与叛逆的战场。"我所栖身的超越疆界的所在，既不是家园的"外部"，亦非于我太狭窄的"内部"，而是既在"流亡地和祖国之内，又在流亡地和祖国之外。在此，阿拉伯语是我的语言，是我人类和文化归属的语言，它是那个所在的轴心，是它的土壤，是天际，是意义的要素，是反叛的空间和自由的天空"。②跨越东西方文明的丰富社会阅历使他意识到宗教、政治和文化是不可分割的整体，东方阿拉伯—伊斯兰经典《古兰经》和

---

① 阿多尼斯：《在意义的天际写作：阿多尼斯文选》，薛庆国、尤梅译，第1、9页。
② 阿多尼斯：《在意义的天际写作：阿多尼斯文选》，薛庆国、尤梅译，第15页。

西方《圣经·旧约》的启示和历史一脉相承,"两大经典的关系非常紧密。这意味着不能将阿拉伯—伊斯兰文化和西方犹太教—基督教文化相分离。"①正因为如此,"在阿多尼斯的许多作品中,我们都能体会到他面对东西方问题时的深刻困惑。一方面,他对母语文化的落后充满焦虑,对西方现代性充满渴求;另一方面,他对东方文化蕴含的精神价值(尤其是苏菲思想)极为珍视,对现代化、机械化造成的人的异化又满怀警觉……在他的著作中,我们既能读到对颇具'前现代'特征的阿拉伯文化的批判,对西方现代理性价值的倡导,也能读到对具有形而上本质的苏菲主义的钟情,对抗拒现代资本主义的象征主义、超现实主义思潮的心仪"。面对联结东方与西方,贯通过去、现在与未来的世界名城伊斯坦布尔(君士坦丁堡),阿多尼斯感喟道:"我感觉我同这城市一样,面对宇宙,一侧脸颊贴向东方,另一侧贴向西方,在我面前,仿佛呈现出一个非东方、也非西方的大陆。……在我的身体和太阳的东方与西方之间,已经不复有界限"。②在《浮光掠影》一文中,阿多尼斯坦言:"整个东方在我心中游曳着,连同它的光明与黑暗、火焰与灰烬、过去与现在,在纠结着,撕裂着,出击着,退让着,被解放着,被束缚着,是进步与退步、奋起与落魄的带血的混合体。……在我内心深处有许多个东方,有选择和行动的多种余地;……这是东方的太阳与西方的太阳间的对话——那太阳既是同一个,又各不相同,互相否认,这边日落那边日出,在日出的同时又有日落。"③这种跨文化身份认同的间性体验和多元审美文化观,折射了阿多尼斯作为当代流散作家跨越了东方与西方的人生感悟、审美体验和爱恨交加的矛盾心态。阿多尼斯在《稳定与变化》的绪论中提出阿拉伯诗歌和审美文化的一个原则:"阿拉伯文化的根源不是一元的,而是多样的,包含接受与拒绝、现实与可能——或者说是稳定与变化——的辩证因子。"④这种充盈着差异与张力的阈限空间,引发

---

① 阿多尼斯:《在意义的天际写作:阿多尼斯文选》,薛庆国、尤梅译,第13页。
② 薛庆国:《阿多尼斯:翱翔于思想天际的诗人》,载阿多尼斯:《在意义的天际写作:阿多尼斯文选》,薛庆国、尤梅译,第251页。
③ 阿多尼斯:《在意义的天际写作:阿多尼斯文选》,薛庆国、尤梅译,第189—190页。
④ 阿多尼斯:《在意义的天际写作:阿多尼斯文选》,薛庆国、尤梅译,第126页。

了阿多尼斯复杂的情动与思绪，赋予了他当代化与国际化的宏阔眼光。

倡导《古兰经》文本是理解伊斯兰世界和阿拉伯美学的钥匙。阿多尼斯坚持认为，在任何层面上，伊斯兰教与阿拉伯语都关系紧密。"《古兰经》的表达方式，消除了哲学与文学、科学与政治、伦理与美学之间的所有传统差异。"①伊斯兰的艺术传统，包括清真寺、书法、绘画、陶器、歌曲、音乐、花园和文学都离不开《古兰经》这个伊斯兰美学的宝库。阿多尼斯在法兰西学院关于马拉美系列讲座的演讲稿《〈古兰经〉文本与写作的天际》中称："文学作品的特征在于形式。"如果排除一切宗教因素，纯然将《古兰经》作为语言文学文本来看待，那么，《古兰经》也意味着"写作的天际"。这是因为：

首先，《古兰经》"以一种美学和艺术的方式"回答了关于存在道德和命运的诸多问题。这种美学形式，体现在一种令阿拉伯人感到惊讶的写作中，超越了散文和诗歌之阈。阿拉伯人一致认为《古兰经》是独树一帜、前所未有、无与伦比的，无法用已知的标准界定它。"阿拉伯人说：它是一种无法描述的写作，一种无法探究的秘密。他们一致认为它是对诗歌、骈文、演说词和书信写作习惯的颠覆，是一种结构全新的韵文。"②《古兰经》综合各体，蕴涵了丰富且神奇的审美意味。

其次，《古兰经》的语言和结构富于美学意蕴。阿多尼斯指出：阿拉伯人对《古兰经》"最初的惊奇是语言层面的，他们为其美学和艺术语言而着迷。这一语言是进入《古兰经》文本世界和伊斯兰教信仰的直接钥匙。"《古兰经》代表了绝对的语言、绝对的存在和绝对的意义。不谙熟《古兰经》文本的穆斯林会被永远视为异类。它的结构之美，体现于"章"（Sura）与"节"（Āyah）的组合。每章相对独立，都有开头与结尾，因此互不混淆。章是不连贯的、断断续续的，常常都押韵尾。节则是停顿和中断的标记。《古兰经》"囊括宇宙"，是一部奇异之"书"。

总的来说，章是开放的，如同无限空间中有限的一部分，也

---

① Sarah R. bin Tyeer, *The Qur'an and the Aesthetics of Premodern Arabic Prose*, London: Macmillan Publishers Ltd., 2016: 4—5.

② 阿多尼斯：《在意义的天际写作：阿多尼斯文选》，薛庆国、尤梅译，第110页。

像浮游在"书"这片天空中的一颗星辰。正如我们可以从各个视角看到这颗星,我们也可以随意择取《古兰经》的章阅读,它粲然晶莹,光彩夺目,而不是一座外部结构严密的建筑。……

所有章节组成了一座花园——"书",每一章都是通往花园的一扇门。我们能从任一位置、任一方向进入花园。这个花园没有边界,因为它就是万物的边界。它是宇宙之书,它就是整个宇宙,章是它的书页。或者说,各个章宛如在这部"书"的苍穹里错落有致的星辰。

大部分章节都宛如一个熔炉,熔汇了演讲、格言、歌咏、对话、故事和祷文,也熔入了现世和来世。其中没有逗点、标记和括弧(那些马拉美称之为"拐杖"的东西),犹如一块一气呵成的织锦。

……《古兰经》文本的深层内在结构体现为语言的音乐性。《古兰经》文本是乐曲,我们可以把它作为乐曲来讨论。其曲调不拘于一式一律,这使它具有动态性和开放性。[①]

阿多尼斯作为当代阿拉伯评论界见解最深刻的诗人,通过"星辰""花园""熔炉""织锦""乐曲""网"等一系列隐喻,从审美文化的角度揭示了《古兰经》"有意味的形式"。他认为《古兰经》是神赋之名,写作形式非常特殊,思想和事物、生活和道德、现实和玄冥融为一体。它犹如一张网,线条相互交织,脉络错综复杂,像太空一样,浩瀚而开放。苏菲主义神秘的审美经验为其写作和解读打开了另一片天际,赋予《古兰经》文本丰富多样的维度。真主亦即完人,人即是真主的显现。而写作则跨越着"生命"这一悲剧之桥、寂灭之桥,观照万物整体。

对东方苏菲主义与西方超现实主义进行比较美学的会通研究。阿多尼斯在为《苏菲主义与超现实主义》撰写的前言中论析了苏菲主义和超现实主义或隐或显的交集与契合之处:一方面,苏菲主义与超现实主义

[①] 阿多尼斯:《在意义的天际写作:阿多尼斯文选》,薛庆国、尤梅译,第111—113页。

具有同样的根源与追求。溯本追源,"苏菲"一词含有"隐秘""玄冥"之义。"人走向苏菲主义,是由于理性(以及宗教法律)无法回答人面临的诸多深刻问题,还由于科学的无能。"诸多未解、未知未言(不可解、不可知、不可言说)问题的困扰,促使人走向苏菲主义。"超现实主义的产生,也有同样的根源。早期超现实主义就称自己是'道未道之言或不可道之言'的运动。苏菲主义的空间,照我的理解,就是不可道、不可见、不可知。苏菲派追求的最终目标,是与玄冥(即'绝对')融为一体的。超现实主义也追求同一目标。"苏菲派认为诗歌是表达其奥秘的首要形式,诗歌语言则是认知的首要途径。"而在超现实主义之前,波德莱尔和马拉美就曾站在诗歌一边,反对资本主义的布尔乔亚文化。资本主义文化把金钱视为价值和标准,而波德莱尔和马拉美则把诗歌视为唯一的价值。诗歌在波德莱尔那里等同于宗教,在马拉美那里则等同于'最高价值。'"超现实主义和苏菲派一样,把写作与生活融为一体。超现实主义者坚守"改变生活"的原则,赞美生命,礼赞那些想象力丰富的思想家,反对压制性的社会文化,把边缘者视为同道,包括17世纪的叛教思想家、18世纪的"照明学派"(光照派)。他们"通过梦幻、疯癫、想象、谵妄及幻觉等多种体验,对无意识作有计划的科学探索。诗歌正是这种内心探索的工具"。[①]概言之,苏菲主义和超现实主义的契合,在于它们不仅遵循着同样的认知途径,而且还非常珍视诗歌的审美价值。

另一方面,苏菲主义的宗教蕴涵赋予了文学艺术表达的东方色彩。苏菲圣裔阿里乃区分了"常道"(崇拜真主)、"中道"(追寻真主)和"至道"(见证真主)三个阶梯式的层级。中国穆斯林将它们分别译为"教乘""道乘"和"真乘"。因此,"苏菲派在谈论真主、存在和人的时候,诉诸艺术——形式、风格、象征、隐喻、形象、韵律、韵尾等等"。苏菲语言其实就是诗歌语言,"一切事物既代表自身又代表其他事物。譬如,'恋人',既实指恋人,又象征玫瑰、美酒、水和真主,它还是宇宙的形象与显现"。苏菲的诗歌语言富于象征意味,具有多元阐释的审

[①] 阿多尼斯:《在意义的天际写作:阿多尼斯文选》,薛庆国、尤梅译,第139—156页。

美空间。

　　阿多尼斯作结说：超现实主义十分重视东方，认为东方既是神秘主义的世界，又是解放愿望的空间。东方保留了隐秘知识的传统与原则。超现实主义的代表人物布勒东和阿拉贡都非常重视东方式的玄思冥想。在苏菲主义和超现实主义之间，肢体相拥，肌理相通，有可能成为发现新思想的基核。

　　呼吁创建当代诗歌美学和写作共和国。阿多尼斯认为，阿拉伯人从伊斯兰教创立之前就持有诗歌是"真理之家"的观念，但是，现代以来，"我们在东方和西方所熟识的作为一种文学体裁的诗歌，在技术和文本的机器面前，将变得与现实时间格格不入"，"诗歌和功利性的目的之间的矛盾将愈益加剧。在20世纪，诗歌已经被功利践踏得几乎窒息。摆脱来自外部的技术、文本、意识形态和政治的束缚，能够让诗歌更聚焦于人的内心深处的魅力所在"。因而诗歌的未来目标，"不是传统意义上意识形态和政治的目标，也不是使诗歌沦为某个宗派或外界某物服务的目标"。诗歌也会与时俱进，内部结构与外部形式将会出现全面变化，形成一种兼容性的诗歌新形式——"也许，我们会在未来的诗歌中读到小说、历史、哲学，读到森罗万象背后的奥秘，读到心灵的脉动和疑问。也许，我们还能在诗歌中发现几何图形和音乐。也许，诗歌会变得更近乎集语言和各种艺术大全的综合戏剧"。因此，阿多尼斯呼吁创建"诗歌美学"，认为诗歌是"一种最崇高的表达人的方式"，是力量和火焰，将读者引入深邃的内心世界，让他向自身和世界提问。"诗歌是一种爱，它让夜晚不那么黑暗，又让白天更为透亮。"① 阿多尼斯指出：过去，柏拉图借"理想"的权势驱逐诗歌。之后，人们借宗教的权势贬低诗歌。今天，消费的权势想把诗歌变得庸俗，"让大众把诗当作政治工具、消费工具或宗教工具"。② 因此，他坚持这样的批判美学理念：真正的诗人应该是"撄犯者"（Transgression），而"诗歌的意义在于撄犯"——"去根本、全面地撼动这个社会制度赖以建立的非诗歌的文化

---

① 阿多尼斯：《在意义的天际写作：阿多尼斯文选》，薛庆国、尤梅译，第86—87、175页。

② 阿多尼斯：《在意义的天际写作：阿多尼斯文选》，薛庆国、尤梅译，第93页。

基础"。①阿多尼斯呼吁："今天，我们比以往任何时候，更需要另一个共和国——写作的共和国。在那里，我们关注的是另一些权利：诗歌、艺术、思想和文学的权利。"②在阿多尼斯看来，"诗歌是文化中最宽广的天际，最纯净的空气，也是对身份最美好、最完整的表达"。③因此，阿多尼斯在三卷本《阿拉伯诗选》的序言中倡导与阿拉伯语特性有关的诗歌美学，希望通过写作共和国的思想探索开辟人性的、审美的天际。

三、"惊奇"美学（*Ta'ajjub*）：阿多尼斯与哈布的隔空对话

在英语世界的阿拉伯—伊斯兰审美文化研究领域，阿多尼斯涉及一些重要的美学议题。美国肯塔基大学哲学系教授奥利弗·利曼的《伊斯兰美学导论》（2004年）将法拉比的哲学—美学观念与当代阿拉伯诗学结合起来，借助德国法兰克福学派美学家阿多诺的名言"奥斯威辛集中营之后写诗是野蛮的"展开讨论。他以阿多尼斯的《东方之树》的诗句"我已成为一面镜子"为例，认为诗歌是时代的镜像。阿多尼斯的全部诗作一直主张阿拉伯主义是开放、强大、充满活力和自信的，也是多样化的，然而在他的时代，这一原则受到了来自内部（地方独裁和犬儒政权，以及日益强大的宗教机构）和外部（犹太复国主义和帝国主义）的威胁。利曼也批评阿多尼斯最近诗歌的失败之处在于似乎不再对所描述的世界有足够的信心，以至于那些曾经奏效的隐喻丧失了力量。它不再体现诗歌赖以存在的一套稳定的意义和思想。④阿多诺提出了奥斯威辛之后诗歌何为的议题。这个问题像一块试金石，可以检验阿多尼斯诗歌的成色。而法拉比对诗歌的思想意义和美学价值的强调，则是对阿多诺的奥斯威辛话语的一种阿拉伯—伊斯兰美学的回声。

---

① 阿多尼斯：《在意义的天际写作：阿多尼斯文选》，薛庆国、尤梅译，第89页。

② 阿多尼斯：《在意义的天际写作：阿多尼斯文选》，薛庆国、尤梅译，第103页。

③ 阿多尼斯：《在意义的天际写作：阿多尼斯文选》，薛庆国、尤梅译，第121页。

④ Oliver Leaman, *Islamic Aesthetics: An Introduction*, University of Notre Dame Press, 2004: 83.

美国普林斯顿大学劳拉·哈布倡导的"惊奇美学"也迥异于阿多尼斯的理论话语。劳拉·哈布在《阿拉伯诗学：阿拉伯古典文学的美学经验》（2020年）一书中认为10世纪之后的伊斯兰世界是诗歌批评的中心，阿拉伯古典文学和诗学臻于繁荣，人们以阿拉伯哲学来解释亚里士多德的诗学，讨论《古兰经》不可模仿性的基本原理。劳拉·哈布对这个伊斯兰文明的鼎盛时期的诗意语言与雄辩修辞进行了探究，提出"惊奇美学"（aesthetic of wonder）的理论和范式转向问题，对现代学术界关于阿拉伯文学批评是"传统主义"或"静态"的误解提出了一个重大挑战，揭示了当时伊斯兰世界优雅而广泛的阿拉伯古典文学的审美经验。[1] 劳拉·哈布的观点迥异于阿多尼斯，因此，在某种意义上这是她与阿多尼斯的一种文艺美学的隔空对话。

在跨语境美学视野中，阿拉伯—伊斯兰文明的"惊奇美学"迥异于西方主流美学关于美和崇高的概念。劳拉·哈布《阿拉伯诗学：阿拉伯古典文学的美学经验》对"惊奇美学"的核心概念"*ta'ajjub*"（英文对应词Wonder，可译为惊奇/奇迹；以下行文简化为"惊奇"）进行了专题讨论，把"惊奇"作为"一个伞状术语"（an umbrella term）来统摄阿拉伯古典文学和诗学的精要，阐发中世纪阿拉伯—伊斯兰文学理论家的美学建构与思想影响。[2] 概言之，阿拉伯—伊斯兰美学关键词"惊奇"具有丰赡的文艺美学蕴涵，富于东方美学特色。

惊奇的概念具有复杂而多样的全球史，甚至可以是一种普世性的审美心理和人类经验。但是由于《古兰经》和伊斯兰教的影响，"惊奇"在阿拉伯—伊斯兰审美文化领域更具特色。它既可以是诗意的，也可以是宗教的审美体验；既可以具有积极的意义，也可以产生消极的效应。劳拉·哈布把"惊奇"作为一种文艺美学"新范式"予以讨论，认为对无法解释的事物产生好奇的心理与能力是人性的证明。人们对这种奇妙体验的态度因时间和地点的不同而不同。"正如我希望表明的那样，惊

---

[1] Lara Harb, *Arabic Poetics: Aesthetic Experience in Classical Arabic Literature*, Cambridge: Cambridge University Press, 2020.

[2] Lara Harb, *Arabic Poetics: Aesthetic Experience in Classical Arabic Literature*, 6-12, 24f.

奇的触发，加上随之而来所发现的经验，形成了一个复杂的美学理论的基础。"①惊奇是由奇异和无法解释的事物引发的一种情感反应和审美体验，在宗教语境中蕴含着秘奥与奇迹的意味。对于中世纪伊斯兰教而言，用阿拉伯语言文字来记录世界上的奇迹，是为了试图唤起人们对安拉的惊羡、膜拜、思忖与情动。

劳拉·哈布关于"惊奇美学"的阐释，不仅是与阿多尼斯的理论对话，而且也丰富了当代阿拉伯—伊斯兰美学领域。惊奇美学的重要渊源可以追溯到语言学。伊本·门祖尔（Ibn Manzur，1233—1311）编写的《阿拉伯人的语言》享有"最全面的中世纪阿拉伯语词典之一"的称誉。他在界说"惊奇"一词时列出了引发"惊奇"的诸因素：1. 因发生频率低而不被承认的某事；2. 罕见；3. 不熟悉或非同寻常；4. 敬畏所隐藏的、未知的原因；5. 对秘奥而高级事物的敬畏。因此，惊奇被定义为当人看到一些意外、罕见、陌生、不寻常、神秘、宏伟或不明原因的晦涩的事物时所产生的敬畏和怀疑的反应。惊奇既是一种令人愉快的情感体验，驱使我们体验无法掌握、罕见和陌生的事物；也可能包含痛苦和恐惧。它可以和知识或无知联系在一起。对于主体而言，凡属奇怪、出乎意料、令人费解、陌生或罕见的认知对象，都意味着一种无知的状态和认知的驱动。惊奇可以积极地激励人们思考、反思和推进人类的知识，也可能消极地表现为控制和支配欲。②概言之，惊奇兼具情感反应、审美体验、认知驱动和宗教神迹（奇迹）的蕴涵，可以唤起惊讶、震惊和敬畏之感。

文学艺术是引起人们惊奇的审美体验的重要领域。大自然奇观、形形色色的思想情感大都是通过语言再现的。因此，语言的修辞手法，以及奇特、意外和晦涩等陌生化特征会引起受众的惊奇与情动。在古典阿拉伯文学中，这些特征为诗意话语赋能，引导受众反思和寻找意义，经历审美体验。惊奇也可能源于人们对诗人非凡的语言能力的钦佩。然而，这种惊奇是诗歌过程本身之外的，可能是非诗歌因素的结果，比如诗人的地位和一个人在特定语境中的期望。贾希兹提到，如果两个

---

① Lara Harb, *Arabic Poetics: Aesthetic Experience in Classical Arabic Literature*, 10.

② Lara Harb, *Arabic Poetics: Aesthetic Experience in Classical Arabic Literature*, 11.

人说话同样雄辩,但一个人穿着优雅昂贵的衣服,另一个人穿着破烂不堪的衣服,人们会更加敬畏衣衫褴褛者的演讲,因为它是意想不到的。"事物越陌生,它就离人们的想象越远。离想象越远,就越显得新奇(atraf)。事物越新奇,就越奇妙。它越是令人惊叹,就越是充满雄辩/创新的力量。"①源于《古兰经》的诗意演讲追求惊奇的审美效应,同时诗人也在阿拉伯文学领域占据了重要的位置。

作为美学关键词,"惊奇"具有认知、文类、叙事技巧等多重维度。劳拉·哈布在《阿拉伯诗学:阿拉伯古典文学的美学经验》中评价道:惊奇在本质上是高度认知的。在阿尔-贾希兹(al-Jāḥiẓ, 776—868)②生活与创作时期,惊奇是激发百科全书写作的因素之一。对世界及其造物的百科全书式的描述也是后来许多作品的主题,现代学者有时将这些作品统称为"奇迹"('aja'ib,英文marvels)文类。

在阿拉伯古典文学和文论领域,奇迹和奇异的角色作为《一千零一夜》故事和轶事文学中的一种叙事技巧,在现代学术界受到了一定的关注。然而,在古典阿拉伯文学理论中,惊奇的地位在很大程度上仍然被忽视了。尽管它在理解诗歌功能的哲学意义上得到了承认,但它在非哲学文学理论中的作用,充其量只能被降级为"一种轶事性质",描述"听众对诗歌的反应"。在伊斯兰教兴起和伊斯兰帝国扩张之后,前伊斯兰诗歌成为新帝国的重要词汇和语法资源,这个新帝国很快就吞并了大片非阿拉伯语领土。这种以口头为主的前伊斯兰传统在8世纪开始被系统地收集和记录,作为书面文化开始发展,形成一个古典传统。人们可以识别出在9世纪和10世纪发展起来的四种不同的批评文本,每一种都有自己的焦点,并受到自己的问题的驱动:(1)诗歌批评关注的是关于早期阿巴斯时期发展起来的新诗歌风格的辩论及其修辞手法的使用。

---

① Lara Harb, *Arabic Poetics: Aesthetic Experience in Classical Arabic Literature*, 12.
② 阿尔-贾希兹全名为Abū 'Uthmān 'Amr ibn Baḥr al-Jāḥiẓ,伊斯兰神学家、知识分子和文学家,以其才华和精湛的阿拉伯散文而闻名。其七卷本《动物》(未完成)是一部受惠于亚里士多德的动物寓言,也是一部以动物为主题的阿拉伯文学选集,其中增加了对神学、社会学和语言学的讨论。另一部长篇作品《表达的优雅和阐述的清晰》讨论了文学风格和语言的有效使用问题。他的《吝啬鬼之书》则是一部关于贪婪的故事合集。

(2)哲学领域关于亚里士多德《诗学》的讨论主要是把诗歌作为逻辑的一部分加以理解。他们的讨论主要集中在明喻和隐喻上。(3)更普遍的关于雄辩的作品,由bayān(阐明/修辞格)或意义如何显现的问题驱动,包括对具象表达和隐含意义的讨论。他们对明喻、隐喻和转喻等修辞手法的处理方法与诗歌批评截然不同。(4)有关展示《古兰经》奇迹的作品,反过来又增加了句子结构对雄辩的影响的讨论。但是在阿拉伯古典文论领域,惊奇并不总是诗意美的定义标准。

在早期文学批评领域,所谓的"旧批评学派"(old school of criticism)的评判标准主要是关注诗歌的真实性和自然性。该学派看重修辞格,包括隐喻和明喻,基于它们与真理的接近程度和字面的准确性。在11世纪,"新批评学派"(new school of criticism)崛起,关于真实性和自然性的文学观念被惊奇美学所取代。"新批评学派"的领袖是由当时著名的穆斯林语言学家阿尔-尤尔贾尼(Abd al-Qāhir al-Jurjānī)。该流派更加关注纯粹的诗歌、雄辩术和《古兰经》的奇迹,侧重证明修辞格之美。惊奇美学源于对诗意话语的审美经验特质的探究。这个新学派受到亚里士多德式的阿拉伯诗学的影响。反过来,阿拉伯哲学对亚里士多德诗学的处理也表现出同样的惊奇美学意蕴。

阿拉伯—伊斯兰诗学与美学在11世纪出现转向与勃兴,阿尔-尤尔贾尼起到了极为重要的作用。他在比喻问题上将《古兰经》文本的与其他类型的文本进行比较,生成了对意义本质的高度复杂的探索。尤尔贾尼的两部不朽作品《雄辩的秘密》和《〈古兰经〉不可模仿的标志》,为"雄辩学"奠定正式学科的基础。它的三个分支涵盖了语言的以下方面:(1)意义科学;(2)阐释科学;(3)修辞格科学。亚里士多德式的阿拉伯诗学和balāgha(雄辩)共同反映了"新批评学派"的特质。尽管两者的方法不同,但都发展了基于惊奇美学的诗意和雄辩理论。[①]易言之,诗意和雄辩不啻为惊奇美学的两根理论支柱。

在"惊奇美学"的理论视野中,前伊斯兰的阿拉伯固有文化是"建设者"——创立了一种诗学与美学结构,进而对其进行了完善;而伊斯

[①] Lara Harb, *Arabic Poetics: Aesthetic Experience in Classical Arabic Literature*, Cambridge: Cambridge University Press, 13.

兰文化艺术则是"美化者"——修饰和装缀了诗学与美学结构。阿拉伯诗歌的修辞格与新美学风格的联系非常紧密，这凸显在词汇上：古典阿拉伯文学批评中表示修辞格的词是 $badī'$，字面意思是"新颖的/创新的"。阿尔-尤尔贾尼的新技巧概念、意象理论和句子构造理论，被后继者发扬光大。劳拉·哈布将这一发展统摄为"惊奇美学"的理论，它基于阿尔-尤尔贾尼对诗歌语言的各方面的处理，包括修辞格创新、文学意象和句子结构。在新批评学派中，诗歌语言的美归因于惊奇。旧批评学派关于诗的真与假的理念，于诗而言，美开始变得无关紧要。美感和雄辩都取决于其打动灵魂的能力。

由此观之，劳拉·哈布的"惊奇美学"更加重视阿拉伯—伊斯兰美学的内在逻辑和审美机制，不啻为一种迥异于阿多尼斯"稳定与变化"理论话语的"新范式"。

作者系广西师范大学中国语言文学研究所所长、文学院教授、《东方丛刊》主编

印度古典味论面面观*

尹锡南

内容提要 以婆罗多阐释的戏剧味论为代表的印度古典味论具有悠久的历史文化背景。它可追溯到《梨俱吠陀》等经典的相关描述。印度古典文艺味论不仅具有丰富的宗教哲学背景,也与印度古代医学即阿育吠陀经典密切相关,并和古代性学或曰情爱艺术论著发生了或隐或显的密切联系。味论不仅涉及梵语戏剧论、诗论,还渗透到梵语音乐论、舞蹈论和美术论中。以《舞论》为代表的古典味论不仅对后世文艺理论家产生了全面的影响,而且还推动了印度古代戏剧创作和现代文学批评。

关键词 味论 《舞论》 婆罗多

在某种程度上,古典梵语文艺理论可以说是是印度古代文艺理论的代名词。以梵语文艺理论为核心和基石的印度古代文艺理论与中国古代文艺理论、古希腊文艺理论并称世界古代三大文艺理论体系。"在古代文明世界,中国、印度和希腊各自创造了独具一格的文艺理论,成

---

* 本文为2021年国家社会科学基金重大招标项目"印度古代文艺理论史"(21&ZD275)的阶段性成果。

为东西方文艺理论的三大源头。"①印度古代文艺理论体系独树一帜，它拥有许多沿用至今的重要文艺理论范畴或核心概念，如诗论和戏剧论中的味（rasa）和韵（dhvani）等，音乐论中的拉格（raga）即旋律框架和节奏（tala）等，舞蹈论中的手势（hasta）或曰"手印"（mudra）等，美术论中的工巧（silpa）和量度（pramana或mana）等。其中的古典味论的历史发展值得特别关注，因为味论是印度古代学者向世界文明贡献的具有浓郁民族特色的理论。本文拟从味论的词源、婆罗多（Bharata）的情味论、味论的医学和性学因子、味论的跨领域渗透、味论的历史影响等几个方面入手，对其进行深入探讨。由于金克木先生和黄宝生先生等国内学者对味论的宗教哲学背景探讨较多，本文拟不对此置喙。

一、味的词源梳理

黄宝生认为，rasa（味）作为一种文艺批评原理，是印度古代梵语文艺理论家婆罗多首先在其《舞论》（Natyasastra）中提出的。"在印度现存最早文献吠陀诗集中，味（rasa）这个词也用作汁、水和奶。从词源学上说，rasa的原始义是汁（植物的汁），水、奶和味等等是衍生义。在奥义书中，味这个词也用作本质或精华……婆罗多在《舞论》中，将生理意义上的滋味移用为审美意义上的情味。他所谓的味是指戏剧表演的感情效应，即观众在观剧时体验到的审美快感。"②因此，细究味论的来龙去脉，是一件挺有意思的事。首先看看英国与印度学者对rasa的各种解释。

英国学者编撰的《梵英辞典》将rasa解释为：the sap or juice of plants, juice of fruit, essence, marrow, water, liquor, drink, elixir, serum, nectar, soup, any object of taste, taste, flavour, gold, pleasure, delight, love, affection, charm, desire, condiment, sauce, spice, seasoning, tongue, feeling, sentiment,

---

① 黄宝生：《印度古典诗学》，线装书局2020年版，"序言"第2页。
② 黄宝生：《印度古典诗学》，第362页。

等等。①

印度学者编撰的《实用梵英词典》对rasa的解释是：sap, juice, liquor, taste, flavour, relish, pleasure, delight, charm, beauty, pathos, emotion, feeling, sentiment, essence, poison, Mercury, semen virile, milk, soup，等等。②

由此可见，rasa的原始含义包括植物的汁液、体液、味道、牛奶等。其中，最受人关注的是它可表示一种植物即苏摩（soma）的汁液。关于苏摩（soma），季羡林的解释是："梵文Soma，亦为印伊时代之神。苏摩大概是一种植物，可以酿酒。逐渐神化，成为酒神。在《梨俱吠陀》中出现次数最多，可见其受崇拜之程度。"③巫白慧指出："苏摩在吠陀神谱上占着仅次于阿耆尼（火神）的重要位置。他的拟人化特征，比之因陀罗或婆楼那的拟人化程度，略有逊色；在神群中，苏摩树身和它的树汁在吠陀诗人的心目中始终似有被偏爱的迹象。"④苏摩汁饮后产生的兴奋力被视为长生不老的神力，它因此被称为amrta（甘露），可以让人幻想永恒不老的境界。"苏摩是一种产自天国、带刺激性的神圣饮料，这一信仰，可以将其历史追溯到印欧时期。当时一定被认为是蜂蜜制的酒。"⑤

《梨俱吠陀》第一篇第一百八十七节赞美与饮食相关的神祇，文中出现了rasa（味、汁液）一词，英国梵文学者将其英译为flavour；⑥另一位英国学者则译为juice。⑦《梨俱吠陀》第一篇提到了作为祭酒的soma即苏摩汁，第三篇第六十二节包含几句歌颂酒神（Soma）的诗，第九

---

① M. Monier Williams, *A Sanskrit-English Dictionary,* Delhi: Motilal Banarsidass Publishers, 2002, p. 869.

② Vaman Shivram Apte, *The Practical Sanskrit-English Dictionary,* Delhi: Motilal Banarsidass Publishers, 2014, p. 796.

③ 蚁垤：《罗摩衍那》（七），季羡林译，人民文学出版社1984年版，第590页。

④ 巫白慧译解：《〈梨俱吠陀〉神曲选》，商务印书馆2013年版，第198页。

⑤ 巫白慧译解：《〈梨俱吠陀〉神曲选》，第201页。

⑥ Ravi Prakash Arya, K.L. Joshi, eds., *Rgveda Samhita,* Vol.1, Delhi, Parimal Publications, 2016, p. 482.

⑦ Ralph T. H. Griffith, tr., *The Hymns of the Rgveda,* Delhi: Motilal Banarsidass Publishers, 1986, p. 126.

卷称苏摩汁（soma）满足因陀罗的心愿，第十篇第二十五节均为歌颂酒神即Soma的诗。《耶柔吠陀》也有颂诗提及味（rasa）。[1] 或许正因如此，梵语戏剧学著作《情光》说："艳情味产生于《娑摩吠陀》，英勇味产生于《梨俱吠陀》，暴戾味产生于《阿达婆吠陀》，厌恶味产生于《耶柔吠陀》。"[2] 这种一一对应的诗性表述方式不足为奇，但它将四大吠陀与四大主味彼此联系，毕竟还是透露了一些宝贵的文化信息：以婆罗多味论为代表的印度古典味论，确实与吠陀文献存在遥远而又紧密的历史联系。

二、婆罗多味论概述

就印度古典文艺理论建构而言，以婆罗多味论为代表的古典味论占据了引人注目的位置。"味论是婆罗多戏剧学的理论核心。"[3] 可以说，没有味论，整个印度古典文艺理论，乃至印度现当代文艺理论批评，都将是完全不同的一番面貌。婆罗多在《舞论》第六、七章中先后介绍味论和情论。他把味论视为戏剧本体论中最重要的核心概念。

从婆罗多的相关叙述看，味论虽然先得以介绍，但它的基础却是情论。"情"（bhava）是梵语文艺理论的重要范畴之一。印度学者纳根德罗（Nagendra）将"情"译为"a single undeveloped emotion"和"gesture or expression of sentiment"。[4] 实际上，它的内涵远非这两个短语所能代表。自然，这里的"情"与中国古代文论谈到的"情"亦非对等概念。

婆罗多先对"情"进行定义和必要的说明。他认为，通过语言、形体和真情表演，向观众传达诗（戏剧）的意义，因此叫作"情"。"情"是达成目的的手段。"通过语言、形体和真情表演，情由和情态表达的意义为观众所体验，这便是情。通过语言、形体、脸色和真情表演，诗

---

[1] Ravi Prakash Arya, ed., *Yajurveda Samhita,* Delhi, Parimal Publications, 2013, p. 284.

[2] Saradatanaya, *Bhavaprakasa,* Varanasi: Chaukhamba Surbharati Prakashan, 2008, p. 77.

[3] 黄宝生：《印度古典诗学》，第50页。

[4] Nagendra, *A Dictionary of Sanskrit Poetics,* NewDelhi: B. R. Publishing Corporation, 1987, pp. 37-38.

人（kavi，即剧作家）的内心情感感染观众，这便是情。因其使各种表演产生的味感染观众,戏剧演员称之为情。"（Ⅶ.1-3）[①]婆罗多依据一些自创的二级概念或曰亚范畴，对"情"的外延和内涵进行条分缕析。这些范畴包括情由（vibhava）、情态（anubhava）、常情（sthayibhava）、不定情（vyabhicarin）和真情（sattvika）五类。具体而言，最能体现印度古代形式分析色彩的概念，还是其中的三类即常情、真情和不定情，其总数达四十九种之多。"婆罗多对四十九种情的分类描述是立足于对人的心理分析。然而，人的感情丰富复杂，感情的表现形态更是千变万化，要进行全面的定量和定性分析是相当困难的……但他的理论基点（"味产生于情由、情态和不定情的结合"）无疑是正确的，抓住了戏剧艺术以情动人的审美核心。"[②]

论者指出："既然调味的理论可以进入政治和哲学领域，那它亦可以进入美学领域。中国是世界上唯一有味感美学的国度……有味感美学，正是中国古代美学的特点和长处。"[③]如我们联系印度古代医学和戏剧学味论来看，这一说法无疑是值得商榷的。客观而言，印度的味论似乎要稍早于中国先秦味论，出现于公元前后的印度戏剧味论，毫无疑问早于中国齐、梁时期产生的诗味论。就整个印度古典文艺理论体系而言，情味论、特别是其中的味论，占据了引人注目的位置。可以说，没有味论，整个印度古典文艺理论，甚至是印度现当代文艺理论批评，都将是完全不同的一番面貌。在《舞论》中，第六、七章先后介绍味论和情论。婆罗多把味论和情论视为戏剧本体论最关键、最重要的核心概念。从其叙述看，味论虽然先得以介绍，但它的基础却是情论。

整体来看，婆罗多对情的归类和分析并非无懈可击，相关解说也并不完全合理。但婆罗多等人对"情"的相关论述，的确塑造了内涵丰富、独具一格的文艺理论。中国的情论不像婆罗多情论那样具备形式分

[①] Bharatamuni, *Natyasastra*, Vol.1, Varanasi: Chaukhamba Sanskrit Series Office, 2017, p. 92.

[②] 黄宝生：《印度古典诗学》，第66页。

[③] 陈应鸾：《诗味论》，巴蜀书社1996年版，第124页。

析的特色，受到古代医学理论的影响也微乎其微。

婆罗多对"情"和"味"的关系作了说明。按照他的理解，味产生于情，而不是情产生于味。"缺少了情，就没有味；没有味，则无情。在戏剧表演中，味和情相互作用。正如调料和蔬菜的搭配使得食物产生美味，情和味相互作用，促进（读者或观众）的欣赏体验。正如树木源自种子，花果源自树木，味是所有情的本源，情也是所有味的根源。"①由此可见，虽然情和味互相促进，互为因果（或本源、根源），但是，味的特殊性仍是不言而喻。究其原因，从《舞论》第六章论味、第七章论情的顺序来看，味论是主要的，情论是次要的，换句话说，情论是为味论服务的，味论是他关注的核心。笔者之所以先介绍情论、后介绍味论，主要是考虑到由情生味的基本程序和中国学者的习惯理解，并非颠倒它们之间的逻辑关系和主次顺序。

婆罗多指出："情由、情态和不定情的结合产生味。"②这可视为味的经典定义之一，它也是梵语文艺理论的经典学说之一。新护后来将此学说称为"味经"（Rasasutra），足见其地位之重要、价值之宝贵。婆罗多的过人之处在于将其创造性地运用于戏剧原理的阐释之中。

婆罗多对味的分类体现了印度古典文艺理论的形式分析特色。他将味分为八种："艳情味（srngara）、滑稽味（hasya）、悲悯味（karuna）、暴戾味（rudra）、英勇味（vira）、恐怖味（bhayanaka）、厌恶味（bibhatsa）、奇异味（adbhuta），这些是戏剧的8种味。"③在婆罗多看来，滑稽出于艳情，悲悯之味由暴戾生，奇异出于英勇，恐怖来自厌恶。他对各种味进行二次分类并加以说明，将八种味分为两组，即原生味和次生味，还给八种味规定了"来源""颜色"和"保护神"。他详细论述了八种常情转化为八种味的情况，将艳情味放在首位。这种对"艳情"的崇尚，充分体现了印度文化特色——印度教人生四目标之一就是欲（kama）。这一做法预示了以后的梵语诗学家高度重视艳情味的审美旨趣。他将艳情味分为会合艳情味与分离艳情味两类。以后的文论家如楼

---

① Bharatamuni, *Natyasastra*, Vol.1, p. 83.

② Bharatamuni, *Natyasastra*, Vol.1, p. 82.

③ Bharatamuni, *Natyasastra*, Vol.1, p. 81.

陀罗吒和胜财等人将艳情味分为三类或四类等,扩大了艳情味所涵盖的艺术表现范畴。

三、味论的医学因子

一般而言,医学与文学艺术似乎是一对陌生而又熟悉的朋友,这是因为前者与解除痛苦、恢复健康的快乐相关,后者与超越平淡、直抵快乐相连。也许正是如此,印度古代医学理论和文艺理论居然在以《舞论》为代表的梵语论著中,以匪夷所思的方式结合在一起。①这或许是印度与中国古代文艺理论差异最明显的一处。

关于印度医学的发展历史,印度学者夏尔玛(P.V. Sharma)将其划分为公元7世纪前的古代时期、公元8世纪至15世纪的中古时期和16世纪以来的现代时期。②这说明,在公元前《舞论》草创时期,印度古代医学知识已经非常丰富,足以为其提供相应的知识基础。

印度古代医学被称为五明(声明、因明、内明、医方明和工巧明)之"医方明"(cikitsavidya),它还有一个雅号叫作"阿育吠陀"(ayurveda),意为"关于生命的知识或智慧",这是一个丰富而发达的知识领域。梵语医典《遮罗迦本集》(Carakasamhita)对阿育吠陀的解释是:"论及幸福与不幸的生活、快乐与痛苦的生命、有利与不利及相关标准,就是阿育吠陀。"③

阿育吠陀的源头无疑是四大吠陀本集之《阿达婆吠陀》,《梨俱吠陀》也可视为其源头之一。《阿达婆吠陀》第六篇第一百零五首开头三句安抚患者的叙述似为一例,第五篇第十三首论述了治疗蛇毒的问题。法国学者指出,印度古代最初的医学知识可追溯至公元前2500年的印度河流域文明。然而,只有在吠陀本集至佛典的文献中,才可了解印度

---

① 尹锡南:《印度古代文艺理论重要范畴及其话语生成机制》,《中外文化与文论》(第48辑)。

② R. Vidyanath, K. Nishteswar, *A Handbook of History of Ayurveda*, "Preface," Varanasi: Chowkhamba Sanskrit Series Office, 2015.

③ Priya Vrat Sharma, ed. & tr. *Carakasamhita*, Vol.1, Varanasi: Chowkhamba Orientalia, 2017, p. 6.

医学的发展概貌。"吠陀时期孕育出的医学（概念），将会成为专业性医学的基础，它将在整个印度世界内外取得巨大成就。"[1]陈明教授指出，印度古代医学体系主要由"生命医学"（ayurveda）即阿育吠陀、佛教医学和南印度达罗毗荼"悉达"医学（siddha medicine）等组成。所谓的"生命吠陀"的来源自古就有两种说法，一说源自《梨俱吠陀》，一说源自《阿达婆吠陀》。[2]

印度古代梵文医典有"大三典"和"小三典"之分，其中的"大三典"指公元前6世纪至公元3世纪成书的《遮罗迦本集》、公元3世纪至4世纪成书的《妙闻本集》、公元7世纪成书的《八支心要方》。在世界医学史上，《遮罗迦本集》和《妙闻本集》最为出名，而《八支心要方》因传播到中国西藏等地区而闻名于世。"任何关于印度医学古代作者的历史考察，若不提及《遮罗迦本集》和《妙闻本集》，将是不完整的。印度本土学者将其视为所有医学问题的最高权威。"[3]印度医典包括六部八支（科）。六部指绪论部（或曰总论、概述、简述）、人体部、病理部、治疗部、疗术部和后续部。八支指阿育吠陀体系的八分医方。[4]按照《遮罗迦本集》的说法，八支的内容是：内科学、眼科、外科学、毒物学、精神疗法、儿科学、养生学、强身法。[5]

印度学者R.K.森指出："婆罗多显然已经知晓所有这八个分支。《舞论》文本存在大量证据支撑这一观点。《阿育吠陀》的八个分支是：眼科、外科、强身法、养生学、毒物学、精神疗法、内科和儿科。其中的强身法、养生学、毒物学、精神疗法、内科学在婆罗多那儿得到了详细的论述……《阿育吠陀》的这五个分支和婆罗多的味论联系更为紧密……婆罗多在《舞论》（巴罗达本）第三十六章第二颂提到了这些师尊中的迦叶和优沙那。遮罗迦在《遮罗迦本集》第一篇第三颂写

---

[1] Guy Mazars, *A Concise Introduction to Indian Medicine*, Delhi: Motilal Banarasidass Publishers, 2006, p. 1.

[2] 陈明：《丝路医明》，广东教育出版社2017年版，第273—274页。

[3] H.H. Bhagvat Singh Jee, *A Short History of Aryan Medical Science*, Varanasi: Krishnadas Academy, 1999, p. 32.

[4] 陈明：《印度梵文医典〈医理精华〉研究》，商务印书馆2018年版，第6页。

[5] Priya Vrat Sharma, ed. & tr., *Carakasamhita*, Vol.1, p. 241.

到医生们的大聚会时，也提到了这两位仙人。"[1]婆罗多味论与梵语医学经典确实存在历史关联。这是因为，印度医学经典常常论及六味：甜（svadu）、酸（amla）、咸（lavana）、辛（katuka）、苦（tikta）、涩（kasaya）。《遮罗迦本集》指出："rasa（味）是舌头所品尝的对象，它的成分是水和地，空等（其他三要素）造成了它的变化和特性。甜、酸、咸、辛（辣）、苦、涩构成了六味。甜味、酸味和咸味压过体风素，涩味、甜味和苦味压住胆汁素，涩味、辛味和苦味盖过了黏液素。"[2]其他三要素指"五大"（地、火、水、风、空）中的火（tejas）、风（akasa）、空（vayu）。该书还对六种主味和五十七种次味（anurasa）进行详细的讨论。它认为，按照物质、地点和时间进行组合，甜味和咸味等六种主味可以组合为五十七种次味，在总数上达到六十三种。"由于六十三种主味和次味连续不断地组合，味的数量将达到无可计算的程度。因此，研究味的学者从应用的角度出发，列举了五十七种组合味和六十三种味。"[3]其详细的排列组合与梵语诗律并无二致。《妙闻本集》也有相似的论述。《八支心要方》对上述六十三种味的具体构成和六种主味的主治功能，逐一作了具体阐释。

由此可见，印度古典医学的六主味说和六十三味说与婆罗多的八味说和四十九情说，似乎存在值得比较和思考的空间。R.K.森指出："值得注意的是，《阿育吠陀》中的味论完全以饮食为基础，而庄严论（alankara）中的味论纯粹是心理层面的理论，味也以喜悦为本质……婆罗多认为《阿育吠陀》的味论是庄严论中的味论起源，他只是重新强调传统的立场。"[4]森还以梵语戏剧学著作《情光》的相关论述为例，对婆罗多论述的八种真情与《遮罗迦本集》第六篇即治疗部第二十八章的相似性或联系进行了介绍，认为八种真情全部来自阿育吠陀

---

[1] R.K. Sen, *Aesthetic Enjoyment: Its Background in Philosophy and Medicine*, Calcutta: University of Calcutta, 1966, p. 239.

[2] Priya Vrat Sharma, ed. & tr. *Carakasamhita*, Vol.1, p. 8.

[3] Priya Vrat Sharma, ed. & tr. *Carakasamhita*, Vol.1, p. 179.

[4] R.K. Sen, *Aesthetic Enjoyment: Its Background in Philosophy and Medicine*, "Introduction," xx.

著作。①

婆罗多介绍的癫狂、生病、疯狂和死亡四种不定情，均可发现《阿育吠陀》医学知识的影响痕迹。它们均涉及印度古典医学的关键概念即三病素说。例如，《遮罗迦本集》指出："内风素（vayu）、胆汁素（pitta）、黏液素（kapha）均为身体病素（dosa），忧性（rajas）和暗性（tamas）是精神病素。"②

婆罗多指出，演员表现遭蛇咬身亡时，应表演毒性发作的八个阶段。从表演毒性发作的相关叙述看，不难发现梵语医学经典对婆罗多不定情论的深刻影响。这是因为，《遮罗迦本集》《妙闻本集》《八支心要方》等梵文医典均不同程度地论及蛇毒或其他毒物的毒性发作后人体的各种反映和症状。例如，《遮罗迦本集》第六十六篇《治疗篇》提及人被蛇咬后毒性发作的一些症状，如恶心、呕吐、流口水、发热和昏迷等。③《妙闻本集》和《八支心要方》均对毒性发作的七个阶段作了介绍。由此可见，婆罗多所述毒性发作八个阶段的表演，是在对古代医学经典相关论述进行艺术加工的基础上形成的。较为合理的结论或许是：他将《妙闻本集》等谈到的蛇毒发作七个阶段改编为八个阶段，以适应戏剧演出的需要。

廖育群指出："所以如果想要了解印度传统医学的基本内容，就必须跳出'佛经'的范围，直接进入'阿输吠陀'原始文献的领地。"④推而广之，想要深入了解印度古典味论，须跳出文艺理论领域，直接进入吠陀文献和梵语医典的话语体系，从古典医学知识体系中寻觅钥匙，打开古典味论的丰富宝藏，从而达到以古释古、秘响旁通的奇异效果。⑤

---

① R.K. Sen, *Aesthetic Enjoyment: Its Background in Philosophy and Medicine*, pp. 267-271.

② Priya Vrat Sharma, ed. & tr. *Carakasamhita,* Vol. 1, p. 8.

③ Priyavrat Sharma, ed. & tr. *Carakasamhita,* Vol. 2, pp. 381-382.

④ 廖育群：《阿输吠陀：印度的传统医学》，辽宁教育出版社2002年版，第21页。此处引文中的"阿输吠陀"即阿育吠陀。

⑤ 尹锡南：《印度古代文艺理论重要范畴及其话语生成机制》。

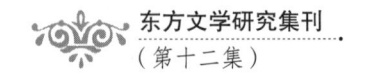

四、味论的性学因子

印度学者指出，犊子氏（Vatsayayana）的性学著作《爱经》（Kamasutra，又译《欲经》）是"社会学和优生学的重要著作"。[①]该学者认为犊子氏生活于约公元前4世纪至公元3世纪。[②]《爱经》的性学观念和婆罗多味论为代表的古典味论，存在某些或隐或显的思想联系。

性的问题或情爱艺术，在印度古代与生育仪式或曰丰产仪式（fertility rituals）相关。印度学者指出，在《耶柔吠陀》《百道梵书》及一些奥义书、森林书中，存在许多关于男女结合或性爱艺术的描述和记载。许多失传的情爱艺术论著保存在犊子氏的著作中。[③]

在婆罗多论述的八种味中，艳情味无疑占有非常重要的位置。在详细论述八种味的特征时，他首先论述艳情味，并将毗湿奴视为艳情味的保护神，这一做法对后来的虔诚味论者产生了直接而深远的影响。婆罗多对艳情味的特别推崇，充分体现了印度教文化的一个基本特色——印度教人生四目标之一就是欲（kama）亦即男女情欲或性爱。

婆罗多不仅在《舞论》第六章详细论述戏剧表演语境下的艳情味，还在其他章节中大量论述戏剧人物的艳情心理。《舞论》第二十四章《综合表演》和第二十五章《公开仪轨》集中体现了有关艳情的心理。值得注意的是，《舞论》第二十五章的标题Bahyopacara似可译为"公开仪轨""艳情仪轨""情爱仪轨"等。《舞论》第二十四章在解说以戏剧方式表演艺妓或曰高级妓女为主角的男女艳情活动时指出："在戏剧法中，与男女结合相关的情爱仪轨（kamopacara）有两种：隐秘仪轨和公开仪轨。隐秘仪轨可见于传说剧中国王的表演，公开仪轨在创造剧中由妓女表演。"[④]由此可见，婆罗多的戏剧情爱论或曰艳情表演论，的确浸

[①] Krishnamachariar and M. Srinivasachariar, *History of Classical Sanskrit Literature,* Delhi: Motilal BanarsidassPublishers, 2016, p. 889.

[②] Krishnamachariar and M. Srinivasachariar, *History of Classical Sanskrit Literature,* p. 888.

[③] Vatsayayana, *Kamasutra,* New Delhi: Chaukhamba Publications, 2014, p. 39.

[④] Bharatamuni, *Natyasastra*, Vol.1, p. 183.

透了古代印度"房中术"的文化元素，须在梳理印度古代情爱艺术论基础上进行探索和思考。这些内容虽然是在冠以"综合表演"的情境下论述的，但它们已超越戏剧表演的范畴，上升到一般的文艺理论高度，进入文艺心理学的范畴，因此须超越戏剧情味话语体系，在更为宏大的文化背景下与文化诗学的维度上进行解读。但是，问题还存在复杂的另一面。

《爱经》和《舞论》产生和定型的时间都存在争议，因此，如何判断《爱经》与《舞论》的关系或犊子氏与婆罗多有无思想的交集，是一个值得思考的问题。从《爱经》的具体内容来看，有许多可在《舞论》的情爱论中发现相似的痕迹。例如，《爱经》谈到爱的十个阶段，它把女信使分为八类。[①]这些在婆罗多笔下均有不同程度的反映。《爱经》指出："男为女欢，女为男乐，这便是《爱经》讨论男女结合的主要目的。"[②]也许，正是这种具有现代人文意义的前卫思想和科学姿态，才使得它深深吸引了思考直抵人性深处的戏剧乐舞的婆罗多。虽然我们无法确定婆罗多参考的是犊子氏或其他人的同类著作，但有一点可以肯定，婆罗多受到了印度古代情爱经论的巨大影响。如果没有接受这种影响，《舞论》谈论的四种表演方式中的真情表演或曰情感表演，将会是空缺或平淡无奇的。

事实上，《舞论》第二十四、二十五章大量涉及艳情心理论，如不联系犊子氏等人的印度古代情爱艺术论，自然无法较为准确、合理地进行阐释。事实上，婆罗多的许多关键术语也和犊子氏的著作存在某些联系。例如，两人都运用 nayaka（女主角）、nayika（女主角）、vidusaka（丑角）、vita（浪子或曰食客）、pithamarda（伴友）等词汇。

《舞论》第二十四章中提及 Kamatantra（爱的秘笈）三次。例如，"根据《爱的秘笈》，女子无法与恋人相聚终至死亡的场景，应该避免直接表演"（XXIV.191）。[③]再如，"我将如实讲述国王寻求与良家淑女共

---

① Radhavallabh Tripathi, ed. & tr. *Kamasatra of Vatsayayana,* Delhi: Pratibha Prakashan, 2005, pp. 265–267.

② Radhavallabh Tripathi, ed. & tr. *Kamasatra of Vatsayayana*, p. 330.

③ Bharatamuni, *Natyasastra*, Vol. 1, p. 187.

享欢爱的仪轨，这些仪轨来自《爱的秘笈》"。①《舞论》第二十五章中提及 Kamatantra 多达五次，例如，"男子应该采取各种方法，了解女子内心的爱恶喜好，思考《爱的秘笈》所载亲近女子的方法"。②婆罗多在《舞论》中提及 Kamatantra，说明他非常熟悉《爱经》这类古代的"情爱宝典"。

问题是，《爱经》提到的情爱艺术论著大多不传，因此很难判断婆罗多所提到的无名氏著《欲经》是犊子氏的《爱经》还是其他同类著作。或许，这是婆罗多出于某种特殊目的而使用的"障眼法"而已。总之，由于无法确定《舞论》的作者与犊子氏生活的具体年代，也就很难弄清婆罗多究竟是借鉴了《爱经》还是其他情爱艺术论著。"美学家和情爱艺术论者描述（《舞论》第二十四章所述及的爱欲发展）十阶段，已有悠久的传统，且其名称略有变化……很难说究竟是婆罗多从犊子氏那儿借鉴了爱欲十阶段说，还是犊子氏从他的《舞论》那儿引述了这些概念。自然，在《舞论》中，所有这些都是从舞台表演的角度论述的。"③

如果不拘泥于上述复杂难辨的历史细节，假定婆罗多本人很可能是其他作者的托名，《舞论》本身也存在一个不断增补和修改的过程，那么，我们完全有理由将犊子氏与婆罗多二人视为同时代或时代接近的两位作者，或将二者视为阐述各自思想体系的集体。这样，探讨婆罗多对犊子氏等人的情爱艺术论的借鉴、发挥、改造，就是顺理成章的事。当然，有的学者质疑犊子氏等情爱艺术论者是否借鉴婆罗多的《舞论》，笔者认为这大体上是不成立的。婆罗多在论述毒性发作八个阶段的表演时援引《遮罗迦本集》和《妙闻本集》等医学著作，这与其他古代文艺理论研究者主动从其他学科吸取知识营养的做法一致。另一方面，妙闻等医学著作作者和犊子氏等性学论者鲜少在著作中提及婆罗多或《舞论》。因此，可以大致判断婆罗多对性学和医学著作的借鉴基本上是一种单向度而非互动式的学术行为。至于婆罗多提及的 Kamatantra，并不

---

① Bharatamuni, *Natyasastra*, Vol. 1, p. 188.

② Bharatamuni, *Natyasastra*, Vol. 1, p. 207.

③ Radhavallabh Tripathi, ed. & tr. *Kamasatra of Vatsayayana*, "Introduction," p. 41.

见于犊子氏等人的记载，这大约是婆罗多运用的一种虚虚实实、虚实相生的学术"障眼法"。①

由于受到以犊子氏为代表的古代情爱艺术论的深刻影响，婆罗多在《舞论》中多处借鉴《爱经》或《爱经》类著作，有时还以高度的创造性对其进行艺术发挥。

从《爱经》的具体内容来看，它也存在许多一分再分的数理思维或曰形式主义分析特色，例如，犊子氏把联络男女主角情爱活动的女信使（duti）分为八类，②把妓女分为九类。他依据男女求欢的各种不同背景，将其情爱活动分为七种类型。关于男女情爱的细致分类，在《舞论》中可以发现相似的痕迹。这些复杂细致、不厌其烦的形式分析，在婆罗多的艳情论或情味论中，均有不同程度的反映。

《爱经》描述了男子欲求不满而走向死亡的十个阶段，婆罗多在借鉴时加入了创造性的新元素。例如，他在第二十四章提到的十种爱情状态并非属于男子，而是女子求爱不得而产生的悲剧，他所描述的爱情悲剧的十个阶段，充分地考虑了女子的心理特点。他并没有采纳犊子氏为痴情男设计的一见钟情和不顾羞耻等情节，因为这些似乎更适合男性的恋爱思维，反而设计痴情女与使女对话、自言自语、暗自悲叹等情节，使其更加适合女演员的舞台呈现。这一点，甚至可以与婆罗多描述毒性发作的舞台表演联系起来。

比较犊子氏的情爱艺术论与婆罗多的艳情论，或分析婆罗多对犊子氏的艺术借鉴，如不涉及二人对男女特别是对女子的分类，那将会留下遗憾。因为，正是其对女子进行的分类，凸显了婆罗多高度的艺术创造性和灵活的辩证思维。

因论述对象是女主角，因此婆罗多没有采纳犊子氏等人依据或模仿动物特征为男子进行分类的方法，而是采纳了犊子氏等人依据动物特性、气质为女子进行分类的模式，但却将情爱艺术论中的女子三分法、四分法、五分法等大大地拓展为二十三分法，即把女人按照天神和半神、恶魔的特性分为六种，按照动物本性分为十六种，余下一种为人。

---

① 尹锡南：《舞论研究》（上），巴蜀书社2021年版，第402页。

② Radhavallabh Tripathi, ed. & tr. *Kamasatra of Vatsayayana*, p. 264.

由此可见，这其实也是一种三分法，即以人本身、动物和神魔这三者为划分女性生理特征与心理气质的标准。不同的是，婆罗多的三分法极大改进了犊子氏等人纯粹以动物本性描述女性的做法，或者说丰富了三分法的外延和内涵，使之更具有戏剧表演的实践性、可操作性。

婆罗多对犊子氏的相关论述也多有扬弃，如他基本不涉及《爱经》中关于男女各种交合姿势的叙述，因为他的论述对象是戏剧表演，他得考虑舞台表演的公开性和教育价值而非房中术的隐秘实用价值。

综上所述，婆罗多对犊子氏的《爱经》所取的正是借鉴加发挥路线。正是这种追求创新的思维，使得婆罗多的艳情心理论或情爱表演论颇为出彩。以往的论者往往忽略或较少了解、或不太认可婆罗多艳情论与犊子氏《爱经》为代表的印度古代性学或情爱艺术论的深刻联系，以致无法进一步领悟婆罗多艳情论的奥妙和魅力所在。因此，研究婆罗多等古典梵语文艺理论家的重要范畴或思想体系，必须回到印度文化经典的历史深度，寻觅其思想关联，感触其远古时代共生共荣、互为受益、抱团取暖的力度和温度。①

五、味论的跨领域渗透

味论具有一种泛化色彩或曰跨领域渗透的特征。在古代印度，诗（kavya）也指戏剧或曰"色"（rupa），它内涵深邃，外延广泛。《舞论》和《剧相宝库》等往往以kavya指代戏剧。印度古典诗学（古典文艺理论）既包括戏剧、舞蹈、绘画、雕塑等视觉艺术和文学、音乐等听觉艺术的思考，又蕴含历史、哲学、地理、伦理、修辞、心理等方面的因素。从现代的眼光看，梵语诗学不仅专注于研究文学领域的创作规律和心理机制，也在某种程度上吸收其他领域的文化因子，从而具有跨学科的泛化色彩。某些重要理论范畴或话语概念不断地向其他领域渗透。梵语舞蹈、音乐和绘画论著出现味论的因子，便是这一泛化趋势的例证。②

---

① 尹锡南：《舞论研究》（上），第415页。
② 尹锡南：《印度古典文艺理论话语建构的基本特征》，《东方丛刊》2018年第1期。

印度学者指出："味不仅是诗歌与戏剧的灵魂，也是音乐、舞蹈与绘画的灵魂。"[1] 味论对于戏剧、诗歌、音乐、舞蹈、绘画等不同艺术门类研究的影响有迹可循。这种泛化色彩恰好凸显了味论在印度古代文艺理论话语体系中的核心地位。例如，《舞论》第八章写道："我已经说明了十三种头部表演方式。接下来我将说明眼神的特征。美丽、害怕、嬉笑、悲伤、惊奇、凶暴、勇敢、反感，这些是表现味的眼神……这二十种用于表现不定情的眼神与上述眼神一道，构成了所谓的三十六种眼神。我将讲述与种种情味相关的眼神的表演方式及其特征、功能。"[2] 该书还指出："结合脸色的表演，眼睛的表演方可表达种种情味，戏剧表演正是立足于此。为表达情味，应该结合眼睛、嘴唇、眉毛和眼神而运用脸色表演。以上便是与情味相关的脸色表演。"[3] 上述引语佐证了情味在戏剧表演中的核心地位。

再看《表演镜》关于舞蹈表演与情味的描述："叙事舞和情味舞可以在特殊的节日进行表演。如果希望一切行动吉祥如意、幸福快乐，应在这样一些场合表演纯舞（nrtta）：国王灌顶、节日、远行、国王远征、婚嫁、与友人相聚、走进新城或新居、儿子诞生。表演令人肃然起敬的传奇故事，便是叙事舞（natya）；不带感情色彩的表演，便是纯舞；暗示情味等等的表演，便是情味舞（nrtya）。情味舞常在王宫中表演。"[4]《表演镜》还说："眼随手势，心随眼神，情由心起，味由情生。"[5]《乐舞奥义精粹》则认为："人们认为，纯舞由男子表演，情味舞由女子表演，而叙事舞、戏剧则由男女（共同）表演。"[6]《乐舞渊海》指出："可在满月之时表演戏剧和情味舞。如果希望一切行动吉祥如意，应在这样一些场合表演纯舞：国王灌顶、节日、远行、国王远征、婚嫁、与友人

---

[1] R. L. Singal, *Aristotle and Bharata: A Comparative Study of Their Theories of Drama*, Punjab: Vishveshvaranand Vedic Research Institute, 1977, p. 188.

[2] Bharatamuni, *Natyasastra*, Vol.1, pp. 319–320.

[3] Bharatamuni, *Natyasastra*, Vol.1, p. 338.

[4] Nandikesvara, *Abhinayadarpana*, Calcutta: Firma K.L. Mukhopadhyay, 1957, pp. 82–83.

[5] Nandikesvara, *Abhinayadarpana*, p. 85.

[6] Vacanacarya Sudhakalasa, *Sangitopanisat-saroddhara*, New Delhi: Indira Gandhi National Centre for the Arts, 1998, p. 138.

相聚、走进新城或新居、儿子诞生。我们现在详细地说明戏剧表演艺术中的叙事舞、纯舞和情味舞三者。natya（戏剧）这个词首先关乎味（rasa），它是表现味的一种方法。"①情味舞的概念鲜明地体现了味论在梵语乐舞论中的渗透。

就音乐与情味的关系而言，《舞论》规定各种音调表现不同情味就是一个例证："音调中的中令（madhyama）和第五（pancama）用于表现艳情味和滑稽味，具六（sadja）和神仙（rsabha）用于表现英勇味、暴戾味和奇异味，持地（gandhara）和近闻（nisada）用于表现悲悯味，明意（dhaivata）用于表现厌恶味和恐惧味。"②《乐舞渊海》的相关论述相似："具六和神仙用于英勇味、奇异味和暴戾味，明意用于厌恶味和恐惧味，持地和近闻用于悲悯味，中令和第五用于滑稽味和艳情味。"③

梵语美术论也存在以味论画的情况。例如，源自《毗湿奴法上往世书》的《画经》论述了九种画味："艳情味、滑稽味、悲悯味、英勇味、暴戾味、恐惧味、厌恶味、奇异味和平静味，这些被称为九种画味（navacitrarasa）。在艳情味中，应该用柔和而优美的线条描摹人物精致的服装和妆饰，显示其美丽可爱，风情万种……但在王宫里，并非所有画味都应该描摹。"④可见，《画经》基本上依据《舞论》的八种味为基础介绍各种画味。

综上所述，文学与艺术水乳交融、各种艺术触类旁通的基本原理，在印度古代文艺理论话语建构中表现得尤其明显。明白了这一层关系，我们就不会惊诧于《舞论》等印度古代文艺理论名著的包罗万象，也不会将《舞论》与刘勰的《文心雕龙》、亚里士多德的《诗学》等东西方古代名著十分简单地相提并论。⑤

---

① 宾伽罗等：《印度古典文艺理论选译》，尹锡南译，巴蜀书社2017年版，第696页。
② 婆罗多：《舞论》，尹锡南译，巴蜀书社2021年版，第382页。
③ Sarngadeva, *Sangitaratnakara*, Varanasi: Chaukhamba Surbharati Prakashan, 2011, p. 45.
④ Parul Dave Mukherji, ed. & tr. *The Citrasutra of Visnudharmottarapurana,* New Delhi: Indira Gandhi National Centre for the Arts, 2001, pp. 240–244.
⑤ 尹锡南：《印度古典文艺理论话语建构的基本特征》。

六、婆罗多味论的历史影响

戏剧情味论（味论）是婆罗多《舞论》的一大核心。后来的戏剧学论著几乎无一不提及情味论，但更多的时候是以味论包含情论。例如，胜财这样定义味："通过情由、情态、真情和不定情，常情产生甜美性，这被称作味。"① 这和婆罗多关于味的定义有些差别，因为他在味的产生前提中加入了真情的因素。这应该视为对婆罗多理论的积极发展。

胜财对各种味的论述以艳情味为主。婆罗多把艳情味分为分离和会合两种，而胜财突破了这种二分法。他说："艳情味分成失恋、分离和会合三种。失恋艳情味是一对青年心心相印，互相爱慕，但由于隶属他人或命运作梗，不能结合。"② 胜财增加的第三种艳情味拓展了戏剧表现的空间。

沙揭罗南丁的《剧相宝库》提到八种味、三十三种不定情和八种真情，与《舞论》相关内容完全一致，其具体说明也基本相似。《剧相宝库》以温柔、明亮和中性为关键词，对各种味的性质和运用于各种风格的情况作了特殊的说明："在上述所有味中，艳情味、悲悯味和滑稽味是温柔的（mrdu），表现雄辩风格、艳美风格和维达巴风格；暴戾味、厌恶味和恐怖味是明亮的（dipta），表现雄辩风格和刚烈风格、高德风格；英勇味和奇异味是中性的（madhyama），表现雄辩风格、崇高风格和般遮罗风格。"③

沙罗达多那耶的《情光》对情由、常情、真情和不定情的阐释与婆罗多基本相似，如认为真情有八种，不定情有三十三种。不过，与婆罗多将情态视为语言、形体和真情的外在表演略有不同，沙罗达多那耶将情态分为四类。他认可婆罗多的八种味，并对各种味进行分类。

辛格普波罗的《味海月》指出："在观众面前表演真情等等，男主

---

① 黄宝生译：《梵语诗学论著汇编》（上册），昆仑出版社2008年版，第460页。
② 黄宝生译：《梵语诗学论著汇编》（上册），第464页。
③ Sagaranandin, *Natakalaksanaratnakosa,* Varanasi: Chowkhamba Sanskrit Series Office, 1972, p. 191.

角在演员中成为智慧的灵魂,这是戏剧。情由、情态、真情和不定情的结合,孕育了味。味是戏剧的生命,我将论述味。"①他将味视为戏剧表演的生命或曰灵魂,这体现了他对婆罗多味论的高度欣赏。辛格普波罗认可婆罗多的八种味,拒斥当时大多数人认可的平静味。他将会合艳情味分为四类:亲密的、混合的、圆满的和强烈的。这说明他对婆罗多味论有某种程度的引申。

婆罗多开创的梵语戏剧学味论,不仅深刻地影响了后来的戏剧味论,也深刻地影响了梵语诗学家的味论诗学体系建构。综合来看,婆罗多味论对于新护、曼摩吒等为代表的梵语诗学家的话语影响更为典型。他们不仅继承了婆罗多八味说,还不断地推陈出新,使味论派成为梵语诗学或梵语文艺学千年发展史上最有影响力的理论流派。即使在梵语诗学衰落期,学者们仍在撰写味论著作。总之,古典味论是梵语诗学史上影响最为深远、历史最为悠久的一派。没有味论的历史影响和传承变异,印度古典梵语文论史和现代文艺理论发展史的面貌截然不同。

对于艺术创作和表演而言,婆罗多味论具有很强的现实指导意义。它不仅深刻地影响了梵语戏剧学、诗学论著,也对后来的戏剧名著产生了影响,这可视为《舞论》影响戏剧艺术实践的鲜活例证。例如,迦梨陀娑在戏剧《优哩婆湿》中谈到婆罗多教导的戏剧"含有八种味"。②他在戏剧《摩罗维迦与火友王》中写道:"戏剧呈现源自三德的人间事迹,它们充满各种情味。众人爱好虽然相异,戏剧却是其唯一的喜好。"③薄婆菩提在戏剧《罗摩后传》中提到婆罗多的大名以示敬意:"他(诗人)写了,只是没有公开。而其中某个部分饱含情味,适宜表演。尊敬的蚁垤仙人亲手写定,已经送往戏剧学大师婆罗多牟尼处。"④跋吒·那罗延在《结髻记》最后写道:"诗人的语言清澈甜美,充满修辞和情味,现

---

① Singabhupala, *Rasarnavasudhakara,* Madras: Tha Adyar Library and Research Centre, 1979, p. 20.

② C.R. Devadhar, ed. & tr. *The Works of Kalidasa: Three Plays,* Part. 2, Vol. 1, Delhi: Motilal Banarsidass, 2015, p. 53.

③ C.R. Devadhar, ed. & tr. *The Works of Kalidasa: Three Plays,* Part. 3, Vol. 1, p. 11.

④ 薄婆菩提:《罗摩后传》,黄宝生译,中西书局2018年版,第105页。

在告一段落，愿伟大的作品流传大地。"[①]这里提及的"修辞和情味"同样体现了婆罗多味论的影响。

由此可见，婆罗多味论不仅影响了胜财、新护等人的戏剧学、诗学理论建构，也影响了迦梨陀娑、薄婆菩提等梵语戏剧家的文学创作，自然，这种文学影响也会体现在梵语戏剧的艺术表演中。这说明，印度古典文艺味论具有无比旺盛的艺术生命力。

1997年，印度学者P.帕特奈克出版了《美学中的味：味论之于现代西方文学的批评运用》一书。该书主体分为十一章。第一、二章介绍味论一般原理和九种味之间的关系。第三至十章分别利用艳情味等九种味点评西方文学，偶尔也涉及中、日、印等东方文学。作者说："非常有趣的是，一种一千五百年前的古老理论还能用来评价现代文学，而西方文学家却不得不为此提出新的理论。"[②]他认为，运用味论评价当代作品，肯定会遇上一些困难。但理论是活生生的，它会在成长变化中适应时代的需要。他说："希望味论这一宝贵的理论能被现代文论家继续运用，以使古老传统长存于世。"[③]

综上所述，婆罗多开创的味论在印度文艺理论发展史上具有非常重要的地位。味论在后来的诗学著作中得到充分发展，成为梵语诗学流派中最为重要的一支，它也是真正泽被后世的一种理论。味论不仅具有重要的比较诗学研究价值，还是当代印度学者进行文学批评的有力工具。[④]

作者系四川大学南亚研究所教授

[①] 跋吒·那罗延：《结髻记》，黄宝生译，中西书局2019年版，第178页。

[②] P. Patnaika, *Rasa in Aesthetics: An Appreciation of Rasa Theory to Modern Western Literature*, New Delhi: D. K Print World, 1997, p. 254.

[③] P. Patnaika, *Rasa in Aesthetics: An Appreciation of Rasa Theory to Modern Western Literature*, p. 256.

[④] 尹锡南：《印度诗学导论》，上海古籍出版社2017年版，第34—51页。

论印度现代印地语文学的成因*

王　靖

内容提要　现代印地语文学是19世纪印度民族觉醒和文化复兴运动的时代产物，其早期作品为宣扬和推动印度民族独立做出了重要贡献。本文结合印度文学、文化的历史状况，从文学传统、语言形式和文化思想三个层面来考察、分析和探讨现代印地语文学的印度文化民族主义成因。虽然现代印地语文学所承载的民族主义具有一定的局限性，但它却为印度民族主体的形成提供了意识形态领域和精神文化层面的必要条件，是印度建构民族国家过程中不可或缺的组成部分。

关键词　印度　现代印地语文学　民族主义　文化复兴

现代印地语文学是19世纪印度民族觉醒和文化复兴运动的时代产物，其早期作品在内容上以宣扬民族主义和爱国精神为主，具有强烈的感染力和号召力，为宣扬和推动印度民族的独立做出了重要贡献。结合

---

* 本文为教育部人文社会科学重点研究基地北京大学东方文学研究中心课题"东方文学与文明互鉴：以文学的现代化进程研究为视角"（22JJD750003）的阶段性成果；教育部人文社会科学研究青年基金项目"印度'早期现代'黑天文学研究"（19YJC752030）的阶段性成果。

印度文学、文化的具体历史状况，可以从文学传统、语言形式和文化思想三个层面来探讨现代印地语文学的成因。从文学传统层面来看，其生成主要依赖于对梵语文学传统的继承，在创作手法、文学理论、内容主题等方面的传承都凸显了印地语文学所承载的印度民族文化传统主要是由"梵语文学对应的印度雅利安（Indo-Aryan）文化传统发展而来"[1]。从语言形式层面来看，主要依赖于克利方言（Khadi Boli）印地语作为标准书面语言和文学语言的广泛传播。从文化思想层面来看，主要依赖于印度民族主义与文化复兴意识的觉醒，这为现代印地语文学作为表达和宣传文化民族主义的载体提供了思想准备。

在论析现代印地语文学的成因之前，有必要先厘清"印地语"及"现代印地语文学"的概念。印地语的含义较为复杂，其语言和文学的形成与发展也具有特殊的时代背景。

一、"印地语"和"现代印地语文学"

（一）广义印地语与狭义印地语

"印地语"（Hindi）这一名词概念有广义和狭义之分。广义印地语是由阿波布朗舍语[2]发展而来的印度北部、东部和中部地区的十多种不同方言的统称，例如伯勒杰方言（Braj Bhasha）、阿沃提方言（Awadhi）、拉贾斯坦方言（Rajasthani）、迈蒂利方言（Maithili）、博杰普尔方言（Bhojpuri）、克利方言（Khari Boli）等。这些方言的词汇、语言结构都是从梵语中继承下来的，有很多共同点，也继承了相同的梵语文学传统。因此，这些方言文学亦称泛印地语（区）文学，约出现在10

---

[1] Vasudha Dalmia, *The Nationalization of Hindu Traditions: Bharatendu Harischandra and Nineteenth-Century Banaras*, Ranikhet: Permanent Black, 2010, p. 2.

[2] 阿波布朗舍语，Apabhramsha language，亦音译为阿伯珀伦谢语，是由印度俗语（Prakrit）发展而来，Prakrit本义是"天然的，自然的"，意译为"俗语"，是印度—雅利安语支（Indo-Aryan languages）中民间俗语的统称，与古印度上层阶级使用的标准书面语梵语（Sanskrit，即"雅语"）相对。"俗语"后被应用于文学之中，其文学语言形式的变体被称为阿伯珀伦谢语。参见Shanbhunath and Ramveer Singh, *Hindi Ka Itihas*, Agra: Kendriya Hindi Sansthan, 2007, pp. 13–14。

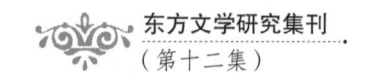

世纪前后。①

狭义印地语是指使用天城体字母书写、更多吸收梵语词汇的克利方言，其文学生成晚于18世纪。克利方言由阿波布朗舍语发展而来，产生于10世纪前后，当时没有文字记载。②伊斯兰教政权在德里建立后，随着穆斯林与当地民族的不断混杂和相互同化，上层统治者为了便于统治，在民间用克利方言代替波斯语，用波斯字母（Persian Alphabet）拼写克利方言，不少波斯语、阿拉伯语、突厥语词汇及波斯语构词法也被带入其中，形成乌尔都语（Urdu）。与之相对应，用梵语的天城体字母（Devanagari）拼写的克利方言在吸收梵语词汇的基础上形成印地语。简言之，乌尔都语和印地语是克利方言（口语）的两种不同的书写形式。虽然曾有诗人提到11世纪存在一部"印地（语）"诗集，但该作失传。③根据现存资料和学者们的考证，19世纪初才出现克利方言印地语的书面文献，而文学作品从19世纪中叶以后才出现。

（二）印地语文学史的分期

拉默金德尔·修格尔（Ramchandra Shukla，1884—1941）、纳根德拉（Nagendra，1915—1999）、商普纳特（Shanbhunath）、拉姆维尔·辛赫（Ramveer Singh）等人将广义印地语作为一个整体进行考察，他们对印地语文学史的分期有两种意见：第一种分期是10世纪前后至14世纪为初期、14世纪至19世纪中叶为中期、19世纪中叶至20世纪中叶为现代时期。第二种是11世纪初至16世纪初为初期，16世纪初至19世纪初为中期，19世纪初至今为现代时期。④

---

① 参见刘安武：《印度印地语文学史》，中国大百科全书出版社2015年版，第4—5页。另见西沃丹·辛赫·觉杭：《印度语文学史的问题》，载氏著：《印地语文学的八十年》，刘安武译，中国大百科全书出版社2015年版，第12页。

② 参见刘安武：《印度印地语文学史》，第4页。

③ 参见西沃丹·辛赫·觉杭：《印地语文学的八十年》，刘安武译，第6页。

④ Ramchandra Shukla, *Hindi Sahitya Ka Itihas*, Varanasi: Nagari Pracharini Sabha, 2001, p. 1. Nagendra and Haradayal, *Hindi Sahitya Ka Itihas*, New Delhi: Mayur Paper Back Publication, 2009, pp. 12-14. Shanbhunath and Ramveer Singh, *Hindi Ka Itihas*, Agra: Kendriya Hindi Sansthan, 2007, pp. 29-38.

西沃丹·辛赫·觉杭（Shivdan Singh Chauhan, 1918—2000）则持狭义印地语文学的主张，他认为，"印地语的全部文学都是现代时期的产物，或者说是民族觉醒时期的产物"。①在他看来，克利方言印地语文学史始于1857年的印度民族大起义，现代印地语文学即是全部的印地语文学。②

刘安武认为，无论是广义还是狭义，"对我们（中国读者）来说，重要的是介绍印度北部和中部自梵语文学衰落以后的一千年的文学遗产，至于是用哪种地方语言或方言写成的，应该是次要的问题"。③他综合大多数印度学者意见，结合20世纪七八十年代中国对印地语文学的接受状况，把广义的印地语文学史划分为初期（900年前后至1350年）、前中期（1350—1600年）、后中期（1600—1857年）、近代时期（1857—1900年）、现代时期（1900—1947年）五个阶段。

本文论述的印度现代印地语文学中涉及"文学史"和"文学传统"层面的概念指的是"广义的印地语文学"，文学史的分期主要依据刘安武的观点，将印地语文学的起点定为10世纪前后；但由于本文论述的重点是印度民族大起义背景下的现代印地语文学，因此将现代印地语文学的起点定为1857年。

二、现代印地语文学对传统的继承

印度梵语文学历史悠久，产出丰盛，为印地语文学的形成提供了参考模板和借鉴基础。梵语文学传统对初期和中期的印地语文学产生了直接而重大的影响，也间接影响了现代印地语文学的创作。

首先，在创作手法方面，印地语文学中许多创作体裁、题材、技巧源于梵语文学。在约一千年的印地语文学传承中，其文学体裁在前八百多年几乎全都是诗歌，这些诗作的题材基本都源于两大史诗《罗

---

① 西沃丹·辛赫·觉杭：《印度语文学史的问题》，载氏著：《印地语文学的八十年》，刘安武译，第8页。
② 西沃丹·辛赫·觉杭：《印度语文学史的问题》，载氏著：《印地语文学的八十年》，刘安武译，第13页。
③ 刘安武：《印度印地语文学史》，第5页。

摩衍那》《摩诃婆罗多》和"往世书"以及古典梵语文学作品如《牧童歌》等。以帕勒登杜·赫利谢金德尔（Bharatendu Harishchandra，1850—1885）为代表的现代印地语文学开端时期的作家沿袭传统进行创作，如帕勒登杜的诗作《女伴啊，为何我不是竹笛？》(*Sakhi Ham Bamsi Kyaun Na Bhae*)：

> 若我是笛多美妙，吸吮唇汁染他色。
> 他会把我持在手，或挂腰间贴唇边。
> 情郎林中吹竹笛，伯勒杰人身心迷。
> 向造物主求此郎，伯勒杰土幸运长。
> 赫利金德言，
> 莫亨情味盈入眼，永不分离意缱绻。①

诗歌使用的是伯勒杰语，直接沿袭了印度中世纪虔诚文学经典著作《苏尔诗海》(*Sursagar*)中的语言、诗体和文学风格，间接继承了古典梵语文学中的"艳情"（Shringar Rasa, Rati/love）叙事，描写了黑天"情味本事"（Rasa Lila），表现了伯勒杰地区的牧女对于"莫亨"（Mohan，大神黑天的名号之一）的热恋及渴望。

其次，在文学理论方面，古典梵语文学理论对印地语文学（尤其是在以诗体/韵文为主的发展时期）起到了主导作用，公元16至17世纪的诗人和文学理论家格谢沃达斯（Keshavdas）创作的第一部印地语文学理论著作《诗人所爱》(*Kavipriya*)就借鉴了如檀丁（Dandin）的《诗镜》(*Kavyadarsa*)等古典梵语文学理论著作中的观点。②

第三，在主题思想方面，印地语文学继承了梵语文学中浓厚的宗教意识。早期印地语文学的诗人抒发对神或至高存在的虔诚感情，"他们

---

① Ramveer Singh, *Adhunika Kavya Sangrah*, Varanasi: Vishwavidyalaya Prakashan, 2019, p. 5.

② See K. B. Jindal, *A History of Hindi Literature*, New Delhi: Munshiram Manoharlal Publishers Pvt. Ltd., 1993, pp. 143-147. Allison Busch, *Poetry of Kings: The Classical Hindi Literature of Mughal India*, New York: Oxford University Press, 2011, pp. 4-5.

人生的四大目的是'法、利、欲和解脱',特别是追求解脱,追求摆脱轮回,达到灵魂与至高存在'梵'的统一。①这种主题思想和创作意图为印地语文学奠定了"虔诚"与"爱"的感情基调。在早期的印地语文学史中,这种虔诚和爱的情感主要还是奉献给神的,但到了现代时期,奉献对象逐渐转变为民族和国家。

三、现代印地语作为书面语言和文学语言的传播

从19世纪开始,克利方言即狭义印地语,作为宣扬民族主义和爱国精神的工具及有力武器,在印度得到了广泛传播。克利方言印地语作为书面语言和文学语言进行传播的原因有三:印刷媒介的出现、英国殖民者文化政策的转变以及以帕勒登杜为代表的印度本土知识精英的政治和文化诉求。英国人带来的印刷媒介在客观上推进了克利方言印地语作为民族语言的定型和传播,刺激了印度民族主义和文化复兴意识的觉醒。出于塑造印度民族共同体意识的诉求,以帕勒登杜为代表的本土知识精英试图将克利方言印地语标准化,通过创办印地语杂志,开办诗会,推动克利方言印地语作为文学语言,努力将其打造成承载和宣扬印度教文化民族主义的现代印地语。

(一)印刷媒介的出现

在克利方言印地语定型并固化为标准书面语言这一过程中,印刷媒介起到了至关重要的作用。1600年英国东印度公司成立,不久进入印度,1757年普拉西战役后,正式开始了对印度的殖民。随后,印刷出版事业在印度兴起。印刷媒介的保存功能和标准化效应有助于克利方言印地语"晋升"为一种"共同的媒介"——现代印地语,使得"原本可能难以或根本无法彼此交谈的人们,通过印刷字体和纸张的中介,变得能够相互理解了"。②

---

① 刘安武:《印度印地语文学史》,第7页。
② 本尼迪克特·安德森:《想象的共同体》,吴叡人译,上海人民出版社2016年版,第43页。

（二）英国殖民者文化政策的转变

英国殖民者文化政策的转变是推动克利方言印地语作为书面语言和文学语言进行传播的又一客观动因。19世纪初，英国殖民者为巩固自身统治、最大限度地攫取利益而改变了原有策略，在对印度进行武装入侵和经济掠夺的同时，也开始加强宗教、文化渗透，加剧对印度的精神影响和文化侵略。1813年，英国议会通过了《印度基督教工作法案》（The Charter Act of 1813）。此后，大批传教士被派往印度。传教士们给印度带来了先进的印刷术，通过开办学校、经营报纸和杂志、开设医院和创建慈善机构来吸引印度群众。英国人在教化印度民众的同时，也刺激了印度本土知识分子的觉醒。

1800年，英国人在加尔各答建立了威廉堡学院（College of Fort William），用以培养殖民统治所需的行政官员，主要教授印度的本土语言和文化。因教学所需，威廉堡学院将包括《薄伽梵往世书》《僵尸鬼故事》《沙恭达罗》《那罗传》等在内的一批印度古典梵语文学经典用通俗的克利方言印地语进行转写。1819年，在印度的英国传教士用具有梵文风格的印地语翻译并出版了《圣经》。他们还利用印度国内各地的耶稣传教会分支机构，组织、翻译、出版了大量基督教相关的印地语版书籍。传教士们还专门资助和扶持了一些通晓印地语的印度知识分子撰写各种有关教育的书和文集，以满足在各地开办的英式学校的课本需求。

与此同时，英国人基于分而治之的平衡政策，大力扶持印地语作为书面语言（法庭用语/官方用语）在民间流行。由于历史上穆斯林王朝的影响，这一时期印度各省之间的交往以及印度北部上层人士使用的主要语言是克利方言乌尔都语。印地语的使用虽然非常有限，但它比乌尔都语更接近印度其他各省的语言。英国人正是看到了印地语的这种发展前途，为便于统治，他们开始扶持和促进印地语的发展。

（三）印度本土知识精英的政治和文化诉求

印度本土知识精英的政治和文化诉求是推动克利方言作为书面语言和文学语言进行传播的主观动因。随着英国殖民统治的不断深入，印度出现了一批新兴本土知识精英。他们同时接受印度传统文化和西方文化熏陶，受到民主、平等观念的影响，具有较强的民族意识和爱国思想。在此背景下，本土知识精英在印度掀起了轰轰烈烈的民族觉醒运动。在运动过程中，这些知识分子需要一种易于书面传播和文学创作的全国性语言，以便在全印或至少在各中心城市为人们所了解和掌握，促进政治和社会团结。他们将目光锁定在克利方言的乌尔都语和印地语，于19世纪早期发起了一场"克利方言运动"（Khadi Boli Andolan）。至19世纪下半叶，在政治和公共领域层面，克利方言印地语在与克利方言乌尔都语的竞争中逐渐占据优势，圣社、国大党及以北印度贝拿勒斯[①]为中心的印度教知识精英们较多地选择了用天城体书写的克利方言印地语，努力将之改造为现代标准印地语。[②]

最早支持印地语的知识精英有贝拿勒斯的印度土邦王公，被授予"印度之星"[③]称号的西沃伯勒萨德（Raja Sivaprasad，1823—1895）和阿格拉的土邦王公勒格谢门·辛赫（Raja Lakshman Singh，1826—1896）等。他们支持使用印地语的一个重要目的是应对和反击以赛义德·阿赫默德汗（Sayyid Ahmad Khan，1817—1897）为代表的穆斯林学者对印地语的攻击。西沃伯勒萨德是一位温和的印地语推广者。他利用东印度公司政府委任他作为联合省（今印度北方邦）教育部督学的职务之便，要求东印度公司政府在学校中推行印地语教育。同时，他还资助一些通晓印地语的印度学者编写印地语课本。但他本人并不反对波斯语和乌尔都语，他希望能够一视同仁地对待印地语和乌尔都语。[④]勒格谢门·辛赫较之更为激进，他反对西沃伯勒萨德对待印地语和乌尔都语的主张，认为"在印地语中使用波斯语和阿拉伯语的已经通行的词汇是不适当的。勒格谢门·辛赫最早提出了印地语和乌尔都语是两种不同的语言的

---

① 贝拿勒斯，今称瓦拉纳西，古称"迦尸"（Kashi），印度教圣地、著名历史古城，位于印度北方邦东南部。

② Francesca Orsini, *The Hindi Public Sphere 1920—1940: Language and Literature in the Age of Nationalism*, New Delhi: Oxford University Press, 2009, pp. 3-6.

③ "印度之星"是英印殖民当局为了表彰竭力效忠大英帝国的印度精英分子而授予的称号。参见刘安武：《印度印地语文学史》，第127页。另见姜景奎：《印地语戏剧文学》，中国对外翻译出版公司2002年版，第55页。

④ Ramchandra Shukla, *Hindi Sahitya Ka Itihas*, pp. 239-245.

看法，同时他还认为，任何人为了促使两者结合而做的努力，都将失败"。[1]勒格谢门·辛赫为了使印地语脱离波斯语的影响，专门出版报刊推广印地语。此外，出于将克利方言印地语推广为文学语言的目的，他还陆续将梵语文学名著《沙恭达罗》《罗怙世系》《云使》等改写为印地语。他用印地语改写的《沙恭达罗》"鼓舞了帕勒登杜和他同时期的作家们用印地语进行文学创作"。[2]在印地语文学史上，现代印地语文学的第一个时期被称为"帕勒登杜时期"。[3]这是因为帕勒登杜"是第一个成功地运用了印地语的标准语——克利方言写作的学者……为后世提供了范例"[4]。

帕勒登杜·赫利谢金德尔（Bharatendu Harishchandra，1850—1885）被誉为"现代印地语之父"（father of modern Hindi），他在诗歌、戏剧、游记和散文等文学体裁中推广使用这种新形式的语言方面发挥了关键作用。他于1868年，创办了杂志《诗之甘霖》（Kavi-Vachan Sudha）；于1873年，用克利方言印地语创作的最早的一部印地语戏剧《按〈吠陀〉杀生不算杀生》（Vaidikee Hinsa Hinsa Na Bhavati）出版；同年，他创办了《赫利谢金德尔杂志》（Harishchandra Magazine），1874年，该杂志改名为《赫利谢金德尔之光》（Harishchandra Chandrika）。他在《赫利谢金德尔杂志》的创刊词中写道："1873年，印地语新生了。"他以这两种杂志为平台，聚集了当时一些主要作家和诗人；并于1874年建立"诗歌繁荣社"（Kavita Vardhani Sabha）等社团机构，目的在于鼓励诗歌创作和培养诗人，研读文学作品和树立文学评论标准。帕勒登杜不遗余力推动印地语的发展，他认为国家的构建、社会的进步之首要任务就是要拥有并发展"自己的语言"（Nij Bhasha）。从帕勒登杜开始，印地语地区的主流文学语言从伯勒杰语方言转变为克利方言印地语，他为印地语作为文学语言的定型和传播做出了重要贡献。[5]到19世纪70年代，广

---

[1] 西沃丹·辛赫·觉杭：《印地语文学的八十年》，刘安武译，第17页。

[2] 西沃丹·辛赫·觉杭：《印地语文学的八十年》，刘安武译，第17页。

[3] Nagendra and Haradayal, *Hindi Sahitya Ka Itihas*, p. 401.

[4] 刘安武：《印度印地语文学史》，第136页。

[5] See Ramswarup Chturvedi, *Hindi Kavya Ka Itihas*, Ilahabad: Lokbharti Prakashan, 2012, p. 127. Ramchandra Shukla, *Hindi Sahitya Ka Itihas*, p. 246.

泛的印地语运动为现代标准印地语成为印度民族语言做好了受众层面的准备。①

四、印度民族主义与文化复兴意识的影响

关于现代印地语文学中"现代性"思想的起源,以阿希什·德里巴提(Ashish Tripati)、拉马格亚·夏希特尔(Ramajya Shashidhar)、商普纳特、拉姆维尔·辛赫为代表的印度学者认为,印度中世纪时期②就已存在现代性思想的萌芽,那时的文学就已出现了平等、民主、民族意识和批判性的朴素思想,英殖民者的入侵使得印度被迫进入了"现代化",英国人对印度在物质和文化双重层面的殖民,进一步刺激了印度民族意识和"文化复兴"意识的觉醒。③笔者认同这种观点,印度的"民族"和"文化复兴"意识的萌芽早在11世纪前后就开始出现了。公元6世纪前后,南印度兴起了印度教帕克蒂运动(Bhakti Movement)④,于10世纪前后传入北印度,并逐渐发展成为印度北部地区声势浩大的宗教改革运动。当时在北印度伊斯兰政权的统治下,印度教文化发展动力不足,承载印度教传统文化的梵语文学业已衰落。为团结民间力量以抵抗强势的伊斯兰教文化,印度教婆罗门开始积极寻求与社会底层人民的合作。在穆斯林文化和传统印度教文化的冲突、碰撞和交流中,中世纪的印度出现了文化复兴的浪潮。承载宗教和社会统治阶层话语权的梵语文学逐渐

---

① 参见西沃丹·辛赫·觉杭:《印地语文学的八十年》,刘安武译,第18页。

② 此处指广义印地语文学的初期和前中期,10世纪前后至17世纪前后。参见刘安武:《印度印地语文学史》,第8页。

③ See Ashish Tripati, "Adhunika Hindi Kavita Ki Ruparekha, Adhunika Kavya", edited by Hindi Deptt. Banaras Hindu University, Varanasi: Vishvavidyalay Prakashan, 2013, pp. 17-27. Ramajya Shashidhar, "Adhunika Hindi Kavita: Yatra Aur Antaryatra, Adhunika Kavya", edited by Hindi Deptt. Banaras Hindu University, Varanasi: Vishvavidyalay Prakashan, 2013, pp. 109-110. Shanbhunath and Ramveer Singh, *Hindi Ka Itihas*, pp. 59-60.

④ 帕克蒂运动,又译作"虔诚运动"或"虔信运动"。从原典及实际情况看,"虔诚"或"虔信"涵盖不了Bhakti一词的所有意义,故而,在专指这一运动时,Bhakti音译为"帕克蒂"更为准确。参见姜景奎:《一论中世纪印度帕克蒂运动》,《南亚研究》2002年第2期。

被印度各地方言文学所取代,广义印地语文学成为传承梵语文学的主要力量。

1757年普拉西战役后,英殖民者在征服和掠夺印度的同时,也不自觉地影响和推动了印度本土知识分子阶层的形成。在与英殖民者接触的过程中,这些知识分子逐渐意识到作为大英帝国附属国的印度所遭受的不公平待遇和英殖民者对印度的残酷剥削。19世纪初,印度本土知识分子立足于印度教传统文化,为实现印度民族复兴和独立自主掀起了一场以宗教和社会改革为主旨的思想启蒙运动。这场启蒙思想的文化复兴运动是与西方理性主义思想紧密结合的,表现出了较多的现代理性意识和强烈的民族主义意识。

在以罗摩·摩罕·罗易(Ram Mohan Roy,1772—1833)、达耶难陀·萨拉斯瓦蒂(Dayananda Sarasvati,1824—1883)、罗摩克里希那·波罗摩汉萨(Ramakrishna Paramahansa,1836—1886)、辨喜(Vivekananda,1863—1902)为代表的印度思想家和社会改革家的影响下,具有强烈爱国思想的知识精英将理性精神运用在文学创作实践中,促进了19世纪印度民族意识的觉醒,为现代印度民族主体的形成提供了精神文化层面的给养。"印度学界喜欢把这一时期的文学称作'文艺复兴'。"[1]在19世纪中叶至20世纪初印度文艺复兴的浪潮中,现代印地语文学逐渐被北印度知识精英塑造为文化民族主义的载体。

以帕勒登杜为代表的现代印地语文学的早期作家们既是"传统主义者",又是"民族主义者"。[2]他们一方面继承传统文学,深受印度古代文化和古典梵语文学的熏陶,熟悉"吠陀"、两大史诗等古代经典;另一方面,为了鼓舞、激励、感染和教育广大印度人民,他们赋予了陈旧文学题材以新的时代意义。1880年,帕勒登杜假托历史事件,创作了十幕历史剧《尼勒德维》(Nildevi),该剧本表现了"印度教刹帝利种姓中拉杰普特民族抵抗入侵者的顽强精神,展现了他们兴正义之师、视死

---

[1] 薛克翘等:《印度近现代文学》,昆仑出版社2013年版,第58页。

[2] Vasudha Dalmia, The Nationalization of Hindu Traditions: Bharatendu Harischandra and Nineteenth-Century Banaras, p. 10. Nagendra and Haradayal, Hindi Sahitya Ka Itihas, p. 455.

如归的大无畏英雄气概"。①拉姆维尔·辛赫认为，虽然帕勒登杜在这部作品中讲述的是历史上印度教拉杰普特王公带领人民与异族穆斯林入侵者英勇战斗的故事，实际上却是借古喻今，希望通过这部文学作品，鼓舞、激发印度人民的斗志，奋勇抗击英国人的侵略。②在这部戏剧中，有一首著名的诗歌《英勇的印度》(*Bharat Viratva*)：

> 穿上战袍，披上铠甲，扎上番红花色的头巾，
> 束紧腰带，弯弓搭箭瞄准敌人。
> 为了民族长治久安，为了造福于民的理想，
> 印度不再恐惧。
> 你们从不让妻女失望，
> 从不背叛人民的信仰。
> 你们架桥修路，把天堑变通途，
> 为行路人传播幸福。
> 你们守护家乡，站岗放哨，
> 震慑了盗匪，让他们四散奔逃。
> 你们维护了家园、民族和国家的稳固，
> 你们视钱财和封地如同粪土。
> 你们依正法行事，保家卫国，
> 你们传授知识，无私奉献，修建了伟大的城埠。
> 你们因地制宜，从不顽固，
> 你们以无畏的肩膀庇护了人民所有的幸福。
> 你们保障了这个民族的繁荣和稳定，
> 你们在战场上谨遵誓言，尽忠职守。
> 敌人的铁蹄践踏我们的妻女，抢掠我们的财富，破坏我们的安宁，
> 印度民族的英雄子孙为了尊严和荣誉不惜牺牲性命。
> 马纳·辛赫与伯勒达波·辛赫在孟加拉并肩奋战，

---

① 姜景奎：《印地语戏剧文学》，中国对外翻译出版公司2002年版，第76页。

② Ramveer Singh, *Adhunika Kavya Sangrah*, p. 311.

拉姆·辛赫在阿萨姆大获全胜，热血沸腾。
恪守刹帝利武士之道的拉其普特王族子孙骁勇善战，
犹如婆罗多族神圣王者苏达萨的军队一样英勇。
为了印度民族，英雄们何不奋起，
手握宝剑冲向漫漫沙场，拼死战斗！①

在这首诗歌中，我们可以看到以帕勒登杜为代表的现代印地语文学早期作家以增强印度人民的民族意识、民族自信心和自豪感为己任，拓展了中世纪文学"虔诚与爱"的主题思想，将"虔诚与爱"的对象由"神"（Isha Vandana）转变为"国家"和"民族"（Desha Vandana），唤醒印度人民对"国家"和"民族"的虔诚与爱（Desha Bhakti）以及保家卫国、视死如归的英雄气概。②这充分体现了现代印地语文学的"文化民族主义"属性。此外，我们还能看出现代印地语文学早期作家继承了中世纪的印地语文学传统，诚如拉姆维尔·辛赫所言，帕勒登杜是在作品中借古喻今，实际上他并不反对穆斯林，而是想要借由历史来激发印度人民的斗志和民族意识来反抗英殖民统治者，但不能否认的是，这种借古喻今的书写手法从客观上自觉不自觉地通过"描述在穆斯林政权压迫下罹受痛苦的印度教人民奋起反抗的记忆，来建立印度教民族的凝聚力"③，这也体现了现代印地语文学所承载的"文化民族主义"的狭隘性。

结　语

西方印刷媒介等工业技术的传入和普及，从客观上为印地语作为印度民族语言的定型与传播提供了一定的技术条件和便利，同时印度文化复兴和民族意识的觉醒为印度本土知识精英建构现代印度民族国家提供

---

① Ramveer Singh, *Adhunika Kavya Sangrah*, pp. 1-2.
② See Ramswarup Chturvedi, *Hindi Kavya Ka Itihas*, pp. 127, 129.
③ Vasudha Dalmia, *The Nationalization of Hindu Traditions: Bharatendu Harischandra and Nineteenth-Century Banaras*, p. 35.

了思想给养和理论基础。在此过程中,支持印地语的知识精英努力将克利方言印地语书面化、标准化,将克利方言打造成承载和宣扬印度教文化民族主义的现代印地语。在身处19世纪的印地语知识精英看来,现代印地语文学作为承载和宣扬印度民族主义的工具最为适合,印地语文学传统由梵语文学传统发展而来,是印度民族文化复兴的理想载体。现代印地语文学的早期作家"在压迫与反抗,侵略与反侵略的现实背景下,自觉承当民族解放'号角'的使命……为民族的痛苦而痛苦,为民族的灾难而悲愤,为民族的前途和命运而担忧"。[1]虽然现代印地语文学所承载的"民族主义"仍具有一定的局限性,但不可否认的是,现代印地语文学为印度民族主体的形成提供了意识形态领域和精神文化层面的必要条件,是印度建构民族国家过程中不可或缺的组成部分。

作者系北京大学东方文学研究中心、北京大学外国语学院助理教授

---

[1] 黎跃进:《确立民族自我:中印近代民族主义诗歌的共同宗旨》,《南亚研究》2005年第S1期。

阿拉伯小说中的新冠疫情书写：
审视、关怀与守望[*]

杨婉莹　尤　梅

内容提要　近代以来，疫病灾害成为阿拉伯文学又一重要主题。自2020年起持续肆虐的新冠疫情引起了阿拉伯作家的关注与思考，促使他们拿起纸笔描绘疫情下的世间百态。尤其值得注意的是，阿拉伯作家并非仅仅记录疫病这一事件本身，而是将更多的目光投向新冠肺炎大流行背景下的个体生活困境，以此呈现伴随疫情暴发而出现或凸显的社会流行病，从而在真实记述与虚构创作的交织间表达对生命价值的重新审视、对社会问题的深刻反思、对人情冷暖的细致关怀以及对家园未来的真诚守望。

关键词　疫情书写　阿拉伯文学　新冠疫情

文学是爱与痛的杂糅。据说，福音传道者约翰认为阿拉伯语中"词语"（الكلمة）一词最初来源于"كلم"，意思是"伤害、创伤"。[①]这似乎可以为"伤痛"与"文学"之间亘古存在的紧密联系做出解释，伤痛一向

---

[*] 本文为国家社会科学基金青年项目"'阿拉伯之春'后的埃及小说研究"（17CWW006）的阶段性成果之一。

① إلياس خوري، الأدب في زمن الوباء، مجلة الدراسات الفلسطينية، العدد 123 صيف 2020.

是文学创作的重要灵感来源，而文学也自然而然地发挥其记录史实、建构记忆的功能，将人类历史上或个人经验中的伤痛往事娓娓道来，并试图以此抚慰创伤，警谕后世。

疫病灾害是创伤文学的重要题材之一，对于阿拉伯文学来说，以"疫病"为主题的小说作品并不罕见。埃及文豪塔哈·侯赛因（طه حسين，1889—1973）曾在自传体小说《日子》（الأيام，1929）中还原了霍乱在埃及农村流行时的混乱状况；苏丹作家埃米尔·塔基·希尔（أمير تاج السر，1960— ）的代表作《埃博拉76》（إيبولا 76，2012）重现了非洲多个国家抗击埃博拉病毒的艰难时期。此外，还有部分作家展开新奇想象，围绕"疫病"题材进行虚构创作，如享有"埃及恐怖小说教父"之称的艾哈迈德·哈立德·陶菲克（أحمد خالد توفيق，1962—2018）在其"萨法里"（游猎，سفاري）系列作品中假想了多种热带地区传染病，患病后的怪异症状为小说增添许多惊悚与奇幻色彩；埃及文学巨擘杰马勒·黑托尼（جمال الغيطاني，1945—2015）则在小说《宰阿法拉尼区奇案》（وقائع حالة الزعفراني，1976）中将"丧失性功能"设定为一种大规模疫病，以荒诞情节寓言民族未来。

2020年初，新冠疫情甫一暴发就引起了全世界的关注，在各个领域掀起轩然大波，随着疫情波及的国家越来越多，文学界开始将目光投向疫情书写，阿拉伯文学也不例外。面对突如其来的疫病灾害，阿拉伯作家立即做出回应，围绕疫情主题进行虚构与非虚构创作，于这一年出版的疫情小说佳作有：毛里塔尼亚作家穆罕默德·赛里木（محمد ولد محمد سالم，1969— ）的《哈立德与新冠肺炎的游戏》（ألاعيب خالد مع كورونا，2020）、约旦作家穆斯塔法·高勒恩（مصطفى القرنة，1965— ）的《新冠逃离者》（هاربون من كورونا，2020）以及伊拉克作家哈桑·阿比德·伊萨（حسن عبيد عيسى，1952— ）的《新冠狂想》（وهم الكورونا，2020），等等。受加西亚·马尔克斯的小说《霍乱时期的爱情》一书启发，此类作品的题目大多含有"新冠"相关字眼，仅标题即可充分揭示作品内容，且小说篇幅整体相对较短。

2021年，新冠肺炎依旧肆虐，疫情有增无减的严峻形势与焦躁恐惧的心理状态催生出一批新的疫情文学作品。然而，与2020年出版的作品不同，整体来看，这一年出版的疫情小说标题中几乎看不到明显的"新冠疫情"字眼。此外,由于作家们有了更多时间去观察和思考疫情下的生活百态,小说内容也不再局限于呈现疫情事件本身,而是将眼光投向新冠肺炎大流行背景下的个体生活困境,愈发关注伴随疫情爆发而出现或凸显的社会流行病,借此抒发对人生命题的深刻感悟与对社会问题的批判反思,相关代表作品有:摩洛哥女作家阿伊莎·巴沙莉(عائشة البصري,1960——)的《像侦探小说中的一具尸体》(كجثة في رواية بوليسية)、埃及作家纳西尔·伊拉格(ناصر عراق,1961——)的《歇斯底里的日子》(أيام هستيرية)、伊赞·高木哈维(عزت القمحاوي,1961——)的《隔离公寓》(غربة المنازل)、女作家梅伊·哈立德(مي خالد,不详)的《龙涎香之谜》(سر العنبر),阿尔及利亚作家瓦西尼·艾阿拉吉(واسيني الأعرج,1954——)的《拉麦姐夜信》(ليليات رمادة)等。

时至今日,新冠肺炎病毒仍在继续考验着人类,其带来的种种负面影响还在不断发酵、显现。对人类社会来说,此番疫情无疑称得上是一场严酷的灾难,但对于文学而言,这在某种程度上或许可以算作一件"幸事"。正所谓"诗穷而后工",如此困顿时刻为疫情文学提供了诸多灵感,作家们也因此有了更多时间能够潜心思考和创作。从作品的主题与内容来看,围绕"新冠疫情"进行创作且已出版的阿拉伯小说大致可分为以下三类。

一、对生命价值的重新审视

瘟疫灾害往往与生死命题紧密联系在一起。黎巴嫩学者布特罗斯·布斯塔尼(بطرس البستاني,1819—1883)曾根据"颜色"将死亡分成三类:红色的死亡是兵刃致伤而亡,白色的死亡是寿终正寝或者"鼻子之死"——古阿拉伯人认为,灵魂会在人死后从躯体的伤口冒出,如果身上没有任何伤口,那灵魂就会从鼻子冒出——而黑色的死亡则是窒息而死,因感染疫病去世就属于这类黑色的死亡,病毒会侵袭被感染者的器官,阻抑其呼吸功能,最终导致窒息死亡。[1]摩洛哥历史学家伊本·赫勒敦(ابن خلدون,1332—1406)将"欧洲中世纪大瘟疫"形容

---

[1] إلياس خوري، الأدب في زمن الوباء، مجلة الدراسات الفلسطينية، العدد 123 صيف 2020.

为"毁灭性灾难"（الجارفة），这一形容对于新冠疫情恐怕同样适用，据美国约翰斯·霍普金斯大学最新统计数据，这场新冠疫情至今已夺走超六百万人的生命。

当流行病不再仅仅是某种隐喻、象征或寓言，而是真实存在的一种极易传染并威胁人类健康的病毒，无情地肆虐全球，生命在它面前显得愈发羸弱无力。如此大范围、大规模的感染及死亡触动乃至震撼了所有人，许多阿拉伯作家不由得提笔创作，记录下普通人近距离面对死亡时最真实的反应，书写出对生命价值的重新审视与对人类力量的深刻思考。

伊拉克作家哈桑·阿比德·伊萨的小说《新冠狂想》以仅八十页的短小篇幅，鲜活地表现了人类面临疫病及死亡时极度恐慌的心理。主人公接到朋友父亲染病去世的讣告，却迟迟不敢前去吊唁，寻常的葬礼变得令他胆战心惊，他不愿坐在来宾身旁，甚至不敢与遗属握手致哀，担心因此感染此病：

> 我目送两位送葬者离开灵堂，他们把半张脸藏在绿色口罩后面，我简直要被恐惧淹没……我立刻想起许多人被这一病毒夺走生命的景象，到处都是他们最后一次努力地颤抖着呼吸的照片，我想起自己在见证那沉重死亡时如何感同身受，像他们一样颤抖起来。[①]

身边的亲友和无数位远方的陌生人皆因感染此病去世，接连不断的悲痛消息令主人公意识到死亡之可怖、生命之脆弱，便开始了无休止的焦虑与恐慌："那一刻，我忘记了在这种情况下该说的所有悼词，我不断想象自己是新冠病毒的下一个受害者。"[②] 小说传递出一种当下较为普遍的想法：新冠肺炎的到来似乎在提醒我们，脆弱是人类的本质特征之一。

约旦作家穆斯塔法·高勒恩的小说《新冠逃离者》同样直观地表现出民众在面对疫病与死亡时的畏惧心态。小说回顾了新冠疫情的传播历程，主人公为了躲避疫情而四处奔逃，途中经停不同地点，与来自世界

[①] رواية مستوحاه من حالة الفزع والترقب التي يعيشها العالم، https://elnokhbapublish.com، 2022-9-30.

[②] رواية مستوحاه من حالة الفزع والترقب التي يعيشها العالم، https://elnokhbapublish.com، 2022-9-30.

各地、同样忙于躲避新冠疫情魔爪的"逃离者"们相遇。他们的"逃亡"经历各不相同，但都怀有对这种可怕的新型流行病的相同恐惧。此外，小说还谈及有关野生动物的贸易活动、人类文明中的疫病文化，并回顾了历史上的几次重大流行病，追溯了疫病从动物蔓延至人类的传播方式，试图通过这些事件展现出人类在面对疫病等不可抗力因素时的渺小与懦弱。

"十具尸体，还有二十具/没有被算进去……尸体，尸体，不计其数/尸体，尸体，未过明天/到处是为他哭泣的断肠人"，七十余年前，伊拉克女诗人娜齐克·梅拉伊卡（نازك الملائكة，1923—2007）在见证埃及霍乱时期惨状后不禁写下此篇。如今，死神又一次降临作乱，催促着阿拉伯作家以文学献祭。

摩洛哥女作家阿伊莎·巴沙莉的作品《像侦探小说中的一具尸体》，灵感来源于其真实经历。在首都拉巴特进行健康隔离期间，作家真切地感受到了死亡带来的压抑与悲伤，于是创作了这部长篇小说，献给不幸被新冠肺炎夺去生命的人们。作家坦言，"我通常不以即时事件为创作主题，但在死亡和孤独的影响下，我无法忽视世界上正在发生的事情"。①小说标题令人耳目一新，侦探小说中的杀手往往无从寻找、无人知晓，作家以此为题，意在暗示新冠疫情谜一般的开始。小说借女主人公之口讲述了新冠肺炎大流行造成的大规模死亡与恐慌，凸显了新冠疫情给人们生活造成的巨大负面影响，并由此提出对生死奥义的严肃探讨。在作家看来，新冠肺炎病毒就像是"一颗肉眼看不见的、长着突触的小红球，它在空荡荡的街道上四处游荡，在不同城市、国家和大陆之间飞来飞去"。②尽管小说取材于真实事件，但其中仍不乏由现实衍生出来的新奇想象：当主人公恢复意识，睁开双睛时，她发现自己被捆绑在一个白色房间里，等待接受为期数月的秘密审讯与军方调查。这里是新冠病毒感染者的尸体收集中心，虽然空间狭小逼仄，却足以处理数万具

---

① محمد السيد إسماعيل، "رواية كورونا العربية لم تحقق الحدث المنتظر"، https://www.independentarabia.com/node 30-9-2022.

② محمد السيد إسماعيل، "رواية كورونا العربية لم تحقق الحدث المنتظر"، https://www.independentarabia.com/node 30-9-2022.

被感染的尸体，来自一百七十二个国家的数十万新冠病毒逝者尸体正在运往中心的途中，广播里仍不时传来疫情持续扩散、死亡人数不断增加的可怕消息，生与死的界限逐渐变得模糊起来。

二、对人情冷暖的细致关怀

当疫病灾害与人类长期共存时，瘟疫不再只是对躯体的侵袭，还是对情感和心灵的巨大折磨。新冠肺炎大流行给人们带来了无休止的悲痛，这一消极情绪似乎已成为超越疫病本身的流行瘟疫，传染性更强，伤害性更大，正如文豪塔哈·侯赛因在自传体小说《日子》中所说："悲伤亦如一场需要隔离的流行病。"人们比以往任何时刻都更加需要温暖与爱意。如此至暗时刻，文学临危受命，挺身而出，肩负起对生命与情感的关怀职责，成为作家和读者排解内心忧思与孤独的共同出口。

在小说《霍乱时期的爱情》中，加西亚·马尔克斯将爱比作对抗死亡的良药，一种使生命具有意义的伟大力量，受此启发，阿拉伯文学也重拾其浪漫特质，讲述起新冠疫情时代的情感故事，作家们将肉体或精神之爱置于疫病与死亡的背景下，愈发彰显爱意在这一特殊时期的尤其美好与珍贵。《新冠之夜：新冠时期的爱情》（ليالي الكورونا.. الحب في زمن الكورونا，2020）是第一部反映疫情时期埃及社会状况的小说作品。[①]这部小说出自埃及女作家阿曼尼·突尼斯（أماني التونسي）之手，讲述了一群中产阶级在新冠病毒肆虐之际，被迫于某处接受隔离与宵禁的故事。小说直观展现了埃及政府为遏制疫情采取的防治措施以及民众的应对举措，表达出人类面对死亡时的强烈求生欲望，同时探讨了新冠疫情对人际关系的影响，以及爱情在这一特殊时期的丰富内涵。作家认为，"爱"在新冠时期被赋予了更多独特意义，人们逐渐意识到，"爱"不意味着必须时刻站在爱人身旁注视着对方，也不意味着需要刻意保持距离以至相思成疾。事实上，"爱"包罗万象，然其所包含的一切都是为了在危急时刻向困难宣战，以实现与爱人彼此

---

① غادة موسى، 《الحب في زمن الكورونا》.. رواية تجسد الحرب من أجل البقاء، https://www.dostor.org/3085474، 2022-9-30.

厮守的朴实心愿。

阿尔及利亚作家瓦西尼·艾阿拉吉的小说《拉麦姐夜信》讲述了一段疫情背景下的动人爱情。女主人公拉麦姐在国家歌剧院与艺术大师沙迪邂逅，两人迅速坠入情网，即使新冠疫情突然爆发也未能阻拦他们相恋，爱情的曼妙让他们重新燃起对未来的向往。然而，在独自前往维也纳演出时，沙迪不幸感染新冠病毒，对拉麦姐的爱意成为支撑他对抗病毒的最大动力。另一边，在无数个寒冷的夜晚，拉麦姐坚持为远方的恋人写下一封封满载思念的亲笔信，尽管她知道，由于身体日渐羸弱，恋人很可能无法读到这些信件。小说将爱情书简与病痛日记巧妙地结合在一起，生动表现出爱情在抵御苦痛方面的强大力量。

与上述两部作品不同，埃及作家纳西尔·伊拉格的小说《歇斯底里的日子》重点关注疫情对婚姻生活的负面影响。作家表示，"突如其来的新冠肺炎与居家隔离极大地激发了我的想象，于是我创作了一段疫情背景下的婚姻故事"。[①]在这部小说中，一个定居迪拜的六十岁埃及男子和一个住在开罗的四十有余的女子通过社交媒体相识并坠入爱河，就在二人闪婚且同居后不久，新冠肺炎忽然肆虐全球，这对新婚夫妇被迫隔离在封闭的公寓中。近一百天的隔离生活逐渐消磨了爱意，积攒起怨气，无休止的争吵让二人重新审视这段婚姻关系。小说反映了一个疫情时代不容忽视的现实问题，即长期隔离在封闭空间会使人陷入烦闷焦躁的不良心态，甚至在不知不觉间迁怒于身边最亲近的人。

"疫情下的爱情"这一主题让人们意识到，新冠疫情不仅严重影响了公共生活，还渗透至人们最私密的情感生活。阿拉伯作家敏锐地捕捉到了这些细节，在文学作品中表达着对人情冷暖的观察与体悟，并试图以文学作品重新唤起人们心中的爱与温暖。

利比亚作家艾哈迈德·拉什拉什（أحمد رشراش, 1970— ）的小说《新冠之春》（ربيع الكورونا）同样涉及新冠疫情背景下的爱情主题，然而这部小说并不止于爱情故事，而是触及阿拉伯国家在疫情时代愈显艰难的现实处境。作家有意仿照"阿拉伯之春"的命名，为这段疫情时代的爱情故事再增几分浪漫色彩。另一方面，"春天"一词还包含着作家的

[①] "كتب: أيام هستيرية"، https://www.jadaliyya.com/Details/43592، 2022-9-30.

殷切期许，盼望疫情迅速消散，社会问题早日得到解决，阿拉伯世界的春天尽快到来。小说主人公是一位在华留学的利比亚青年，由于疫情扩散，青年欧麦尔不得不于2020年3月离开中国，返回突尼斯，他的家人多年前为避难已由利比亚迁至突尼斯。在北京的机场，欧麦尔与两位前来报道疫情形势的突尼斯女记者偶遇，陌生且危险的环境并未阻止爱意萌生，他与其中一位一见如旧，情投意合。回国后三人均遭新冠病毒感染并接受隔离治疗，所幸欧麦尔与女记者最终痊愈。就在二人关系继续发展时，绑架、威胁、暗杀等等恶性事件开始闯入他们的感情生活。小说围绕着新冠疫情的暴发、传播以及对抗措施展开叙述，不仅呈现了一段疫情时代的美好爱情，还旁敲侧击地引出了许多利比亚社会现实问题，例如连年的战争、大规模的流离失所、贫穷与腐败等痼疾，并展现了这些问题给利比亚公民造成的痛苦。作家本人表示："就像我在小说中提议的那样，我希望利比亚人围坐在一张桌子旁，协商解决这些问题，而不是选择武器和战争，我希望一切以小说预言的美好结局结束。"① 小说出版后立即引发诸多文学评论家、研究者的阅读与评析，并得到多位评论家对其叙事技巧、主旨立意的一致赞许。值得一提的是，作家将主人公欧麦尔设定为在中国上海留学的研究生，并借欧麦尔之口称赞了中国城市面貌和自然景观的魅力，以及交通设施的便利。

三、对家园未来的真诚守望

新冠疫情似乎改变了人们一直以来的群居生活传统，但事实上，早在疫情暴发以前，人与人之间的疏离与淡漠就开始显露。埃及作家伊赞·高木哈维察觉到了这一点，他的小说《隔离公寓》取材于疫情期间的居家隔离政策，讲述了健康隔离期间公寓里不同住户的故事，展现疫情之下的居民生活状态，揭露在特殊时期被异常放大的社会问题，如泛滥的恐慌情绪、混乱的恋爱关系、习以为常的缄默与疏离。隔离大楼中的住户形形色色，有看门人、苍蝇学家、妇科医生、音乐家、房产基金

---

① مهند شريفة، "الدكتور أحمد رشراش: ربيع الكورونا ليست روايتي الأولى"، https://tieob.com/archives/51888، 2022-9-30.

经理……对病毒的恐惧让他们与彼此相连,却又保持距离。这些描述表明,小说人物内心的孤独与焦虑在疫情之前早已存在,甚至已然演变为一种需要引起足够重视的社会流行病,而疫情下的守望相助或许有望成为打破彼此隔阂、消解个体孤寂的转机。

"没有人是一座孤岛/可以自全……任何人的死亡都是我的损失/因为我是人类的一员/因此/不要问丧钟为谁而鸣/它就为你而鸣",这是17世纪英国诗人约翰·邓恩亲历鼠疫灾难后有感而发写下的布道词,其中蕴含的人道主义思想对今天的我们仍然具有重要的现实意义。面对肆虐全球的新冠病毒,没有哪一个个体或国家可以独善其身,每个人的命运都与他人的命运紧密相连,守望相助是渡过难关的唯一出路。

毛里塔尼亚作家穆罕默德·赛里木的小说《哈立德与新冠肺炎的游戏》以孩童视角表现新冠疫情带来的消极影响和巨大改变,传递出对疫情必将消退,美好日子终将回归的信念。这是作家的第五部作品,小说讲述了一位毛里塔尼亚孩童哈立德的遭遇,他早已习惯与伙伴们在毛里塔尼亚街区自由玩耍,即使举家迁至阿联酋,他还是很快适应了新环境,结交了一群新的玩伴,相约一同出门游戏。然而几个月后,新冠病毒悄然来袭,由于政府颁布的居家隔离、社交距离等一系列防疫健康措施,孩子被禁足在家,不能出门玩耍。哈立德很难接受现实,盼望隔离可以尽早解除,然而每天他都收到更多坏消息——越来越多的娱乐区域封控或是停运,再或者是更加严格的外出限制。尽管如此,他还是选择对抗现实,不愿为可恶的新冠病毒打破自己的心愿——战胜病毒、回归安宁生活的心愿。他甚至开始制定计划对抗疫情,幻想自己可以消除病毒。小说借孩童渴望外出玩耍的纯真心愿和幻想依靠自己战胜病毒的天真想法,传达出人们盼望生活早日重回正轨的美好期许。在小说结尾,哈立德仍然没有完全实现他的愿望,但他始终相信,人类的生命意志和乐观心态将帮助他们战胜疫情,回归往日幸福生活。

对于新冠疫情给文学带来的影响,阿联酋作家协会秘书长穆罕默德·本·杰拉什(محمد بن جرش)表示,自己正在以居家隔离等政府采取的防疫措施为主题进行创作,并认为这些非常规措施会为作家们提供很多灵感,来描绘、呈现疫情时期的特殊景象,文学家与知识分子有责任通过文学、文艺创作来探讨人类重要命题，提高公众相关意识，使民众更强有力地团结在一起，合力共渡难关。[1]

着眼当下，世界正在经历前所未有的变化发展，阿拉伯国家的诸多问题亟待解决，各方危机此起彼伏，中东剧变的影响仍然存在，新冠疫情的突然来袭使局势变得愈发扑朔迷离。鉴于此，多位阿拉伯文学家、思想家在经过理性观察与深刻思考之后，提出了一些对后疫情时代世界格局的预测、期望和警示。科威特作家塔里布·拉法阿（طالب الرفاعى, 1958— ）采访了来自十九个阿拉伯国家的八十八位文学家、思想家和知识分子，其中包括叙利亚大诗人阿多尼斯、黎巴嫩裔法国著名作家阿明·马洛夫等，询问他们对后疫情时代的构想与愿景，向他们抛出三个重要话题，即"阿拉伯人的处境""世界主流发展趋势"以及"思想、文化与创造"，他将受访者的回答分类收录在《明天的颜色：阿拉伯知识分子对后疫情的展望》（لون الغد: رؤية المثقف العربى لما بعد كورونا, 2020）一书中，为读者展现阿拉伯有识之士究竟如何看待和解读这个人类历史的重要时刻。阿明·马洛夫如是介绍这部作品："读罢书中整理归纳的种种设想与慎思，世界图景便在疫情显微镜之下清晰呈现。这是一个不再相信承诺、信念与领袖的世界，一个健硕之处羸弱，伟大之处渺小，确证之处虚假的世界，一个抱恙且迷惘的世界，它正寻找着改变命途的新起点，修复过去搞砸的事情，将所有可耻的仪表盘清零。我们不也正是希望世界以新冠病毒停止传播为序章，向着焕然一新的明天迈进？"[2] 在接受访谈的八十八位知识分子中，对阿拉伯国家的未来持乐观态度的有十九人，持悲观态度的有二十四人，其余四十五人则同时抱有乐观和悲观两种态度，这也从一个侧面反映出阿拉伯人对国家后疫情时代的发展前景并不抱有坚定的希望。尽管作家们并未明确提出应对现实难题的解决方案，但是相信只有守望相助才有可能克服困难、度过危机，迎来真正意义上的"阿拉伯之春"。

---

[1] رشا عبد المنعم، أدب «الكورونا» مختبر إبداعي يرسم المشاهد ويوثق الشعور، https://www.albayan.ae/five-senses/culture، 2022-9-30.

[2] عبدالكريم الحجراوي، ""طالب الرفاعي" يستشرف عالم ما بعد كورونا في "لون الغد""، https://www.alowais.com/%D8%B7%D8%A7%D9%84%D8%A8، 2022-9-30.

四、疫情与后疫情时代的阿拉伯文学

一些阿拉伯作家预测，对新冠疫情的书写或许会推动阿拉伯文学实现又一次重要转型。埃及诗人艾哈迈德·法德尔·沙布卢尔（أحمد فضل شبلول，1953— ）甚至将新冠疫情比作"第三次世界大战"，认为世界秩序会在疫情之后会发生重要变化，文学或将勇敢地扛起重任，解决人道主义问题和疫情留下的悲惨状况。然而，新冠疫情究竟会给文学带来怎样的影响？后疫情时代的文学是否会呈现新的面貌？

埃及《宪章报》（جريدة الدستور）就该问题采访了五十余位埃及文学家与评论家。他们中的大多数都谈到了疫情对文学作品题材与体裁的即时性影响，并就此达成共识：瘟疫危机、疾病恐慌、隔离政策、群体孤独、环境意识、生命价值、共克时艰等主题将会成为短期内的创作焦点，诗歌、戏剧与短篇小说在疫情相关作品中的占比可能多过长篇小说……①然而，就疫情对阿拉伯文学乃至世界文学的延时性影响，作家们似乎有着不同看法。

女作家伊赞·苏尔坦（عزة سلطان，1947— ）肯定了疫情对文学的催化作用，"每当一个重大事件发生，总会有些人以此为题迅速展开创作，叙述危机事件的表征，在那之后，当事态变得明朗、细节愈发清晰时，会出现更多由表及里的深度作品"。②尽管如此，作家否认疫情会给文学带来颠覆性的改变，"也许会出现一种更具有人文关怀和人道主义思想的写作倾向，为的是与疫情后再度来袭的资本狂潮相抗衡，但文学不会因此发生实质性变化"。此外，还有不少作家认为，就像中东剧变初期的"革命"文学创作一样，虽然已出版或即将出版的疫情文学作品数量也不在少数，但能够流传下来成为不朽经典的代表作品一定不多，绝大多数作品会随着时间的推移被慢慢遗忘。

文学评论家艾什拉夫·萨巴格（أشرف الصباغ，1962— ）在这个问

---

① "أدب ما بعد الكورونا"، جريدة الدستور، https://www.dostor.com/list/1363. 2022-9-30.

② نضال ممدوح，عزة سلطان: كلما مرّ حادث جلل أسرع البعض لنحته، https://www.dostor.org/3051279, 2022-9-30.

题上持相反意见,他反复强调新冠疫情影响的特殊性:"与历史上发生的瘟疫灾害均不相同,新冠疫情暴发于一个人类社会的重要过渡阶段,数字化与人工智能持续迅猛发展,新自由主义退出带来巨额资本积累与价值过剩,这一切原本都在逐步、轻柔且按部就班地进行着,但疫情的严重性、残酷性和突发性极有可能加速之前的进程,同时还意外暴露出政府的软弱、无能与腐败。"① 至于疫情对文学的影响,萨巴格认为,瘟疫大流行往往对文学创作过程本身产生着影响,但对于新冠疫情来说,它不只是贡献疫情相关创作题材,还对人类的行为及心理和精神活动产生着根本性影响,因此,它不仅将为文学带来新的话题,使其提出某些未来愿景与疗愈出路,还将经由文学呈现全新的生活方式与思维方式,而疫情文学的传播方式也会因此发生改变。"新冠疫情以其极强的传染性与带来的严格隔离措施改变着我们的生活,一方面,它揭示了现代社会中人的本性,使个体间的矛盾与抵触显露无遗,另一方面,它暴露出政治、媒体乃至某些宗教言论的虚伪之处,揭穿了政府用来麻痹、误导人民的虚言妄语……有人认为,新冠疫情将教会我们团结和善良,从而使人类变得更美好,使国家之间、国家与公民之间、人类同胞之间的关系变得更加人性化,但现实完全是另外一回事:所有现象与指标都证实我们正在进入一个残酷的全新阶段。"②

对疫情与后疫情时代文学的不同看法各有其道理,事实上,疫情对文学的影响尚未完全显现,仍在持续发酵,但毫无疑问的是,新冠疫情将会成为文学与人类历史上一段不可磨灭的记忆,仅就目前来看,阿拉伯文学中的新冠疫情书写主要呈现出两大特点:第一,尽管瘟疫常常被理解为一场集体灾难或一次社会危机,但阿拉伯小说中新冠疫情书写却更侧重于对个体的关怀。作家们不约而同地避开了宏大叙事,纷纷选择将集体灾难私人化,以复现个体在疫情时代的切身痛感。此外,与瘟疫背景下的英雄叙事相比,阿拉伯作家们明显更加倾向于爱情叙事,以温

---

① نضال ممدوح، أشرف الصباغ: كورونا سرَّع عملية الرقمنة وسيادة الذكاء الاصطناعي، https://www.dostor.org/3114757، 2022-9-30.

② نضال ممدوح، أشرف الصباغ: كورونا سرَّع عملية الرقمنة وسيادة الذكاء الاصطناعي، https://www.dostor.org/3114757، 2022-9-30.

情故事表现人文关怀。第二，在瘟疫成为创作灵感来源时，文学也为其给人类社会造成的创伤带去慰藉。阿拉伯小说中新冠疫情书写不仅恪守其纪实本职，建构文学记忆，更发挥其疗愈与救赎功效，甚至可以说，疫情文学的存在本身即是一种审视、关怀与守望。瘟疫书写并非为了分析疫病灾害的传播经历，而是发掘疫病带来的恐慌、焦虑、失望等真实情感的本质意义，进而为人们提供情感排解、慰藉与疗愈。疫情时期与后疫情时代的阿拉伯文学究竟是否会呈现出新的面貌，目前下定论还为时过早，且让我们拭目以待，期待更多阿拉伯疫情文学佳作问世。

作者分别系北京外国语大学阿拉伯学院硕士研究生、
北京外国语大学阿拉伯学院教师

比较文学研究

丝路诱惑，海舶破浪

——丝绸之路上的中国与西亚、北非文学文化交流

孟昭毅

内容提要 中国和西亚北非地区同是人类文明的发祥地，从古至今就有剪不断，理还乱的关系。路陆和海路上的丝绸之路是中国和西亚北非文学文化交流的重要通道。我们从历史的维度梳理这些脉络就会发现，它们不仅是现实中的物流通道和交通网络，更是一种有远见的世界观。现在重忆丝路文明的踪迹，聚焦西亚北非地区在其中的重要地位，正是为了达到文明互鉴、民心相通、互利共赢的目的。

关键词 丝路 中国 西亚北非 文学文化交流

东方文化发源于不同的区域空间，这些区域空间相对独立地形成和发展为不同的地理板块，并形成各自的中心，这些文化中心具有将区域特色文化向外辐射传播的能量和张力，通过长期的磨合，形成某种相对统一的文化模式。两河流域的美索不达米亚文化从新月形的地带发源，向西南播扬直达埃及，北上抵达东南欧。埃及文化传到地中海东岸以后，又经地中海西传。最终，两河流域文化和埃及文化分别围绕着西亚和北非形成了自己的文化区域，并不断交汇与融合，逐渐成为人类文明的发祥地之一。这种通过摄取域外民族文化元素进行互通互鉴的大潮，

同时也促进了各民族之间文学艺术的相互影响和交流。其中不乏饱含各种宗教祭祀的乐舞表演、充满神话传说的绘画雕塑、孕育母题题材的民间说唱等。这些不同艺术表现形式不断交流融合，在西亚、北非地区形成了巴比伦文化、亚述文化、古埃及文化、犹太以色列文化、古波斯文化等古老壮丽的人文景观。

西亚、北非地区作为人类文明的发祥地，由于文化的巨大张力和辐射功能，对古老的东亚地区产生了影响。中国自公元2世纪就有了关于西亚、北非地区，即现在所指的阿拉伯地区的文字记载。《史记》《汉书》不乏其例。继后有唐代的《经行记》和《酉阳杂俎》；宋代的《清波别志》《岭外代答》《诸蕃志》；元代的《事林广记》《岛夷志略》；明代的《瀛涯胜览》《星槎胜览》《西洋番国志》等。这些古代典籍从陆路和海路两条路线将中国和西亚、北非诸国之间的经济、文化、交通、民俗等异同、往来描绘得淋漓尽致。清末民初，不少的宗教信徒、旅行家、外交人员、求学者和商人等，在航海途中，经阿拉伯湾、波斯湾，过红海，穿越苏伊士运河，登陆亚丁港。然后经埃及抵达北非的太阳西垂之地摩洛哥，留下不少的动人事迹和辞采华章。真可谓为"丝绸之路"增光添彩、树碑立传。

一、丝绸之路：西亚、北非陆路交通大动脉

"丝绸之路"一名，1877年由先后七次来中国考察的德国地理学家李希霍芬在五卷本的《中国——亲身旅行和研究成果》的第一卷中率先提出，并很快得到东西方学者的普遍认同，现在又因中国的大力提倡而名满天下。丝绸之路沿途国家和地区大多曾经是西方的殖民地，其政治、经济、文化的发展相对落后，发现、发掘和研究这些文化遗产，大多是在西方学者"东方学"背景下提出或完成的，"丝绸之路"的提出自不例外。1869年，李希霍芬就曾向普鲁士政府建议夺取山东半岛的胶州湾及其周边铁路建筑权，可使华北的棉花、铁矿和煤矿更为便利地为德国所用。1897年，德国借口传教士被杀，出兵占领了胶州湾。在报请德皇威廉一世批准的军事计划中，德国海军司令梯尔皮茨就曾多次引用李希霍芬的考察结论。致使"民族脊梁"鲁迅先生在《中国地质略论》

中指出，李希霍芬"历时三年，其旅行线强于二万里，作报告书三册，于是世界第一石炭（煤）国之名，乃大噪于世界。其意曰：支那大陆均蓄石炭，而山西尤盛；然矿业盛衰，首关输运，惟扼胶州，则足制山西之矿业，故分割支那，以先得胶州为第一着"。因此，鲁迅先生感叹道："盖自利氏（李希霍芬原译为'利忒何芬'）游历以来，胶州早非我有矣。"生活在半殖民地半封建中国的鲁迅先生颇具先见之明。由此也可知丝绸之路和经济的关系。

"丝绸之路"得名之前，东西方之间的贸易通道，无论是陆路，还是海路，总的走向是从东向西。公元前2世纪中期以后，张骞率众通西域，东西方贸易通道更为畅通。在中国输出的众多物品中，最受欢迎的就是中国的丝绸。因其细软光泽倍受喜爱，中国被西方人称为"赛里斯"（Seres），意为"丝国"。东方的丝绸要输送到西方，西亚地区是必经之地。公元前1世纪后期，罗马皇帝奥古斯都（前27—前14年在位）想确立在西亚伊朗地区帕提亚（汉文史籍中的"安息"）和阿拉伯地区的统治，曾派希腊地理学家伊西多尔等调查波斯湾源头。伊西多尔的调查报告之一《帕提亚驿程志》就记载了美索不达米亚穿越伊朗高原北部到达中亚的主要交通路线。由此可见西亚地区，尤其是伊朗（波斯）已成为沟通两河流域和古罗马地区的中介与桥梁。

公元1世纪，西方就开始出现了关于"赛里斯"（中国）的记载。其中最具可信度的是希腊地理学家马利奴斯记录了一条从幼发拉底河渡口出发，向东前往赛里斯的商道。继后，生长于埃及的希腊地理学家克劳德·托勒密（约90—168年）在撰写《地理志》时，对马利奴斯的记录有所修正，记载了自幼发拉底河流域至Serica（丝国，即中国）的道路，其中提及了敦煌和洛阳。1877年，李希霍芬在《中国——亲身旅行和研究成果》中就多次提到了"马利奴斯的丝绸之路"，据说是来自克劳德·托勒密《地理志》中所载"赛里斯"的地理情况和马利奴斯的信息。由此可见，马利奴斯和托勒密记录下这条为丝绸而前往丝国的商道，后来成为创造"丝绸之路"一词名与实的基础。它证明了当时从美索不达米亚到中国的必经之路是西亚的伊朗地区。公元前238年，伊朗东北部游牧部落首领阿萨息斯占领了塞琉古王朝的帕提亚省，建立了西方称为帕提亚的王国。在中国则以阿萨息斯之名称之，即中国史书上的

"安息"。在希腊人统治之后建立的安息王朝历时近五个世纪（前247—前224年），流传下来的史料不够丰富。但是它在中国古代却不陌生，因为安息王朝时正是东西方丝绸之路贸易的大发展时期，文化交流已空前繁荣。

中国成书于西汉时期的《史记》，在记载张骞出使西域的见闻时，不仅提到西方有安息（波斯）、条支（两河流域以西），而且还有黎轩。据考证黎轩即为北非的亚历山大里亚。虽然《史记》的相关记载非常简略，但已表明，两汉时对于黎轩的远近距离有较为明确的认识。据载：古代埃及女王"克列奥帕特拉身上所穿的丝袍就是用中国丝织成的"。[1]张骞之所以能两次出使西域，与西亚、北非地区有信息交流，和这一广大区域都处于北半球的温热带地区有关系。马克思在《不列颠在印度的统治》一文中指出："气候和土地条件，特别是撒哈拉经过阿拉伯、波斯、印度和鞑靼区直至最高的亚洲高原的一片广大的沙漠地带，使利用渠道和水利工程的人工灌溉设施成了东方农业的基础。"黑格尔也曾说过："助成民族精神的产生的那种自然的联系，就是地理的基础。"由此可见，这些共同因素造成了西亚、北非和东亚、南亚几大文明区域板块，在初民时期大致相同的生产和生活方式，从而形成了许多可供比较考察、互参互鉴的社会结构、思想观念和文化心理。而在此基础上衍生出的从娱神到娱人的宗教信仰、有关太阳和君权神授的神话传说、口耳相传的伶工文学史诗、同出于民间文学形式的歌谣等，都有不少相似相近的表现形态。这些都成为早期东方人类社会的文化基因。

古埃及文化北上影响了地中海的克里特文化、迈锡尼文化，乃至继后的古希腊罗马文化。古埃及文化向东北影响了希伯来文化和腓尼基文化。古埃及文化可以说是环地中海古文明的摇篮，以其为主的是原生态文化，其他则为次生态文化，逐渐形成了环地中海文化圈，对东西方文化的发展、交流产生了深远的影响。中国史书不仅西汉《史记》中有关于黎轩即亚历山大城的记述，而且东汉班超经营西域时，关于黎轩的信息也明显增多。唐代杜环曾亲历西亚、北非十二年。他从巴士拉城出发，经过苏伊士地峡到达埃及，随后翻越撒哈拉沙漠到达了马格里布

---

[1] 周一良主编：《中外文化交流史》，河南人民出版社1987年版，第807页。

（Maghrib）地区。杜环不仅成为亲历西亚、北非并留有著述的中国人，而且是基本上走完了西亚、北非一线丝绸之路全程的人。使最初的丝绸之路经过了从"传闻"到"亲历"的过程，并留有文字记载，实是功不可没。

非洲当代学者恩科洛·福埃教授撰文指出，非洲曾出土了一件几千年前的文献，这是非常珍贵的文献。上面记载了"古埃及亚历山大港一名水手记录的他和中国商队交往的经历。这是中国和非洲在历史上的第一次邂逅"。他认为："从这件文献可以看到，中国和非洲之间的贸易往来已久，当时记载了中国陕西省有一个重要的城市，就是丝绸之路最东端的起点。"关于这一重要的历史文献，他总结道："我们可以从古埃及文献中了解到丝绸之路源自中国，一直通向非洲和罗马帝国。"[1]这位非洲学者的文章，虽有语焉不详之处，但也以一定的历史事实为根据。古埃及中王国时期（约公元前2040—前1786年）出现了一批写在纸草上的生动的散文故事，其中有鼓励航海经商冒险的《遭难的水手》，还有根据第十二王朝宠臣辛努海域外历险而写成的纪实散文《辛努海的故事》等。中王国时期开疆拓土的结果，使埃及进入繁荣昌盛期，恢复了昔日的辉煌，人民自信，经济发展。这一切不仅促进了古代地中海各国的经贸发展，也促进了西亚、北非和东亚文化之间的沟通与交融，河南省曾出土"一个公元前2世纪的亚历山大里亚的玻璃瓶，上面有雅典女神的面部像"，[2]由此可见当时海运发达之盛况。这样看来，非洲学者的观点非但不是空穴来风，而且还是极有可能的。

古代西亚、北非地区南北走向的交通以地中海东岸为中心，北至高加索、安纳托利亚，南达埃及，东抵美索不达米亚，这条连接南北的交通要道是人类历史上最早的文化和商贸路线。人类文明最早的发祥地美索不达米亚和埃及在向东向西传播文化的同时，还经由地中海的东路、东地中海的海路向南俄及东欧地区进行文化辐射。古代西亚、北非东西走向的丝绸之路以西亚、伊朗为中心，东起中原沿河西走廊经塔里木盆

---

[1] 恩科洛·福埃：《中非文明：从历史的邂逅到今日的相知》，《中国社会科学报》2022年4月20日第6版。

[2] 周一良主编：《中外文化交流史》，第808页。

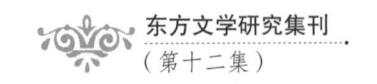

地进入中亚，西行伊朗，沿安纳托利亚大道至东罗马，或经伊朗向西南经伊拉克、叙利亚达地中海东岸再折向苏伊士地峡到达北非埃及尼罗河流域。欧亚大陆的这两条南北、东西的通道，交会于西亚地区，使丝绸之路成为贯穿于中国黄河流域文化、印度恒河流域文化、两河流域文化和尼罗河流域文化之间的东西方文化的中介与桥梁。

两河流域是西亚文明的发源地，两河冲积出来的平原——美索不达米亚出现了世界上最早的灌溉农业。古代西亚人通过观测天象来预测河水涨落、收成丰歉、吉凶祸福，因此产生了对天空的崇拜，尤其是代表天空的深蓝色。他们对天空和深蓝色的喜爱，由思想上的执着与迫切发展为精神上的神圣与崇高，经过多年的历史积淀，终于形成一种特定的文化心理。这种文化心理通过神话、传说、故事、文学、艺术等形式表现出来，反映在宗教建筑、手工制品、生活习俗等领域。其中对青金石的崇尚与追求，是古代西亚人深蓝之爱的最早体现。这种宝石色泽深邃纯净、典雅庄重，带有永恒的意味，成为天光的象征。继后的波斯人因袭并发扬了这些早期文明的认知传统，将天光视为神性和正义的化身。古波斯语称"青金石"为Lazhuward，意为天空、天堂或蓝色。这种珍贵的不透明的宝石尤以纯粹的蓝色最受宠爱。它产地稀少，在古代基本都来自阿富汗。古代两河流域是青金石贸易的中心，青金石、玛瑙和黄金是王室墓葬中的奢侈品，苏美尔人泥板文书中也有关于青金石的记载，认为它受到众神的青睐。青金石工艺品的历史贯穿了两河流域政治、经济的各个方面，由于供不应求，类青金石人工制品应运而生。公元前2250年，钴料被用于玻璃着色，类青金石的蓝玻璃也应运而生了，古代西亚人的深蓝之爱得以广泛流传。至公元前7世纪，钴蓝着色剂被普遍使用，许多建筑大面积使用烧制的有防水性能的蓝色釉面砖，或称玻璃砖和蓝色马赛克，其中最著名的就是巴比伦城的，以美索不达米亚负责丰产、爱情和战争的女神伊什塔尔（Ishtar）命名的城门，即著名的伊什塔尔城门。继后统治西亚的各个民族都继承了这一传统，使深蓝之爱成为其文化心理结构的一部分，在这一地区不断发扬光大。

西亚地处亚洲大陆的西南部，与欧洲、非洲接壤。它六面环海、八面通衢，无论是水路还是陆路都可沟通东西、抵达南北，可谓"四通八达"，素有"古代世界十字路口"的美誉。这样重要的地理位置，历来是周边各强悍民族入侵、袭扰之地，也是各大帝国必争的战略要地。西亚两河流域的文明诞生较早，文明程度高，从美索不达米亚到伊朗高原一带曾是历史上除东亚中国之外最为富庶的地区，仰慕和憧憬其文明、文化成果的民族自然要常常光顾此地。而缺少天然屏障、无大险可守的西亚在长驱直入的外敌面前非常缺乏安全感。他们在腥风血雨的千年历程中遭受种种磨难，战争和灾难带给他们死亡和悲痛，动荡的生活使他们的未来不可预知，令他们感到畏惧和悲观，于是形成一种悲慨氛围，即慷慨悲凉的文化底蕴和文学色彩。这种景观使西亚地区的文化得以在丝绸之路上绽放出异样的光彩。

二、海上丝路：西亚、北非陆路交通的补缺

中古时期，随着伊斯兰教的出现与发展，不仅西亚、北非开始伊斯兰化，中亚地区也开始出现由西向东的"伊斯兰化"浪潮。公元8世纪，大唐帝国和已占领了西亚、北非的阿拉伯帝国（大食）终于在天山以北草原上的怛罗斯城（今哈萨克斯坦东南江布尔城）进行了一场大决战。战后不久，中亚撒马尔罕就出现了伊斯兰世界的第一个造纸作坊，很快美索不达米亚地区也出现了造纸作坊，以及一些纸张经销商。毋庸置疑的是其造纸技术皆源自中原地区的工匠，他们是怛罗斯之战中被俘的唐朝士兵，是他们将中国的造纸术传给了当地的阿拉伯人和中亚人。在北非埃及发现的最早的写有阿拉伯文的纸质文书是公元796至815年间的，这说明造纸术在公元8世纪末至9世纪初已由西亚的伊拉克一带传入埃及，并获得长足的发展。10世纪以后，北非马格里布的摩洛哥首府非斯古城已成为当地造纸业的中心。造纸术像许多其他技艺一样，由摩洛哥传到了欧洲西班牙等地。中国纸平滑柔和，适于书写，很快就取代了此前他们广泛使用的埃及草纸，以及羊皮、树叶等书写媒体，使文学、文化交流有了质的提升。汉唐以来，西域塔里木盆地长期处于中国的管辖之下，中国的丝绸、瓷器、纸、墨、香料等，经此地转运到阿拉伯世界的呼罗珊大道，而各种宗教文化也由此路线传入中国。阿拉伯地理学家伊本·胡尔达兹比赫根据阿拉伯邮驿档案编纂的名著《道里郡国志》（约公元846年编成）就曾提到呼罗珊大道在亚洲大陆东西交流中

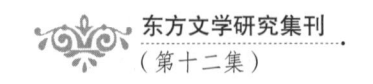

的作用。

中古时期，中国和西亚、北非之间的交通往来，早已由陆路扩大到海路，海上丝绸之路也发展起来。唐宋时期，中国航海的导航术在世界上处于领先地位，造船业也迅速发展。从广州出发的船只可直达印度半岛西海岸，继续西行有两条航线。一条进入波斯湾到达西亚幼发拉底河口的阿巴丹和巴士拉，另一条沿阿拉伯半岛东岸南行，到达亚丁附近，可见唐宋时期航船已可抵达西亚、北非腹地。与此同时，阿拉伯的阿拔斯王朝（750—1258年）的统治中心不断东移，使之得以稳固地统治了伊斯兰世界长达五百年，并创造了灿烂辉煌的阿拉伯文明，开创了唐、宋、元时期与中国交往的黄金时代。这种发展趋势直接导致了阿拉伯人在海外势力的增长。公元8世纪以后，阿拉伯人取代了犹太人、波斯人、印度人而夺得了海上航运的优势，直至15世纪末葡萄牙人东来时期为止，他们始终保持着这种优势，尤其是在宗教信仰与海上贸易这两方面，至今仍有影响。唐代横渡过印度洋确有案可稽的中国人，除前文提及的杜环在公元762年随商船返回，从广州上岸外，另一人就是达奚弘通。此人在杜环之先，即唐高宗上元年间（674—675年）泛海而行，经三十六国抵达虔那。有学者考证虔那在阿拉伯半岛南部。他著有《海南诸蕃行记》一卷，虽亡佚，但《玉海》卷十六引《中兴书目》，却保存了弘通海路而行的事实。公元9世纪有两位阿拉伯旅行家写过关于从阿拉伯到中国的游记。其一为两卷本的《中国印度见闻录》。卷一作者佚名，主人公为苏莱曼，写成于公元851年。卷二作者为阿布·赛义德·哈桑，约撰写于公元916年。此书是阿拉伯人所写有关中国题材的早期著作之一，材料翔实细腻。其二为《黄金草原》（947年），其作者马苏第（又译为"马斯欧迪"，公元912/913—956年）生于巴格达，死于埃及。作者此行不为经商，也不为揽胜，只为"学术旅行"。其中涉及海上丝路和中国的内容是留给后世的瑰宝，具有百科全书式的认识意义。

公元751年怛罗斯战役之后，不仅被俘的士兵将造纸术传到了西亚，而且由于被俘的中国织匠、络匠也被带到了西亚的两河流域，中国的丝织技术自然也传到了阿拉伯世界，西亚制造锦缎等高级丝织品的手工作坊如雨后春笋般地发展起来，相继出现了宫廷作坊和官府作坊等专供社会上层人物享用的高级织物的制造场所。公元9世纪以后，阿拉伯世界的丝织作坊已控制了区域性的丝绸市场，甚至在欧洲，大部分有名的丝绸品种也来自阿拉伯。丝织技术经北非的阿拉伯人之手传入西班牙，于是那里的丝织业也得到了长足的发展。1147年，丝织技术传入西西里，到12世纪后半叶，西西里已成为向欧洲输送丝织品的基地。1256年，蒙古军队进抵西亚，西征到红海，中国织匠再次进入伊斯兰世界。在蒙古帝国统治西亚和中亚期间，中国文化元素中的龙、凤、麒麟等图案花纹进入伊斯兰世界的丝织纹样中，并传到蒙古人未能涉足的埃及和小亚细亚，影响了叙利亚、埃及等地的织造风格。

宋元以来，中国出于对外商贸的需要，不仅造船业得到发展，而且航海技术也大有提升。中国航海的导航术已处于世界领先地位，这大大加强了中国与西亚、北非的联系与交往。宋代中国有关非洲的认知信息更加丰富、深入。南宋周去非的《岭外代答》、赵汝适《诸蕃志》等都有关于非洲的记述，所记区域包括非洲的东海沿岸诸国，也包括非洲北部诸国。中国的瓷器早在唐代就已进入成熟的阶段，但是输入阿拉伯地区的确切年代尚待考证。随着海上贸易的发展，宜于大量海运的中国瓷器开始外销。阿拉伯学者扎希兹在他的《商务观察之书》中就曾举出过从中国贩运来的"多彩瓷器"，公元851年编定的《中国印度见闻录》卷一中也记载了商人苏莱曼对中国精美瓷器的赞誉。10世纪阿拉伯文学家伊斯法哈尼（伊斯巴哈尼，约897—967年）也在他的《乐府诗集》中记述过"中国的瓷碗"。同期另一位阿拉伯学者塔努基（？—994年）在《一位美索不达米亚的教法官的席间谈话》提及阿拉伯当时在仿制中国瓷器。这说明9、10世纪中国瓷器已大量西传，甚至到达北非的埃及。输入口岸为红海边的阿伊扎卜，中国瓷器运抵此地之后，取道尼罗河上游阿斯旺后运抵下游的弗斯塔特。它是阿拉伯人征服埃及后兴建的城市，1168年至1171年间毁于"十字军"的围攻，始建于公元969年的开罗就位于弗斯塔特的北部。

中国瓷器沿陆路和海路两条丝绸之路走向西亚、北非市场的主要是青花瓷，这和他们喜爱深蓝的情结有关。最早的青花瓷烧制于唐代，但流行不广泛，以致后人误以为元青花是青花瓷的发端。青花瓷烧制必备三个工艺条件，硬质白瓷、釉下彩绘和钴蓝着色。前二者均在中国本土起源，唯有钴蓝着色工艺受到西亚的影响，所以又有"回青""西夷回回青"及"苏麻离青"之称。堪称中国传统工艺的景泰蓝，又名铜胎掐丝珐琅，也是于元朝晚期由西亚阿拉伯地区传入中国，并很快进入宫廷。明景泰年间（公元1450—1456年）因该工艺品底色多为宝石蓝或孔雀蓝，故名"景泰蓝"。显然这种蓝色和西亚人的信仰有关。唐青花钴料从西亚进口，纹饰图案也带有西亚伊斯兰风格，这些碎瓷片主要在中国通往西亚沿途海域城市出土，各地的博物馆都有陈列，表明当时唐青花主要外销供穆斯林使用。唐青花传入西亚后，自公元9世纪以来，一直被模仿，历经数百年而不衰，深受广大穆斯林喜爱，满足了他们的深蓝情结。直至元青花的诞生，西亚又成为元青花的主要市场。北非的埃及从法蒂玛王朝（公元909—1171年）开始仿制中国瓷器，初仿宋代的青瓷，后仿青花瓷。这些仿制品酷似真品，但强化了伊斯兰纹饰，花纹外亦有阿拉伯语的制作者名字。元青花瓷在唐青花烧制的技艺上精益求精，达到了青花瓷在中国发展的顶峰。它随着元代国势的强盛、对外贸易的高涨、海路的发达而传遍世界，成为中国陶瓷工艺中的精品高标。作为丝绸之路的主要贸易商品，元代青花瓷影响广泛。元青花和唐青花一样堪称中国、西亚、北非文化交流与文明互鉴的历史见证。它也说明一个真理：丝绸之路上的文化互通与互鉴是建立在双向、平等和互相尊重基础之上的。

元代是中国历史上对外交流的极盛时期，其统治范围东起大海，西至西亚及东欧，地域广大可说是前所未有。在这个辽阔无边的空间里，从前的疆域边界已不复存在，极大地为东西南北的文化交流提供便利，形成了人类文明史上第一个世界市场，陆路丝路和海上丝路对此功不可没。蒙古西征军及此后统治西亚的蒙古伊儿汗国，曾与北非埃及马穆鲁克王朝冲突不断。为此，埃及的马穆鲁克王朝巧妙地利用蒙古钦察汗国与伊利汗国之间的矛盾，与钦察汗国结盟，并一直保持着比较密切的关系，这在客观上促进了元朝及蒙古汗国对北非的了解。元成宗时，杨枢曾两度出使西亚，第二次于1304年（成宗大德八年）从京师出发，取道海上于1307年到达海湾的忽鲁模思（Hormuz）。汪大渊（约1311年生）青年时代曾两次浮海西行，撰有《岛夷志略》。元成宗时还曾遣使臣答术丁等"前往马合答束番国征取狮豹等物"。而"马合答束"即今索马里首都摩加迪沙。元成宗还派遣爱祖丁等使臣"前往刁吉儿地取豹子希奇之物"。这里的"刁吉儿"应为今摩洛哥的丹吉尔。它不仅是地中海的著名港口，而且也是元顺帝时曾访问中国的著名旅行家伊本·白图泰（公元1304—1377年）的故乡。

公元8世纪中叶以后，对丝绸之路上的商贸活动来说，海路的安全性、便利性、重要性等逐渐超过了陆路。在早期的商贸往来中，陆路以丝绸为主，海路以瓷器为主。西亚、北非的阿拉伯世界主要的出口商品，则以香药、犀（角）、象（牙），珠宝、玻璃制品为主，其中对中国影响最大的应该是香料，因此海上丝路又有"香瓷之路"之称。直至15世纪上半叶，明代郑和（1371—1433年）于明永乐三年（1405年）至宣德八年（1433年）的二十九年内七次下西洋，达到了海上丝路交通往来的高峰。这一大规模的远洋航行，东起占浦（占婆），西抵海湾、红海、东非沿岸，访问了不下三十七国，加强了中国与亚非各国之间的友好往来，开展了官方贸易，从而促进了中国手工业的发展，扩大了中国人地理认知的眼界。郑和下西洋随行人员中，马欢的《瀛涯胜览》（1416年初稿，1451年定本）、费信的《星槎胜览》、巩（龚）珍的《西洋番国志》（1436年）等，是他们亲历各地风土、民俗的原始记录。他们不仅提及了麦加（天方）、克尔白（Kabah）、礼拜寺，而且还对佐法尔、亚丁、麦地那的情况有详细描述，并且对非洲也有所记载。其中尤以费信的《星槎胜览》记述最多。书中的卜剌哇国（即今索马里腊瓦）、竹步国（即今索马里朱八河口一带）、木骨都束国（即今索马里摩加迪沙），诸地皆处于非洲东海岸，表明当时斯瓦希里文明已经兴起。这些书籍为后人留下了极其珍贵的史料。

15世纪中叶以后，世界形势发生了重大变化，西亚、北非和丝绸之路的关系也随之发生了不以人的意志为转移的历史性巨变。1453年，逐渐夺去了东南欧，又灭掉东罗马帝国，而后建都伊斯坦布尔（原君士坦丁堡）的奥斯曼土耳其帝国称霸西亚东欧六百年之久，形成南北纵贯欧亚非三大洲的"奥斯曼之墙"，客观上阻断了东西横向的陆路丝绸之路的商贸通道。西方开始寻求新的通商道路。1497年，葡萄牙航海家瓦斯科·达·伽马从首都里斯本出发，绕过非洲南端好望角，到达现今肯尼亚海岸的马林迪。他在熟悉印度洋航行的阿拉伯人伊本·马吉德（Ibn Mājid）帮助下，1498年到达印度西岸果阿，成为横渡印度洋的第一位欧洲人。从此开启了16世纪至18世纪葡萄牙人经略东方的时代。葡萄牙人在东方活动的直接后果之一，就是客观上阻断了自公元8世纪以来，中国和阿拉伯世界海上丝路的频繁而密切的交往。继葡萄牙人之后，荷兰、英国、法国等殖民者陆续东侵，原来繁荣、兴盛的古代东方印度洋的海上贸易网被破坏了，取而代之的是一个印度洋依附和屈从于太平洋的商贸时代。

20世纪中叶开始，中国和西亚、北非诸国相继走上民族独立、经济发展的道路，相互间的政治、经济、文化交流在一种全新的关系中得到恢复和发展。21世纪初，中国分别提出与相关国家共建"丝绸之路经济带"和"21世纪海上丝绸之路"的倡议，中国和西亚、北非国家的经济、文化发展从此也进入一个崭新的阶段。应该清醒地认识到，无论是古代的"丝绸之路""香瓷之路"，还是当下的"一带一路"，都不仅仅是物流通道，更是一种有远见的世界观。其存在与建设的立体功能显然离不开政治、经济相互促进与融合，但是更离不开从古至今的文化建设。只有具备世界眼光的文化先行策略，重构国际关系的大格局，才是现今"一带一路"总体建设中"民心相通"的根本保障，也只有"民心相通"，才能实现不同文化之间的互通互鉴，从而在多层面的区域板块与民族国家、多领域的精神产品与物质产品、多地区的陆路文化与海洋文化等更高端的文明成果上体现出"互利共赢"的美好前景。

当下，我们重忆丝路文学艺术的踪迹，再奏丝路精彩乐章，聚焦西亚、北非地区在"一带一路"建设中的华丽转身，便可发现人类命运共同体新的奥秘。

作者系天津师范大学文学院教授

中国文学在阿拉伯的传播*

［埃及］哈赛宁（Hasanein Fahmy Hussein）

内容提要 2012年莫言获诺贝尔文学奖，改变了中国文学在国外的译介、传播与发展情况。本文追根溯源，系统介绍了中国文学在阿拉伯世界传播的三个高潮和三代翻译家，又从现当代小说与戏剧作品、现当代儿童文学作品、现当代女性文学、鲁迅及莫言的文学作品入手，研究流行于阿拉伯不同地区的中国文学主题，并分析其原因及影响。翻译是文明沟通的桥梁，虽然阿拉伯翻译者译介的中国作品越来越多，但高质量的翻译作品仍是少数。可以相信的是，随着两国文化交流的日益深入，阿拉伯国家的中文作品翻译质量一定会有所提高和发展。**

关键词 中国文学 阿拉伯 译介作品 莫言

随着中国近几十年的经济发展、国际地位的日益提高、与世界各国家地区多方面的交流增强，以及中国形象的向外推广，中国文学开始

---

* 本文系哈赛宁教授于2022年7月在北京大学东方文学研究中心主办的全国研究生暑期学校中的演讲实录。

** 内容提要由编者撰写。

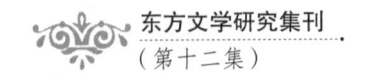

平稳地走向世界，中国作家作品开始在国外（尤其是阿拉伯世界）出现了一定的译介、研究与传播。自2012年中国作家莫言获诺贝尔文学奖以来，中国文学在阿拉伯世界的译介、传播及影响有了前所未有的发展。

一、莫言获奖前后中国当代文学在阿拉伯世界的译介与传播

一般来说，诺贝尔文学奖是其得主及作品在国外传播、译介与研究的重要开端。尤其值得注意的是，一些诺贝尔作家作品在其获奖前往往只被译成少数几种语言，例如英、法、德、西、瑞、意、日语等，除此之外的其他民族语言则对此作家及作品知之甚少，或者说几乎不知道世界文坛有这么一位作家和作品。因此，一位作家荣获诺贝尔文学奖时会对该作家乃至该国文学在国外的译介、传播产生空前影响。

2012年中国作家莫言获诺奖，这改变了最近几十年，尤其是改革开放以来，中国文学在国外（特别是小语种国家与地区）的译介、传播与发展状况。在莫言获奖之前，许多阿拉伯读者和作家对中国著名当代作家如莫言、余华、苏童、刘震云等并不了解；但是在莫言获奖之后，其作品及其他中国文学作品在阿拉伯世界快速传播。

莫言获奖也使得中国文学作品的阿译本开始出现在阿拉伯国家的各类文学奖项之中。2013年，莫言的《红高粱家族》阿译本获得了埃及文化部青年翻译奖。埃及文化部的《文学消息报》也向不少的中文小说阿译本授予了奖项。除此之外，一些中国文学作品在开罗国际图书展也获得了几次奖项。

二、中国文学在阿拉伯世界传播的三个高潮

哈赛宁教授认为中国文学在阿拉伯世界的译介和传播可以分为三个高潮：

第一次高潮：1960年至1985年初；第二次高潮：1985年初至2012年；第三次高潮：2012年初莫言获奖至今。

（一）第一次高潮：1960年至1985年初

第一次高潮出现在阿中建交之初，也就是1956年，一些阿拉伯国家（包括埃及、叙利亚和也门等）开始与新中国建立外交关系之后。这主要归功于一些热爱中国文化的埃及、叙利亚与伊拉克等国作家们与翻译家们的努力。当时他们主要是从英、法、德等第三语种将中国现代作家作品译成阿拉伯语，在几个阿拉伯国家出版社、刊物发表，涉及的主要是政治与社会题材。

一些埃及、叙利亚和埃及作家出于对中国文化的热爱以及想要分享中国文化的愿望，通过阅读中国文学作品的第三语种译本了解了中国社会和政治，看到当时的中国与阿拉伯世界在很多方面存在相似之处，因此他们开始通过第三语种间接地将一些中国文学作品译成阿拉伯语，在埃及、叙利亚、伊拉克和约旦等国的报刊进行发表和出版。

这一时期主要的翻译家包括埃及作家与翻译家阿卜杜勒·盖发尔·马卡维（عبد الغفار مكاوي），他翻译了许多鲁迅的作品。当时他刚从德国回国，在德国时他接触到了许多译成德语和法语的中国文学作品。1966年，马卡维发表了几部鲁迅的翻译作品，如《药》《狂人日记》等短篇小说，在埃及文化部创办的外语系列杂志进行了发表。对鲁迅等中国作家作品的翻译使得马卡维本人受到了一定影响，在其创作的话剧和短篇小说中，他模仿了鲁迅和其他中国作家与哲学家的作品。马卡维曾在2007年与哈赛宁的对话中提到，他希望自己有机会更多地阅读中国现当代的作家作品，因为他认为中国社会和文化与阿拉伯社会和文化很相似，他非常渴望更多地了解中国当代文学以及中国人民现实生活的发展。

除了马卡维之外，还有其他一些埃及作家在20世纪60年代通过第三语种努力地将一些中国作家作品译介到阿拉伯世界，这对其小说创作也产生了一定影响。

在第一次高潮期间，中国文学作品都是从第三语种翻译成阿拉伯语的。尽管如此，这仍然对中国文学在阿拉伯世界的传播产生了一定影响，帮助了当时的阿拉伯读者了解中国文学作品，同时也对一些包括埃及、叙利亚、伊拉克和约旦等国在内的阿拉伯作家产生了影响。值得注意的是，这一时期主要是对中国文学作品的翻译，没有出现关于中国文学作品的研究。

（二）第二次高潮：1985年初至2012年

中国文学在阿拉伯世界译介的第二次高潮出现在1985年左右。随着中国1978年开始改革开放，阿拉伯国家（主要是埃及）的汉语教育有所发展。1980年之后，埃及艾因夏姆斯大学中文系学生开始了对中国文学作品的研究与翻译。艾大研究生在中国老师的指导下撰写了不少有关中国现当代作家作品的学位论文，涉及的主要作家包括鲁迅、茅盾、郭沫若、老舍、杨沫、丁玲、冰心、李准等。除了中国文学研究外，一些艾大老师也开始将中国文学作品直接从中文译成阿拉伯语，在埃及、科威特的出版社和刊物进行发表和出版。

在第二次高潮期间，艾大翻译的大部分文学作品都是从汉语直接翻译成阿拉伯语，当时的重要翻译家包括穆赫辛·法尔贾尼（محسن فرجاني），穆赫辛教授主要翻译介绍了不少的中国古典作品及现当代文学作品，如《论语》《道德经》等。阿卜杜勒·阿齐兹·哈姆迪（عبدالعزيز حمدي），阿齐兹教授翻译介绍了不少的中国现当代作家作品以及中国文化、社会及政治作品，如老舍的《茶馆》，曹禺的《日出》《北京人》，沈从文、郭沫若、铁凝等作家的作品。瓦希德·阿勒·萨义德（وحيد السعيد），瓦希德教授主要翻译了巴金的《海的梦》、王蒙的《青春万岁》等。并且这一时期除了翻译之外，还有阿拉伯青年研究生开始更多地研究中国文学作品。艾大的不少学者在埃及、科威特、卡塔尔、沙特、阿联酋的很多阿拉伯语和汉语刊物上发表了有关中国文学作品的学位论文和文章。他们第一次让埃及和阿拉伯读者更多地了解和接触到了中国作家作品，对其在阿拉伯世界的传播产生了积极影响。

（三）第三次高潮：2012年初莫言获奖至今

翻译队伍扩大。在莫言获奖之前，译成阿拉伯语的中国作品大部分来自现代作家，例如鲁迅、老舍、茅盾、郭沫若等。虽然译作的数量不多，但也在一定程度上吸引了更多的阿拉伯读者阅读和了解中国文学作品。莫言获奖之后，来自埃及艾因夏姆斯大学、开罗大学、爱资哈尔大学的学者开始更多地关注和介绍中国文学作品。除莫言外,他们还翻译研究了不少中国当代作家的作品,如余华、苏童、刘震云、王安忆、残雪、毕飞宇、迟子建、张洁、徐则臣、曹文轩等。很多埃及翻译家将这些作家的作品直接翻译成阿拉伯语,在埃及、科威特、阿联酋、巴林、沙特、黎巴嫩、突尼斯等阿拉伯国家进行出版。

翻译和研究主题扩展。在这一时期,可以看到很多译成阿拉伯语的中国文学作品吸引了阿拉伯读者和评论家的讨论。而且许多阿拉伯学者开始更多地研究各种主题的中国文学作品。近年来,无论是在艾因夏姆斯大学、开罗大学、苏伊士运河大学、爱资哈尔大学、亚历山大大学,还是其他阿拉伯大学,不少研究者开始从各个角度对中国文学作品与阿拉伯文学作品进行比较研究。

不同阿拉伯国家的私立出版社开始更多地关注、翻译和出版中国文学作品。在莫言获奖之前,阿拉伯读者关于中国作品的研究和讨论较少;但是近十年来,可以看到中国文学作品在阿拉伯世界受到了很大欢迎和关注,例如在沙特就能看到不少中国文学作品的身影。

中国文学研究有所发展。在第三次高潮期间,中国文学作品在阿拉伯世界的译介、研究和传播对整个阿拉伯世界的读者和作家产生了重要影响。例如虽然目前中国文学作品在沙特的数量有限,但是随着沙特近年来掀起的汉语热,不少沙特学生和读者开始接触中国文学作品并了解中国文学作品的译介。

三、中国文学在阿拉伯译介的翻译队伍

正如前面所说,在第一次高潮期间,阿拉伯翻译家主要是从第三语种将中国文学作品译成阿拉伯语;而在第二次和第三次高潮期间,阿拉伯翻译家则是直接从汉语译成阿拉伯语。因此可以将这些翻译家分为第一代、第二代和第三代。

(一)中国文学译介的第一代翻译家

第一代翻译家在1980年之后,开始了对中国文学作品的翻译和研究。第一代的汉学家和翻译家以穆赫辛·法尔贾尼(محسن فرجاني)和阿

卜杜勒·阿齐兹·哈姆迪（عبد العزيز حمدي）为代表，他们在埃及和其他阿拉伯国家翻译出版了不少的中国文学作品。他们所翻译介绍的中国作家作品为中国文学在阿拉伯世界的传播打开了一扇新的窗，吸引了更多的青年译者关注中国文学的阿语翻译与研究。

（二）中国文学译介的第二代翻译家

第二代翻译家在2000年之后，大部分人开始专门进行中国文学作品的翻译和研究，有些人还在中国国内获得了比较文学学位。如哈赛宁（حسانين فهمي حسين），2008年获得了北京语言大学比较文学与世界文学博士学位，博士毕业后翻译出版了三十多部中国图书，大部分为中国现当代作家作品，包括莫言、余华、刘震云、张洁、迟子建、铁凝、残雪等作家作品。其译作在埃及、中国、沙特、黎巴嫩及阿联酋等国出版，在埃及、中国、卡塔尔等国获国内及国际翻译奖。娜佳·艾哈迈德（نجاح أحمد），娜佳博士也翻译介绍了阿城、刘震云等作家作品。

（三）中国文学译介的第三代翻译家

近年来随着中国和阿拉伯世界的文学交流，第三代翻译家有更多的机会接触中国文学作品，因此他们翻译的作品也越来越多，在埃及和阿拉伯世界产生了很大影响。这一时期的翻译家包括雅拉·艾尔密苏里（يارا المصري）、米拉·艾哈迈德（ميرا أحمد）、梅伊·阿舒尔（مي عاشور）等、叶海亚·穆赫塔尔（يحيى مختار），这些年轻翻译家的翻译作品在阿拉伯世界产生了很大影响。并且除了小说之外，他们还翻译了诗歌等不同类型的中国文学作品。

四、在阿拉伯地区译介的中国文学主题

（一）现当代小说与戏剧作品译介

纵观中国作品在阿拉伯世界的译介情况，可以看到所翻译的不少作品中包括中国现当代小说和戏剧。第一代翻译家阿卜杜勒·阿齐兹·哈姆迪（عبد العزيز حمدي）教授目前是埃及爱资哈尔大学的中文系教授。他在很早之前就翻译介绍了许多中国戏剧作品，包括郭沫若和老舍的作

品,并在埃及和科威特出版。还有很多埃及研究者将这些作品与埃及戏剧作品进行比较研究。

(二) 现当代儿童文学作品译介

随着中国文学在阿拉伯世界的传播,也有不少的阿拉伯翻译家开始关注中国儿童文学作品的译介情况。因此,近年来埃及出现了不少中国儿童文学作品,而且还有一些翻译作品在埃及开罗国际图书展获得了翻译奖项。许多中国儿童文学的翻译作品在埃及也非常畅销,例如曹文轩、谭旭东、赵丽宏等人的作品,甚至在突尼斯、阿联酋也产生了一定影响。所译介阿语的中国当代儿童文学作家作品曾几次获得埃及开罗国际书展儿童图书翻译奖,如2020年,埃及青年翻译家哈贝·萨米尔以其翻译的中国当代作家赵丽宏的儿童小说《渔童》阿语版获得了2020年开罗国际书展翻译奖。

(三) 现当代女性文学的译介

现当代中国女性文学在埃及也产生了一定影响。许多埃及和阿拉伯国家的研究学者将一些中国女性作家作品(包括丁玲、冰心、杨沫、王安忆、残雪、铁凝、迟子建等)与阿拉伯女性作家作品进行比较研究,其中最突出的是埃及艾因夏姆斯大学中文系研究学者所写的研究,如笔者对中国当代作家杨沫《青春之歌》与埃及当代作家拉提法·阿勒·扎亚特《敞开的门》的比较研究,对中国当代女作家严歌苓与埃及当代女作家米拉勒·阿勒·塔哈维的移民小说进行比较,及对中国当代女作家迟子建与埃及女作家萨勒瓦·巴克尔作品中的边缘叙事的比较等,对阿拉伯国家的女性文学研究具有积极意义。

(四) 鲁迅作品的译介、研究与影响

鲁迅的作品可以说是最早被译成阿拉伯语的中国文学作品。早在1966年,埃及翻译家阿卜杜勒·盖发尔·马卡维(عبد الغفار مكاوي)就将鲁迅的一些作品翻译成了阿拉伯语。自此,鲁迅的作品一直对埃及作家和读者产生着深刻影响。直到现在还有不少阿拉伯学者对鲁迅进行研究。他们将鲁迅的作品与著名阿拉伯作家的作品进行比较研究,例如纳

吉布·马哈福兹（نجيب محفوظ）、塔哈·侯赛因（طه حسين）、萨阿德·马卡维（سعد مكاوي）、乌勒菲特·艾德里比（ألفت الإدلبي）等。而鲁迅之所以会在阿拉伯学界受到如此热烈的关注，是因为阿拉伯研究者在其作品中看到了当时的中国社会与阿拉伯社会的相似之处，了解到其作品中反映的诸如儿童、女性、贫困等许多社会问题，试图为解决阿拉伯社会所面临的种种问题寻找出路。

（五）莫言作品的译介与研究

在2012年莫言获奖之前，许多阿拉伯读者和作家对中国当代作家作品知之甚少。但是在莫言获奖之后，《红高粱家族》阿译本在埃及的翻译出版对整个阿拉伯世界产生了影响。自此，越来越多阿拉伯作家开始关注当代中国文学作品，尤其是莫言的作品。此后，莫言的其他作品也相继翻译成阿拉伯语，并在埃及和黎巴嫩出版，包括《透明的红萝卜》《蛙》等其他中篇和短篇小说。还有不少埃及和其他阿拉伯国家的学者从比较文学的角度对莫言作品进行了分析研究。

五、中国文学在阿拉伯地区的译介和传播情况

近年来，随着中国文学和文化在阿拉伯世界的传播，北非阿拉伯国家和海湾国家开始更多地接触、关注中国文学作品。

（一）中国文学在突尼斯的译介

突尼斯的大学在近几年开办了中文系，开始直接将一些中国文学作品从汉语译成阿拉伯语。而在此之前，突尼斯的中国文学作品主要是从法语翻译成阿拉伯语，所以很多翻译作品的内容与中文原文有出入。

但是随着突尼斯汉语教育的发展，突尼斯一些大学的中文系开始直接将中国文学作品从汉语译成阿拉伯语。但是突尼斯目前对中国文学作品的研究还十分有限。

（二）中国文学在埃及的译介

埃及艾因夏姆斯大学是阿拉伯和非洲地区最早开设中文系的大学，

因此埃及的中国文学研究在阿拉伯世界十分领先。目前在艾因夏姆斯大学和开罗大学都开办了许多新项目,以培养更多的优秀青年翻译家。而且有很多埃及作家开始在各阿拉伯刊物发表有关中国文学的评论文章。可以预计未来将会有更多中国文学作品被翻译成阿拉伯语,莫言、余华、刘震云等中国作家在阿拉伯世界的影响也会越来越大。

随着中国文学作品在埃及的传播,埃及许多大学的中文系学生和研究阿拉伯文学的中国研究生开始更多地关注中国作品与阿拉伯作品的比较研究,包括艾因夏姆斯大学、开罗大学、苏伊士运河大学、亚历山大大学等。这些大学每年都会有许多学生通过阿拉伯语或汉语撰写学位论文,并且在埃及的许多刊物,例如《文学消息报》和《金字塔报》进行发表。

近年来,埃及开罗图书展也有很多研讨会和论坛开始邀请专门研究中国文学作品的翻译家进行交流和讨论。许多知名埃及作家和翻译家参会,对中国文学作品发表新认识和新看法,对阿拉伯青年作家产生着积极影响。

老一辈的一些埃及作家,如优素福·格伊德(يوسف القعيد)和易卜拉欣·阿卜杜·马吉德(إبراهيم عبد المجيد)等,也开始阅读中国文学作品的阿译本,并分享关于这些作品的看法和感受,其文学创作也因此受到了一定影响。例如埃及努比亚族作家哈贾吉·伊德瓦勒(حجاج أدول)曾提到其创作受到了一些中国作家和中国文化的影响。随着埃及和中国出版社合作的展开,不少埃及出版社开始出版中国文学作品,也有一些埃及出版社开始培养自己的青年翻译队伍。

(三)中国文学在海湾国家的译介

海湾地区(科威特、阿联酋、卡塔尔和沙特)的情况与突尼斯非常相似。虽然在很早之前,海湾地区就十分关注中国文学作品的翻译和出版,但实际上大部分都是埃及翻译家的译作。因为像卡塔尔和科威特的大学还未成立独立的中文系,所以对中国文学作品的研究仍然很有限。

卡塔尔的《多哈》杂志是阿拉伯世界的著名文刊。该杂志近年来特别关注中国文学作品的情况,不少汉学家在该刊发表了许多关于中国文学的文章。因此，虽然在海湾地区翻译成阿拉伯语的中国文学作品不多，但是已经有更多的海湾学者开始关注中国文学作品的情况。通过沙特的一家著名书店，就可以看到有很多沙特人开始阅读中国文学的阿拉伯语翻译作品，以了解中国社会和中国文学。

因此，近年来中国文学作品在阿拉伯国家的传播虽然有了很大发展，但是被翻译成阿拉伯语的作品仍然不多。虽然今年阿拉伯国家的中文系毕业生数量有所增加，但真正能从事翻译工作的翻译人才还十分稀缺。

哈赛宁博士认为，阿拉伯地区还需要更多有资格的翻译家将中国文学作品翻译成阿拉伯语，因为阿拉伯国家还需要更多地了解中国文学和中国文化。例如虽然沙特阿拉伯的一些大学开办了中文系，但是其教学计划中并没有专门研究中国文学作品的课程。不过，随着沙特的国家和文学翻译局计划将更多中国文学作品译介至阿拉伯地区，未来将会有更多学者从不同的角度对中国文学作品进行研究。

- 林丰民教授总结：

林丰民教授谈到，哈赛宁博士分享了中国文学在阿拉伯世界的翻译和研究情况，尤其是关于中国文学在阿拉伯世界翻译和传播的三个阶段划分得非常清晰。可以发现，阿拉伯世界的中国文学研究与中国的阿拉伯文学研究很不一样，比如中阿双方关于儿童文学在对方国家的研究就有很大差异。目前中国翻译的阿拉伯儿童文学还很少，有很多人将《一千零一夜》看作是儿童文学，被很多家庭当作儿童的睡前读物。虽然以前也有关于阿拉伯儿童文学的翻译，但数量也不多。

还有一点令人印象深刻的是，近年来中国文学在阿拉伯国家的发展特别快。尤其是2012年莫言获诺贝尔文学奖，在阿拉伯翻译界掀起了一场了解中国文学的热潮，也带动了阿拉伯读者对莫言和其他中国作家及其作品的兴趣。另一方面，阿拉伯世界掀起汉学热潮也离不开中国改革开放取得的成就。特别是中国发展为世界第二大经济体之后，中国文学在阿拉伯社会受到了更多关注。因此可以预计的是，未来随着中国经济进一步发展以及中国与阿拉伯国家在各领域的交流日益密切，阿拉伯世界对中国文化和文学的了解兴趣也会进一步增长。

另外，通过哈赛宁博士的介绍，可以发现新一代阿拉伯青年翻译者越来越多，这主要是因为文学作品的翻译与语言紧密相关。埃及的中国文学翻译作品之所以在阿拉伯世界占领先地位，是因为埃及的汉语教学开展得最早。埃及在20世纪60年代就已经开办了一些汉语研修班；1975年，埃及艾因夏姆斯大学第一次建立了汉语专业；21世纪，艾因夏姆斯大学的汉语教学获得了巨大发展。一个汉语班由原来的十几人经过发展，在2006年至2008年扩展到一百多人。

阿拉伯国家开始对中国文学感兴趣也与中阿之间的交流密不可分。埃及、沙特和阿联酋可以说是对中国文化需求最大的阿拉伯国家。例如阿联酋这些年同中国的合作逐渐增加，新冠疫情暴发之后，阿联酋与中国的抗疫合作也非常紧密。由于经济发展，中国对石油和天然气的需求也日益增加，近年来中国与沙特和卡塔尔的经济交流也因此十分频繁。

- 林丰民教授提问：

阿拉伯翻译家翻译了许多中国文学作品，您觉得这些译本的翻译质量如何？另外，您觉得未来在翻译工作者的培养上，中国方面可以提供哪些方面的支持？

- 哈赛宁教授回答：

近年来，虽然阿拉伯翻译者译介的中国作品越来越多，但是高质量的翻译作品仍是少数。现在也有一些青年翻译家开始接触中文作品翻译，尝试翻译了一些中国文学作品，但是质量仍有待提高。可以相信的是，通过良好的汉语教育和培养，阿拉伯国家的中文作品翻译质量一定会有所提高和发展。

阿拉伯翻译家要想克服翻译中国文学作品时所面临的问题，也离不开中方的帮助和支持。近年来，中国政府的许多项目和中国大学举办的文学、文化与语言方面的论坛和研讨会也积极展开与埃及的翻译家、各大学中文系的合作。不少埃及翻译家和埃及中国文学研究者参加了北大等中国大学举办的研讨会，从中受益匪浅。我希望中国大学的中文系和有关机构能更多地举办中阿文学之间的交流会议，促进中国阿拉伯文学

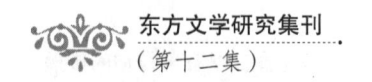

专家与阿拉伯青年译者之间的交流。因为翻译中国文学作品，不仅包括语言方面的要求，还有了解中国文化、社会和政治背景的需要。希望阿拉伯青年译者有更多的机会与中国的阿拉伯文学专家进行接触和交流。

● 同学提问环节：

（一）天津师范大学　侯营

请问在埃及、沙特阿拉伯等阿拉伯地区，中国文学专业属于什么院系？通常都会从什么角度对中国现当代文学进行研究？

哈赛宁教授回答：

如前面所说，除了埃及之外，其他国家的中文系历史都不长。沙特虽然在2009年建立了中文系，但是中文系毕业生并不多，他们也很少接触中国文学作品的研究和翻译。但是自从2019年沙特王储访问中国以后，汉语就开始在沙特受到很大的欢迎和关注。以前只有沙特国王大学有中文系，但是最近三四年已经有好几所大学开始教授汉语。包括吉达的吉达大学，阿卜杜勒阿齐兹国王大学，利雅得的努拉公主大学。

沙特教授汉语的院系主要是语言与翻译学院，主要是教授语言和翻译，在其教学计划中不包括文学方面。但是近年来，随着沙特的汉语教育的发展，沙特国王大学的中文系教学计划中也开设了文学翻译课程，以及向本科生简单介绍中国文化和中国文学作品的课程。

除了中文系之外，沙特国王大学还有历史悠久的文学院。随着近年来中沙交流增加，有很多来自文学院的阿拉伯老师和研究生开始与中文系师生进行交流讨论，以了解中国文学作品在整个阿拉伯世界的传播情况。沙特最近两年建立的国家文学翻译和出版机构是沙特文化部的最高机构。该机构关注包括中国在内的外国文化和作品。相信在其支持之下，中国文学作品在沙特的翻译和出版会吸引更多的阿拉伯读者。

（二）北京第二外国语学院　李捷

请问目前埃及比较关注的中国文学主要是什么方面和内容？目前中国女性文学在埃及的接受度和传播度如何？如果可以的话，您能不能为我们介绍一些研究中国女性文学的埃及学者或阿拉伯学者？

哈赛宁教授回答：

埃及比较关注的中国文学主要是跟埃及社会相似、反映中国文化和中国社会的文学作品。例如反映中国北方社会和文化的莫言作品，还有苏童、茅盾、老舍、郭沫若、鲁迅等作家的作品。

关于中国女性文学在埃及的传播，可以在近年来艾大的硕士和博士学位论文中发现一些关于中国女性作家作品的研究，包括丁玲、冰心、王安忆、迟子建、铁凝等作家，以及一批八零后的青年作家。例如埃及女作家和翻译家雅拉·艾尔密苏里（يارا المصري）去年翻译的残雪的作品就获得了谢赫哈马德国际翻译奖；我本人也于2015年在埃及国家翻译中心出版了《中国当代女作家作品选》，其中收录了张洁、残雪、迟子建的部分短篇小说，在埃及引起了一定反响，为埃及读者提供了了解中国女性文学的机会。

目前研究中国女性文学的埃及学者主要是埃及的艾因夏姆斯大学和开罗大学的一些老师和学者。

（三）中山大学　陈洪珏

鲁迅的作品极具复杂性和深刻性，您可以介绍一下阿拉伯学者是如何解读鲁迅作品的吗？他们是如何通过鲁迅作品理解中国社会的？鲁迅作品揭露的中国社会的阴暗面比较多，具有一定的时代背景，是当时社会的现实反映，这是否会影响阿拉伯读者对当今中国的印象？

哈赛宁教授回答：

鲁迅作品在埃及和整个阿拉伯世界的译介和传播没有影响埃及和阿拉伯国家对当今中国的印象。自1966年，鲁迅作品进入阿拉伯世界（埃及、叙利亚、伊拉克）以来，其中反映的社会问题一直引发着阿拉伯读者的共鸣。例如埃及作家阿卜杜勒·盖发尔·马卡维在1960年代翻译了鲁迅的《药》。三十多年后，他自己创作了一部名为《地震》的作品，描述了一位因为没有经济能力，不得已卖血救子的普通公司职员的故事。

巴勒斯坦作家拉沙德·阿布·沙维尔（رشاد أبو شاور）在很久之前也曾阅读过鲁迅的作品。他提到中国社会解决了过去存在的许多问题，并一步步走向繁荣和强大，中国社会已经不是鲁迅作品中所反映的那个凋敝破败的社会了。阿拉伯世界也可以向中国学习，以解决许多的社会和人性问题。

阿拉伯世界将鲁迅看成和纳吉布·马哈福兹（نجيب محفوظ）、塔哈·侯赛因（طه حسين）一样的重要作家，因为他们都反映了各自国家的社会问题。不少研究者也将鲁迅作品与纳吉布·马哈福兹（نجيب محفوظ）、塔哈·侯赛因（طه حسين）、萨阿德·马卡维（سعد مكاوي）的作品进行比较研究。

（四）广西民族大学　韦秋青

请问译介到阿拉伯国家的中国文学作品中，是否有一些被纳入到阿拉伯国家语文教材中？其中哪些作家的被纳入得多一些？

哈赛宁教授回答：

目前为止还没有纳入到阿拉伯国家语文教材中的中国文学作品。尽管如此，但是很多读者可以通过埃及《金字塔报》《文学消息报》和电视台，了解莫言、余华和鲁迅等作家作品。并且随着阿拉伯国家汉语教育的发展，相信应该很快就会有中国文学作品进入到阿拉伯国家语文教材之中。

（五）北京第二外国语学院　于金

您是否拜访过莫言先生的家乡高密，或者去过中国的其他地方，您有何感受？接下来您准备翻译哪些中国作家作品？

哈赛宁教授回答：

在莫言获奖的几天之后，我就到访过莫言先生的家乡高密，他当时亲自前来火车站接我，给我留下了深刻印象。我是第一个访问莫言先生老家的外国翻译家，并且我代表沙特国家电视台对莫言先生进行了采访。我在高密看到了《红高粱家族》中的景象，这是我在北京读书时不曾见过的。而且与莫言的家人和朋友面对面交谈，了解他除了作家之外，作为地道农村人的生活，对我作为翻译家产生了深远影响。

我近期翻译完成的余华老师一些中短篇小说，预计2023年初在埃及出版。并且计划在2022年底或2003年初再次出版《红高粱家族》，并在2023年1月的开罗国际图书展举办新书发布会。

（六）北京外国语大学　郭淑珺

请问阿拉伯世界对中国文学作品的接受程度如何？中国文学有没有从埃及汉学界走向埃及平民？阿拉伯人更喜欢哪种类型的中国文学作品？请问您在翻译过程中遇到文化差异问题时是如何处理的？

哈赛宁教授回答：

在埃及和阿拉伯翻译家的努力之下，中国文学作品正一步步走向埃及平民。他们通过各种书刊阅读和了解中国作家作品的有关情况。特别是莫言获奖使得中国文学进入了阿拉伯的大众视野。

当然，我在翻译过程中也会遇到文化差异问题。中国社会跟埃及社会虽然有一定相似之处，但是中华民族文化与阿拉伯—伊斯兰文化是不同的。例如《红高粱家族》中有一些吃狗肉和猪肉、喝酒的情节，这些在阿拉伯文化中是禁止的。但是我不会做任何更替或变化，我认为作为翻译家需要给阿拉伯读者机会好好了解中国文化，因为文学是使人了解其他文化的一面镜子。

（七）北京第二外国语学院　王月、宁夏大学　马佳婧

想请教您对中国年轻阿拉伯语学者有什么建议，或者您认为哪些方面的能力是年轻阿语学习者需要提高的？

和您所研究的中国文学在阿拉伯的传播相比，在中国研究阿拉伯语文学作品上您有哪些经验可以传授？

哈赛宁教授回答：

我们在埃及和沙特所接触的中国阿拉伯语专业学生都表现良好，他们所研究的主题也很丰富。我希望他们更多地了解阿拉伯文化，这样他们也能更好地掌握所翻译的作品。受疫情影响，很多中国学生无法去阿拉伯国家留学，所以我希望他们能通过像这样的座谈会等方式同阿拉伯汉学家进行交流，了解阿拉伯社会和阿拉伯文化。

阿拉伯文学在中国的传播和译介比中国文学在阿拉伯世界的译介历史更长久，中国的阿拉伯语专家所翻译和研究的主题也很丰富，覆盖的阿拉伯国家也很多。近年来随着中阿双方在经济方面的交流，中阿在文学上的交流也越来越多。我希望中阿双方的大学能组织更多的活动，培养青年翻译家和研究生，丰富文学研究主题。我认为中阿双方的合作可以促进文学发展上很多问题的解决，丰富相关方面的资料，为中阿文学发展研究做出贡献。

作者系埃及艾因夏姆斯大学中文系教授兼
沙特国王大学中文系前负责人

中国歌剧《白毛女》在蒙古国舞台

[蒙古] B. 孟和巴雅尔 著
雅如歌 译 刘迪南 审校

内容提要 从1952年10月1日起在蒙古国首都乌兰巴托组织的"蒙中友好旬"文化活动中,蒙古国家音乐剧院将中国作家贺敬之、丁毅等创作的歌剧《白毛女》搬上了蒙古国的舞台。歌剧《白毛女》已成为中蒙友好关系的象征,也是两国艺术交流与互动的典范。在本文中,作者B. 孟和巴雅尔通过对歌剧《白毛女》在蒙古国演出始末的考证,详细介绍了蒙古国的艺术家们改编、选角、策划的过程。蒙古的艺术家们结合蒙古国现实生活为《白毛女》重新编曲,还在舞台布景、灯光等方面做出了创新,以独特的技术表现了演员无法用言语表达的隐喻。歌剧《白毛女》在蒙古国的舞台上成功上演,对蒙古国的歌剧发展有着深远影响,同时它不仅完成了使观众领略到社会美学、文艺和艺术美学的主要使命,更对两国友好外交做出了重要贡献。*

关键词 《白毛女》 歌剧 蒙古国 中国

世界上任何一个国家和民族的经典作品都会真实、深刻、优美、合理地刻画呈现人与社会的本质、人类共同的价值和社会的公平正

---

* 内容提要由译者撰写。

义。此类经典作品在任何时间、空间都具有现实意义。因为人类生存的意义、本质、人与社会的矛盾在任何国家、民族和地区都是普遍存在的，所以此类经典作品不论被翻译成何种语言，其主题思想不会出现矛盾，可以传达其真谛。因而在文化层面成为国家的输出品，受到其他国家读者、观众的青睐，于是具有了多重意义。由贺敬之、丁毅等创作的中国经典歌剧《白毛女》作为国家的文化输出品，被译为多种外语并登上多国剧院的舞台，其中于1952年被搬上蒙古国的舞台演出。

中蒙两国于1949年10月16日建立外交关系，1950年分别在乌兰巴托和北京设立了各自的大使馆。1952年，为巩固深化双边友好关系与合作，加深两国人民间的相互了解和友谊，在中华人民共和国成立三周年之际，1952年10月1日起在乌兰巴托市组织了"蒙中友好旬"文化活动。在"友好旬"文化活动期间举办了蒙中联合演出、中国电影节，在城乡放映了《红旗》《钢铁般的战士》《中国少女》等文艺片，也包括电影《白毛女》。同时蒙古国家音乐剧院将中国作家贺敬之、丁毅等创作，由E.图门吉日嘎勒（Э.Түмэнжаргал）翻译，L.旺甘（Ламжавын Ванган）编剧的歌剧《白毛女》搬上了舞台。

一、在蒙古国舞台焕发新生的《白毛女》

在20世纪蒙古国戏剧的发展史上，尤其是20世纪初的蒙古国戏剧界，将中国名著改编成戏剧的现象屡见不鲜，如《唐朝逸史》（Тан овгийн хаадын түүх）、《英雄杜尹亨》（Дүенхэн баатар）、《英雄洪林虎》（Хун Лин-Ху баатар）的部分章节、《格斯尔史诗》等作品，长篇小说《西游记》也被改编为戏剧。诸多被改编的中国戏剧具备了蒙古国特色，并被搬上了舞台[①]。因此，现代蒙古国戏剧也为中国戏剧的发展做出了较大的贡献。但是蒙古人民革命党第七次代表大

---

① J.乌甘巴特尔主编：《学者、作家E.奥云作品集第二卷——〈蒙古民间戏剧艺术的根本〉》，乌兰巴托gcom出版社2020年版，第329—334、338页。

会[①]却做出决定，禁止在蒙古国剧院上演中国戏剧，鼓励编排欧洲和俄罗斯的古典现实主义戏剧。

时隔二十四年，在中蒙两国建立友好关系的背景下，由贺敬之、丁毅创作的中国歌剧《白毛女》于1952年被翻译成蒙古语并上演，是"戏剧艺术发展政策对翻译戏剧，尤其翻译中国戏剧，可以说是戏剧史上的一次创新"[②]，同时也是新时代中蒙文学、文化艺术关系史上的一个里程碑。

1952年7月19日蒙古国家音乐剧院[③]颁布如下决定：

"劳动功勋之星"国家话剧院院长，1952年7月19日第157号令

乌兰巴托市

关于准备一部新剧和推迟部分人员的休假

为迎接中蒙友好旬而筹备名为《白发少女》的新歌剧，剧院将完成从政治、思想高度体现中国文化、艺术、劳动生活的重要任务。其中决定："任命负责歌剧《白毛女》的人员：艺术总监旺甘担任导演，舞美设计师纳木海策凌（Лувсаншаравын Намхайцэрэн）负责总舞美设计，贡其格苏木拉（Гончигсумлаа）同志负责作曲，功勋艺术家达木丁苏伦（Дамдинсүрэн）负责指挥，齐木德道尔吉（Чимэддорж）同志负责合唱团，札木斯朗（Жамсран）同志负责钢琴演奏。"

国家音乐剧院由此筹备由新闻工作者、翻译家E.图门吉日嘎勒翻译，L.旺甘编剧的新作品《白毛女》。

[①] D.额尔德尼巴特在《党的大清洗》中指出，"根据人民革命党第七次代表大会（1928年）的决定，1929年夏至1930年初，审查了18618名党员，将5306人开除出党。被除名者是右派执政时期的封建领主、官员、商人、小贩和僧侣。经过这次审查，99.3%的党员为人民阶级的代表。党内清洗的指示指出，开除党内异见人士，如非阶级成员、叛乱分子、野蛮僧侣的同伙、滥用职权、侮辱民俗和信仰、占用公共财产的人，并招募积极参与镇压，忠于革命事业的人入党"。参见https://mongoltoli.mn/history/h/595。

[②] A.塔瓦、Kh.占达拉白迪主编：《S.达什栋德格六十年经典》（卷一），苏赫巴托出版社有限责任公司1996年版，第172页。

[③] 原文为国家音乐剧院的缩略词。

中国歌剧《白毛女》在蒙古国舞台

　　在国家音乐剧院上演的歌剧《白毛女》，其叙事、情节和戏剧冲突都忠于中国原作，相关内容将在本文第四部分详细描述。因此，译者E.图门吉日嘎勒对戏剧《白毛女》的翻译完整地传达了原文的内涵，质量上佳。对此，译者E.图门吉日嘎勒回忆道："当时我被分配到出版与文学审查总局工作不久。有一天Ch.敖布道布（Ч.Овдов）和E.奥云（Э.Оюун）邀请我翻译中国歌剧《白毛女》。时值斯大林七十岁寿辰前夕，当时每个公务员都觉得应该为此做点贡献，但我之前翻译的一本小书还没来得及出版。好在我已经读过《白毛女》的剧本，且对这部作品有一定的见解——是说旧社会把人变成了鬼，或是说《白毛女》开启了中国歌剧的新纪元。据了解，这是一个发生在中国北方地区的真实历史事件。我当时既年轻又有冲劲，带着不妨试一试的想法同意了此事。囿于其歌剧体裁，又以口语为主，歌词和诗句较多，给翻译工作增加了许多困难。不管怎样，最后还是成功翻译出来了。在诗句编排和编辑方面，我请我的大学同学，诗人D.塔日瓦（Д.Тарваа）审校整理后转交给了剧院，剧院接受后便杳无音讯。大概过了两年，也就是1952年，该剧得以上演。剧院编剧、著名剧作家L.旺甘和哑剧导演乔伊札木茨（Чойжамц）问我是否可以再次审校翻译的剧本。但我已然分身乏术，

图1 《白毛女》译者E.图门吉日嘎勒（左一）、曾两获国家奖的作家D.僧格等与到访扎尔格朗特生产队的中国来宾和代表们一起

只能请他们自行处理。他们做得很好，并成功将它搬上了舞台"①。

二、蒙古国的艺术家们用精湛的表演诠释《白毛女》

虽然导演L.旺甘通过编排将原作的五幕十五场改成了三幕十三场，但依然充分表达了这部作品的内容。他意在反映歌剧《白毛女》的空间、时间、社会环境和戏剧性。这就是为什么即便演出从19点开始到凌晨1点结束，持续六个小时，观众仍没有感到无聊并保持热情和兴致的原因。戏剧研究专家S.达什栋德格强调的"剧院的戏剧艺术发展计划对翻译戏剧，尤其是对中国戏剧的译制和演出是戏剧史上的一次创新"②即是对导演L.旺甘的评价。换句话说，只有舞台叙事的氛围、环境、空间和时间达到最佳状态，才能为观众呈现出最准确、最完美的结构和内容，舞台表演才能达到最佳效果。导演L.旺甘成功创造出了这样的演出方案和经验。可时至今日，在剧院观看短短两小时的戏剧都已成为需要"忍耐"的事情。

创作戏剧最重要的部分是选角。在选择最能诠释《白毛女》这个角色的演员时，导演L.旺甘以艺术表演水平、年龄结构、表演经验、声部音色、形象、协调能力等作为选角标准。自1952年7月19日该剧的制作令下达起，经过三十天的筹备、选拔、排练，通过对选角全过程的分析、思考、推敲，其制定的人物角色分配方案于1952年8月19日得以审批通过：

国家音乐戏剧院院长，1952年8月19日第155号令

乌兰巴托市

关于决定白毛女的选角

第一，为中蒙友好旬而筹备的中国剧作家贺敬之、丁毅创作的歌剧《白毛女》中的各角色将根据8月1—19日的角色选拔中演员

---

① D.策德玛、E.都丽玛：《国家奖艺术家（一）》，乌兰巴托，2009年，第10—11页。
② A.塔瓦、Kh.占达拉白迪主编：《S.达什栋德格六十年经典》（卷一），第172页。

们的表现，做如下分配：

喜儿由演员Ch.道丽格尔（Ч.Долгор）、普日布苏伦（Пүрэвсүрэн）饰演；

杨白劳由演员巴特苏赫（Батсүх）、达瓦格道尔吉（Давагдорж）饰演；

黄母由演员策翁扎布（Цэвээнжав）饰演；

黄世仁由演员普日布道尔吉（Пүрэвдорж）、贡森达什（Гүнсэндаш）饰演；

大春由演员达瓦格纳木达勒（Давагнамдал）、沙日呼（Шархүү）饰演；

王大婶由演员曾德苏伦（Цэндсүрэн）、央金拉哈姆（Янжинлхам）饰演；

赵大叔由演员道尤德道尔吉（Доёддорж）、乔伊札木茨（Чойжамц）饰演；

张二婶由演员V.道丽格尔（В.Долгор）饰演；

虎子由演员巴特尔（Баатар）、米亚苏伦（Миясүрэн）饰演；

大婶子由演员沙日呼（Шархүү）、色日吉汗达（Сэржханд）饰演；

李栓由演员达瓦桑布（Даваасамбуу）饰演；

农妇由演员罗布桑玛（Лувсанмаа）饰演；

钦由演员白第（Байдий）饰演；

老汉由演员楚伦（Чулуун）饰演；

旁白由演员普日布道尔吉（Пүрэвдорж）、贡森达什（Гүнсэндаш）、奥其尔巴特（Очирбат）和道勒格尔扎布（Долгоржав）分别饰演。

第二，本剧的所有群演和合唱部分，由包括合唱团在内的全体演员参与演出工作。

第三，为了在短时间内精细排练出这部音乐剧，并准确生动地刻画各自的角色，要求参演演员们向有经验的演员学习关于如何正确选择、收集、研究、观摩和掌握相关材料，并理解和遵循导演们的建议，准确研究、观摩相关报刊、书籍、绘画、唱片、博物馆展览和现场资料，塑造鲜活的人物形象。

在确定了《白毛女》中的角色分配后，便开始为正式演出做准备。由 S. 贡其格苏木拉担任歌剧《白毛女》的作曲家，根据中国作曲家马可、张鲁、瞿维、焕之、向隅、陈紫等人创作的音乐，结合蒙古国现实生活重新编曲。舞美设计师 L. 纳木海策凌的作品阐明了该剧的意义和内容，精准地体现了其中的各种象征元素，完美地营造了剧中地点、社会、时间和事件的氛围。歌剧《白毛女》的筹备水平很高，于 1952 年 10 月 1 日在开幕式上公演，经过民众的口口相传而在短期内大获成功。蒙古国功勋演员 D. 普日布苏伦在剧中饰演喜儿一角，她巧妙地展现了优雅的形象和矛盾的心理。这意味着该角色通过内心冲突和外在行为，深刻诠释了人物形象。演员 D. 普日布苏伦完美地演绎了导演构思、策划、意图展现的拥有细腻清澈民歌嗓音的美丽的女性形象。

图 2　舞美设计师纳木海策凌为歌剧《白毛女》舞台及服装设计的草稿，1952 年

演员 D. 普日布苏伦精准地展现了原剧中喜儿在失去亲爱的父亲后表现出的遗憾和痛苦、被地主压迫时的煎熬，以及逃离后在深山里多年远离人间的悲痛等沉重的心理活动，塑造了受尽生活的折磨和屈辱却没有失去信念的光辉形象。戏剧研究者认为，演员 D. 普日布苏伦创造的喜儿角色，是她塑造的"经典角色之一"。

蒙古国功勋演员 D. 普日布苏伦是这样描述她在戏剧《白毛女》中饰演的角色的："这部剧有着非常有趣的历史。1952 年 10 月 1 日，《白毛女》开演。当时这部剧达到了很高的水平,政府也对这部剧给予了极大的重视。这部歌剧有十三幕,首映从19点开始,持续六个小时,在凌晨1点结束。当时(我)还年轻。到最后一幕结束时,我的嗓子干涩、声音沙哑,感到非常疲倦。(这部剧)的主要特点是虽然中文歌曲节奏短,但却与翻译的蒙古语歌词十分贴合。我记得中国文艺代表团也夸赞翻译很到位、演员的表演很出色,并送上了祝贺。喜儿是一个集勇敢、聪明、勤奋和谨慎等中国农民优良品质于一身的女性形象。我非常努力地通过表现出那种

图3

轻快、机智、勇敢、果决的性格来塑造这样一位遵照东方传统美德尊重父母、不违背父亲的女性形象。我认为舞台的布景和演员的服装设计很好地展现了当时中国农村的生活与巨大的贫富差异。开场唱道:'看人间,往事几千载,穷苦的人儿,受剥削遭迫害……'喜儿唱道:'北风那个吹,雪花那个飘,雪花那个飘飘,新年来到……'"①

蒙古国功勋演员G.巴特苏赫饰演喜儿父亲杨白劳,他在谈到这部剧时提到了很有趣的信息:"……当时,一切都是在L.旺甘导演的指导下完成的。同时,王荣,一位时任中国工人俱乐部艺术顾问的中国人,也给予了我们很多帮助和建议。他详细介绍了中国的风俗习惯,对我们的台词、动作给予指导。也许是因为当时参与演出的演员很有实力,我们的表演大获成功,受到了观众的热烈欢迎。又或许是因为这部剧是蒙古导演结合蒙古国的实际情况而作,观众更容易理解,所以演出现场总是座无虚席。这部剧在中国首演时,中华人民共和国总理也前来观看,并在演出结束后向我们表示祝贺,为我佩戴毛泽东像章。我们从满洲里开始,赴北京、上海和呼和浩特等城市进行了巡演,由市委领导占巴勒

---

① D.策德玛、E.都丽玛:《国家奖艺术家(一)》,第11—12页。

图4　除夕夜被带到地主家的杨白劳

道尔吉（Жамбалдорж）带队，途中他生了病，就由奥云继续带队。"①这里有几个非常重要的信息：首先，蒙古国家音乐剧院在原作者贺敬之、丁毅的祖国，一个已经形成完整艺术体系的地方，演出了歌剧《白毛女》，成功地呈现了蒙古国的戏剧艺术作品。而且中华人民共和国总理等国家领导人观看了演出，他们对蒙古国家音乐剧院的《白毛女》出表示肯定，这也充分说明这部剧取得了成功。其次，是关于中国工人俱乐部的艺术顾问王荣为该剧营造了中国氛围，并与演员们进行了细致合作的报道。其实，通过化妆、服饰、说、唱也可以营造中国氛围，但是演员如果想要通过姿势、动作惟妙惟肖地演绎其他民族的角色，则需要很多努力、天赋、技巧和应变能力。负责该剧的顾问按照这个目标，成功地完成了自己的任务。

蒙古国功勋演员T.策翁扎布饰演了《白毛女》中的主角之一，地主黄世仁的母亲黄母。戏剧研究专家S.达什栋德格曾评价道："T.策翁扎布能够正确理解自己所饰演的角色的性格，并与她故作夸张的表演相结合。她性格饱满、想象力丰富，在创造喜剧人物的才华造诣可与外国著名演员比肩。"②

---

① D.策德玛、E.都丽玛：《国家奖艺术家（一）》，第13页。
② S.达什栋德格：《记部分戏剧贡献者》，乌兰巴托国家出版社1971年版。

中国歌剧《白毛女》在蒙古国舞台

在歌剧《白毛女》中，演员T.策翁扎布的表演再次印证了专家学者的上述评价。据说，因为她完美地塑造了黄母这个角色，引起了剧院观众的真正意义上的"憎恨"。功勋演员T.策翁扎布对此强调说："演员的成功不在于饰演过多少角色，而是在于完美地塑造一个角色。演员应该创造独一无二的角色，这是非常重要的。演完布玛这个角色后，再演另一个母亲角色的时候应该摆脱布玛的影子。同样，演完黄世仁的母亲黄母之后，再演另一个母亲角色的时候应该摆脱黄母的影子。"① 她始终坚持这一原则，塑造了许多独一无二的人物形象。

歌剧《白毛女》的另一个创新之处在于，以达什达瓦主任为首的舞台设备和灯光团队以更有力、更细致的工作，准确表达了该剧的意义和内容。曾在歌剧《白毛女》中担任灯光师的D.曾德阿尤喜（Д.Цэнд-Аюуш）回忆道："歌剧《白毛女》在当时已经是我国一部规模很大的戏剧了。这部剧的质量很高，有很多国家级优秀演员参演，有很多工作人员参与。我曾担任这部剧的灯光师，在开演前搭建舞台时布光就必须到位，这是一项非常重要的工作。在第一场中，富商②黄世仁率先登场。这也是第一个需要布光的场景。一场戏需要七八台投影机。将黄、白、绿、红、蓝、粉六种颜色的光混合在一起，创造出许多色光。在喜儿的角色上也使用了非常丰富的灯光。例如，喜儿被卖给富商后，怀着身孕逃离了他们家。在逃跑的路上将鞋子留在了湖岸边，这时要往她的鞋子打一束白光，往背景中波光粼粼的湖面上打一束黄光，还要往喜儿的身上打一束表现忧伤的光。那时我边哭边打光，继续着我的工作。这是一部需要精准打光的巨作，仅靠一双手快速完成所有工作是非常艰巨的。后面还有喜儿在山洞里藏身并分娩的场景。这时她的头发开始变白。所以，除了要往她的头顶上打光，在表现出她生产时的剧烈阵痛和分娩的艰辛时，灯光的作用也

---

① 蒙古国功勋戏剧演员T.策翁扎布1963年在国家高等师范学校电影戏剧专业毕业典礼中关于演员守则的发言。
② 在中国原作中黄世仁的角色定位是地主，但由于蒙古从未形成地主阶级，因此蒙古国在改编歌剧《白毛女》时将地主改成了更能引起蒙古民众共鸣的富商。蒙古语为баян худалдаачин（富商）。

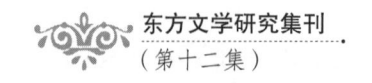

是非常重要的。"①这就是灯光在衬托戏剧表演时起到重大作用的有力证明。

三、《白毛女》在蒙古国戏剧史上的影响

这样，在蒙古国家音乐剧院上演的现实主义歌剧《白毛女》震撼了20世纪50年代的蒙古国戏剧界。在往后十年的时间里，每逢上演都座无虚席。研究蒙古国戏剧史的专家D. 策德玛（Д.Цэдмаа）和E. 都丽玛（Э.Дүүриймаа）在她们的著作《国家奖艺术家（一）》中写道："在友好旬的活动中，《白毛女》首次公演，有七千一百五十人人（受邀者一千零五十人）观看，收入四万两千一百二十八图格里克，是友好旬期间成效卓著的一场演出。印发了一千份《白毛女》的小册子②。这部剧在城市和乡下走红，吸引人们欣赏。友好旬期间，各省放映了电影《白毛女》。当初参与这部剧的四十五位艺术家中尚有七位健在（2009年）。我们走访了三位主创，邀请了八人参观博物馆，咨询了三十六人，并在国家和剧院档案馆开展了工作。为了了解歌剧的观众情况，对一百名六十至八十岁的观众做了问卷调查。在调查中，人们仍然可以清楚地回忆起五十七年前观看或听说这部剧时的情景"③。这里记录的"出版发行了一千份《白毛女》的小册子④"是个有趣的信息。Либретто（libretti, librettos）这个词是意大利词汇，意为"小册子"，用来介绍歌剧或戏剧，如该剧有多少幕和场景、由哪些演员扮演哪些角色、各幕的主要内容、部分歌剧中的歌词和对白等，可以理解为让观众更好地了解歌剧而制作的"引导册"。在音乐界，小册子的作者被称为"作家"。歌剧《白毛女》的小册子是用蒙古语、俄语和汉语三种语言编写的。除了列出剧作家和主要演员之外，还简要描述了每一幕和场景的含义和内容，是一个非常精准的办法。

---

① D. 策德玛、E. 都日玛：《国家奖艺术家（一）》，第14页。
② 原文为Либретто，译者注。
③ D. 策德玛、E. 都日玛：《国家奖艺术家（一）》，第3页。
④ 原文为Либретто，译者注。

中国歌剧《白毛女》在蒙古国舞台

图5 歌剧《白毛女》的小册子（蒙古、俄、中文）

就这样，中国作家贺敬之、丁毅的戏剧《白毛女》在蒙古国的舞台上成功上演，完成了使观众领略到社会美学、文艺和艺术美学的主要使命，对两国友好外交做出了重要贡献。导演L.旺甘因执导歌剧《白毛女》，舞美设计师L.纳木海策凌因绘制了歌剧《白毛女》舞台布景中的画作而被国家音乐剧院提名参评蒙古国国家奖[1]。"关于申报乔巴山元帅奖[2]的说明，在1952年的文艺作品当中，为了向中蒙友好旬献礼而在蒙古国家音乐剧院公演的中华人民共和国的经典作品《白毛女》，不但在短期内完成了编排演出，导演L.旺甘采用新方法，使之前没有演出经验的、新的青年演员担任主要角色，而L.纳木海策凌利用舞台装饰重现了当年的真实场景，他们充分发挥了各自的才华，付出了心血和

---

[1] 当时蒙古国国家奖被称为"乔巴山元帅奖"。
[2] 乔巴山元帅奖是根据蒙古人民共和国部长会议1945年2月7日决议设立的，1962年7月7日经蒙古人民共和国部长会议第362号决议更名为国家奖。导演L.旺甘和舞美设计师L.纳木海策凌获得了H.乔巴山元帅奖二等奖以及一万五千图格里克的奖金。

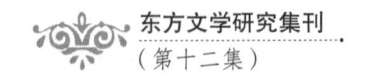

辛勤的劳动。"

在排演中国名著《白毛女》的时候，为了鲜明地反映压迫和被压迫阶级的斗争，该剧凸显了地主和农民二者之间巨大的差异和激烈的斗争，地主过着剥削农民而创造的奢靡生活，却残忍地欺压农民；农民忍受着穷苦的生活，却真诚善良，导演、舞美恰如其分地理解了这一创作目的，使参演该剧的年轻演员们形成思想意识，该剧的服务人员在工作中得以掌握。

该剧作者丁毅本人在获斯大林奖[①]时评价道："戏剧和配乐的指导、舞美设计师和演员做了很多辛劳的工作，不仅体现了戏剧的意义，还使原剧得到了升华。"蒙古人民共和国党和政府的《真理报》在1952年第243—246期中评论道："歌剧《白毛女》在蒙古国舞台上的成功，正如它在中国和世界许多舞台上获得的成功一样。证明了该剧是蒙古国观众最喜欢的剧目之一。"导演旺甘同志在保证《白毛女》这部戏的基本形式的基础上，为新人青年演员的文艺创作事业开启了一个良好的开端，这表明他是服务于大众的、无私的、真正的文艺创作者。1952年，旺甘同志出色地执导了苏联戏剧《美国之音》。对此，党和政府的《真理报》在1952年第92期中评价道："在旺甘同志导演的苏联作品《美国之音》中，青年演员们，特别是其中一些演员是第一次尝试着去演绎不同文化和不同国家的角色。旺甘同志在导演该剧时，通过真实地反映美国人的心理活动使这部剧变得真实而有趣。在导演该剧时，导演旺甘试图从世界上正在发生的事件的角度启发蒙古国的观众理解和认知，从而突出该剧一些有趣的方面。这是很高的评价。在我们剧院上演的这些戏剧首次展现了社会主义现实主义的强大力量，正因为导演和舞美设计师们的正确组织引导，并践行了党中央委员会的各项决议，他们的文艺作品才得以取得新的成就。因此希望可以将乔巴山元帅奖授予导演L.旺甘和舞美设计师L.纳木海策凌。国家音乐剧院院长、蒙古人民共和国人民艺术家N.策格米德（Н.Цэгмид）。"这是很有价值的材料。因为，在理论层面上，几乎不可能有更精辟的话语来表现《白毛女》这部剧的意义、性质和目的。

[①] 斯大林奖为原苏联及现俄罗斯联邦的国家奖。

于是，因在祖国的舞台上成功塑造了中华人民共和国作家贺敬之、丁毅创作的歌剧《白毛女》，蒙古国政府于1959年授予L.旺甘、L.纳木海策凌等乔巴山元帅奖二等奖。

结　　语

总而言之，曾经一度活跃在蒙古国国家音乐剧院舞台上的中国剧作家、俄罗斯国家奖获得者贺敬之、丁毅的戏剧《白毛女》为20世纪蒙古戏剧的发展做出了重要贡献。

歌剧《白毛女》可被视为一部全新的作品，是蒙古国现代戏剧史上第一部长达六个小时的作品。该剧完整有序地展现故事的起承转合，在保留叙事结构的同时揭示了故事的本质，在舞台布景、灯光等方面以独特的技术解决方案表现了演员无法用言语表达的隐喻。

歌剧《白毛女》已成为中蒙友好关系的象征，也是两国艺术交流与互动的典范，更是蒙古国戏剧艺术和文学研究者所关注的研究课题之一。

作者系蒙古国科学院语言文学研究所教授
译者系北京大学外国语学院硕士研究生
审校者系北京大学外国语学院副教授

民族文学和民间文学

传说中的《玛纳斯》演述大师们

——论19世纪的玛纳斯奇及其在史诗传承中的重要作用*

阿地里·居玛吐尔地　葩丽扎提·阿地里

内容提要　在对中亚口头史诗传统的讨论中,《玛纳斯》史诗始终是最核心的话题。19世纪的西方浪漫主义思潮引发了对欧亚地区民族志的考察和书写。哈萨克裔沙俄军官、民族学家乔坎·瓦里汗诺夫和德裔俄罗斯语言学家、考古学家威廉·拉德洛夫的开拓性研究揭开了世界《玛纳斯》学的序幕。但是,他们搜集的资料中缺乏对史诗歌手的记载,实为一件憾事,为后期研究留下了诸多难题。而千百年来以口头形式一代代传承《玛纳斯》史诗的歌手们却因姓名缺乏记录而淹没在了历史尘埃中,直到20世纪,史诗歌手们的名字才开始被明确记录。19世纪之前史诗歌手的传奇经历几乎都以传说的形式留存于人们的口述史当中。对于传说中的《玛纳斯》史诗歌手们的研究刚刚起步,任重而道远。

关键词　《玛纳斯》史诗　中亚　玛纳斯奇

---

* 本文系国家社科基金重大项目"《玛纳斯》史诗传统文本的收集、翻译与研究"（23&ZD292）阶段性成果。玛纳斯奇:专门以演唱《玛纳斯》史诗为职业的民间艺人。

玛纳斯奇是《玛纳斯》史诗的创编者、演唱者、传播者、保护者、继承者，是集即兴诗人、演员、口头传统继承传播者、民间智者、圣贤为一身的民族文化集大成者，是《玛纳斯》史诗得以在柯尔克孜族民间传承千年的主体。如果没有这些天才的民间史诗歌手们口耳相传、代代传承，《玛纳斯》史诗就不可能穿越时代的藩篱，从古代传到我们的时代。但是，《玛纳斯》史诗口传至今，只有19世纪末以后以及20世纪出现的居素普阿坤·阿帕依（Jüsübakun Apay, ？—1920）、额布拉音·阿昆别克（Ibrayim Akunbek, 1882—1959）、艾什玛特·曼别特居素普（Eshmat Manbetjusup, 1880—1963）、巴勒瓦依·玛玛依（Balbay Mamay, 1896—1937）、居素普·玛玛依（Jüsüp Manay, 1918—2014）[1]以及特尼别克·贾皮（Tnibek Japy, 1846—1902）、乔尤凯·奥木尔（Choyke Omur, 1880—1925）、萨恩拜·奥若孜巴克（Saginbay Orozbak, 1867—1930）、萨雅克拜·卡拉拉耶夫（Sayakbay Karalaev, 1894—1971）[2]等玛纳斯奇的名字才被人们记住，并有唱本记录存档。而之前的很多大师级史诗歌手们只留下了名字，其震撼人心的演唱活动只有点滴模糊信息留存在人们的记忆中。对那些泯灭于历史尘埃的史诗演唱大师们的人生经历追本溯源，尽量还原其经历，对我们揭示口头传唱千年的《玛纳斯》史诗具有极为重要的学术价值。

柯尔克孜族民间有一句俗语称："要成就要成为托合托古勒（Toktogul）那样的歌手，托勒拜（Tolubay）那样的知圣"。在柯尔克孜族历史上出现过很多著名史诗歌手或民间即兴诗人，以及善于言谈、满口珠玑的圣贤达人。在俗语中英名留存并广传于民间的这两位毫无疑问是古代非凡的民间诗人和明辨是非、能言善辩的智者的代表。在柯尔克孜族漫长的历史发展过程中，能够在民间留有口碑的艺术家凤毛麟角、极为罕见。我们在搜寻探究《玛纳斯》史诗的第一位歌者或是第一位创编者时，也只能从史诗文本中发现一位名叫厄尔奇乌鲁（Irchiuul）的史诗歌手。可以这样设想，他作为玛纳斯的四十勇士之一，亲历英雄玛纳斯的征战，那么，这位传说中的《玛纳斯》第一位歌者是否将民间传唱

---

[1] 以上均为中国的玛纳斯奇。

[2] 以上均为吉尔吉斯斯坦的玛纳斯奇。

的零碎史诗片段用歌声汇编成了一部系统完整的作品，留给后代？遗憾的是，由于书面文献的缺失，根本无人能说清这位史诗歌手的身世，也无人知道他生活在哪个朝代。不过有一点确证无疑，那就是任何一个《玛纳斯》唱本中，他都是史诗主人公玛纳斯的四十勇士之一，也是第一位用歌声赞颂玛纳斯英雄事迹的史诗歌手。

英雄玛纳斯的故事在柯尔克孜族民间传唱千年。根据国内外学者们的观点，史诗的产生年代也基本上符合上述情况。[1]那么，在这漫长的传承与发展过程中，除了传说中的第一位歌者，即英雄玛纳斯的四十勇士之一的厄尔奇乌鲁以及上述俗语中提到的托合托古勒之外，只有19世纪末的个别交莫克楚[2]（大玛纳斯奇）及之后出现的玛纳斯奇的名字得以留存，19世纪之前的歌手们的伟名则早已消弭在历史长河之中，被人们永远遗忘了。纵观柯尔克孜族社会历史文化发展轨迹，我们至少可以从以下两个层面解释这种情况：第一，从民族历史传承方式上讲，柯尔克孜族这一古老的民族虽然自司马迁的《史记》开始就出现于我国史料之中，但是由于其祖先曾经使用过的古代文字（即鄂尔浑—叶尼塞文）在民族大迁徙中消亡，直到20世纪初才重新开始使用在察合台文基础上改制的文字，由此可知，通过口头传播的民族文化难免会在传播过程中有所缺失和遗漏，这是口头文化的致命弱点。其次，从民间信仰的层面讲，有两个因素直接造成了这样的结果。一是在柯尔克孜族传统中，人们将《玛纳斯》史诗的文本神圣化，认为史诗内容自古以来就是始终如一的，不能轻易改变，任何个人的自由发挥都被认为是对神圣内容的破坏和亵渎，所以每一位歌手都被认为是史诗纯洁性、神圣性的维护者与传承者，而不是创新者和创造者。二是人们按照传统，或是受万物有灵的萨满文化的影响，通常将技艺超群、能够连续几个昼夜演唱史诗的民间歌手的才华同"神灵梦授"结合起来，而且这种观念始终盘桓在史诗演唱群体内部。几乎每一位有才华的歌者都被认为是被一种超自然的

---

[1] 关于《玛纳斯》史诗的产生年代，参见郎樱：《〈玛纳斯〉论》，内蒙古大学出版社1999年版；胡振华：《〈玛纳斯〉及其研究》，载《胡振华文集》（上卷），中央民族大学出版社2011年版，第449—489页；国外学者的相关研究论文，参见阿地里·居玛吐尔地主编：《世界〈玛纳斯〉学读本》，中央民族大学出版社2018年版。

[2] 20世纪之前柯尔克孜族民间对玛纳斯奇的普遍称呼。

力量干预了其对史诗的记忆和演唱,使他们最终领悟到了史诗演唱的神圣学问。[1]所以,尽管玛纳斯奇们讲述的故事和口中的唱词在一定程度上不谋而合,但每一个歌者都笃信自己的唱词是独创的,因为这是他接受"神灵"的旨意演唱的。在上述两种客观因素的直接影响下,排除或者有意遗忘前辈歌手的名字就成为必然,历史上曾经出现的那些著名史诗歌手的名字被人们遗忘也就极其自然了。

尽管《玛纳斯》史诗的传承有多种途径,歌手在记忆、演唱和传承史诗的内容时,就像米尔曼·帕里和阿尔伯特·贝茨·洛德所指出的那样,都需要在前辈歌手门下经过专业培训,且一定要掌握某些行之有效的专业技巧。在不同的歌手口中,《玛纳斯》史诗的内容,与自己继承的前辈歌手的内容相比会有或多或少的改变,但歌手们往往不觉得自己改动了演唱中的文本,而是认为自己的演唱完全遵循传统,忠实地复述了传统内容。口头史诗演唱的本质是"演唱当中的创编",歌手是在继承前辈的史诗内容结构、情节母题和大量程式的基础上,凭借自己的即兴创作能力和业已掌握的演唱技巧进行创编和演唱。

在柯尔克孜族《玛纳斯》的传承传统中,19世纪之后的玛纳斯奇们在《玛纳斯》史诗传承中的师徒关系、家族传承方式以及各种流派的形成在一定程度上对上述两种观点形成了挑战,甚至给予了否定。萨满文化背景下的祖先崇拜、英雄崇拜观念在民间根深蒂固,即使是一些21世纪的年轻玛纳斯奇也有意无意地坚持自己对"圣灵"的信仰,坚持《玛纳斯》史诗的"神灵梦授"说。

本文并非要探讨玛纳斯奇"神灵梦授"观念的来龙去脉,也不是要探索产生上述观点的社会文化背景或个人因素,而是围绕19世纪玛纳斯奇为何在《玛纳斯》史诗的传承中如此重要,为何唯有他们成为《玛纳斯》史诗千年传承中具有承上启下作用的重要群体等问题展开讨论。

---

[1] 参见穆合塔尔·阿乌埃佐夫:《吉尔吉斯民间英雄史诗〈玛纳斯〉》,马倡议译,载《中国史诗研究》(1),新疆人民出版社1991年版;另见阿地里·居玛吐尔地主编:《世界玛纳斯学读本》,中央民族大学出版社2018年版;另参见郎樱:《〈玛纳斯〉论》,内蒙古大学出版社1999年版,第149—189页;阿地里·居玛吐尔地:《玛纳斯奇的萨满"面孔"》,载阿地里·居玛吐尔地《口头传统与英雄史诗》,中央民族大学出版社2009年版,第128—149页。

传说中的《玛纳斯》演述大师们

一

根据民间口述资料，我们已知最早出现在后辈玛纳斯奇的传唱中的《玛纳斯》史诗演唱者，要数凯勒德别克·巴热波孜（Keldibek Barbos）。据传，凯勒德别克出生于吉尔吉斯斯坦楚河流域的介拉尔戈（Jelargy）地区，于1880年前后于吉尔吉斯斯坦纳伦州阿特巴什（Atbashy）地区的巴特卡克（Batkak）牧村去世，享年八十余岁。他能够在民众心中留下声名，可见绝非一般歌手，而是19世纪叱咤风云的《玛纳斯》演唱大师。他父亲叫拜博斯（Bayboz），年老得子，于是他刚出生就被他大哥巴热波孜领养。巴热波孜原本也是一位博闻强记、口齿伶俐的史诗歌手，民间故事家和民间口头部落谱系讲述家——散吉拉奇（Sanjirachi），曾经常在婚礼、周年祭奠仪式上充当主持人、司仪等角色，有时还会说唱史诗《玛纳斯》的部分章节与片段。跟随哥哥周游四方，在哥哥的言传身教下，凯勒德别克从十七岁开始演唱史诗《玛纳斯》，逐渐成长为成就卓著的玛纳斯奇。他把自己史诗演唱的才华与神灵托梦关联起来。他的同乡人根据传说回忆：他曾对人讲述，英雄玛纳斯带领四十勇士不止一次进入自己的梦境，从他面前经过时，玛纳斯交代他一定要向后人演唱英雄的故事，让人们记住英雄的事迹。[①] 根据民间传说，凯勒德别克演唱史诗《玛纳斯》的过程中，在英雄玛纳斯强大的威力震慑之下，本来风和日丽的天空突然被浓雾笼罩，天昏地暗、地动山摇、狂风大作，毡房颤抖摇晃，空中会传来英雄玛纳斯及其勇士们战骑奔驰的轰鸣声。[②] 这里蕴含着英雄玛纳斯本人对史诗歌手的认可和最高奖赏。所有交莫克楚（玛纳斯奇）都认为，英雄玛纳斯总是亲自挑选史诗歌手。他托梦给歌手，要他们向后代颂扬自己的功勋。根据传说，凯勒德别克与其他歌手的不同之处在于他掌握了真正的"语言的魔术"。这一魔术受

[①] 参见斯·阿利耶夫、特·库勒马托夫编：《玛纳斯奇与〈玛纳斯〉研究者》，吉尔吉斯斯坦出版社1995年版，第53页。

[②] 阿布德乐达江·阿赫马塔里耶夫（Abdyldajan Akmataliev）主编：《吉尔吉斯文学史》（第2卷），夏木出版社2004年版，第158页。

自然力和祖先精灵的支配，他们总是亲自把这种魔术赐给他所选中的非凡之人。

凯勒德别克通过演唱史诗《玛纳斯》特定章节对患有癫痫的妇女、中风中邪的病人、精神病患者以及其他怪病患者进行治疗。通过一段他演唱的《玛纳斯》，他们会奇妙地痊愈。叶色尼库鲁（Esenkul）部落的马纳普（首领）奥斯曼（Osmon）一直没有儿女。于是他为了求子，邀请凯勒德别克来为家人说唱史诗《玛纳斯》，演唱完毕后不久果然就有了子女。因为史诗歌手是在土炕上演唱史诗的，妻子也是在土炕上分娩生子，于是给儿子起名苏帕（Supa，即土炕）。吉尔吉斯斯坦学者们研究认为"在历史上比较有名气、在民间集体记忆中印象深刻、在民间广为流传的玛纳斯奇当中，比较有名望、在我们所掌握的史料中年纪比较大、身份比较特殊的当属凯勒德别克"。[1]

在民间有很多关于凯勒德别克演唱《玛纳斯》史诗的传说。据说他曾连续好几个昼夜演唱《玛纳斯》的传统章节《阔兹卡曼的阴谋》。有学者认为拉德洛夫于19世纪中叶搜集的《玛纳斯》文本可能就是凯勒德别克的唱本。[2]民间传说的凯勒德别克不仅是一位才华横溢的玛纳斯奇，同时也是一位谙熟柯尔克孜族民间其他史诗演唱的口头史诗大家。后来的文字史料证明，凯勒德别克并不局限于完整地说唱史诗《玛纳斯》，还擅长将史诗中的主要英雄人物事迹作为单独作品进行演唱，他创编演唱过《霍绍依》（Koshoy）、《巴卡依》（Bakay）、《阿勒曼别特》（Almanbet）、《楚巴克》（Chubak）、《色尔哈克》（Siygak）等史诗。作为一名名扬四方的大玛纳斯奇，凯勒德别克还对许多后辈玛纳斯奇产生过影响，比如在19世纪后半叶享誉四方的特尼别克·贾皮（Tenybek Japy）、20世纪的萨恩拜·奥若孜巴克（Saginbay Orozbak）等玛纳斯奇都曾向他求艺。萨恩拜·奥若孜巴克在凯勒德别克七十多岁时才有缘得见。凯勒德别克先试探着让萨恩拜演唱了《玛纳斯》史诗片段，并给他提出建议："你的声音不够高亢，在声调方面还有些欠缺。"随后亲自教他音韵、声调、手势，以及各种动作姿态，帮助他不断提高自己的说唱

---

[1] 阿布德乐达江·阿赫马塔里耶夫主编：《吉尔吉斯文学史》（第2卷），第146页。
[2] 阿布德乐达江·阿赫马塔里耶夫主编：《吉尔吉斯文学史》（第2卷），第159页。

技艺。萨恩拜舅舅的家族是阿特巴什区域的阿兹克部落，属于凯勒德别克家族比较亲近的外甥辈。显然，具有如此特殊亲缘关系的人们的交往不会只有这一次，而是延续的、频繁的，相互之间的沟通也是较深的。当时凯勒德别克年逾七十，正是备受大众敬仰和爱戴、德高望重、在艺术上登峰造极的时刻。

就凯勒德别克说唱史诗《玛纳斯》的高超技艺，当时民间还流传着这样一段离奇的故事："一个名叫托乎托尔拜（Toktorbay）的土匪跟一帮同伙，来到一个阿依勒（牧村）打算实施抢劫，而此时凯勒德别克正好在那个阿依勒演唱史诗《玛纳斯》。强盗们来到牧村附近，发现诸多簇拥着歌手聆听其演唱的大力士英雄壮汉们，便望而生畏、心惊胆战地溜之大吉。"与凯勒德别克同时代的著名阿肯（诗人、歌手）、库姆孜琴手，堪称暴风骤雨般的即兴歌手阿热斯坦别克·布玉拉西（Aristanbek Buyilash，1824—1878）与塔拉斯区域的著名阿肯（歌手、诗人）琼德（Choŋdy）对唱，在赞美故乡的风土人情时，对自己的同乡凯勒德别克史诗演唱的才华赞赏有加，留下这样的即兴唱词：

……
你们拥有著名的即兴歌手，
我们却拥有《玛纳斯》大师，
尊贵的歌手您是否听说过，
当凯勒德别克演唱《玛纳斯》时，
天昏地暗、狂风肆虐，
毡房将晃荡着摇摇欲坠，
大雨倾盆、电闪雷鸣，
毡房支架嘎嘎作响，
毡房盖毡噗噗啦啦，
天窗盖毡扑啦啦摔打，
毡房门板儿咯吱咯吱，
耳边传来轰鸣的马蹄声。
整个阿依勒民众聚在一起，
先祖玛纳斯君王，

勇士阿勒曼别特、色尔哈克、楚瓦克，
他们的亡灵在眼前浮现，
四十勇士出现在山顶。
大妈们惊恐不安，
媳妇们心惊胆战，
绳套上的马驹停止嘶鸣。
人们无心去想那马奶酒，
种马不再狂嘶发威，
所有的牲畜静卧悄然无息。
骆驼们安卧十分平静，
大爷们静听悄无声息，
羊儿们站起不敢卧下反刍，
牧羊犬们心惊胆战不敢去吃肉。
老天爷呀，那真是太奇妙，
生灵拥挤在一起不敢妄动。
他那深棕色的脸庞，
宛若那柏树的火焰一般，
变得通红坚毅而冷酷。
他把史诗《玛纳斯》唱得淋漓尽致，
在柯尔克孜男女老少中间，
还不曾有那样的人出现。
演唱时他身轻如燕腾跃上天窗，
他伸展的四肢如围栅一般，
他晃动的身体宛若铅水般柔软，
宛若熔化的铁水闪烁耀眼，
十二个肢体关节自由晃动，
浑身上下热气腾腾。
犹如身处宽敞的天堂一般，
宛若穿梭于魔幻的世界，
眼前呈现奇妙无比的世界，
我曾有幸目睹过那一切，

传说中的《玛纳斯》演述大师们

未见过的人那可是终生遗憾
……①

显然,这位名扬四方的即兴诗人阿热斯坦别克不会平白无故地以如此长的篇幅赞颂凯勒德别克。我们通过这些诗句不仅能看到阿热斯坦别克对凯勒德别克的敬仰、赞美和崇拜,也可以看到凯勒德别克玛纳斯奇演唱史诗时的风采。他不仅吸引了现场听众,而且使大自然都为之震撼,动物家畜都为之陶醉,所有聆听者完全融入史诗的意境当中。这些赞美之词在一定程度上证明了凯勒德别克在自己的时代是一位罕见的、声名远扬的史诗歌手。他演唱的声调、手势、体态、表情,让我们浮想联翩、身临其境,演唱技艺令人敬佩。他演唱史诗时的生动画面让人感觉其内心世界与各种情景遥相呼应、融为一体。传说这位阿尔斯坦别克当时是一名性格直率、针砭时弊、不轻易赞扬别人、喜欢鸡蛋里挑骨头、满嘴珠玑、充满智慧、思想睿智的即兴诗人,能够得到他的赞赏实属不易。而在赞美凯勒德别克的歌词当中,他却以真挚的情感、饱满的热情,将著名玛纳斯奇史诗演唱的具体情景生动地展现在我们面前,从而也证明了他完全被凯勒德别克的史诗演唱技艺及魅力折服、由衷感到钦佩的情形。

根据同时代人们的回忆,19世纪另一位《玛纳斯》演唱大师巴勒克·库马尔(Balyk Kumar)据传于1799年左右出生于吉尔吉斯斯坦塔拉斯,1887年故于楚河区。他的本名叫别克穆热提(Bekemurat),由于他的嘴巴噘得像鱼嘴,便落得"巴勒克奥兹"(Balyk Ooz,鱼嘴巴)、"巴勒克"(Balyk,鱼)的绰号。巴勒克聪明机灵,从小就痴迷于民间口头文学,并在聆听周围歌手的演唱时学会了大量民歌、故事和史诗。十三四岁就开始在民间唱民歌、讲故事、演唱史诗《玛纳斯》片段,二十岁时便已成长为当地小有名气的即兴歌手和史诗歌手,得到民众认可。他自幼丧父成为孤儿,为了生计,他从故乡流浪到塔拉斯周边各地,寄人篱下,以打零工为生,逐渐成长为一名性格坚强、吃苦耐劳、手脚麻利、勤快机敏的小伙子。当时正值浩罕王统治吉尔吉斯地域的时

---

① 参见阿热斯坦别克:《阿热斯坦别克(诗歌集)》,吉尔吉斯斯坦百科全书出版社1994年版,第50—51页。

代,欧鲁亚阿塔人(今哈萨克斯坦江布尔州)曾建立效忠浩罕王的伯克衙门政权。塔拉斯地区的贵族权贵们为了讨好浩罕权贵,将他作为苦力与应缴纳的苛捐杂税一道送给了他们的王室。浩罕王手下的伯克看中这位机敏能干的小伙子,让他一路看管收缴来的羊群,在他身边安排帮手、牧羊倌,让他们把羊群赶往纳曼干城。当他们驱赶着羊群来到塔拉斯的康阔勒地区时正值傍晚时分,不远处就耸立着英雄玛纳斯高大的陵墓。这时候天空突然又下起瓢泼大雨,牧人们只好轮流到陵墓里避雨休息。巴勒克进入陵墓避雨,由于一路过于疲惫,一会儿就睡着了。他还做了一个梦,梦中,英雄玛纳斯率领四十勇士来到他面前,托付他今后一定要经常在民间演唱英雄们身经百战的事迹。从此,巴勒克便一发不可收地全身心地投入到史诗《玛纳斯》的演唱中。纳曼干的霍什伯克在听了他说唱的史诗《玛纳斯》后,向塔拉斯的阿吉别克达特卡(Ajibek datka)、布尔果勇士(Bürgö baatir)等官吏、权贵亲笔写信推荐,盖上自己的名章,并拜托他们"一定要款待和关照好巴勒克"。就这样,返回塔拉斯后,巴勒克便在大庭广众之下说唱史诗《玛纳斯》,开始名扬四方。他得到了阿吉别克的关照,通过多次纳谏帮助了很多穷人,赢得了民众的尊敬和赞誉。由于阿吉别克总是戏称他为"巴勒克奥兹",所以这个绰号也在民众中间传扬开来。后来,索勒托(Solto)部落的首领巴依提克(Baytik)十分欣赏他的才能,再三邀请他搬迁到自己的领地生活。巴勒克不好回绝友人的盛情,于是搬迁到楚河地区生活,并获得五头骆驼外加大量马、牛、羊的奖赏。他那出神入化的史诗演唱技艺也得到当地民众的高度赞赏,他也随之声名鹊起,获得了无上的荣耀。巴勒克七十五岁时,巴依提克去世。不久,这位年岁已高的玛纳斯奇来到阔齐阔尔(Kochkor)探亲访友,遇到了当时十三四岁后来成长为大玛纳斯奇的夏帕克·厄日斯敏德(Shapak Irismendi),并亲自教授和指导他演唱《玛纳斯》史诗。在此期间,他还游历了阿特巴什、纳伦等地,应邀参加各种大型婚礼庆典活动并在民众中间多次演唱《玛纳斯》史诗。他甚至还曾与当地的即兴诗人们有过即兴诗歌对唱竞赛,表现出他超凡的史诗演唱和即兴诗歌创编才能。[①]三年后,他又重新搬回楚河,不久

---

① 阿布德乐达江·阿赫马塔里耶夫主编:《吉尔吉斯文学史》(第2卷),第158页。

与世长辞，享年八十八岁。他生前跟谁学唱《玛纳斯》无人知晓，他自己也不曾提及。人们只听他说过自己是因"神灵梦授"学会《玛纳斯》史诗的。除夏帕克·厄日斯敏德之外，萨恩拜·奥若孜巴克等一大批吉尔吉斯斯坦的玛纳斯奇都说自己曾受教于巴勒克。

巴勒克演唱的史诗《玛纳斯》内容分为两大部分，首先是以讲述英雄玛纳斯先辈们的故事即柯尔克孜族的历史与英雄们的传说为主要内容的《奥托尔汗》(*Otorkan*)。随后便是以英雄玛纳斯及其家族英雄事迹为主要内容的史诗。巴勒克演唱的史诗《玛纳斯》并不是系统地按照英雄人物的人生时序从头唱至尾，而是以跳跃式的结构演唱不同英雄人物的事迹，史诗的整体结构比较松散。除了《玛纳斯》之外，巴勒克还演唱过《叶尔托什图克》(*Er Toshtuk*)、《阔交加什》(*Kojojash*)、《希尔达克别克》(*Shirdakbek*)、《勇士塔布勒德》(*Er Tabildy*)、《博阔玉与萨仁吉》(*Bokoy menen Sarinjy*)等一些其他民间叙事诗和英雄史诗。虽然巴勒克多次强调自己因神灵托梦才开始演唱史诗《玛纳斯》，但是在个别史料中记载他曾拜当时很有名的前辈史诗歌手诺如孜（Noruz）为师。巴勒克周游过中亚的许多区域，见多识广，因此他也根据自己掌握的大量民间口述史话即家族部落谱系（散吉拉）、趣闻轶事、传说故事等素材，以叙事长诗的形式编唱了与史诗《玛纳斯》相关联的史诗《奥托尔汗》。

根据民间传说，巴勒克曾对人们说："我如果从头开始演唱，就是唱三个月也不可能把《玛纳斯》唱完。"遗憾的是，巴勒克虽为名扬四方的大玛纳斯奇，但是他所说唱的史诗《玛纳斯》却没有被世人以书面的形式记录下来。只有当时那些曾与他有过交往或者听过他演唱的玛纳斯奇口头留存下关于他演唱史诗《玛纳斯》的零星信息。比如大玛纳斯奇夏帕克·厄日斯敏德经常说："这是我从巴勒克那里听来的……"并效仿师父巴勒克演唱的《玛纳斯》史诗中英雄阿勒曼别特（Almanbet）表达自己对所投奔的哈萨克族英雄阔克确（Kokqö）的行为感到愤懑，打算离开的片段：

……

在那喀拉套大山之巅，

>　　我曾是只矫健的雄鹰，
>　　你便是擒获我的主人！
>　　在波佐依山的怀抱里，
>　　我曾是灰色的猎隼，
>　　你曾经是我的主人！
>　　绳索留在了你手上，
>　　我即将离你而去，
>　　将踏上自己的道路！
>　　黑色的沃巧奥尔火铳，
>　　你还未曾思量和预料，
>　　它的子弹会击中肺部！
>　　你还未到倒霉的时候，
>　　你还未到号啕的时辰！
>　　……①

　　总之，巴勒克的聪明才智及史诗演唱、即兴诗歌创编才能可以从三个方面加以考察。一是把他演唱史诗《玛纳斯》作为自己的终身职业；二是不断拓展自己的诗歌演唱形式及民间故事和叙事长诗，并在与其他歌手的切磋较量中提升自己的即兴创作水平；三是利用各种场合从长辈们口中汲取民间口头文学的养分，并讲述散吉拉、民间传说、神话故事、名人哲言等不断丰富和拓展自己的知识面。巴勒克的儿子奈曼拜（Naymanbay，1853—1911）继承父亲衣钵，十六岁开始向父亲学习说唱史诗《玛纳斯》。由他传承，后来又被一名叫苏莱曼（Sulayman）的玛纳斯奇学唱，属于巴勒克变体的《塔拉斯赞礼》《玛纳斯的部分装束》《玛纳斯的陵墓》等片段曾于1923年被民间文学家卡依穆·米夫塔阔夫（Kayim Miftakov）记录下来。虽然所记录的资料有些杂乱，但巴勒克所演唱的史诗《玛纳斯》遗产至少有一部分被记录下来传承至今。另外，如果对曾得到巴勒克亲自指导，系统培育的夏帕克·厄尔斯敏德的《玛纳斯》唱本进行宽泛且深入的研究的话，毫无疑问，我们对巴勒克史诗

---

① 阿布德乐达江·阿赫马塔里耶夫主编：《吉尔吉斯文学史》（第2卷），第158页。

唱本将会有一个更加明确的认识。

纳扎尔·伯罗特（Nazar Bolot）也是民间传说中留名的19世纪吉尔吉斯斯坦一位著名玛纳斯奇。根据民间搜集的口述资料，他于1828年出生于伊塞克湖地区，1893年去世。关于他的生平，民间有很多传闻，说明其史诗演唱活动当时在民间有很大影响，遗憾的是他的唱本也未能记录下来。根据吉尔吉斯斯坦20世纪《玛纳斯》大师萨雅克拜·卡拉拉耶夫于1961年在与《玛纳斯》研究者扎伊尔·玛木特别考夫（Zayir Mamytbekov）的谈话中回忆道："乔坎·瓦里汗诺夫[1]曾经在一位名叫托合孙拜·奥乐交拜（Tohtosun Oljobay）的富翁的阿依勒（牧村）记录过由伊塞克湖著名玛纳斯奇纳扎尔·伯罗特说唱的《阔阔托依的祭奠》变体。"[2]这虽然只是一种道听途说而不是经过考证确认的信息，但是哈萨克斯坦民族志学家乔坎·瓦里汗诺夫在伊塞克湖区域展开调查，请伊塞克湖区域的部分玛纳斯奇们演唱史诗《玛纳斯》的不同的精彩章节之后，从中挑选记录下《阔阔托依的祭典》的推测完全是有可能的。从这一点可以断定，当时驻扎在伊塞克湖地区的布古（鹿）部落的贵族长老们为了让乔坎·瓦里汗诺夫真正看到吉尔吉斯斯坦《玛纳斯》史诗歌手们的演唱才华曾从周边请来的如同纳扎尔·伯罗特这样的名家便是顺其自然的事情。遗憾的只是乔坎·瓦里汗诺夫当时没有记载下演唱者的姓名。事到如今，谁给乔坎·瓦力汗诺夫说唱过史诗《玛纳斯》便是一个千古谜团，在《玛纳斯》学领域中成为扑朔迷离、争执不休的论题。无论如何，作为俄罗斯政权代表的军人，当地官僚及民众不仅给予他尊敬，而且顺从地实现了他的意愿。毫无疑问，如果乔坎·瓦里汗诺夫询问有关史诗《玛纳斯》的相关问题，当地官僚和民众都会推荐自己最

---

[1] 19世纪哈萨克裔沙俄军官，民族志学家，曾于1856年、1857年在吉尔吉斯斯坦伊塞克湖周边及我国进行过数次探险考察，并从一位玛纳斯奇口中记录下史诗的一个传统章节《阔阔托依的祭典》，共计3319行。他不仅记录下了史诗片段，还是第一位真正从现代学术意义上研究《玛纳斯》史诗的学者。其记录的传统诗章《阔阔托依的祭典》曾被英国伦敦大学教授亚瑟·哈图于1977年翻译成英语，在世界史诗学界产生广泛影响。此章节目前已经被翻译成多种语言，成为世界《玛纳斯》学不可多得的珍贵资料。

[2] 参见吉尔吉斯斯坦百科全书总编委会编：《〈玛纳斯〉百科全书》第2卷，比什凯克出版社1995年版，第120—121页。

崇拜的著名玛纳斯奇。按照萨雅克拜的回忆和提示，很有可能正是纳扎尔·伯罗特给乔坎·瓦里汗诺夫演唱了史诗《玛纳斯》。这就有理由推测，我们手中的乔坎·瓦里汗诺夫记录的史诗《玛纳斯》中《阔阔托依的祭奠》章节的演唱者便很有可能就是这位玛纳斯奇。

据听过纳扎尔·伯罗特说唱史诗《玛纳斯》者的回忆："纳扎尔·伯罗特是位大玛纳斯奇，他声音非常洪亮，能完整地演唱史诗的许多章节，还能讲述史诗中《赛麦台》《赛依铁克》的故事。纳扎尔·伯罗特的演唱技艺高超，当演唱史诗《玛纳斯》达到高潮，全身心投入的时候，他的小圆帽一会儿将移到后脑勺，一会儿会移到额头。"[1]类似的传闻在民间广为流传。即兴诗人（阿肯）阿热斯坦别克·布依拉西与塔拉斯的即兴诗人琼德展开激烈的对唱时，也曾在自己的即兴唱词中提及过玛纳斯奇纳扎尔·伯罗特在演唱史诗中的《卡妮凯携子逃往布哈尔》《卡妮凯让塔依托如骏马参赛》《卡妮凯的遗憾》等篇章时的那种充满激情、富于变化的演唱方式。史诗歌手悲愤的神情、声情并茂的精彩演绎、出神入化的描述，使得人们完全被他的演唱所感染，随着史诗演唱内容情节的起伏变化而热泪盈眶。[2]根据伊塞克湖地区著名玛纳斯奇齐尼拜（Chinibay）的回忆，民间有传说讲述纳扎尔·伯罗特与特尼别克进行《玛纳斯》演唱竞赛的情景。据说当时两位玛纳斯奇演唱的裁判员是以奇尼拜为首的一些著名玛纳斯奇。人们要求玛纳斯奇们从英雄玛纳斯之死开始演唱到为他建造陵墓结束。演唱首先由纳扎尔·伯罗特开始，他用一天半的时间才将史诗的这一传统章节唱完。依照他的演唱内容，英雄玛纳斯的陵墓是由一位名叫柯德尔（Kydir）的匠人负责建造完成。尽管关于他的资料流传很少，但无论如何，纳扎尔·伯罗特能够与大名鼎鼎的大玛纳斯奇特尼别克进行演唱竞赛、相互切磋，也足以证明他是一位相对完整掌握了《玛纳斯》史诗内容的非凡史诗歌手。纳扎尔·伯罗特一生过得比较贫寒，他常用歌来自嘲："世间除了棕色坐骑我别无牲畜，除了《玛纳斯》举目无亲。"据说，阿克勒别克、乔伊凯等

---

[1] 参见吉尔吉斯斯坦百科全书总编委会编：《〈玛纳斯〉百科全书》第2卷，第121页。

[2] 参见斯·阿利耶夫、特·库勒马托夫编：《玛纳斯奇与〈玛纳斯〉研究者》，第86页。

著名玛纳斯奇都曾拜纳扎尔·伯罗特为师学艺，受过他的指导。而这些玛纳斯奇则又都是20世纪吉尔吉斯斯坦大玛纳斯奇萨雅克拜·卡拉拉耶夫的导师。

在19世纪大玛纳斯奇的行列中，阿克勒别克（Akylbek）是另一位不可或缺的代表性人物，是一位名声显赫的大师级玛纳斯奇。根据民间传说，他大概出生于1840年，卒年不详。他也曾是当时许多年轻玛纳斯奇们的恩师，对徒弟们产生过巨大的影响。其弟子中也出现过若干个赫赫有名的大玛纳斯奇。关于他的生平，虽然也没有确凿的文史资料记载，但民间也广泛流传着关于阿克勒别克的许多传闻、轶事。很多关于他的民间传说，都来自曾经见过他，听过他史诗演唱的老人们的回忆。对于这位玛纳斯奇，19世纪名扬四方的著名即兴诗人阿热斯坦别克曾有以下诗句：

>……
>大玛纳斯奇阿克勒别克，
>喜欢用隽永华丽的语言，
>他是一位英俊潇洒的好汉。
>当他唱起"远征"时，
>如同燃烧的火炭噼啪作响，
>忘我地陶醉于演唱之中，
>整整七天都不会停歇。
>然后再用七天时间，
>浑然入睡毫无知觉，
>他不喜欢游走四方。
>实际上阿克勒别克，
>如同活在人们口中心里，
>犹如一盏明亮的烛光。
>我若说假话会遭天惩罚，
>他真正是玛纳斯奇中的翘楚，
>如雷贯耳值得我们赞颂。
>他就像吸满了蜂蜜的棉团，

技艺超凡令人赞叹。
当他唱起雄鹰玛纳斯折断翅膀,
失去身边的勇士闯将,
侧腰鲜血不止地流淌,
青鬃狼英雄阿依阔勒① 玛纳斯,
椎心泣血回到宫殿的情节,
如同肋条根根撕裂,
如注的眼泪如同暴雨倾泻。
当他这样唱起《玛纳斯》
那忘我的情景我曾亲眼目睹,
也曾被那情景深深感染。
在场的所有听众,
如同身临其境陶醉其中,
热泪不知不觉中流淌,
嚎啕大哭无法控制,
对于先祖阿依阔勒的英灵,
表达出无限的敬仰,
对于无敌的青鬃狼,
绝不忍心埋葬到地下
……②

《玛纳斯》演唱大师萨恩拜·奥若孜巴克对阿克勒别克评价很高,他曾对人说过,在纳扎尔、纳尔曼太、凯勒德别克、巴勒克、阿克勒别克、特尼别克等前辈玛纳斯奇中,史诗演唱水平最高的当属阿克勒别克。被誉为"20世纪的荷马"的萨雅克拜·卡拉拉耶夫面对"您见到过哪些大玛纳斯奇?又曾拜师哪一位学过艺?"的提问曾回答说:"我见到过著名玛纳斯大师阿克勒别克。那时候他失去了九个儿子和一生的亲密

---

① 意为月亮湖,隐喻英雄玛纳斯心怀宽广。
② 阿热斯坦别克:《阿热斯坦别克(诗歌集)》,第51—52页;转引自斯·阿利耶夫、特·库勒马托夫编:《玛纳斯奇与〈玛纳斯〉研究者》,第86页。

伴侣,已经八十五六岁。可贵的是前辈当时依然能口齿伶俐地说唱《玛纳斯》。"①然后还从阿克勒别克的唱本中列举英雄阿勒曼别特与楚瓦克在远征途中争执的唱段:

  ……
  噢,楚瓦克你该斟酌思量,
  你这叫嚣跋扈的孬种。
  我早已看穿你的心机,
  你这家伙竟敢无中生有胡搅蛮缠,
  谁让你们推举我当汗王?!
  倘若不顾玛纳斯的情面,
  我定将灭了你的鬼魂恶念……
  我放弃了自己的王位,
  我丢弃了自己的故土,
  自从我逃离故土来此,
  我却遭遇你们的诬陷。
  尽管我一再宽容忍让,
  你却无缘无故暴跳如雷,
  口出狂言、狂吼乱叫,
  我何时请你们推举我当王,
  我又跟谁争夺过王位,
  我到底错在了哪里?!
  我是否迷路误入歧途?!
  ……②

  从这些诗句中可以看到,萨雅克拜不仅完整地保留和传承了从师傅阿克勒别克那里学来的史诗《玛纳斯》部分片段,而且并没有掩饰这一

---

① 参见吉尔吉斯斯坦百科全书总编委会编:《〈玛纳斯〉百科全书》第1卷,比什凯克出版社1995年版,第69页。
② 转引自斯·阿利耶夫、特·库勒马托夫编:《玛纳斯奇与研究者》,第12页。

事实。

吉尔吉斯斯坦19—20世纪的跨世纪玛纳斯奇兼民间即兴诗人托果洛克·毛勒多（Togolok Moldo，1860—1942）在自己的作品中这样描述阿克勒别克：

>……
>来自克塔依部落的阿克勒别克，
>是整个部落中出现的阿肯，
>他的演唱技艺与琼巴什相比，
>旗鼓相当一点不差，
>我曾在儿时听过他演唱，
>其演唱让人赞叹非同一般，
>说句实话一点不假，
>他的演唱行云流水奔腾不息，
>嗓音洪亮响彻云端，
>如同翱翔的鹞鹰一般，
>越唱越起劲，越唱越陶醉，
>不会轻易停止歌唱
>……①

20世纪中叶长期从事《玛纳斯》收集记录工作的吉尔吉斯斯坦民间文学家，同时也是一位功成名就的玛纳斯奇伊布拉音·阿布德热合曼诺夫（Ibrayim Abdrakmanov），有这样一段记载："我认为自己是幸运儿，有生之年曾见到伊塞克湖地区七位著名的玛纳斯奇，并且从七位玛纳斯奇口中聆听到了史诗《玛纳斯》。我十三岁时头一回见到了其中最有名气的玛纳斯奇之一阿克勒别克。直到二十八岁，我曾多次听过阿克勒别克说唱的史诗《玛纳斯》。"根据伊布拉音·阿布德热合曼诺夫的回忆，

---

① 托果洛克·毛勒多：《作品集》第2卷，吉尔吉斯斯坦出版社1970年版，第136页；转引自斯·阿利耶夫、特·库勒马托夫编：《玛纳斯奇与〈玛纳斯〉研究者》，第13页。

传说中的《玛纳斯》演述大师们

天才的玛纳斯奇阿克勒别克甚至会用卫拉特蒙古语说唱史诗《玛纳斯》。据说阿克勒别克曾一度在特克斯一带牧马,因此深谙卫拉特蒙古语,经常用流利的卫拉特蒙古语为他们演唱史诗《玛纳斯》。[①]

从以上各方资料看,阿克勒别克在自己的年代不仅成为世人瞩目的玛纳斯奇,而且把自己说唱史诗的技艺无私地传授给后辈,在托果洛克·毛勒多、萨恩拜·奥若孜巴克、萨雅克拜·卡拉拉耶夫、伊布拉音·阿布德热合曼等玛纳斯奇们口中被誉为一代宗师。因此,他所演唱的史诗《玛纳斯》虽然没有被记录下来传承至今,但是他的史诗演唱内容及其神奇的演唱才华却通过他的徒弟们世代相传大白于天下,为我们提供了有关他的演唱内容及艺术人生的珍贵资料。

在19世纪多位大师级玛纳斯奇中,特尼别克·贾皮堪称19世纪最后一位对20世纪的玛纳斯奇产生深远影响的大玛纳斯奇。他承前启后,是承接先辈意志与启迪现代玛纳斯奇们的纽带,是英雄史诗《玛纳斯》跨越世纪的见证者,是对后辈们传承史诗的过程产生过巨大影响的史诗演唱大师。他于1846年出生于吉尔吉斯斯坦伊塞克湖州喀依纳尔(Kaynar)牧村一户贫苦人家。他的少年时代主要在打猎中度过,以打猎所获维持生活。在这种寂寞的狩猎生活中,特尼别克跟随猎人们四处走动,并从他们口中学会了许多古老的柯尔克孜族民歌,回到家中为家人及村里人演唱而赢得了人们的赞赏,成为一个小民歌手,并开始应邀在庆典、婚礼等场合大显身手,为民众演唱史诗。他热衷于民间文学,立志要学唱史诗《玛纳斯》。自古以来,在柯尔克孜人的心目中,唯有民间歌手、即兴诗人中的佼佼者才可成为玛纳斯奇。因为他们是集歌手、考木兹弹奏家、故事讲述家、部落史讲述家、演员于一体的综合型艺术人才,因此,煞费苦心全身心地学习和演唱包括《玛纳斯》在内的口头文学作品成为历代民间口头艺人们的共同追求和终极目标。特尼别克可以说是达到这一目标的一位佼佼者。

为了成长为真正的玛纳斯奇,特尼别克十四岁时就已踏上这条艰辛的道路。他在父亲的帮助下寻找、接触当地及周边地区著名的玛纳斯奇们并聆听他们演唱,下定决心向他们学习说唱史诗《玛纳斯》的技艺。

[①] 参见吉尔吉斯斯坦百科全书总编委会编:《〈玛纳斯〉百科全书》第1卷,第69页。

于是，他便拜当时著名的玛纳斯奇琼巴什（Choŋbash）为师。当时人们总是发出"琼巴什演唱的英雄故事呀！……"的赞叹，对他的史诗演唱赞不绝口。特尼别克跟着琼巴什观摩学习了五个多月，学习掌握了许多有关《玛纳斯》史诗的知识和演唱技艺。特尼别克向琼巴什学习演唱史诗《玛纳斯》主要是通过以下两个途径：一是向琼巴什学习演唱史诗的技艺，具体说就是在观摩聆听当中熟悉记忆背诵史诗核心情节内容、结构、人物关系和矛盾，战争的起因、过程，以及与敌对双方英雄的外貌、性格特征、骏马、武器装备，独特的服饰，马具，自然环境等相关的程式、母题表达方式，然后模仿师父的演唱技巧；二是向师傅询问了解与史诗有关的历史、文化背景、民间传统、习俗等，不断加深和完善关于柯尔克孜人以及《玛纳斯》史诗的相关知识，提高自己对史诗的理解、认知。除了向自己的师傅琼巴什学习之外，特尼别克还拜访巴勒克、阿克勒别克、凯勒德别克等其他前辈玛纳斯奇，不断虚心学习，扩充自己对《玛纳斯》的认识。

特尼别克用神秘的梦授来解释自己的史诗演唱。根据档案资料记载，特尼别克十八岁时因父亲牵涉的一场官司而被卡拉阔勒法官传讯，途中在伊塞克湖边的一个只有三四户人家的比尔布拉克客栈住宿。当天晚上，他为客栈里的人们演唱一个名为《托亚那》的情歌助兴。他唱到半夜时才出门走到自己的马边，铺上马垫、枕上马鞍，睡了过去。他梦到：在他下榻的比尔布拉克西边的湖岸上的一座山岗上突然出现了模样奇特，身材健硕，骑着高头大马，手持大刀、火枪、长矛等武器的令人恐惧的人群。特尼别克不知什么时候也混在这些人中间，他因胆怯而浑身战栗。这时其中一位开口对特尼别克说："喂！特尼别克！你过来！"当特尼别克畏畏缩缩地走到他跟前时，他又说："我把这些人仔细给你介绍一下，你一定要把他们都牢记在心，不能忘记。"说着，他一个个指着前面的人，并用歌词向他做介绍。他把玛纳斯、巴卡依、阿勒曼别特等英雄及玛纳斯的四十位勇士介绍完之后说："你今天有幸与我们相遇，再好好看一看这些英雄们，你只要为众人演唱英雄玛纳斯的事迹，生活就会一天比一天好，你也会赢得人们的尊敬。玛纳斯英雄的事迹会成为人们永远的典范。如果你今后不唱《玛纳斯》就会成为残废。你明天住宿的客栈的主人会宰杀一只黑绵羊。当宰杀绵羊时，你要在心

传说中的《玛纳斯》演述大师们

里认定那只羊是为玛纳斯的灵魂祭献的牺牲,并用心做祈祷。你要在那里为众人演唱《玛纳斯》。"说完,这些骑着高头大马、威武无比的英雄们都策马远走,马蹄声震动天地。特尼别克从梦中惊醒后来到梦中见到的山岗,发现地上留下了很多架锅用的火塘般大小的马蹄印和一些光脚丫的印子,对此感到十分惊奇。但是,他当时没有对任何人谈起此事,与同行的旅客们一起出发,到傍晚时又来到了一个有二三十户人家的客栈。一群年轻人提来皮囊为客人们倒马奶酒解渴,打听特尼别克等人的身份,又问特尼别克有什么特长可以为客人们助兴。大家喝着马奶酒时已经提起了一些雅兴,特尼别克便说自己会唱民间长诗《托亚那》。于是当地聚集而来的人们都催他给大家唱一唱《托亚那》。特尼别克说要唱《托亚那》需要整整一个晚上的时间。人们听到此话对他要唱的民歌更加感兴趣,于是便特意安排了一个较大的房间聚集,人也坐了满满一屋子。这时,客栈的主人让牵来一只黑色大绵羊要宰杀,特尼别克看到黑绵羊顿时想起前一天晚上做的梦,马上暗暗自言自语地祈祷说这羊是玛纳斯英灵的牺牲祭品。人们把肉煮在锅里,都静下来等待特尼别克演唱民歌。为了不扫人们的雅兴,特尼别克几次想开口演唱《托亚那》,但是他耳边突然响起"喂!特尼别克!你不是要唱《玛纳斯》吗?"的询问,似乎还有人从背后推了他一下。特尼别克非常吃惊,瞪大眼睛左右环顾,又准备唱《托亚那》时那个声音又响了起来,要求他唱《玛纳斯》。特尼别克又转头看看,却不见说话的人,此时他早已吓出了一身冷汗。他想开口唱《玛纳斯》,但自己却从来没有唱过,也不会唱,想唱自己会唱的《托亚那》,但那位看不见身影的人又似乎挥着大刀逼他唱《玛纳斯》。他左右为难,不知如何是好,但在座的人们却根本不知道他的难处,反而开始发起了牢骚:"你左顾右盼浪费时间,怎么不唱?如果你真不会唱又为什么要骗人?"特尼别克实在无奈,便顺口向人们说了一句:"我唱《玛纳斯》行不行?"人们马上兴奋起来,纷纷说:"噢!这个年轻人要开始唱大史诗了,好!这样更好!开始吧!"面对人们的不断催促,特尼别克只好在心里默想着梦中见到的英雄们的身影开了口,他自己根本不知自己在唱什么,只知道口中不断发出诗歌的旋律。就这样疯狂地唱了数小时,口吐白沫昏了过去,人们怎么也没能把他弄醒,都为他感到担心,生怕这个涉世未深的年轻人有什么不测。

第二天，客栈主人问特尼别克发生了什么事，他却一句话也不说，骑上马独自离去。特尼别克办完事独自骑着马赶路返回家，途中在摇摇晃晃的马背上不知不觉又唱起《玛纳斯》。有些过路人听到他唱《玛纳斯》，便调转马头与他相伴而行听他唱，等走出很长的路之后才又想起赶路返回。①

特尼别克回到家后操起了打猎的行当，有时在打猎途中他也自言自语地唱《玛纳斯》。过了近两年的时间，特尼别克会唱《玛纳斯》的消息传到他父亲贾皮耳中。于是，他开始注意儿子特尼别克，并常常发现儿子在睡梦中不知不觉地唱《玛纳斯》。他为了让儿子能够成为一名真正的史诗歌手，便把邻里都请来，让儿子当众唱一唱。特尼别克不负众望，整整唱了一天一夜。见儿子可望在将来成为一名大玛纳斯奇，贾皮便考虑派他去见识一下当时的一些著名玛纳斯奇，拜他们为师，切磋技艺，进一步学习《玛纳斯》史诗的演唱技艺。于是，特尼别克在父亲的指使下去拜见当时名声显赫的玛纳斯奇纳尔曼太，向他学了一年半，掌握了这位玛纳斯奇的演唱技艺，得到了他的精心指点，大大提高了自己的演唱水平。经过这段时间的潜移默化，特尼别克不仅掌握了导师的所有演唱技巧和演唱内容，而且意识到了根据自己本人的特点对史诗语言、情节进行精细的雕琢加工的重要性。

二十五岁时，特尼别克还曾与同时代的纳扎尔·伯罗特玛纳斯奇进行公开博弈，竭尽全力发挥自己的演唱技艺，以竞赛方式同对方轮流演唱过一天半的史诗《玛纳斯》，据说还曾占据上风。正是从那次竞赛以后，特尼别克名扬四方，被当时的部落汗王夏布丹（Shabdan）、巴依提克等权贵多次特意邀请去参加各种大型庆典活动，并在这些活动中为民众演唱史诗《玛纳斯》，进一步扩大了自己的影响力。据传，有一回特尼别克在这样的庆典上连续一个月演唱史诗《玛纳斯》。

特尼别克向诸多玛纳斯奇学艺，吸收各家之长，并在功成名就之后，为了把自己的技艺传授给后辈，指导过许多有才华的弟子。出生于19世纪末20世纪初的最著名的玛纳斯奇们都愿能拜他为师，学习

---

① 参见吉尔吉斯斯坦百科全书总编委会编：《〈玛纳斯〉百科全书》第2卷，第301—302页。

演唱《玛纳斯》史诗，可以说是以直接或间接方式在特尼别克的影响下成长起来的。例如，以吉尔吉斯斯坦《玛纳斯》大师萨恩拜·奥若孜巴克为首的托果洛克·毛勒多、卡斯木拜（Kasymbay）、拜巴赫西（Baybagysh）等一大批吉尔吉斯斯坦籍玛纳斯奇，甚至我国乌恰县著名的玛纳斯奇艾什玛特、阿合奇县的居素普阿坤·阿帕依等都曾拜特尼别克为师，从他口中聆听和学习过他的演唱，接受过他的亲自传授和指点。就此，我国著名的艾什玛特曾经说："居素普阿坤·阿帕依、萨恩拜·奥若孜巴克，我们三人为了学唱史诗《玛纳斯》，专门投奔他门下，为贾皮的儿子特尼别克打过柴、放过马、干过活，我在那里待了四年多时间。"①

如果根据这些资料，我们称特尼别克是居素普阿坤·阿帕依、萨恩拜·奥若孜巴克及艾什玛特的导师，那么现在名扬世界，被史诗学界尊称为"当代荷马"的我国著名玛纳斯奇居素普·玛玛依通过哥哥巴勒瓦依间接地接受了居素普阿坤·阿帕依、萨恩拜·奥若孜巴克的影响。他还曾于19世纪60年代初与耄耋之年的艾什玛特面对面切磋，无疑也对他产生过一定的影响。也就是说，通过特尼别克，古代玛纳斯奇们的优秀传统得以继承，后辈玛纳斯奇们有机会学习古代玛纳斯奇们的超凡才华，并将之发扬光大。他就像一条纽带，把两个世纪里最杰出的玛纳斯奇们紧紧地联系在一起。这体现了《玛纳斯》史诗超越时空、超越国界的无限魅力。

二

在古往今来的广大玛纳斯奇中，第一位明确写明演唱者姓名、并将其演唱内容以文本形式出版的就是特尼别克。他虽然能够演唱《玛纳斯》《赛麦台》《赛依铁克》等数部史诗以及柯尔克孜族许多其他史诗内容，但只有《赛麦台》的一部分以文本的形式保存了下来。在他之前，

---

① 参见居素普·玛玛依：《我是怎样演唱〈玛纳斯〉史诗的》（柯尔克孜语），《玛纳斯研究论文集》（1），新疆人民出版社1991年版，第12页；中文版由阿地里·居玛吐尔地翻译，载《中国史诗研究》（1），新疆人民出版社1991年版。

哈萨克族沙俄军官和学者乔坎·瓦里汗诺夫于1856年伊赛克湖边，曾从一位玛纳斯奇口中记录下《玛纳斯》史诗传统的重要章节《阔阔托依的祭典》，这一章后来编入其文集，于1904年出版。乔坎·瓦里汗诺夫在记录《玛纳斯》的上述章节时没有写明演唱者的名字。①另一位俄国学者拉德洛夫于1862年、1869年分别在我国的新疆特克斯地区及吉尔吉斯斯坦的伊赛克湖边记录下了《玛纳斯》史诗的《玛纳斯的降生》《阿勒曼别特离开阔克确投奔玛纳斯》《玛纳斯征伐阔克确》《玛纳斯与卡妮凯的婚姻》《玛纳斯的死亡及复活》《包克木龙》《阔孜卡曼》《赛麦台的诞生》《赛麦台》等内容，也没有记录下史诗演唱者的姓名。他的记录文本后来被编入其十卷本《北方突厥部落的民间文学典范》中的第五卷，于1885年出版。②特尼别克演唱的史诗第二部《赛麦台》的一部分内容首次用演唱者名字于1898年在喀山出版，后来又于1925年在莫斯科重版，内容包括赛麦台为寻找被阿依曲莱克夺走的白隼鹰而追寻，他渡过玉尔凯尼奇河，受到阿依曲莱克的热情接待，最后与她成婚等内容。③他的这本《赛麦台》文本曾广泛流传于中亚地区，并曾被我国玛纳斯奇居素普·玛玛依的哥哥巴勒瓦依搜集到残本，后又被居素普·玛玛依阅读和记忆，对他的演唱也产生了一定的影响。这种影响不仅在内容方面，而且在语言艺术方面。居素普·玛玛依通过哥哥所搜集的唱本与特尼别克产生了联系。一位生活在19世纪的玛纳斯奇会对一个生活在20世纪的后起之秀有什么样的影响？我们通过下面的具体例子便能够清楚地认识到这一点。

在特尼别克的唱本中，对赛麦台的妻子恰其凯有如下描述：

> 受宠爱的女人恰其凯，
> 高傲地走出城堡，
> 如白色的盘羊般晃动。
> 纳凯尔软靴穿在脚上，

---

① 吉尔吉斯斯坦百科全书总编委会编：《〈玛纳斯〉百科全书》第2卷，第163页。
② 同上书，第160页。
③ 斯·阿利耶夫、特·库勒马托夫编：《玛纳斯奇与〈玛纳斯〉研究者》，第133页。

传说中的《玛纳斯》演述大师们

  艾列切克帽在头上耸立，
  纯金铸成的耳环，
  在耳垂上闪亮，
  用珍珠吊成的坠子，
  在胯部发出声响。
  恰其凯慢悠悠地来到，
  清泉边的花园中，
  她的长袖拖到地上，
  浑身上下金光闪亮，
  宽松的丝衣在风中飘荡。[①]

  而我国《玛纳斯》演唱大师居素普·玛玛依在演唱同一人物的形象时运用了一模一样的词句，只是比特尼别克多了六行。这为我们研究《玛纳斯》史诗的规律提供了一个很好的例证。这种描述人物形象方面的固定套式无疑为后来者记忆和背诵提供了方便，史诗内容也为适当的加工留下了一定的余地。居素普·玛玛依在继承特尼别克演唱特色的同时，根据自己的语言才能及演唱艺术的需要把原来的十四行诗增加到二十行，这足以说明后辈玛纳斯奇在继承前辈玛纳斯奇的演唱内容时，除了严格按照传统的模式，运用固定的套语进行演唱外，还要根据自己的才能对史诗固有的诗句加入一些不可避免的加工、雕琢和一些即兴发挥。这从一方面论证了《玛纳斯》史诗从小到大、从简单到复杂、从平淡到深刻的发展规律。

  1902年9月，五十六岁的特尼别克因病离开了人世。据说特尼别克去世那天的夜里月亮突然失去光泽，犹如出现月食现象一样变得昏暗。后来，当地人们因记不住特尼别克去世的确切日期，便都以那天夜里出现的月食现象来记忆他的死期。特尼别克在去世前夕曾感叹说："我所演唱的英雄玛纳斯的故事没有能被记录下来传给后人，现在只有寄希望

[①] 奥·苏热诺夫：《超凡的父辈歌手 杰出的传统继承者》（吉尔吉斯语），《阿拉套》1990年第7期，转引自曼拜特：《玛纳斯史诗的多种变体及其说唱艺术》（柯尔克孜语），新疆人民出版社1997年版，第67页。

于我的弟子们了!"他把自己的全部希望都寄托在了曾在自己门下学习过《玛纳斯》的弟子们身上,他的弟子们也没有辜负这位大师的期望,甚至青出于蓝而胜于蓝,在史诗的发展、保存和传播方面有着不可磨灭的功绩。

从《玛纳斯》演唱传统的发展过程看,特尼别克留给弟子们的演唱传统是多维度的。我国著名的玛纳斯奇艾什玛特作为其弟子,在1961年为《玛纳斯》工作组演唱史诗时,首先演唱了史诗第二部《赛麦台》的内容,并被工作组的人员记录了下来。而遗憾的是,他所能演唱的其他史诗内容却没能被记录下来。从这一点看,特尼别克更善于演唱史诗的第二部《赛麦台》的内容,因此,他演唱的史诗第二部的部分内容才得以以文本的形式传播,产生了广泛的影响,而他的弟子也继承了他的这一传统,比如艾什玛特。

特尼别克在《玛纳斯》史诗的传播、保存方面的贡献是巨大的,对本世纪著名玛纳斯奇们的影响是深远的,对新一辈玛纳斯奇的成长也起到了至关重要的作用。他那非凡的艺术才能,我们可以通过萨恩拜·奥若孜巴克、居素普阿昆·阿帕依、艾什玛特·买买提和居素普·玛玛依窥见一二。

如果说特尼别克当过萨恩拜和朱素甫阿洪的师傅,那么被誉为"当代荷马"的居素普·玛玛依的师傅,自然就是萨恩拜·奥若孜巴克、居素普阿昆等人。在近代、现代和当代柯尔克孜文学史获得特殊地位的三代玛纳斯奇们的排序,根据特尼别克可以这样排列:

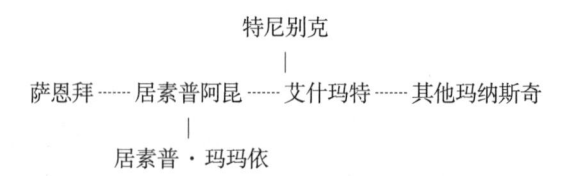

```
                  特尼别克
                     |
萨恩拜 —— 居素普阿昆 —— 艾什玛特 —— 其他玛纳斯奇
                     |
                居素普·玛玛依
```

在特尼别克影响下的玛纳斯奇们将其宝贵史诗遗产传至后来的时代,同时也为最著名的玛纳斯奇们相互传承起到了承前启后的作用。柯尔克孜历史学家别列克·索勒托纳依在自己的《赤色柯尔克孜》一书中明确记载:"特尼别克是阿热斯坦别克之后北方柯尔克孜玛纳斯奇、赛麦台奇当中最著名者……我多次聆听过阿克勒别克、萨恩拜说唱的史诗

《玛纳斯》。据我了解,当属特尼别克说唱的史诗《玛纳斯》最为完整淳朴、清晰流畅。大众也持这一观点。可以明确地说萨恩拜就是特尼别克的徒弟。不光是萨恩拜一个人,其他人也是向特尼别克,或者向特尼别克的弟子学习的人而已。"[①]

1898年,根据特尼别克的记录,《玛纳斯》的第二部《赛麦台》以《赛麦台放跑白色猎鹰》为书名在喀山地区出版。该书不仅在中亚广为流传,甚至传至我国新疆地区的柯尔克孜人手中。巴勒瓦依作为史诗《玛纳斯》的搜集和收藏者,在寻得《赛麦台》后,将其中部分章节教授给了自己的弟弟居素普·玛玛依。可以说,特尼别克的书就是居素普·玛玛依的师父。

1902年当特尼别克身患重病在临终前,他痛苦地说:"我未能就玛纳斯英雄为柯尔克孜留下自己的变体。"他对自己的所作所为感到不满,对自己积累的财富随身而去而感到无比的懊丧和遗憾。从特尼别克的技艺中获取滋养而成长起来的玛纳斯奇延续到了我们的时代,有幸的是,柯尔克孜的这一宝贵遗产没有在子孙后代中被荒废和葬送,而是传承至今。

1925年,特尼别克说唱的《赛麦台》变体主要内容如下:阿依曲莱克身披白天鹅的羽衣(幻化),出门去寻找赛麦台。途中她遇到空乌尔拜等英雄,对他们进行了考验,但认为他们根本无法与赛麦台媲美,便直接去与恰其凯会面。由此开始了两个女人间戏剧性的矛盾冲突,阿依曲莱克有目的地诱骗走了赛麦台的猎鹰。赛麦台四处寻找自己的猎鹰,率领自己的侍卫勇士们来到了乌尔果尼奇河畔。于是赛麦台英雄同秦霍卓、托鲁驼依等人交锋,战胜对手后解放当地被奴役的贫苦百姓,自己也收获了甜蜜而理想的爱情。

在特尼别克的《赛麦台》变体描述的情节中,虽然基本上保留了传统模式,但是从其描写手段、技法来看,具有很高的艺术感染力,可以看出特尼别克是一位描写大师。说实话,柯尔克孜史诗《玛纳斯》的艺术价值不仅体现在故事情节的错综复杂和趣味性上,而且还在于每一个情节的细腻描写、情感的感染力、人物的鲜明个性、矛盾冲突的尖锐性

[①] 别列克·索勒托纳依:《赤色吉尔吉斯史》第2卷,乌曲空出版社1993年版,第163—164页。

被深层次的挖掘与展现上。

综上所述，柯尔克孜史诗中鲜明的情感渲染、精彩的艺术描绘、传统的古典模式等艺术手法，通过特尼别克传承到了我们的时代。在特尼别克的《赛麦台》变体中，每个人物及其服饰、武器装备、征途中的情感遭遇等都被细腻地描绘了出来。例如，赛麦台出行放鹰狩猎的场景：

男子汉赛麦台英雄，
他乌黑的眼睛炯炯闪烁，
他的战刀上滴着鲜血，
他的须髯犹如箭囊般，
他那英俊漂亮的胡髭，
一根根宛若那战斧的把柄般。
他那后背浓密的毛发，
犹如骏马的长鬃一般。
髭须犹如荒漠的芦苇，
鼻梁犹如高山的脊梁，
眼睛犹如深邃的湖海，
时刻要将一切吞没。
魁伟的身躯犹如单峰雄驼，
磅礴的气势就像惊涛骇浪。
热情犹如夏日的骄阳，
冷酷犹如隆冬的严寒。
追杀敌人时他犹如那猛虎，
擒拿时他犹如那雄狮。
他宽阔的胸膛犹如故乡塔拉斯，
你瞧他的男子汉气概，
恰似父亲英雄玛纳斯。

后来的玛纳斯奇们基本遵循了特尼别克描写和刻画赛麦台英雄人物特征的艺术风格，月牙战斧、纳尔科斯坎（劈驼战刀）、阿克科里铁（银色火铳）、望远镜、色尔乃扎（花枪）、阿克沃鲁泊克（银色战袍）、罕达海等武器装备的制造过程、性能、外观、特点等,每一个人物的外貌特征都以精彩的艺术手段,被惟妙惟肖、生龙活虎地展现了出来。特尼别克作为描写大师的风采,在刻画阿依曲勒克的形象时得到了充分的展现和验证。例如,以库里巧绕勇士的口吻描绘的阿依曲勒克的形象:

> 拥有皑皑白雪般的肌肤,
> 拥有一副鲜血般的容颜,
> 拥有柳叶般乌黑的弯眉,
> 拥有水貂般光泽的秀发,
> 拥有珍珠般洁白的牙齿,
> 拥有那出类拔萃的气质。

库里巧绕初次亲眼见到阿依曲勒克时的情景,被这样描绘道:

> 亮堂的天庭,驼羔大眼,
> 含情脉脉,一双盘羊眼,
> 笔挺的鼻梁,浓密的秀发,
> 乌黑的双眼,浓浓的睫毛,
> 珍珠般牙齿,弯弯的眉毛,
> 苹果般脖颈,娇小的脑袋。

特尼别克在刻画同样一个人物时并不会重复描写,而是会进一步增添色彩。生活于19世纪的这位玛纳斯奇类似的传统风格,以及他的说唱史诗《玛纳斯》的部分技艺,不仅呈现于生活于20世纪初期的叶史马特的遗作当中,而且也频频呈现于生活于20世纪末期的居素普·玛玛依说唱的史诗《赛麦台》变体中。我们可用一个具体的事例来证明这一点。被特尼别克记录下来的史诗《赛麦台》变体中,恰其凯的形象被这样描述:

> 自由散漫的婆姨恰其凯,
> 傲慢地从王宫中走出来,

> 宛若白盘羊般亭亭玉立，
> 脚蹬着锃亮的纳克尔靴，
> 高翘着头上的叶勒切克，
> 金灿灿的黄金耳垂，
> 在那肩头金光闪烁，
> 缀满珍珠玛瑙的发饰，
> 在那丰满臀部哗啦啦，
> 恰奇凯她逍遥自在地，
> 迈向乌尊布拉克果园。
> 习惯把外套披在肩上，
> 拖着垂落的一双长袖，
> 浑身上下被金银包裹。

在居素普·玛玛依说唱的《赛麦台》变体恰其凯被这样来描写：

> 自由散漫的婆姨恰其凯，
> 孤傲地从宫廷走出来，
> 犹如白盘羊亭亭玉立。

这些诗句跟特尼别克说唱的变体一模一样：

> 习惯把外套披在肩上，
> 拖着垂落的一双长袖，
> 浑身上下被金银包裹。

从诗句的引用和结构的完整性来看，犹如居素普·玛玛依将特尼别克的演唱一句不漏地背诵下来一般。两位玛纳斯奇虽然生活于两个时代，生活的环境也不尽相同，但是他们对同一个人物形象的描写方式、手段，甚至运用的词句、韵律都十分一致，这并不是一种巧合，而是传承的结果。不同之处在于，特尼别克用十四行诗句描写出恰其凯的形象，而居素普·玛玛依将之扩充为二十行。犹如谚语"晚生的犄角，胜过先长的耳朵"一样，在类似的修辞、扩充方面，20世纪的玛纳斯奇们显然胜出先辈们许多。有趣的是，特尼别克虽然能说唱史诗《玛纳斯》的许多章节，但是1898年记录史诗的时候（由于没有交代清楚记录的原因，特尼别克记录了很少一部分），只记录了史诗的第二部《赛麦台》。他的徒弟艾什玛特，虽然会说唱史诗《玛纳斯》的许多章节，但是也先记录了《赛麦台》部分。根据由师傅口授、徒弟代代相传的玛纳斯奇们的传统历史看，显然特尼别克给后来的玛纳斯奇们留下的遗产带有许多神秘的色彩。然而，特尼别克所掌握的诸多史诗内容（章节）没有被记录下来，至今为止对他的史诗遗产的研究也不够深入。虽然特尼别克在柯尔克孜文学史上最大的成就是把史诗《玛纳斯》从一个世纪传承到了另一个世纪（跨越两个世纪），但是我们不得不提及他凭借自己的阿肯（诗人）天赋创作的其他作品。

特尼别克创作了《史话与诗歌》。该作品由三个命题组成：第一部分《成吉思汗的戎马生涯》，第二部分《成吉思汗对儿子们的嘱托》，第三部分《诺如孜拜英雄临终前的遗言》。

《成吉思汗的戎马生涯》是一部以英雄史诗的形式创作的作品。作品中描述的成吉思汗浴血奋战的戎马生涯，类似于柯尔克孜民间英雄史诗浪漫主义的表现形式，成吉思汗被刻画为能暴雨般发射利箭、冰雹般发射子弹的英雄形象。由他率领的千军万马也被融于他个人的形象之中，所有事件都成为他个人的影子。在争霸世界与强势权威之间，成吉思汗的个人形象得到突出的描写。作者并没有把成吉思汗视为双手沾满鲜血的血腥暴君，也没有恭维他争霸世界的侵略行为。只是直接描写他个人坚忍不拔的毅力、强大无比的力量、果敢无畏的魄力，把他势如破竹从东方一直征战到西方（欧洲）的戎马经历描写得活灵活现、淋漓尽致，富有较强的艺术感染力。与其说该作品是一首较短的叙事诗，还不如说是被浓缩了的一部鸿篇英雄史诗的章节。该作品以这样言简意赅的描述结束：

    白色的旗杆红色战旗，
    鲜血溅染了整个大地，
    月亮上都是鬼哭狼嚎。

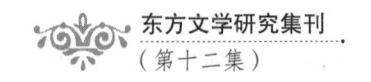

蓝色的旗杆红色战旗，
鲜血流淌犹如那湖海，
太阳上也是怨声载道。
成吉思汗逮卡西卡战马，
铁蹄所踏处便呼天抢地。

叙事诗《成吉思汗对儿子们的嘱托》分为两部分。诗中生动地描写了成吉思向儿子们陈述，自己历经无数周折，集结家破人亡、流离失所的老百姓组成联盟的经过，以各种策略和手段从这个动荡不安的世道生存下来的经历，从而告诫儿子们，倘若兄弟不团结，自己千辛万苦打下的天下将瞬息间化为乌有。特尼别克也许是想通过对成吉思汗这样作为强权与暴君的象征代表的著名历史人物之口，来劝勉人们团结与祥和的重要意义与可贵。

综上所述，特尼别克是一位比较成熟的阿肯。倘若他的诗人天赋使他成为玛纳斯奇，并对史诗《玛纳斯》产生过巨大的作用和影响，那么特尼别克的玛纳斯奇生涯则反过来使得他的阿肯才华不断得到升华。

根据目前所掌握的资料，比较明确的关于玛纳斯奇的信息来源最早也不超过19世纪末，一些18—19世纪的玛纳斯奇的名字也只是在20世纪的《玛纳斯》文本以及在一些民间即兴诗人们的作品有所提及。但令人奇怪的是，在广大民众的记忆中，甚至在18—19世纪活跃的交莫克楚口中，除了上述最初歌者厄尔奇乌鲁、托合托古勒外，其他人的名字一个都没有保存下来。[①]那么，为什么史诗传承千年，古代众多说唱者的名字却没有保存下来呢？按理说，凡是继承了前辈传统的史诗歌手最起码应该记住其中某些代表性人物的名字。这在世界很多传统中普遍存在，但柯尔克孜史诗却有着不同的传统。很显然，每一个史诗歌手，似乎有意遮掩从前参与创作与演唱叙事歌曲的歌者名字。这只能从两个方面解释：第一，柯尔克孜族认为《玛纳斯》史诗的文本是神圣的，地位崇高，无论谁都不能轻易对其作改编。玛纳斯奇只是一个口头演唱

[①] 参见阿地里·居玛吐尔地：《〈玛纳斯〉史诗的早期演述：以厄尔奇乌鲁为中心》，《民族文学研究》2020年第4期。

家、古老故事的转述者,用自己的诗句复述传统故事的内容罢了。歌者禁止在演唱中有个人发挥。在听众看来,史诗歌手插入的几句导言式的抒情插叙或一些无关紧要的细枝末节,会破坏史诗结构规则和固定的、合乎规范的传统内容。按照这种观点和逻辑,可以说《玛纳斯》史诗的内容是自始至终保持如一的。人们坚持史诗的纯洁性是不可改变的。但是,作为一部典型的口头史诗,这是不可能实现的。在每一次的演唱中,史诗文本程式、母题、主题方面的各种细微变化,只要不牵涉核心内容和结构,演唱者和听众都不认为是文本的变异。因为史诗歌手是遵循史诗结构脉络,按照人物之间的各种关联交集,借助脑海中的程式即兴创编史诗内容的。听众沉醉于史诗歌手激情澎湃的演唱,只关注人物命运等史诗核心情节脉络而根本不会注意文本中这类细小的变化,都认为史诗歌手完全是按照传统的内容演唱的。因此,为了表明自己所演唱内容的纯洁性、神圣性和权威性,很多史诗歌手的唱词中只出现神一般存在的厄尔奇乌鲁这位最初歌者的名字,而其他前辈歌手包括自己师父的名字都被故意忽略也就可以理解了。当然,这种神圣性未必完全出于对史诗文本的崇拜,更多可能是源于人们对英雄主人公玛纳斯为代表的这一系列英雄人物群体的崇拜,与柯尔克孜族古老的祖先崇拜、英雄崇拜观念有关。[1]第二,吉尔吉斯斯坦的交莫克楚群体中,始终笃信"神灵梦授"。[2]这种观念对玛纳斯奇的重要性不亚于前者。尽管很多杰出的玛纳斯奇也曾拜师学艺,但他们完全不回顾自己的学艺过程,反而将自己的史诗演唱技艺用"梦授"来解释。说自己在某一次神奇的梦中遇见英雄玛纳斯或者是厄尔奇乌鲁等圣灵,被他们选中,并将史诗内容"梦授"给自己。将其看作是某种天意的启示,把它解释为一种超自然力的干预,仿佛正是这种超自然力召引他们去执行演唱史诗的神圣使命,使他们这些被选中的人领悟到《玛纳斯》"学问"的真谛。于是一个玛纳斯奇群体普遍认同的观念形成了:无论哪一位玛纳斯奇,要想从前辈歌手那里学会整篇作品,都是不可能的。史诗的宏大篇幅一定程度上促进

---

[1] 参见阿地里·居玛吐尔地、曼拜特·吐尔地、古丽巴哈尔·胡吉西:《柯尔克孜族民间宗教与社会》,民族出版社2009年版,第109—123页。

[2] 参见阿地里·居玛吐尔地:《玛纳斯奇的萨满"面孔"》。

了这种信仰在听众间的传播和巩固。后人也无法将史诗的诗句当作某一个作者的创作来研究，谁也无意去揭穿那些"缪斯所选中的人"。虽然很多来自不同流派的著名玛纳斯奇的唱词中绝大部分内容基本一致，但每一个歌者都自觉地断定他自己的演唱内容完全是独创的，是受了"神意"的指使，演唱的文本属于自己个人的"艺术创作"。这是玛纳斯奇群体内部的一种默契，任何一个玛纳斯奇都会刻意维护它。[①]诚然，《玛纳斯》史诗的传承并不止一种途径，除了师徒传承外，家族内部的传承也是其传承的重要方式，即父辈传给儿子或家族内部的另一名后辈成员。[②]即便如此，玛纳斯奇还是会坚持自己的"神灵梦授"观念，坚持自己对神灵的崇拜。这种对超自然的信仰的事实本身是不可忽视的，它具有根深蒂固的民间观念基础，而这也顺理成章地排除了提及前辈诗人姓名的可能性。毫无疑问，这种笃信虽然遮蔽了口头史诗传承链中的师徒关系以及处于传承链前端的前辈史诗歌手，也遮蔽了史诗长期传承过程中先辈玛纳斯奇们在传承链中所发挥的作用，但这也丝毫没有影响史诗最初的创编演唱者的名字被人们永久记忆。

作者分别系新疆大学"天山学者"讲座教授、
杭州师范大学外国语学院硕士研究生

[①] 参见M.阿乌埃佐夫:《吉尔吉斯民间英雄史诗〈玛纳斯〉》，马倡议译，载阿地里·居玛吐尔地主编:《世界〈玛纳斯〉学读本》，中央民族大学出版社2018年版，第42—104页。

[②] 参见郎樱:《中国北方民族文学比较研究》，民族出版社2011年版，第720—798页。

"一带一路"视野下的中亚波斯语古典诗人[*]

沈一鸣

内容提要 波斯语古典诗歌是指在公元9—15世纪用新波斯语创作的诗歌。这一文学类型的作品数量丰富,体裁多样,题材多元,对波斯语世界内外皆产生了广泛影响,并延续至今。波斯语古典诗歌缔造并延续了波斯文明的辉煌,孕育了多位对世界文学产生巨大影响的诗人。因此,波斯语古典诗歌是多元文明交融孕育的丰硕成果,是人类文明的共同财富。本文规避长期以来困扰学界的波斯语诗人和作品的族别问题,以波斯语为中心,以现代中亚五国的地域为界,重新审视并整理波斯语古典诗人的生平和作品,及其在今日中亚的历史遗存和社会影响,对"丝绸之路"历史研究和新时代"一带一路"战略下的文化研究具有重要意义,亦为我国的国别与区域研究提供新的视角和研究范式。

关键词 一带一路 中亚 波斯语古典诗人

---

[*] 本文为2019年国家社会科学基金重大项目"东方古代文艺理论重要范畴、话语体系研究与资料整理"(19ZDA289),2022年教育部人文社会科学重点研究基地北京大学东方文学研究中心重大项目"东方文学与文明互鉴:全球化语境下的东方当代小说研究"(22JJD750004)的阶段性成果。

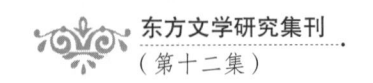

绪　论

"中亚"在历史和文明发展史上有不同定义，本文讨论的是现代意义上的"中亚"，即中亚五国，包括哈萨克斯坦、乌兹别克斯坦、吉尔吉斯斯坦、塔吉克斯坦和土库曼斯坦。中亚国家是中国"一带一路"倡议的发轫之地，2013年9月习近平主席正是在哈萨克斯坦发表演讲时首次提出"丝绸之路经济带"倡议。这是中国与中亚源远流长的"丝绸之路"友好历史的延续，亦体现新时代"一带一路"战略下中亚的重要地位。

由中亚五国构成的地理空间是亚欧大陆的中心，分布着山地、草原、绿洲和荒漠等多种地貌，历史上曾是东亚、欧洲、西亚及南亚各地交通的枢纽。地理位置的独特性和环境的多样性，决定了该地区自古以来即表现出多元文明共存的形态。以宗教为例，在伊斯兰教创立前，祆教、摩尼教、佛教、景教与草原游牧文化等长期并存与互动。公元7世纪后，尽管中亚逐渐伊斯兰化，但这一过程也伴随着"中亚化"，即伊斯兰教与当地宗教和文化融合而形成的具有中亚地方特色的伊斯兰文化。从语言上看，历史上的中亚语言格局也颇为复杂，与民族、地理、历史、政治和宗教息息相关。若按语系划分，则可大致将中亚地区历史上流行的语言分为印欧语系印度—伊朗语族和阿尔泰语系，前者包括粟特语、花剌子模语、波斯语等，后者包括喀喇汗语和察合台语等。

本文所讨论的波斯语特指新波斯语，诞生于伊斯兰教创立后的公元9世纪。[①]兴起于河中地区的萨曼王朝（Samanid dynasty，875—999年）在波斯文化复兴，特别是新波斯语的诞生、流传和推广上功不可没。萨曼王朝宫廷为扩大影响力，也积极资助和扶持本土文化事业，促进了艺术、科学和文学的发展。自11世纪始，新波斯语扩大了地理上的传播，并逐渐成为以丝绸之路为中心，横跨安纳托利亚半岛、西亚、中亚及印度次大陆大部分地区的官方和文学通用语。

---

① 波斯语，广义上分为古波斯语、中古波斯语和新波斯语。若无特别说明，本文所说的波斯语即专指新波斯语（Farsi，英文 New Persian）。

根据波斯语的使用情况，学术界提出了"波斯语世界"（Persianate world）①概念。芝加哥大学的历史学家马歇尔·霍奇森（Marshall Hodgson，1922—1968年）在其著作中指出"波斯语世界"是一个基于波斯语言、文学、艺术或受其强烈影响的文化区域概念。②由此，"波斯语世界"跨越了种族和政治边界，即任何受波斯语言文化影响，或基于波斯语言文化的社会皆可纳入其中，包括波斯人以外的草原游牧民族、蒙古人、印度人等统治的王朝，如以中亚为中心或兴起于中亚的伽色尼王朝、塞尔柱王朝和帖木儿王朝等。反之也可认为，上述受波斯文化影响的王朝所统治的疆域即可视为波斯语世界的覆盖范围。

由于波斯语自公元9世纪形成起便成为文学语言，并逐渐构建出延续近六个世纪的波斯古典文学辉煌。因此，在这一时期的波斯语世界中，波斯文学的成就格外引人注目。波斯古典文学不仅促进了整个文化区域的凝聚，同时为区域内其他多元文化提供了灵感来源。波斯古典文学的体裁通常分为诗歌和散文两大类，其中波斯诗歌是波斯古典文化的精髓。③波斯诗坛四大巨柱——菲尔多西、萨迪、哈菲兹和莫拉维，以及鲁达基、海亚姆、内扎米、贾米等文人，用颂诗、抒情诗、四行诗、玛斯纳维（叙事诗）等各类体裁，为波斯文学乃至世界文学贡献了大量优美动人的诗篇。

波斯古典诗歌承载了历史上波斯语及其文化在波斯语世界内外的传播，而作为波斯语世界重要组成部分的中亚，更是直接孕育和滋养了波斯古典诗歌的地区。纵观波斯古典诗歌史，许多著名诗人或生于中亚，或活跃于中亚的王朝宫廷，其作品或广泛流传于中亚地区，或对中亚的

---

① 又译"波斯语社会"。

② Marshall G. S. Hodgson, *The Venture of Islam: Conscience and History in a World Civilization*, Chicago: University of Chicago Press, 1974, pp. 293-294.

③ 波斯文学史的学者们通常将公元9—15世纪的所有非诗歌作品，无论神话、小说、游记、史书、书信、宗教哲学文本等统称为散文，可见诗歌在波斯古典文学中的重要性。即便如此，波斯散文作品也无法回避诗歌的强大影响力——该散文作品中多夹杂诗歌，甚至是诗歌和散文篇幅对半的混合文本，抑或类似中国文学中骈文的韵文。从另一角度看，波斯诗歌承载的内容也远超传统文学边界，兼具史学、宗教学、哲学和社会学等功能。详见沈一鸣：《贾米作品在明末清初中国的流传与翻译》，宗教文化出版社2022年版，第14—17页。

游牧民族语言文学产生深远影响。换一个角度看，波斯古典诗歌亦是中亚地方文学历史发展中不可或缺的重要组成部分。在当今对中亚五国文明史的研究中，不乏鲁达基、海亚姆、萨迪、哈菲兹、贾米等波斯古典诗人的身影。他们不仅是波斯文学史中的闪亮明星，同时也构成了中亚文明史的重要组成部分。①

然而，近现代对波斯古典诗歌的研究和论述成果集中于今日波斯语主要使用地区伊朗，各国学者有关波斯语言文学的教学和研究也多参考伊朗学者成果。②此外，由于中亚五国建立时间较短，各国对其国别文学史中的波斯古典文学的梳理和积累尚不充分，国内的相关研究也不够系统。因此，对于同一位诗人，以创作语言为界定和以当代民族国家疆域为界定的论述常出现不同说法，令学者和民众困惑，甚至产生争议。

当然，不可否认波斯语古典诗歌是人类的共同财富，并没有边界之分。本文旨在规避长期以来困扰学界的波斯语诗人和作品的族别问题，以中亚五国的地理区域为界，以波斯语为中心，按时间顺序梳理曾涉足中亚地区，或在该地有重要影响力的波斯语古典诗人及诗作。通过对诗人生平、作品内容和流传的整理，重新审视该时期这片"波斯语世界"与波斯语古典诗人的交集，并追寻诗人们在今日中亚的历史遗存和社会影响。该研究是古代"丝绸之路"文明至当代"一带一路"视野下的中亚文明研究的延续，亦为我国的国别与区域研究提供了新的视角和研究范式。

一、生于或活跃于中亚的波斯语诗人

1. 鲁达基

鲁达基（Rūdakī③，约860—941年）是新波斯语诞生以来第一位重

---

① 详见［塔］M. S. 阿西莫夫，［英］C. E. 博斯沃思主编，《中亚文明史（第四卷下）》，刘迎胜译，中译出版社2016年版，第389—439页。

② 如中国学者张鸿年（1931—2015年）编纂的波斯古典文学史书主要参考伊朗学者扎林库伯（'Abd al-Husayn Zarrīnkūb，1923—1999年）等成果。

③ 本文中对地名和人名的拉丁转写除通用转写外均以波斯语读音为基础，并基于IJMES转写系统。

要诗人,被誉为"波斯诗歌之父"。鲁达基生于鲁达克①,即今塔吉克斯坦西部的彭吉肯特(Panjakent)地区,逝世后亦葬于此地。据记载,鲁达基早在10世纪初即进入伊斯梅尔·索莫尼(Ismaʿīl Sāmānī,892—907年在位)宫廷,后服务于其子艾哈迈德·索莫尼(Ahmad Sāmānī,907—914年在位)和纳赛尔二世(Nasr II,914—943年在位)的宫廷。鲁达基后半生在宫廷失势,晚年于落魄与凄凉中度过。

鲁达基生活的年代正是萨曼王朝中兴之时,萨曼王朝早先定都撒马尔罕(819—892年),后迁都至布哈拉(892—999年),两座文化重镇均位于今天的乌兹别克斯坦境内。在鲁达基全名中,除强调"鲁达克人"外,也缀有"撒马尔罕人"(Samarqandī)一词。因鲁达克位于撒马尔罕东南方约三百公里处,可视作撒马尔罕大文化区域。因此,鲁达基名字里有"撒马尔罕的鲁达克人"之意,体现了鲁达基对撒马尔罕人的认同。在鲁达基为萨曼王朝宫廷诗人期间,萨曼王朝的首都已迁至布哈拉。可见,萨曼王朝时期的两座重要文化名城在鲁达基的出生和事业发展中均占有重要地位,这一重要性同样体现在了鲁达基的诗歌作品中。

据传说,纳赛尔国王有一次在赫拉特(Hirāt,今阿富汗西部)露营,因当地美景而流连忘返,一待便是三年有余。大臣们很是想念布哈拉,于是重金许诺鲁达基,只要其能劝服国王返回布哈拉。鲁达基当晚拿起乐器,唱出了他的那首名诗。纳赛尔国王在诗歌念唱到一半时,竟直接跳上马,没有穿靴子便骑回了布哈拉。这个故事被最早记录于内扎米·阿鲁兹伊(Nizāmī Arūzī,活跃于1110—1161年)的《文苑精英》(*Chahār Maqāla*)中,诗歌片段如下:

> 呵,我仿佛闻到穆里扬河的芬芳,
> 那里有亲爱的人儿把我深情呼唤。
> 走在阿姆河粗糙不平的沙石路上,
> 我会感到脚踩丝绸锦缎一般柔软。
> 质浑河重睹故人身影将欢欣鼓舞,

---

① 古代波斯语人名中,常将出生地或成名地作为名字的一部分。在此案例中,"鲁达基"即鲁达克人。

让清流浅浅为我们的骏马把路开。
欢笑吧,布哈拉!愿你笑容永驻,
我们的君王快乐地向你飞奔而来。
君王是月,布哈拉是那天空无垠,
明月普照万物却永远离不开天空;
君王是松柏,布哈拉是青青园林,
松柏生长在园中才永远枝叶葱茏。
我的诗歌呵将世世代代为人传唱,
何妨把金银与珠宝全都抛置一旁。①

在这首诗中,诗人反复提及布哈拉,将这座城市比作"无垠天空"和"青青园林",充满青春的欢笑。而穆里扬河(Jūy-i mūliyān)则是布哈拉西南的一条河渠,其周边地区风景秀丽,花木繁茂,建有萨曼君主的行宫和园林。"质浑河"即阿姆河,与锡尔河构成了中亚灿烂文明的中心——河中地区。

鲁达基作为新波斯语诗歌的开创者之一,其诗句文辞简朴优美,在波斯语世界广为流传。又因其出生和活动区域,备受今天中亚各国的推崇。除伊朗外,今天仍使用波斯语的塔吉克斯坦和阿富汗也将其视为各自民族文明的重要组成部分,又因鲁达基的宫廷诗人生涯集中于布哈拉,所以也为乌兹别克人所推崇。在布哈拉,有以鲁达基命名的旅店,在撒马尔罕老城区有一条街道也以鲁达基命名。

1991年塔吉克斯坦获得独立后,首都杜尚别的列宁大街改名为鲁达基街,当地亦设立了鲁达基公园,并立有一尊鲁达基雕像。在鲁达基的家乡彭吉肯特还建有鲁达基博物馆和陵墓。在塔吉克斯坦北部古城伊斯塔拉夫尚(Istaravshan)也有一尊鲁达基雕像。在塔吉克斯坦的5索莫尼硬币正面(2001年发行)、5索莫尼纸币背面(2013年发行)以及500索莫尼纸币正面(2012年发行)印有鲁达基肖像或其陵墓的图案。甚至

---

① Nizāmī Arūzī Samarqandī, *Chahār Maqāla*, ed. Muḥammad Qazvīnī Adām Allāh Zula, Tehran: Chāpkhāna-yi khāvar-i Tihrān, pp. 27-30. 译文引自王一丹:《阿姆河畔的随想》,载《文汇报》2018年10月13日第8版"文汇笔会"。

在遥远的水星上，有一个陨石坑以鲁达基命名。①

2. 纳赛尔·霍斯鲁

纳赛尔·霍斯鲁（Nāsir Khusraw，1004—约1088年）是一名诗人、哲学家及伊斯玛仪派②学者。他生于卡巴迪扬（Qubādiyān，今塔吉克斯坦西南角），葬于亚玛冈（Yamgān，今阿富汗东部）。纳赛尔·霍斯鲁生于官宦世家，1037年前后曾服务于塞尔柱王朝宫廷，在梅尔夫（Merv，古称木鹿、末禄等，今土库曼斯坦境内）任职。但霍斯鲁不满现状，有更高精神追求，于四十二岁时前往麦加朝圣。他历经七年，一路走遍伊斯兰世界寻求真理，并最终在埃及加入伊斯玛仪派。待回到家乡时霍斯鲁年已五十岁，他对伊斯玛仪派的传教激怒了当地的逊尼派信徒，被迫逃往巴达赫尚（Badakhshān）地区③的亚玛冈。他在山中生活多年，并在当地宣教，该地后成为伊斯玛仪派聚居区。

纳赛尔·霍斯鲁一生写了很多诗歌，流传至今的有两万余联，主要为颂体诗和短诗。④他还将朝觐七年的见闻写为《旅行记》（*Safarnāma*）。该行记观察细致、记录翔实、文笔流畅，可读性很强，在波斯语文学界产生了长久影响。

纳赛尔·霍斯鲁在中亚的历史遗产分为两部分。一部分是他家乡卡巴迪扬以诗人的出生地而闻名，另一部分位于塔吉克斯坦帕米尔高原区域的伊斯玛仪派聚居区，据说当地帕米尔人尤其推崇纳赛尔·霍斯鲁。⑤

3. 海亚姆

欧玛尔·海亚姆（Umar Khayyām，1048—1131年）生于并安葬于内沙普尔（Nishāpūr，今伊朗东北部）。海亚姆及其作品《四行诗》（*Rubā'iyāt*）享誉世界，实际上，其在世时便以博学著称，在代数学、

---

① https://en.wikipedia.org/wiki/R%C5%ABdaki_(crater).
② 又称七伊玛目派，是伊斯兰教什叶派主要派别之一。
③ 巴达赫尚省是今阿富汗东北部的一个省，但在历史上这一地区还包括今塔吉克斯坦和中国的一部分。
④ 张鸿年：《波斯文学史》，昆仑出版社2003年版，第120页。
⑤ 澳大利亚孤独星球（LonelyPlanet）公司编：《中亚》（中文第二版），范梦翔等译，中国地图出版社2015年版，第378页。

天文学、哲学和医学等领域均颇有造诣。

海亚姆一生大部分时间生活在今天的中亚境内。大约在1068年海亚姆从内沙普尔前往布哈拉。约1070年，他又迁往撒马尔罕，并在那里开始撰写其著名的代数论文。1073年前后，塞尔柱王朝第三任苏丹马立克沙一世（Malik-Shah Ⅰ，1072—1092年在位）入侵了喀喇汗王朝（Karakhanids，840—1212年）的领地，缔结了和平。海亚姆受宰相尼扎姆·莫尔克①（Nizām al-Mulk，1018—1092年）之邀，在梅尔夫会见了马立克沙后开始为其服务。海亚姆随后于约1076—1079年间受命在伊斯法罕（Isfahan，今伊朗中部城市）建立一个天文台，并带领一群科学家进行天文观测，旨在修订波斯历法。在马立克沙和尼扎姆·莫尔克于1092年逝世后，海亚姆在宫廷中失宠，于是他前往麦加朝觐。朝觐归来后，海亚姆再次被新苏丹桑贾尔（Ahmad Sanjar，1118—1157年在位）邀请至梅尔夫，可能担任宫廷占星师。但此后海亚姆因健康状况获准返回内沙普尔，并隐居于此直至逝世。

海亚姆在世时，其四行诗便已流传于波斯语世界，甚至在今中国福州市郊发现的一个立于1306年的波斯人墓碑上就刻有一首海亚姆的四行诗。②但海亚姆的诗歌及诗人身份的认同直至爱德华·菲茨杰拉德（Edward FitzGerald，1809—1883年）于19世纪中后期将其译介至英文开始，才在世界文学界大放光彩。反之，海亚姆在世界文坛受到的瞩目和影响改变了波斯语文学对其定位和评价。③当今，波斯语世界的各个国家已将海亚姆置于其民族文学发展史中的重要诗人之列，而非数学家或天文学家。

海亚姆曾长期活跃于中亚的梅尔夫地区，但其当今的影响力主要在受波斯语言文学影响更大的塔吉克斯坦。在杜尚别的作家联盟大楼中，

---

① 原名哈桑·本·阿里·本·伊斯哈格·图西，以"尼扎姆·穆勒克"（即王国的纪纲）闻名于政界，著有《治国策》（*Siyāsatnāmeh*），并在各地建立以其名字命名的"尼扎米耶"宗教学院。

② 张鸿年：《波斯文学史》，第146页。

③ 详见沈一鸣：《后殖民主义翻译理论在世界文学中的运用——以欧玛尔·海亚姆的〈鲁拜集〉翻译为例》，载《东方文学研究：文本解读与跨文化比较》（《东方文学研究集刊》第六辑），王邦维主编，北岳文艺出版社2011版，第315—329页。

海亚姆的石刻雕像与菲尔多西并列，亦可体现海亚姆在当地的历史遗存为其对波斯语文学的贡献。

4. 莫拉维

莫拉维，又称鲁米（Mawlānā，Mawlavī，又称Jalāl al-Dīn Muḥammad Rūmī，1207—1273年），是13世纪一位多产且作品体裁丰富的苏非学者，也是毛拉维苏非教团的创始人。莫拉维的出生地存在国境线上的争议。一方面莫拉维的名中保留了巴尔希（Balkhī），即巴尔赫（Balkh，今阿富汗境内）人[①]，但目前学界普遍认为莫拉维生于今塔吉克斯坦西南部的瓦赫什小镇（Vakhsh）。[②]

当蒙古人入侵中亚时，为躲避蒙古游牧部落，莫拉维父亲带着家人和追随者一路向西，后定居于安纳托利亚半岛的罗姆苏丹国（Saljūqiyān-i Rūm，1077—1308年，位于今土耳其的科尼亚地区）。莫拉维名字中鲁米（Rūmī）的含义即为鲁姆人（又译罗马人）。莫拉维父亲即为苏非大师，他师承父业，受到专业的伊斯兰神学及阿拉伯和波斯文学的训练，但其作品大部分以波斯语完成。莫拉维诗歌代表作有六卷本叙事诗《玛斯纳维》（*Masnavī*）、抒情诗集《沙姆斯诗集》（*Dīvān-i Shams*）和《四行诗集》（*Rubā'iyāt*）等。莫拉维诗歌通过优美的语言和充满哲理的故事抒发信徒对真主的爱，以及对苏非主义玄理的理解和感悟，被认为是波斯语苏非诗歌的最高峰。相较于苏非诗歌的美誉，莫拉维的散文作品毫不逊色，展现了作者对苏非主义理性层面的思考，代表作包括言论集语录《隐言录》（*Fīh-i Mā Fīh*），传记类作品《布道集》（*Majālis*）和书信集等。这些作品不仅是波斯语言文学的明珠，而且对流行于中亚的苏非神秘主义思想的发展意义深远。

在塔吉克斯坦西北部城市阿伊尼（Ayni）向东约四十七公里，有一个村庄名叫威沙布村（Veshab）。村里有一座"看起来是刚立的"墓碑，

---

① 如张鸿年：《波斯文学史》，第160页；Edward G. Browne, *A Literary History of Persia*, vol. 2, Cambridge: Cambridge University Press, 1956, p. 515。

② Franklin D. Lewis, *Rumi: Past and Present, East and West: The Life, Teachings and Poetry of Jalâl al-Din Rumi*, London: Oneworld, 2000, pp. 47–49.

据说墓中安息的是莫拉维的挚友沙姆斯·大不里士（Shams-i Tabrīzī，1185—1248年）①。沙姆斯·大不里士是一名云游的波斯苏非、苦行者和诗人，他与莫拉维于1244年11月相遇，自此将莫拉维从一位多才多艺的教师和法学家彻底改变为一名苦行者。1248年，沙姆斯神秘失踪。莫拉维的抒情诗集《沙姆斯诗集》正是借此表达了自己对沙姆斯的爱与思念。尽管在伊朗西北部城市霍伊（Khūy）已建有一座沙姆斯·大不里士的陵墓，并被提名联合国教科文组织世界遗产名录，但在塔吉克斯坦的偏远小村庄竖立的这座墓碑体现了莫拉维及其故事和作品在中亚民间的流传和普及。

5. 贾米

贾米全名为努尔·丁·阿卜杜·拉赫曼·贾米（Nūr al-Dīn 'Abdul al-Raḥmān Jāmī，1414—1492年），是一名波斯诗人和苏非学者，被誉为波斯古典文学的"封印诗人"。依波斯语取名习惯，贾米（Jāmī）之名取自其出生地——马什哈德（Mashhad，今伊朗东北部）和赫拉特两城间的一个名为哈尔贾拉德·贾姆（Kharjard Jām）的村庄。贾米生于一个学者家庭，四岁时随家人移居赫拉特。二十多岁时，贾米前往当时帖木儿王朝在河中地区的首都和文化中心撒马尔罕继续求学。在那里，年轻贾米的非凡智力给老师们留下了深刻印象，学术声誉日渐巩固。1444年，贾米返回赫拉特，并在当地度过了人生大部分时光。15世纪50年代，在与一些苏非导师频繁互动后，贾米放弃了宗教学校教职，在纳格什班迪耶教团谢赫萨阿德·丁·喀什噶里（Sa'd al-Dīn Kāshgharī，卒于1456年）的引领下走上神秘主义之路。

贾米的主要足迹在史料记载中并未涉及今天的中亚五国，但其作品颇丰，且文笔朴实简练，流传极广。贾米加入的纳格什班迪耶教团流行于中亚，并参与当地政权，其大量苏非哲学作品也因此广泛流传，对中亚、南亚次大陆、阿拉伯世界，甚至中国皆产生深远影响。②特

---

① 澳大利亚孤独星球公司编：《中亚》（中文第二版），范梦翔等译，第342页。

② 详见 D'Hubert, Thibaut, and Alexandre Papas, eds. *Jāmī in Regional Contexts: The Reception of 'Abd al-Raḥmān Jāmī's Works in the Islamicate World, ca. 9th/15th–14th/20th Century*. Leiden: Brill, 2018.

别是贾米与察合台文学奠基人纳沃伊（Navāyī，1441—1501年）间亦师亦友的关系，直接影响了后者的思想和文学，促进了察合台文学的发展。

二、未踏足中亚但对今日中亚有影响力的波斯语诗人

1. 菲尔多西

菲尔多西（Firdawsī，约935/940—1019/1026年）擅长史诗，他用新波斯语完成的《列王纪》（*Shahnāma*）是波斯诗歌里程碑式的巨著。菲尔多西生于呼罗珊地区（今伊朗东北部）的图斯，早期生活情况不详。公元977年初，菲尔多西受萨曼王朝的赞助开始撰写一部波斯语长篇史诗。尽管公元999年伽色尼王朝推翻了萨曼王朝，费尔多西仍继续创作该诗，并增加了赞美伽色尼王朝马哈茂德苏丹（Maḥmūd，997—1030年在位）的部分。马哈茂德对菲尔多西创作史诗的态度和奖赏承诺存在反复和争议，一定程度上影响了菲尔多西的创作，但他还是在1010年坚持完成了这部史诗。关于他生命的最后十年，几乎没有任何确定的信息。

尽管从地理上看，菲尔多西并没有在今天的中亚地区留下足迹，但这并不影响《列王纪》成为中亚波斯语世界流传最广和最具影响力的民族史诗。在《列王纪》中，阿姆河是伊朗和图兰的界河。一般认为，图兰即指生活在阿姆河以北以东的游牧部族。在很长的历史时期里，阿姆河都是伊朗人抵御来自北方游牧民族的天然屏障。[1]因此，菲尔多西在《列王纪》中虽然记述的是波斯神话和伊朗历代王朝的文治武功，但伊朗与图兰之间扣人心弦的战争前线正是发生在今天的中亚河中地区。

在《列王纪》中所展现的英雄故事也反映在河中地区的历史遗迹中。在彭吉肯特的壁画上描绘了与勇士鲁斯塔姆（Rustam）[2]相关的群英

---

[1] 张鸿年：《列王纪研究》，北京大学出版社2009年版，第44页注2。

[2] 鲁斯塔姆是《列王纪》勇士部分的中心人物，总是出现在激烈斗争的最前线，最突出的特点为忠诚和勇敢，是波斯语世界人民心中的高大英雄形象。

和群魔斗争的英雄业绩。在当地另一座寺庙的壁画场景则是专门哀悼神话英雄夏沃什①（Siyāvash）。②可以说，《列王纪》中许多英雄故事的内容与在中亚河中地区流传的民间文学相呼应。

《列王纪》不仅开创了波斯文学"诗记史"的史书传统，同时对古代伊朗文化在伊斯兰时代的复兴和波斯语言文学的繁荣起到了至关重要的作用。尽管当时有大量阿拉伯语词汇进入波斯语，但菲尔多西是第一位用纯净的新波斯语书写长篇诗歌的诗人，且其中的阿拉伯语词不超过百分之五。③

菲尔多西曾写道："我三十年辛勤不辍，我使伊朗因波斯语重生。"菲尔多西凭借《列王纪》极大促进了波斯语言和文化传统的重建，以及波斯民族认同的构建。尽管历经千年，《列王纪》纯净的波斯语词句和扣人心弦的故事仍旧深深镌刻在波斯语世界的人民心中。在乌兹别克斯坦的布哈拉，游客会遇到名为"鲁斯塔姆和扎赫拉"（Rustam&Zuxro）的民宿④以及夏沃什酒店（Siyavush Hotel）；塔吉克斯坦东部的瓦罕（Wakhan）山谷中，在游客罕至的达什特村（Dasht）中住着一位据说誉满全国的传统乐器匠人鲁斯塔姆·马赛因（Rustom Masain）；⑤同样位于塔吉克斯坦的一个与世隔绝的名叫穆尔加布（Murgab）小镇，那是探索帕米尔高原东部地区的大本营，有一家名叫苏赫拉布（Suhrob）⑥的家庭寄宿店。⑦当然，在塔吉克斯坦首都杜尚别的作家联盟大楼中，亦立有菲尔多西的石刻雕像。

---

① 夏沃什是国王卡乌斯之子，由鲁斯塔姆抚养成人，因违抗父王旨意，不再与图兰开战，最终失去生命的故事。夏沃什悲剧被认为是《列王纪》四大悲剧之一。因传说中布哈拉是他的治地，因此当地百姓每年都为悼念夏沃什举行仪式。参见张鸿年：《列王纪研究》，第90页。)

② ［塔］M. S. 阿西莫夫，［英］C. E. 博斯沃思主编：《中亚文明史（第四卷上）》，华涛译，中译出版社2016年版，第77页。

③ 张鸿年：《波斯文学史》，第64页。

④ 澳大利亚孤独星球公司编：《中亚》（中文第二版），范梦翔等译，第196页。

⑤ 澳大利亚孤独星球公司编：《中亚》（中文第二版），范梦翔等译，第363页。

⑥ 苏赫拉布是鲁斯塔姆之子，因未曾见面，在两军战场上被其父杀死，为《列王纪》四大悲剧之一。

⑦ 澳大利亚孤独星球公司编：《中亚》（中文第二版），范梦翔等译，第369页。

2. 内扎米

内扎米·甘哲维（Niẓāmī Ganjavī，约1141—1209年）是一位波斯语浪漫主义诗人，擅长叙事诗和抒情诗。内扎米出生于占贾（Ganja，今阿塞拜疆西部城市），一生大部分时间都在占贾度过。[①]这一地区当时被塞尔柱王朝控制，其地方王廷受波斯文化影响。

虽偏居波斯语世界一隅，但内扎米的作品在波斯语世界内外，甚至整个伊斯兰世界都产生了极为广阔和深远的影响。内扎米的代表作《五部诗》（Khamsa，又称Panj Ganj）开创了"海米塞"文体。"海米塞"一词源自阿拉伯语中的数字"5"，该文体即指五首叙事长诗的合集。海米赛文体不仅对波斯语文学，还对阿拉伯语、察合台语、乌尔都语诗歌等产生影响，其题材、情节、格律和创新性等被一再模仿或呼应，较为著名的作品包括印度波斯语诗人阿米尔·霍斯鲁（Amīr Khusraw，1253—1352年）、贾米和纳沃伊等同类型作品。[②]

对于中亚地区而言，尽管诗人可能未曾亲身到访此地，但其作品在中亚的认知度和流传度颇高，并影响了当地的伊斯兰文学和文化。今天，在乌兹别克斯坦的塔什干立有内扎米纪念碑。

3. 萨迪

萨迪（Sa'dī Shīrāzī，1209—1291年）是波斯语世界又一位著名诗人，他以文辞优美的语言和博爱的思想著称，被誉为伟大的"人道主义者"。[③]萨迪生于设拉子（今伊朗南部城市）。由于蒙古人入侵，他于1225—1257年游历各处，后回到故乡设拉子专心写作。萨迪的足迹遍布亚非广大地区，西至埃及，南抵印度，据传东至中国的喀什噶尔。[④]在萨迪中年回到设拉子后，丰富的经历沉淀于笔下，于是创作了大量优秀的波斯语文学作品，代表作包括叙事诗《果园》、诗散混合体作品《蔷薇园》、抒情诗集等。

同莫拉维和内扎米一样，虽然萨迪的足迹并没有留存于中亚的记

---

① 涅扎米：《涅扎米诗选》，张晖译，新疆人民出版社1987年版，第1—3页。
② 张鸿年：《波斯文学史》，第206页。
③ 张鸿年：《波斯文学史》，第217页。
④ 张鸿年：《波斯文学史》，第216页。

载中，但其作品在波斯语世界广为流传，甚至溢出，远达中国的中原地区。①直至今日，萨迪在中亚地区仍保持着影响力，并深入民间。北京大学波斯语言文化专业的王一丹教授在访问中亚期间，曾多次邂逅萨迪的诗句，例如，在塔吉克斯坦杜尚别的国家博物馆收藏的墓碑碑铭上，在乌兹别克斯坦塔什干书店的《乌兹别克斯坦书写交流史展览图录》中。②

最令人印象深刻的案例发生在王一丹教授于乌兹别克斯坦前往撒马尔罕东南的一座粟特古城遗址考察时。据说，当地向导是位年轻的考古学者，名字叫尼亚孜（Niyoz），自称乌兹别克族人。他虽不讲塔吉克语，但会背诵一些塔吉克语诗歌，说着就吟诵了一首，即萨迪的诗句："Ay kāravān āhista raw（赶骆驼的人啊，你慢些走）……"③可见，萨迪的诗歌经过千年洗礼，已深深镌刻在中亚人民的文化基因中。

4. 哈菲兹

哈菲兹（Hāfiz Shīrāzī，约1325—1390年）是波斯抒情诗人，同萨迪一样生于设拉子，并葬于此地。哈菲兹生于乱世，生活细节鲜为人知，其代表作《哈菲兹诗集》收录了他的抒情诗。这些诗歌具有苏非神爱色彩，感情充沛并充满想象力，在修辞手法上运用了大量的比喻、隐喻、双关语和同义词等手法，使得其作品展现出多重含义，被誉为"中世纪波斯诗歌高度发展的标志"。④尽管哈菲兹的主要生活地远离中亚，但其在作品中亦吟诵过撒马尔罕和布哈拉，如这首诗写道："来吧，让我们把一颗心，献给那撒马尔罕美女；风儿从那里吹来了莫里扬河⑤芳馨的气息。"⑥

---

① 详见张鸿年：《译者序》，载［波斯］萨迪：《蔷薇园》，张鸿年译，商务印书馆2019年版，第20—22页。

② 王一丹：《在中亚，与诗人萨迪不期而遇》，载《读书》2022年第2期（总第515期）。

③ 王一丹：《在中亚，与诗人萨迪不期而遇》。

④ 张鸿年：《波斯文学史》，第252页。

⑤ 即穆里扬河。

⑥ ［波斯］哈菲兹著：《哈菲兹抒情诗全集（下）》，邢秉顺译，商务印书馆2017年版，第1051页。

哈菲兹的诗歌自其在世时即在包括中亚的波斯语世界广为流传。哈菲兹自己在诗中写道："从黑眼睛的克什米尔人，到撒马尔罕的突厥族，人们传诵哈菲兹的诗，伴着它尽情载歌载舞。"①据塔吉克斯坦作家和学者沙·米尔扎·郝吉·穆罕默德（Shah Mirza Khajeh Mohammad）介绍，时至今日，塔吉克人仍将哈菲兹诗集放在儿童床边，以保护他们。许多塔吉克人从小学起就认识了哈菲兹，并永远记住了这些诗篇。当代塔吉克歌手们也吟唱了许多哈菲兹的抒情诗。他补充说，哈菲兹诗集几乎被奉为圣书，几乎每家每户都有一本。②这一现象与今日伊朗文化类似，即哈菲兹诗集几乎收藏于每个伊朗家庭，并用于占卜。

三、"一带一路"视野下的波斯诗人历史遗产

公元9—16世纪，波斯语古典诗人辈出，若根据同时期或略晚期的诗人传记记载，与中亚相关的诗人可达数百人之多。③只不过随着时间流逝，多数诗人的作品仅停留在历史记载中，并未对今日中亚产生影响。但与此同时，一些波斯语古典诗人的出生地和活动范围并不在今天的中亚境内，但其作品在中亚的波斯语世界影响广泛，同样被认为是今天中亚文明的一部分。

上文共详述了九位波斯语古典诗人，他们都在公元9—15世纪的波斯语世界享有较高的知名度，且在当今的中亚地区仍保持影响力。除此之外，在今日中亚还能寻找到其他一些在波斯语古典文学史上有较高造诣，但并不为大众所知的诗人的历史遗存和现代重塑。

在塔吉克斯坦苦盏（Khujand）的一个公园中，建有卡玛勒·忽毡迪博物馆。卡玛勒·忽毡迪（Kamāl Khujandī，1320—1400年）生于苦盏，与哈菲兹同时代，以善写抒情诗闻名。卡玛勒·忽毡迪在去麦加朝觐后，返程时游历于伊朗，最终定居大不里士（今伊朗西北部），去世

---

① ［波斯］哈菲兹：《哈菲兹抒情诗全集（下）》，邢秉顺译，第990页。
② https://www.ibna.ir/en/report/72998/hafez-prominent-poet-of-central-asia.
③ 如哈珠·乌萨马·安拉（逝世于1436年），贝萨提·撒马尔干迪（活跃于14、15世纪），法罗西（约980—1037/8）等。详见［波斯］贾米：《春园》，沈一鸣译，商务印书馆2019年版，第122—158页。)

后安葬于大不里士城东的诗人公墓。1996年，在诗人的故乡苦盏亦立碑纪念，并建有纪念卡玛勒·忽毡迪的剧院。此外，在首都杜尚别还建有纪念卡玛勒·忽毡迪的博物馆。2015年3月21日，苦盏市为纪念卡玛勒·忽毡迪而翻新了陵墓和诗人故居博物馆。①据王一丹教授介绍，在那里伫立的诗人雕像面朝锡尔河，手持书卷，仿佛正在凝神吟诗。②

在塔吉克斯坦的第三大城市库洛布（Kulob）建有赛义德·哈马丹尼（Sayyid Alī Hamadānī，约1312—1384年）的陵墓。赛义德·哈马丹尼是一位诗人和苏非神秘主义者，曾在中亚和克什米尔传教，据说是他将伊斯兰教传到了克什米尔地区。他于克什米尔逝世，后葬于库洛布。塔吉克斯坦还发行过哈马丹尼的纪念币，并在新版的10索莫尼的纸币上印有哈马丹尼的头像。③

在乌兹别克斯坦，被视为其民族文化名片的纳沃伊其实也有波斯语古典诗歌传世。纳沃伊生于阿富汗赫拉特。尽管在15世纪60年代曾于撒马尔罕居住过一段时间，但其在赫拉特度过了一生的大部分时间。纳沃伊在三十年间创作了三十余部作品，是一位多产的作家。他开创了察合台语文学传统，代表作《精义宝库》（*Diwans*）四卷诗集和五万两千行的《五卷诗》（*Khamsa*）直接促进了察合台语的形成。

除察合台语作品外，纳沃伊还以笔名"法尼"（Fānī）用波斯语写作，创作的波斯语诗歌约六千行。他的作品糅合了亚欧大陆多地的文化元素，不仅延续了波斯文学代表人物菲尔多西、内扎米等人开启的波斯语诗歌传统，还吸收了东西方文化元素。纳沃伊及其文学作品的影响力遍及中亚，甚至远达南亚和奥斯曼帝国地区。在乌兹别克斯坦设有纳沃伊州和首府纳沃伊市，首都塔什干建有纳沃伊文学博物馆、纳沃伊国家图书馆、纳沃伊公园、纳沃伊纪念碑、纳沃伊歌剧和芭蕾舞剧院，在撒马尔罕也建有纳沃伊公园。

正如前文所述，波斯语诗歌深入波斯语文学和文化的方方面面，因此许多以学术和宗教知名的哲学家和大学者皆有波斯语诗歌流传。若

---

① https://mvd.tj/index.php/en/great-names-of-history/27306-kamoli-khu-and-3.
② 王一丹：《在中亚，与诗人萨迪不期而遇》。
③ 王郦久主编：《塔吉克斯坦名人传》，当代世界出版社2022年版，第75页。

将这类人也纳入广义上的波斯语古典诗人的讨论范畴，则会更惊讶于波斯语古典诗人对今日中亚各国的影响。例如：伊本·西拿（Ibn Sīnā，980—1037年）是百科全书式学者，在医学、数学、伊斯兰神学、天文学和其他学科上均有建树。当然，他同时也是一位诗人。在塔吉克斯坦的杜尚别，设立有阿维森纳州立医科大学，他的雕像伫立于阿维森纳广场。此外，塔吉克斯坦第二高峰（7134米）也以其名字命名。

中亚的苏非教团长老和苏非哲人创作了大量的波斯语苏非散文作品，其中也多见诗作或独立诗歌作品，如库布拉维教团创始人纳吉姆丁·库布拉（Najm ad-Dīn Kubrā，1145—1221年）[1]有二十四首波斯诗歌传世，他的陵墓建于其生于成长于的家乡土库曼斯坦的乌尔根奇（Urgench）。而政治人物中，如莫卧儿帝国的创始人巴布尔（Babur，1483—1530年）也有少量波斯诗作。尽管巴布尔的大部分作品用察合台语写作，但这些作品受波斯语古典诗歌的直接影响，包括借鉴波斯语词汇和诗句，以及波斯诗歌的抒情诗和四行诗体裁等。[2]巴布尔在乌兹别克斯坦被视为民族英雄。2008年以其名字命名的邮票在该国发行，以纪念其诞辰五百二十五周年。乌兹别克斯坦的安集延（Andiyon）是巴布尔的故乡，安集延火车站对面的广场上竖立着巴布尔的骑马雕像，是这座城市的象征。当地另建有巴布尔纪念馆、巴布尔公园，以及象征性的巴布尔陵墓。[3]

从上述波斯语古典诗人在中亚的生平活动及历史遗存看，主要集中在塔吉克斯坦和乌兹别克斯坦，土库曼斯坦略少，而其他两国鲜见。这一分布与波斯语世界在中亚的范围，以及中亚绿洲文明区域相呼应。当然，每一位波斯语古典诗人的特点不一，在今日中亚的历史遗迹的重点也有所不同——鲁达基是民族精神文明源头的象征，菲尔多西的英雄人

---

[1] 库布拉维教团创始人，苏非导师和诗人。

[2] Stephen Frederic Dale, *The Garden of the Eight Paradises: Bābur and the Culture of Empire in Central Asia, Afghanistan and India (1483 -1530)*, Leiden: Brill, 2004, pp. 150, 255-263.

[3] 巴布尔的陵墓在喀布尔。另见 Stephen Frederic Dale, *The Garden of the Eight Paradises: Bābur and the Culture of Empire in Central Asia, Afghanistan and India (1483 -1530)*, Leiden: Brill, 2004, p. 470。

物及故事流传于民间，萨迪脍炙人口的诗句深入人心，内扎米除故事外还有文体在波斯语和其他语言文学中留存，哈菲兹的抒情诗体现于波斯特色的文化生活中，以及纳赛尔·霍斯鲁、莫拉维和贾米等对中亚本土特色的苏非神秘主义教团和思潮的影响等。

余　绪

此前对公元9—15世纪波斯语古典诗歌的研究，通常以其所属时代的王朝或其服务的宫廷为界，如萨曼王朝孕育的鲁达基、菲尔多西等诗人；继承波斯文化传统的伽色尼王朝、塞尔柱王朝时期出现的纳赛尔·霍斯鲁、海亚姆、内扎米·甘哲维和莫拉维等，蒙古伊儿汗国时期（Ilkhanate，1256—1335年）行走于中亚的萨迪，及帖木儿王朝时期的哈菲兹和贾米等。大部分受宫廷赞助的诗人，他们不仅作诗，同时在当时的宫廷政治、文化和宗教团体中发挥影响力。反之，宫廷对诗人的赞助也有助于后者文学威望的提升和作品声望的流传。

该时期的中亚王朝更替，其统治疆域及诗人的活动范围时有变化，但今日具有历史遗存的地点集中在当时各王朝的政治、经济和文化中心，即布哈拉、撒马尔罕、乌尔根奇、梅尔夫、彭吉肯特和苦盏等。这些历史文化名城多地处河中地区，位于当时波斯语世界的中心。然而，历史上同一个王朝疆域下的各城镇很可能已分布于今天不同的国家中，对这些波斯语诗人的界定也因此受到各民族国家边界的限制。

当该时期的诗人们自由地游走于各地宫廷时，恐怕没有想到今天具有明确疆界的中亚各国根据自身特点有选择的对这些诗人的身份、民族及成果进行了认同和强化，造成了中亚各国对历史上的王朝、民族和文化的溯源与今日边界的错位。当塔吉克斯坦将萨曼王朝认定为塔吉克人建立的自己的民族政权，[①]且将新波斯语诗歌的奠基者鲁达基视作"人民公认的塔吉克斯坦古典诗鼻祖"[②]时，萨曼王朝的两个故都布哈拉和撒马尔罕却均位于乌兹别克斯坦境内。而在视察合台语文学家纳沃伊为该

---

① 刘启芸编著：《塔吉克斯坦》，社会科学文献出版社2018年版，第37页。
② 刘启芸编著：《塔吉克斯坦》，第207页。

国语言文学奠基者的乌兹别克斯坦，许多乌兹别克族人却拥有菲尔多西《列王纪》中英雄的名字，或能流利地背诵萨迪的诗句。以撒马尔罕老城区雷吉斯坦（Registan）的独立广场为中心，被鲁达基路、纳沃伊路、阿卜杜·拉赫曼·贾米路、菲尔多西路等环绕。

诚然，波斯语古典诗歌是多元文明交融孕育的丰硕成果，是人类文明的共同财富。作为古代丝绸之路的必经之地，以及一带一路的发轫之地，中亚地区在历史上曾经共同拥有灿烂的文明，亦构建出今天"多元互动的大家庭"。以现代中亚五国地域为界重新审视波斯语古典诗人的梳理，为今天的区域研究带来了一个新视角，有助于今天在对中亚的国别与区域研究中，更加清楚和客观地认识和对待中亚各国的民族身份建设和认同问题。

作为公元9—15世纪波斯语世界的中心，波斯语在中亚地区不仅作为文学语言，同样在政治和宗教领域发挥了极大的影响力。在"一带一路"视野下对中亚地区的波斯语古典文学研究对该地区的历史发展、民族形成，及伊斯兰本土化进程也有借鉴作用。习近平同志在2022年1月25日"中国同中亚五国建交30周年视频峰会上的讲话"的主题"携手共命运，一起向未来"，亦可视为中亚在文化领域所面对的历史情况和现实出路。

作者系北京大学东方文学研究中心、北京大学外国语学院讲师

民国以来世界各民族史诗汉译与出版现状分析[*]

范宗朔

内容提要 史诗作为一种古老的文学样式，是民族文化和民族精神的重要组成部分。自民国以来，我国学者采取了摘译、转译、编译、全译等多种形式对世界各民族的史诗进行译介与出版，并逐渐形成了多样化、全面化的翻译出版格局。然而，相较于荷马史诗、印度两大史诗等经典史诗作品，对非洲史诗、拉丁美洲史诗等"冷门"史诗作品的翻译与出版没有得到足够的重视，仍是一片有待进一步"开采"的文化宝藏。因此，系统地汉译与出版世界各民族的史诗将是一项十分重要而迫切的工作。

关键词 史诗传统 史诗文本 史诗翻译 史诗出版

作为民族文化和民族精神的重要组成部分，史诗是属于特定时代的一种古老的文学样式，也是广泛涉及神话、传说、宗教、历史、民俗等内容的"百科全书"。风格高尚、结构宏伟的史诗在人类文明演进史上具有划时代的意义。世界上的许多民族都有相当悠久的史诗传统，例如

---

[*] 本文为教育部人文社会科学重点研究基地重大项目"东方文学与文明互鉴：东方史诗的翻译与研究"（22JJD750001）的阶段性成果。

古希腊的荷马史诗、印度两大史诗《摩诃婆罗多》和《罗摩衍那》、英国史诗《贝奥武夫》等。尽管最早的史诗都是通过口口相传的方式讲述一个或多个英雄的冒险故事，其间还可能交织着本民族的起源神话或宗教传说，但在漫长的传承以及传播过程中，作为口头传统的史诗逐渐被"文字化"，即以书面的形式固定下来，进而形成了以长诗为主要形式的史诗文本。换句话说，虽然史诗在本质上是一种活态的口头传统，但文字媒介以及印刷媒介的盛行使得史诗这种特殊的文类在当今更多以书面或文本的形式呈现出来。在这种背景下，对世界各民族史诗文本的翻译与出版无疑具有重要的意义，它是打开人类文明宝库大门的一把钥匙。与其他文类相比，我国对世界各民族史诗的翻译起步较晚，但自民国以来，我国学者开始注意到史诗这一特殊的文类，并通过摘译、转译、编译、全译等多种形式对世界各民族的史诗进行译介，进而为新时期世界史诗的系统翻译与研究奠定了一定的基础。本文主要根据《中国翻译通史》《中国20世纪外国文学翻译史》等资料就民国以来我国对世界各民族史诗的翻译与出版情况进行了回顾与梳理，以便能够历时性地认知与把握世界各民族史诗在我国的发展脉络，进而为当前的史诗研究以及未来的史诗发展提供一定的参照。

一、西方古典史诗汉译与出版现状

（一）荷马史诗（《伊利亚特》《奥德赛》）

在西方国家，荷马史诗是除了《圣经》以外被翻译次数最多的文学作品，目前世界各国均有用本土语言翻译的荷马史诗译本。但与西方国家相比，我国对荷马史诗的翻译起步较晚。从《中国翻译通史》等资料记载中可以看出，我国对荷马史诗的译介基本始于20世纪20年代。荷马史诗包括《伊利亚特》和《奥德赛》两部著作，每部著作的译介并非同步，有细微的差别。就《伊利亚特》而言，最早在1929年由上海中华书局出版了高歌根据英人丘尔契的散文缩写本译述的《依里亚特》，后于1933年再版。1929年，开明书店出版了谢六逸翻译的《伊利亚特的故事》，收入《世界少年文学丛刊》，1930年和1933年再版。1943年，重庆美学出版社出版了徐迟的译本《依利阿德选译》，为"海滨小集"

之三，系徐迟根据七种英译本译出，是《伊利亚特》的选译本。1957年12月，中国青年出版社出版了由水建馥翻译的英国作家丘尔契改写的《伊利亚特的故事》一书，此书于1979年再版，商务印书馆于2013年再版。1958年，人民文学出版社出版了傅东华根据瑞恩的英文版本译出的《伊利亚特》中译本，这也是我国的第一部全译本；1996年由河北人民出版社再版。20世纪末至21世纪初，我国对《伊利亚特》的译介达到了高潮，出现了大量不同的译本。1992年，北京开明出版社出版了由程毓燕翻译的《伊利亚特》。1994年，人民文学出版社出版了由罗念生和王焕生合译的《伊利亚特》，这也是首次从古希腊文原文翻译的中文译本，此译本一经面世就产生了重要影响，在随后的几十年中被重版印刷多次；同年，陈中梅翻译的《伊利亚特》由花城出版社出版。1998年，远方出版社出版了袁飞翻译的《荷马史诗》。2000年，大众文艺出版社出版了由隋倩、陈洁、冯静等翻译的《伊利亚特》；同年，延边人民出版社出版了由于文静翻译的《伊利亚特》。2002年，京华出版社出版了丁丽英的译本《伊利亚特》。2010年，吉林出版集团出版了由曹鸿昭翻译的《伊利亚特》，在此之后《伊利亚特》的译介出现了新的变化，新译本的数量开始变少，更多的是对以往经典译本的重版。

就《奥德赛》而言，虽然其译介工作开展得比《伊利亚特》略早，但就译本的数量来看却略逊于《伊利亚特》。1926年，上海商务印书馆最早出版了谢六逸编著的《俄德西冒险记》。1928年，商务印书馆出版了傅东华转译的《奥德赛》，这也是《奥德赛》的第一个完整中译本，该书在1929年、1934年由商务印书馆再版。1930年，上海中华书局出版了高歌根据丘尔契的英文散文缩写本译述的《奥特赛》。1956年，中国青年出版社出版了由荣开珏翻译的《奥德赛的故事》。1979年，上海译文出版社出版了由杨宪益翻译的《奥德修记》，此版本被多次再版，此后很长一段时间内都没有《奥德赛》的新译本问世，直到20世纪90年代末，荷马史诗才有了新译本的出现。1997年，人民文学出版社出版了由王焕生翻译的《奥德赛》，该译本广受好评、多次获奖，被人民文学出版社多次重版。上述这些译本在20世纪90年代末均由不同出版社再版，如河北人民出版社于1996年再版了傅译本；北京出版社于1999

年再版了陈译本；西安未来出版社于1998年出版了荷马史诗的编译本，除此之外还有呼和浩特远方出版社、延边人民出版社、大众文艺出版社出版的《荷马史诗》。新时期以来，陈中梅为荷马史诗的翻译做出了不可磨灭的贡献。他将古希腊语版本的《伊利亚特》和《奥德赛》两部著作全文译出，并由花城出版社、上海译文出版社、译林出版社、国际文化出版公司等多个出版社出版；近年来荷马史诗虽然又出现了少量新译本，例如2012年北方文艺出版社出版了由赵越、刘晓菲等翻译的荷马史诗，2015年重印，但绝大多数新出版本还是对经典译本的重版。例如2016年，上海人民出版社再版了由罗念生和王焕生合译的《伊利亚特》；2017年，西安交通大学出版社再版了王焕生翻译的《伊利亚特》和《奥德赛》。

从20世纪20年代到今天，荷马史诗在我国被不断重译出版，充分显示了荷马史诗在我国翻译界的受重视程度，不仅如此，荷马史诗的翻译工作也是世界文明发展史中一个极其重要的组成部分。当今荷马史诗的汉译本无论在形式还是在内容上都达到了很高的水平，尤其是罗念生、王焕生、陈中梅的古希腊语全译本，突破了过去翻译家多半从英语本转译的模式，打开了荷马史诗翻译的新局面。

（二）《贝奥武甫》

《贝奥武甫》是英国最古老的叙事诗，该史诗以古英语写成。我国对《贝奥武甫》的介绍始于1926年郑振铎在《文学周报》撰写的评述性文章，1927年又刊登了郑振铎译述的《皮奥胡尔夫》。1934年，《红豆漫刊》的"世界史诗专号"发表了梁之盘的介绍性文章《贝奥乌尔夫》。1959年，陈国桦根据英国作家大卫乌莱特的散文译本翻译了《裴欧沃夫》，并由中国青年出版社出版。由于该史诗用古英语写成，翻译难度较大，直到20世纪90年代才出现中文全译本。1992年，三联书店出版了由冯象翻译的《贝奥武甫：古英语史诗》。1999年，南京译林出版社出版了陈才宇翻译的新译本《贝奥武甫：英格兰史诗》，并纳入"世界英雄史诗译丛"。2003年，吉林文史出版社出版了由史雄存编译的《贝奥武甫降妖记》，2009年再版。此外，梁实秋、李赋宁还节译了《贝奥武甫》，分别收录入《英国文学选》第一卷（1985年）和《英国中古时期文学史》（2005年）当中。2018年，译林出版社再版了陈才宇翻译的《贝奥武甫》[①]。2021年，浙江工商大学出版社再版了陈才宇的译本。

（三）《罗兰之歌》

《罗兰之歌》是法国英雄史诗的代表作品，也是法国文学的开卷之作。据现有资料来看，目前国内《罗兰之歌》的翻译版本仅有三种：1981年上海译文出版社出版的由杨宪益翻译的《罗兰之歌》，并分别于1994年由桂冠图书有限公司以及于2008年由上海译文出版社再版。2011年，吉林出版集团有限责任公司出版了马振聘翻译的新译本，此版本也被译林出版社纳入"世界英雄史诗译丛"中，并于2018年再版；同年，人民邮电出版社出版了郭宇波的译本《罗兰之歌》。2019年，上海人民出版社出版了杨宪益编译的《罗兰之歌·近代英国诗钞》。

（四）《尼伯龙根之歌》

《尼伯龙根之歌》是德意志民族的英雄史诗，在德意志国家当中广为流传。目前国内关于《尼伯龙根之歌》的中文译本主要有三种：《尼伯龙根之歌》最早在1959年由钱春绮先生译成中文，并由人民文学出版社出版。他的译本主要参考了1954年的现代德语译本，同时参考了中古高地德语注释本。1994年，人民文学出版社再版了钱春绮先生的译本，并改名为《尼贝龙根之歌》，并在2017年再版。《尼伯龙根之歌》的第二个中译本为北京大学外国语学院德语系教授安书祉于2000年翻译的《尼伯龙人之歌》，由译林出版社出版，并在2017年再版，该译本主要根据中古高地德语原文注释本翻译而成。近年来《尼伯龙根之歌》又有曹乃云版本面世，曹乃云于2005年根据手抄本C版翻译而来，由华东师范大学出版社出版，并于2017年由广西师范大学出版社再版。

（五）《熙德之歌》

《熙德之歌》是西班牙中世纪的民族史诗，目前主要有五个中文译

[①] 张和龙：《英国文学研究在中国：英国作家研究（上）》，上海外语教育出版社2015年版，第34页。

本：1982年上海译文出版社出版了赵金平的西语译本，并于1994年再版。1995年，中国文联出版公司出版了段继承翻译的版本。1997年，译林出版社出版了屠孟超翻译的译本，并于2018年再版。2000年，重庆出版社出版了尹承东的译本，并被纳入"西班牙文学名著丛书"。2020年，上海外语教育出版社出版了金薇译注的《熙德之歌》。

（六）《伊戈尔远征记》

《伊戈尔远征记》是古代俄罗斯民族的英雄史诗，国内主要有两种译本：于1957年由人民文学出版社出版的魏荒弩译本，并于1983年、2000年、2017、2019年多次再版。李锡胤译本于1999年由译林出版社出版，并在2018年再版；2003年，商务印书馆出版了李锡胤翻译的《伊戈尔远征记》，并增加了古俄语与汉语的对照。

（七）《卡勒瓦拉》

《卡勒瓦拉》是芬兰民族的英雄史诗，甫一出版便被翻译成多国文字，被誉为"世界上最伟大的史诗"。国内主要有三种汉译本：孙用从英译本转译，1981年由人民文学出版社出版，并于2016年、2019年分别再版。1985年，侍桁重译了《卡勒瓦拉》，并由上海译文出版社出版。2000年，译林出版社出版了张华文的新译本《卡莱瓦拉：芬兰史诗》，并列入"世界英雄史诗译丛"，于2018年再版。

（八）《埃达》《萨伽》

《埃达》《萨伽》是古代冰岛的民间叙事长诗，"埃达"为韵文体的文学作品，"萨迦"为散文体的文学作品，这两种文体在北欧民族当中广为流传。冰岛民族英雄史诗《埃达》虽然国内早就有介绍性的文章，但一直没有中文全译本问世。直到2000年，译林出版社出版了石琴娥、斯文翻译的国内首部中文全译本，2017年再版。2000年，商务印书馆出版了石琴娥主编的《萨迦选集：中世纪北欧文学瑰宝》一书，并列入"冰岛文化丛书"，2014年再版。2003年，译林出版社出版了石琴娥、斯文翻译的《萨迦》，共收录五部"萨迦"作品，并于2017年再版。

二、古代两河流域史诗汉译与出版现状

两河流域是人类文明的发祥地之一，古代两河流域的居民留下了包括史诗在内的数量众多的文学作品，由于古代两河流域史诗在古代文明研究中具有非常重要的地位，因此对古代两河流域史诗的翻译与研究便受到了许多中国学者的重视。1974年，饶宗颐先生最早翻译了《近东开辟史诗》一书，1991年由新文丰出版公司出版，1998年由辽宁教育出版社再版。这是我国学者第一次全文翻译古代两河流域史诗，具有开创性的重要意义。作为古代两河流域地区最重要的一部史诗，同时也是目前已知世界上最古老的英雄史诗，《吉尔伽美什》的译介工作最早在20世纪60年代由李江进行尝试。他根据英译本翻译了第一块泥版[①]，发表在东北师范大学编辑的《亚非文学作品选》上。20世纪80年代，翻译家赵乐甡先生根据矢岛文夫的日译本，同时参考英、俄两种译本翻译出了这部史诗，书名为《世界第一部史诗：吉尔伽美什》。这一译本在当时填补了古代两河流域文明研究的一项空白。赵乐甡先生的译本在1981年由辽宁人民出版社首次出版，之后便被多次再版：1999年由译林出版社再版；2015年由辽宁人民出版社再版；2018年译林出版社重版。2019年，吉林大学出版社出版了青川编译的《吉尔伽美什》。虽然赵译本填补了相关领域的空白，但以今天的学术眼光来看，该译本也存在一些不足，它并非依据史诗原文的直译本。2020年，商务印书馆出版了由北京大学外国语学院拱玉书教授译注的《吉尔伽美什史诗》，这是汉语世界首次从楔形文字直接翻译的译本。除此之外，在2006年，拱玉书教授还出版了《升起来吧！像太阳一样 解析苏美尔史诗〈恩美卡与阿拉塔之王〉》，首次将这部苏美尔史诗译为汉语，并由昆仑出版社出版。目前国内对两河流域史诗的译介仅限于上述几部作品，可以说，古代两河流域史诗的翻译在国内学术界还属于"冷门中的冷门"。

---

① 马祖毅等：《中国翻译通史 现当代部分（第2卷）》，湖北教育出版社2006年版，第627页。

三、印度史诗汉译与出版现状

与西方古典史诗的汉译相比，我国对印度史诗译介和研究开展得较早。"五四"前后便已开始系统介绍印度史诗，但对印度史诗的完整汉译则是现代的事情。据现有资料，现将印度史诗在国内较为完整的汉译本按时间顺序整理如下：

我国最早的印度史诗汉译本是1950年由糜文开通过英译本翻译，由商务印书馆出版的《印度两大史诗》，商务印书馆于2004年再版。1959年，唐季雍翻译了由拉贾戈帕拉查理改写的《摩诃婆罗多的故事》，并由中国青年出版社出版，1983年重版；三联书店于2003年、2007年、2016年再版。1962年著名翻译家孙用节译了《腊玛延那·玛哈帕拉达》，由人民文学出版社出版，此译本是季羡林版《罗摩衍那》全译本出版之前我国读者了解两大史诗通行的译本。1962年，冯金欣、齐乐秀翻译了玛朱姆达改写的《罗摩衍那的故事》，由中国青年出版社出版，1982年再版；1988年华宇出版社再版；1996年中国少年儿童出版社、中国青年出版社再版；1979—1984年，人民文学出版社出版了季羡林直接从梵语本译出的《罗摩衍那》全译本（共七卷八册），成为我国《罗摩衍那》最早的汉语全译本，人民文学出版社于1994年再版。此后，江西教育出版社（1995年）、译林出版社（2002年、2018年）、外语教学与研究出版社（2010年）、吉林出版集团（2016）等相继出版了该译本。值得一提的是，季羡林的《罗摩衍那》汉语全译本是除英译本之外，迄今为止仅有的外语全译本。1984年，黄志坤翻译了《罗摩衍那》的改写本，由湖南人民出版社出版。1988年，金鼎汉翻译了《罗摩功行之湖》，由人民文学出版社出版。

印度史诗《摩诃婆罗多》的完整汉译本面世时间晚于《罗摩衍那》。1984年，湖南人民出版社出版了董有忱翻译的《摩诃婆罗多》改写本；1987年，金克木、赵国华、黄宝生等翻译的《摩诃婆罗多插话选》由人民文学出版社出版，1996年再版；1993年，金克木、赵国华、席必庄等人翻译的《摩诃婆罗多》由中国社会科学出版社出版，2005年再版；1999年，黄宝生翻译的《摩诃婆罗多——毗湿摩篇》由译林出版社出版，2018年再版；2005年，由金克木、赵国华、黄宝生等翻译的《摩诃婆罗

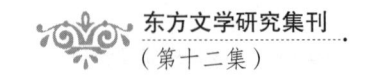

多》全译本由中国社会科学出版社出版，该书的出版对丰富中印文化交流有着重要意义。除了《罗摩衍那》和《摩诃婆罗多》，在2013年，印度另外两部古代经典史诗《博伽梵往世书》和《博伽梵歌·原意》中文版由中国社会科学出版社出版，这也是中国对世界文明的又一大重要贡献。

四、东南亚史诗汉译与出版现状

东南亚地区拥有发达的口头传统和丰富的史诗资源。据不完全统计，仅菲律宾各民族就有一百多部民间史诗，例如菲律宾山地少数民族伊富高人史诗《呼德呼德》等，其中《呼德呼德》《达冉根》史诗还被联合国教科文组织列入"人类非物质文化遗产代表作名录"，成为世界知名的民族文化经典。2013年，吴杰伟、史阳译著的《菲律宾史诗翻译与研究》由北京大学出版社出版，该书选取了菲律宾不同民族的五部（组）史诗，包括来自菲律宾北部吕宋岛伊富高族的《呼德呼德》、伊洛戈族的《拉姆昂传奇》，菲律宾中部比萨扬地区苏洛德族的《拉保东公》，菲律宾南部棉兰老岛地区马拉瑙族的《达冉根》、马诺伯族的《阿戈尤》，可谓国内第一部比较完善和系统的菲律宾史诗译著。但遗憾的是，此书对部分菲律宾史诗仅采取了节译的形式，并没有翻译史诗全文。除了菲律宾史诗，泰国史诗《社帕昆昌昆平》、越南埃德族史诗《达姆伞之歌》、马来传统史诗《杭·杜亚传》、老挝民族史诗《陶鸿陶长》皆是东南亚史诗的代表性作品，但迄今为止我国尚未对以上东南亚各国的史诗文本有完整的记录和译介，只在相关东方民间文学的研究中有过零散介绍。

五、中亚史诗汉译与出版现状

中亚各国具有相当丰富的史诗遗产，尤其哈萨克斯坦、吉尔吉斯斯坦、乌兹别克斯坦、土库曼斯坦等国至今仍然流传着大量的活态史诗。根据目前掌握的资料粗略统计，中亚各国所蕴藏的传统史诗作品数量多达几百部，其中具有代表性的史诗也有几十部，但是除了《列王纪》等个别经典史诗之外，绝大多数中亚史诗还没有被系统翻译介绍到中国来。

（一）《列王纪》

《列王纪》是波斯文学史上的一座丰碑，中国文学界开始意识到这一点可能是在20世纪20年代。1927年，郑振铎在《文学大纲》一书中对菲尔多西和《列王纪》作了比较详细的介绍。1950年，史诗《列王纪》被列入中国"外国文学名著丛书"出版计划。[①]1964年，上海文艺出版社出版了潘庆黔翻译的《鲁斯塔姆与苏赫拉布》，这个选译本是中国译介《列王纪》的开端；1984年由上海译文出版社再版。在此之后，很多波斯文学研究专家往往选译《列王纪》中的一些篇章，如"1982年潘庆龄翻译的《九亭宫——古代波斯故事集》中有《杰姆希德与查哈克》，张鸿年译的《波斯文学故事集》中有《夏瓦什的故事》和《巴赫拉姆·古尔国王》、《霍斯鲁和西琳》等故事。1983年潘庆黔编的《郁金香集》中选有他译的《鲁斯塔姆与苏赫拉布》片段，诗前有他以《波斯民族史诗始祖——菲尔多西》为题的评述文章。1991年元文琪编译的《波斯神话精选》中有鲁斯塔姆的故事。1991年人民文学出版社出版了张鸿年的《列王纪选》（张鸿年译自波斯文）……1992年何乃英编著的《波斯古今名诗选评》中收录了张鸿年译的夏沃什的片段，以及何乃英以《菲尔多西和他的〈列王纪〉》为题的评述文章。1999年魏庆征编的《古代伊朗神话》有《列王纪》的选编，有开篇、传说中的诸王等内容。1999年唐孟生主编的《东方神话传说》第一卷《希伯来、波斯伊朗神话传说》选有王一丹编译的有关《列王纪》的内容。"[②]2000年张鸿年、宋丕方在译林出版社出版了《列王纪——勇士鲁斯塔姆》节译本，并于2018年再版。2001年，张鸿年、宋丕方先生翻译的《列王纪》全译本由湖南文艺出版社出版，该译本以古波斯原著为底本，参照英、俄等译本翻译编辑，这也是《列王纪》在我国的首个全译本；2017年由商务印书馆再版。

---

① 陈建华主编、孟昭毅等著：《中国外国文学研究的学术历程（第12卷）》，重庆出版社2016年版，第281页。

② 陈建华主编、孟昭毅等著：《中国外国文学研究的学术历程（第12卷）》，第282—283页。

（二）《乌古斯汗传》

《乌古斯汗传》是中亚突厥语民族中最古老的一部史诗。1980年，新疆人民出版社出版了耿世民的译著《乌古斯可汗的传说》，这也是目前这部史诗唯一的汉语译本。

（三）《先祖阔尔库特书》

《先祖阔尔库特书》是一部在中亚地区广为流传的古代突厥语史诗，目前已有多种语言文字版本面世。"我国于1988年由新疆青年出版社出版了《先祖阔尔库特书》哈萨克文译本（译自土耳其文），2001年由新疆人民出版社出版了《先祖阔尔库特书》维吾尔文译本（译自土耳其文）。"[①]2017年，中央民族大学出版社出版了由刘钊撰写的《〈先祖阔尔库特书〉研究 转写、汉译、语法及索引》。在这部专著中，《先祖阔尔库特书》的完整汉译本首次与汉语读者见面。

（四）《萨逊的大卫》

《萨逊的大卫》（又被译为"沙逊的大卫"）是一部在亚美尼亚广为传唱的英雄史诗。其不仅在亚美尼亚广为流传并享有崇高地位，在国际史诗学界也具有很高的学术研究价值。目前国内主要有四种译本：1942年，萤社出版社出版了亚克、戈宝权合译的《沙逊的大卫》，这也是这部亚美尼亚史诗在我国所能见到的最早译本。1957年，人民文学出版社出版了由霍应人翻译、戈宝权作序的《沙逊的大卫》。2002年，译林出版社出版了由寒青翻译的《萨逊的大卫》。2018年，译林出版社出版了由严永兴通过俄文定本翻译的《萨逊的大卫》。

（五）《虎皮武士》

《虎皮武士》是格鲁吉亚古典文学的最高成就，也是世界著名英雄史诗之一。1944年，南方印书馆出版了李霁野据苏联出版的英译本译出的《虎皮武士》。1954年，作家出版社再版了李霁野翻译的版本。1984

[①] 郎樱：《中国北方民族文学比较研究》，民族出版社2011年版，第301页。

年,《虎皮武士》又有了新译本问世,外国文学出版社出版了汤毓强的译本。2002年,译林出版社出版了严永兴翻译的新译本,并列入"世界英雄史诗译丛",又于2019年重版。除了上述译本,《虎皮武士》还出版了许多改编本、节译本等,例如2002年,上海人民美术出版社出版了章程改编的《外国民间故事(二)·虎皮武士》。2010年,广西民族出版社出版了吴其柔、章程改编的《虎皮武士》,2014年、2015年由上海人民美术出版社再版。

(六)《安塔拉传奇》

《安塔拉传奇》是一部在阿拉伯地区家喻户晓的长篇民间叙事诗,是一部与《荷马史诗》《熙德之歌》《罗兰之歌》等齐名的经典巨著,堪称阿拉伯的"荷马史诗"。1935年,中国著名阿拉伯文字专家马宗融将《安塔拉传奇》中的一章从阿拉伯文译成中文。2009年,由李唯中翻译的十卷本《安塔拉传奇》中译本面世,由湖南文艺出版社出版,值得一提的是,此译本也是全世界范围内的第一种全译本。

中亚各国的史诗传统源远流长,十分发达,但由于中亚地区民族众多,且多数都是跨国民族,不同民族之间存在着复杂的关联,这也导致了翻译中亚史诗存在一定的难度。目前对中亚各国史诗的汉译仅为冰山一角,还有数量众多的中亚史诗如吉尔吉斯斯坦史诗《艾尔托什图克》《阔交加什》《库尔曼别克》、哈萨克斯坦史诗《阿勒帕米斯》《阔布兰德》《康巴尔》,以及俄罗斯阿尔泰、哈卡斯、图瓦自治共和国境内的大量经典史诗文本迄今为止并没有出版完整的汉译本,国内读者只能在一些研究专著中阅读零散的节译段落。除此之外,在吉尔吉斯斯坦流传的英雄史诗《玛纳斯》三部曲虽然在结构和内容上无法与我国的《玛纳斯》史诗相提并论,但是也有自己的鲜明特点,因此中亚各国史诗的译介对我国北方各民族史诗研究也具有重要的学术借鉴价值。

六、蒙古族史诗汉译与出版现状

蒙古族是世界上史诗遗产最丰富的民族之一,据不完全统计,世界各地蒙古族中流传着多达五百余部英雄史诗。但就目前来看,蒙古族史

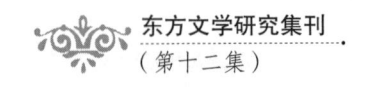

诗文本多为国外出版，国内出版较少。

2007—2009年，民族出版社出版了由仁钦道尔吉、朝戈金、旦布尔加甫和斯钦巴图等学者整理的《蒙古英雄史诗大系》（四卷），这部丛书对国外出版和记录的大量喀尔喀史诗、布里亚特史诗、卫拉特卡尔梅克中小型史诗进行了传统蒙古文转写、整理和出版，共计七十八部国外蒙古史诗，"《蒙古英雄史诗大系》汇集了近200年来国内外蒙古英雄史诗搜集整理的优秀成果，其中多数文本是国内第一次公开出版，因此在蒙古英雄史诗的学术研究和整理出版的学术史上具有重要的里程碑意义"。[1]除此之外，其中还有一部分为在国外出版的以记音符号记录的史诗文本，尚未在国内出版。2002年，内蒙古人民出版社出版了由赵文工、丹巴译注的《祖乐阿拉达尔汗传》，这部史诗是著名的卫拉特中篇英雄史诗；2016年中国国际广播出版社又出版了该书的修订本。2006年，内蒙古教育出版社出版了由赵文工译注的史诗《罕哈冉惠传》，这是一部具有极高艺术价值和学术价值的史诗。除上述史诗外，以《阿贵乌兰汗》为代表的喀尔喀史诗、以《叶仁塞》为代表的布里亚特史诗、以《江格尔》为代表的卡尔梅克史诗目前暂未有汉译本出版。

七、非洲史诗汉译与出版现状

非洲具有悠久的史诗传统，非洲人口较多的民族都有史诗，据学者统计，目前已搜集到数百个非洲史诗文本。目前非洲大陆已知的史诗有：古马里的《松迪亚塔》史诗；东部非洲的若干斯瓦希里语史诗，包括《富莫·里昂戈史诗》《因基沙菲》史诗、《姆瓦娜库珀娜》史诗、《鲁齐扎》史诗、《哈姆齐亚史诗》、《那齐鲁·齐毕史诗》等。但对非洲史诗的译介仍然是我国史诗翻译领域的薄弱环节，目前系统汉译仅集中在《松迪亚塔》这一部作品上，其余非洲史诗几乎都没有被引进中国，因此也产生了"非洲有无史诗"的学术争论。

《松迪亚塔》是非洲最长的史诗。1965年，上海译文出版社出版了

---

[1] 陈岗龙：《蒙古英雄史诗的集大成者——〈蒙古英雄史诗大系〉评介》，《民族文学研究》2009年第4期。

由李震环、丁世中翻译的《松迪亚塔》，1983年重版。2003年，译林出版社出版了李永彩的新译本，并于2019年再版。在此版本中，李永彩翻译和介绍了包括《松迪亚塔》《盖西瑞的诗琴》《姆比盖的传说》《李昂戈·富莫的传说》和《姆温都史诗》五部非洲撒哈拉以南地区的英雄史诗。

结　　语

通过上述梳理，笔者发现民国以来我国对于世界各民族史诗的译介与出版具有以下特点：

首先，世界各民族史诗的译介范围在逐渐扩大。早期的史诗翻译主要关注古希腊史诗、印度史诗等经典作品，对于这几部经典史诗的译介历史虽然较为久远，但实际上局限性也很明显，其他国家大量优秀的史诗作品在早期并不为国人所知。20世纪后期翻译的史诗首先表现了对不同国家、民族的多元化选择，例如两河流域史诗、冰岛史诗等一些之前译介较少或完全被忽视的史诗作品也都有了中译本，但从整体上来看，被汉译出版次数最多、最频繁的作品依旧是荷马史诗、印度两大史诗等经典史诗作品，而其他相对"冷门"的史诗作品仍然没有得到足够的重视，例如非洲史诗、拉丁美洲史诗。可以肯定的是，我国对世界史诗的汉译从一开始的单一化、片面化逐渐形成了多样化、全面化的翻译格局。从20世纪八九十年代至今，对于经典史诗的翻译大多推出了全译本、权威本，其他民族代表性的史诗也被复译再版多次，并且以系列丛书的形式翻译出版世界各民族史诗也成为一种突出的现象。例如人民文学出版社的"世界名著丛书"收录了对几部经典史诗的译著，而译林出版社在20世纪末推出了"世界英雄史诗译丛"系列丛书，收录了包括季羡林译的《罗摩衍那》、黄宝生译的《摩诃婆罗多——毗湿摩篇》、赵乐甡译的巴比伦史诗《吉尔伽美什》等部分东方史诗和西方古典史诗、非洲史诗等，2018年又对此系列进行了再版，这也是国内第一家全面系统翻译介绍世界各民族史诗的出版机构。除了译林出版社外，在从事世界史诗翻译出版业务的出版社中，成就最为突出的还有人民文学出版社、商务印书馆、湖南人民出版社、新疆人民出版社、作家出版社、上海译文出

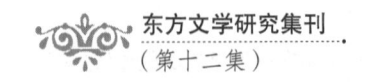

版社等出版机构，它们对世界史诗在国内的翻译出版工作发挥了重要的作用。

其次，作为一种特殊的文类，史诗翻译不同于其他文学作品的翻译。早期对史诗的翻译基本上是散文体译述较多，后期逐渐以诗体的形式进行翻译，散文体和韵文体是史诗翻译的两种基本模式。由于史诗口耳相传的特殊性，使得翻译耗时长、难度大，且史诗汉译的原文本大多数都是书面文本，很少涉及口头史诗的翻译，但史诗的口头性决定了其与书面文学的翻译路径是不同的，如何翻译口头史诗的"理想文本"以及如何将口传史诗翻译与书面史诗翻译结合起来也是值得重新重视和讨论的问题。

最后，世界各民族有着非常丰富的史诗遗产，尤其是中亚各国、蒙古高原和东南亚各国以及非洲大陆上至今流传着大量的活态史诗，并且其中的很多史诗传统被列入"人类非物质文化遗产代表作名录"。这些丰富多彩的史诗尚未有中译本，还是一片有待进一步"开采"的文化宝藏，因此对世界各民族史诗进行全文翻译和科学注释具有重要的学术价值和社会意义。除此之外，习近平总书记在多次讲话中提到了史诗，并肯定了史诗的文明互鉴和文化传承价值，可以说，史诗在当前国内外社会中的受重视程度不断提高，而全面系统地翻译世界各国的史诗遗产，不仅能够丰富和促进中国的史诗研究，更能够将中国少数民族的口传史诗与世界各民族的史诗传统进行对话，因此系统地汉译与出版世界各民族的史诗将是一项十分重要而迫切的工作。

附录：世界各民族史诗汉译与出版现状一览表（1912—2021）

序号	史诗名称	汉译整理者	出版社	出版时间	再版时间
1	《依里亚特》	高歌	上海中华书局	1929	1933
2	《伊利亚特的故事》	谢六逸	上海开明书店	1929	1930 1934
3	《依利阿德选译》	徐迟	重庆美学出版社	1943	

续　表

序号	史诗名称	汉译整理者	出版社	出版时间	再版时间
4	《伊利亚特的故事》	水建馥	中国青年出版社	1957	1979 2013
5	《伊利亚特》	傅东华	人民文学出版社	1958	1996
6	《伊利亚特》	罗念生 王焕生	人民文学出版社	1994	1998 2001 2004 2005 2007 2008 2012 2014 2015 2016 2017
7	《俄德西冒险记》	谢六逸	上海商务印书馆	1926	
8	《奥德赛》	傅东华	商务印书馆	1928	1929 1934 1947
9	《奥特赛》	高歌	上海中华书局	1930	
10	《奥德赛的故事》	荣开珏	中国青年出版社	1956	
11	《奥德修记》	杨宪益	上海译文出版社	1979	1995 2008 2019 2020
12	《奥德赛》	王焕生	人民文学出版社	1997	2005 2007 2008 2009 2014 2015 2016 2017 2018

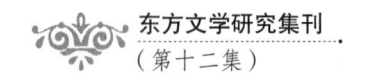

续 表

序号	史诗名称	汉译整理者	出版社	出版时间	再版时间
13	《奥德赛》	陈中梅	花城出版社	1994	1998 1999 2003 2005 2012 2015 2016 2017 2018 2019
14	《伊利亚特 奥德赛》	陈中梅	上海译文出版社	1998	2006 2016 2018
15	《荷马史诗》	袁飞	远方出版社	1998	
16	《伊利亚特》	陈中梅	华夏出版社	1994	1999 2000 2004 2005 2007 2010 2016 2017
17	《伊利亚特》	隋倩、陈洁、冯静	大众文艺出版社	2000	
18	《奥德赛》	隋倩、陈洁、冯静	大众文艺出版社	2000	
19	《伊利亚特》	于文静	延边人民出版社	2000	
20	《伊利亚特》	丁丽英	京华出版社	2002	
21	《伊利亚特》	曹鸿昭	吉林出版集团	2010	
22	《荷马史诗·伊利亚特》	赵越、刘晓菲	北方文艺出版社	2012	2015

续 表

序号	史诗名称	汉译整理者	出版社	出版时间	再版时间
23	《荷马史诗·奥德赛》	刘晓菲	北方文艺出版社	2012	
24	《裴欧沃夫》	陈国桦	中国青年出版社		
25	《贝奥武甫：古英语史诗》	冯象	三联书店	1992	
26	《贝奥武甫：英格兰史诗》	陈才宇	译林出版社	1999	2018 2021
27	《贝奥武甫降妖记》	史雄存	吉林文史出版社	2003	2009
28	《罗兰之歌》	杨宪益	上海译文出版社	1981	1994 2008
29	《罗兰之歌》	马振聘	吉林出版集团	2011	2018
30	《罗兰之歌》	郭宇波	人民邮电出版社	2011	
31	《罗兰之歌·近代英国诗钞》	杨宪益	上海人民出版社	2019	
32	《尼伯龙根之歌》	钱春绮	人民文学出版社	1959	
33	《尼贝龙根之歌》	钱春绮	人民文学出版社	1994	2017
34	《尼伯龙人之歌》	安书祉	译林出版社	2000	2017
35	《尼伯龙根之歌》	曹乃云	华东师范大学出版社	2005	2017
36	《熙德之歌》	赵金平	上海译文出版社	1982	1994
37	《熙德之歌》	段继承	中国文联出版公司	1995	
38	《熙德之歌》	屠孟超	译林出版社	1997	2018
39	《熙德之歌》	尹承东	重庆出版社	2000	
40	《熙德之歌》	金薇	上海外语教育出版社	2020	
41	《伊戈尔远征记》	魏荒弩	人民文学出版社	1957	1983 2000 2017 2019
42	《伊戈尔远征记》	李锡胤	译林出版社	1999	2018
43	《伊戈尔远征记》	李锡胤	商务印书馆	2003	

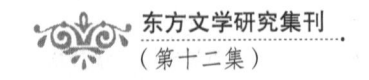

续　表

序号	史诗名称	汉译整理者	出版社	出版时间	再版时间
44	《卡勒瓦拉》	孙用	人民文学出版社	1981	2016 2019
45	《卡勒瓦拉》	侍桁	上海译文出版社	1985	
46	《卡莱瓦拉：芬兰史诗》	张华文	译林出版社	2000	2018
47	《埃达》	石琴娥、斯文	译林出版社	2000	2017
48	《萨迦选集：中世纪北欧文学瑰宝》	石琴娥	商务印书馆	2000	2014
49	《萨迦》	石琴娥、斯文	译林出版社	2003	2017
50	《近东开辟史诗》	饶宗颐	台湾新文丰出版公司	1991	1998
51	《世界第一部史诗：吉尔伽美什》	赵乐甡	辽宁人民出版社	1981	1999 2015 2018
52	《吉尔伽美什》	青川	吉林大学出版社	2019	
53	《吉尔伽美什史诗》	拱玉书	商务印书馆	2020	
54	《升起来吧！像太阳一样　解析苏美尔史诗〈恩美卡与阿拉塔之王〉》	拱玉书	昆仑出版社	2006	
55	《印度两大史诗》	糜文开	台湾商务印书馆	1950	2004
56	《摩诃婆罗多的故事》	唐季雍	中国青年出版社	1959	1983 2003 2007 2016
57	《腊玛延那·玛哈帕拉达》	孙用	人民文学出版社	1962	
58	《罗摩衍那的故事》	冯金欣、齐乐秀	中国青年出版社	1962	1982 1988 1996 2007

续 表

序号	史诗名称	汉译整理者	出版社	出版时间	再版时间
59	《罗摩衍那》全译本	季羡林	人民文学出版社	1979—1984	1994 1995 2002 2010 2016 2018
60	《罗摩衍那》	黄志坤	湖南人民出版社	1984	
61	《罗摩功行之湖》	金鼎汉	人民文学出版社	1988	
62	《摩诃婆罗多》	董有忱	湖南人民出版社	1984	
63	《摩诃婆罗多插话选》	金克木、赵国华、黄宝生	人民文学出版社	1987	1996
64	《摩诃婆罗多》	金克木、赵国华、席必庄	中国社会科学出版社	1993	2005
65	《摩诃婆罗多——毗湿摩篇》	黄宝生	译林出版社	1999	2018
66	《摩诃婆罗多》全译本	金克木、赵国华、黄宝生	中国社会科学出版社	2005	
67	《博伽梵往世书》	嘉娜娃	中国社会科学出版社	2013	
68	《薄伽梵往世书》	徐达斯	陕西师范大学出版社	2017	
69	《博伽梵歌·原意》	嘉娜娃	中国社会科学出版社	2013	2014
70	《薄伽梵歌》	黄宝生	商务印书馆	2010	2011
71	《博伽梵歌原意》	李建霖、杨培敏	东方出版社	2015	
72	《薄伽梵歌》	张保胜	中国社会科学出版社	1989	
73	《菲律宾史诗翻译与研究》	吴杰伟、史阳	北京大学出版社	2013	

续　表

序号	史诗名称	汉译整理者	出版社	出版时间	再版时间
74	《鲁斯塔姆与苏赫拉布》	潘庆黔	上海文艺出版社	1964	1984
75	《列王纪选》	张鸿年	人民文学出版社	1991	
76	《列王纪——勇士鲁斯塔姆》	张鸿年、宋丕方	译林出版社	2000	2018
77	《列王纪》全译本	张鸿年、宋丕方	湖南文艺出版社	2001	2017
78	《乌古斯可汗的传说 维吾尔族古代史诗》	耿世民	新疆人民出版社	1980	
79	《〈先祖阔尔库特书〉研究 转写、汉译、语法及索引》	刘钊	中央民族大学出版社	2017	
80	《沙逊的大卫 阿美尼亚民族史诗》	亚克、戈宝权	萤社出版社	1942	
81	《沙逊的大卫》	霍应人	人民文学出版社	1957	
82	《萨逊的大卫》	寒青	译林出版社	2002	
83	《萨逊的大卫》	严永兴	译林出版社	2018	
84	《虎皮武士》	李霁野	南方印书馆	1944	1954
85	《虎皮武士》	汤毓强	外国文学出版社	1984	
86	《虎皮武士》	严永兴	译林出版社	2002	2019
87	《外国民间故事 虎皮武士》	章程	上海人民美术出版社	2002	
88	《虎皮武士》	吴其柔、章程	广西民族出版社	2010	
89	《安塔拉传奇》	李唯中	湖南文艺出版社	2009	
90	《蒙古英雄史诗大系》	仁钦道尔吉等	民族出版社	2007—2009	

续　表

序号	史诗名称	汉译整理者	出　版　社	出版时间	再版时间
91	《祖乐阿拉达尔汗传》	赵文工、丹巴	内蒙古人民出版社	2002	2016
92	《罕哈冉惠传》	赵文工	内蒙古教育出版社	2006	
93	《松迪亚塔》	李震环、丁世中	上海译文出版社	1965	1983
94	《松迪亚塔》	李永彩	译林出版社	2003	2019

作者系东南大学海外教育学院讲师

菲律宾马拉瑙史诗《达冉根》(第一卷)*中的战斗描写及战争观念研究

胡昕怡

内容提要 《达冉根》(第一卷)通过描绘马达利王子与达囊卡王国的战斗场景及战斗过程,展现了前伊斯兰时期马拉瑙民族有关战斗的知识、经验、态度和理解,折射了该民族的政治形态、社会秩序、物质水平和精神信仰。基于此,本文尝试突破文学、历史与战争研究的学科界限,立足《达冉根》(第一卷)中的战斗叙事,概括马拉瑙民族对战斗性质、制胜机理、战斗功能和战斗悖论等问题的认识,揭示马拉瑙民族战争观念的本质内涵与核心要义,探寻战斗景观和战斗逻辑背后的认知基础和文化心理,从而管窥前伊斯兰时期马拉瑙民族的社会观念、历史观念和价值观念。

关键词 《达冉根》(第一卷) 战斗描写 战争观念

《达冉根》是菲律宾南部棉兰老岛马拉瑙民族历史悠久的口头传统和史诗集群,至今已发现并记录下来的共有十七部,合计七万两千多

---

* 本文所引用的《达冉根》(第一卷)的马拉瑙语原文来自棉兰老国立大学1986年出版的《达冉根》(第一卷)(*Darangen*, Vol. 1),译文由北京大学史阳老师翻译。

行。①作为马拉瑙民族集体历史记忆的重要载体,《达冉根》叙述了居住在拉瑙湖畔的各族群、部族之间联姻、结盟、争斗、和解的经历,②展现了前伊斯兰时代马拉瑙民族的文化传统、政治制度和礼仪规范,寄托了马拉瑙民族的集体认同和民族情感。其中,战斗是《达冉根》中的典型场景和重要事件,发挥着串联故事情节、推动形势变化、突出英雄品质和凝聚族群认同的关键作用。而由战斗过程体现的战争观念和战争文化,则集中反映了一个民族和文明在战争领域的历史经验、民族特性、价值追求以及文化心理。③因此,从史诗切入把握一个民族的战争观念和战争文化,有助于洞察该民族对文明与暴力、和平与冲突等关系的基本理解,也有益于透视该民族生存发展、传承延续的内在机理。

本文的主要分析对象——《达冉根》(第一卷)是整部史诗的情节起点和逻辑原点,其涉及的地理方位、自然状况、人物谱系、族群关系、政治规范、仪礼习俗和精神信仰等信息,构成了后面宏大历史叙事的基础和依托。《达冉根》(第一卷)共分为三部,第一部《初代王者:迪瓦达·纳道·吉本》共七十七节,一千九百零八行;第二部《布巴兰之歌》共十八节,四百五十行;第三部《马达利的故事》共一百一十三节,六千六百四十四行。第一卷合计二百零八节,九千零二行。《达冉根》(第一卷)中着重描写了马达利王子出征他国、拯救族人并凯旋的战斗经历,一方面展现了前伊斯兰时期马拉瑙民族对战斗缘起、发展、流变和终结过程的认识,另一方面传递了彼时马拉瑙民族对战斗策略、战斗机制和战斗逻辑的理解。

一、学术史回顾

目前,学界从《达冉根》的历史溯源、社会背景、政治意蕴、文化

---

① 吴杰伟、史阳:《菲律宾史诗翻译与研究》,北京大学出版社2013年版,第199页。
② 史阳:《从〈达冉根〉看菲律宾英雄史诗的特点——兼与中国南方史诗比较》,载《百色学院学报》2021年第6期。
③ 高天:《中西古典文献中的战争叙事》,复旦大学2010年博士论文,第8页。

象征和功能价值等角度，对《达冉根》的文本内涵和外部演述环境进行了多维研究，拓展了马拉瑙民族英雄史诗的研究视野和研究基础。现有研究多将史诗作为整体，试图阐明史诗与历史语境和社会环境的联系，而将文本细读作为方法，以文本细节作为对象，探讨史诗蕴含的社会文化心理的分析性研究则尚有开拓空间。

首先，关于《达冉根》的历史文化价值，学者们普遍认为《达冉根》是观察前伊斯兰时期马拉瑙民族文化的重要窗口，特别是考虑到这一时期缺乏足够的书面史料，作为口头叙事和集体历史记忆的《达冉根》的历史隐喻价值便显得尤为珍贵。其次，现有研究从社会交往和文化实践角度，考察了马拉瑙民族对外关系的处理机制和精神信仰的外化表现。此外，许多学者还关注了《达冉根》所体现的神灵崇拜和精神信仰：有的学者分析了半人半神的"迪瓦塔灵"是如何在战争与和平年代为英雄提供帮助而受到崇拜的；[①]有的学者基于伊斯兰教传入前后马拉瑙民族思维方式的对比，阐释了前伊斯兰时期马拉瑙人民的超自然观和多神信仰；还有的学者聚焦"杜能之灵"在古代信仰和现代仪式中文化象征意涵的差异，探究了本土宗教在世界性宗教的影响下进行调适和变革的历程。另外，既有研究还从史诗的普遍规律和特殊个性出发，讨论了马拉瑙民族英雄史诗的情节程式及其背后的文化内涵，揭示了史诗中关于战争等主题的叙述同当时社会发展水平和发展形态的关联。[②]最后，有学者将《达冉根》置于社会语境中考察，从认同功能和教育功能等方面剖析了史诗的社会功能和文化价值。

总的来说，现有研究从多个维度对《达冉根》及其与马拉瑙民族文化的关联进行了考察，为深化对该议题的认识奠定了基础。与此同时，也存在一定局限和不足。一方面，大多数研究侧重对文本和历史关系的抽象概括，对史诗与社会时代如何联结的内部逻辑阐释较少。另一方面，现有研究指出了《达冉根》中值得关注的众多文化议题，至于各文化议题如何在史诗中得到体现或诠释则尚待辨析和厘清。因此，本文

---

① Mamitua Saber, "Darangen: The Epic of the Maranaws," *Philippine Sociological Review* 9, no. 1/2 (1961)：42–46.

② 史阳：《从〈达冉根〉看菲律宾英雄史诗的特点——兼与中国南方史诗比较》。

菲律宾马拉瑙史诗《达冉根》(第一卷)中的战斗描写及战争观念研究

将基于《达冉根》(第一卷)的情节内容，从战斗描写这一切入点出发，透过文本分析马拉瑙民族对战争问题各方面的认识和看法，探讨战争的运作逻辑和发展机制如何在马拉瑙文化中得以建构和运用，从而为更好地理解马拉瑙民族的战争观念和战争文化提供参考。

二、《达冉根》(第一卷)中的战斗描写及战斗特点

《达冉根》(第一卷)围绕马达利王子与达囊卡王国的战斗，运用程式化结构模式和比喻、排比、对仗等多种修辞手法，借助叙述和对话等叙事策略，对战斗起因、战斗准备、战斗经过和战斗结果进行了细致的描写与刻画。在推动战斗变化发展、构成战斗持续性和广延性方面，时间和空间扮演了重要角色——时间将战争活动分成比较明显的阶段、时机和先后次序，空间则涉及战斗的规模和战争实体的排列顺序，[①]这为划分战争的环节和层次提供了标尺。故本节将以时间为经，以空间为纬，分析《达冉根》(第一卷)中的战斗描写及其体现的战斗特点，论述前伊斯兰时期马拉瑙地区的战斗形态和战斗特质，探讨其与马拉瑙民族文化心理和社会传统的关联。

1. 战斗起因：国恨家仇意气难平，决意出征视死如归

王国间的冲突矛盾和英雄的复仇心理是战斗起因的核心。马达利王子与达囊卡王国战斗的因果链条依循"族人被劫掠、王国遭厄运、英雄意难平、出征赴国难"的逻辑，体现了马拉瑙人民对兵以义动、师出有名等战争道义的重视。在《达冉根》(第一卷)中，对战斗起因的概述源于马达利王子与布巴兰王国公主们的对话。当马达利王子离家数日归来后，发现王国内虽然景色宜人，但缺少生气，于是向公主们询问缘由。出于对王子安危的考虑，公主们并未直接告知他原因，而是劝其别再追问。马达利王子却仍不放弃，希望了解布巴兰王国为何杳无人迹。公主最终还是将布巴兰王国经历的不幸与厄运和盘托出，叙述了布巴兰人民和大督外出搜寻班杜干王子以及被囚禁于达纳利马阿罗贡的来龙去

[①] 吴彬华、褚春祥：《战争辩证论析》，湖北人民出版社2009年版，第168页。

· 193 ·

脉。马达利王子听后,"脸色立即变得通红/怒火在他心中燃烧"[①],当即决定远征,为族人复仇并赢回荣耀。

从史诗的描绘可以看出,马达利王子外出征战的直接原因具有较强的正当性和道德性,而非纯然出于军事侵略征服或王国领土扩张的目的。身处布巴兰王国的统治阶层,马达利王子不顾个人生死安危,决意为族群成员报仇雪恨,体现了史诗英雄的家国情怀和为民意识。而与此同时,布巴兰王国公主出于对王子个人生命安全和王国持续发展的考量,力陈出征可能造成的不幸结果,如"没有一位大督可以/前来守卫这个国家"[②]"没有人可以去阻挡/敌人前来掠夺这里"[③]"所有的妇女和儿童/他们都将被人掠走"[④]"所有的传世财富和/资产都将被人掠走"[⑤]等,起到了与历史演变进程相抗衡的作用。在公主奋力劝阻和王子执意出征的博弈中,马达利王子保卫家国、营救族人的坚定信心和不屈意志由此彰显。

2. 战斗准备:战斗物资配置齐备,安顿族亲召神祈福

马达利王子和达囊卡王国迎战前的战斗准备包含服饰、武器、神灵召唤、祈祷仪式、安顿族人和战斗动员等多个维度。史诗对两方战斗准备浓墨重彩的描绘起到了营造氛围和烘托气势的作用,为战争形势变化和战事最终结局埋下了伏笔。

马达利王子的出征准备全面细致、主动从容。在服饰装束方面,马达利王子出征前,公主们为他准备了缝制精美的衣服。从护腿到裤子,从腰带到摇铃,从衬衣到外套,从方巾到头盔,史诗自下而上、由里及外地对马达利王子的装束进行了生动细腻的全方位刻画,并以比喻的修辞手法将装扮后的王子形象概括为"光辉四射宛若明星/在天空中无比

---

① The Folklore Division University Research Center Mindanao State University, *Darangen*, Vol. 1, MSU-University Research Center, 1986: 101.

② Ibid.

③ Ibid.

④ The Folklore Division University Research Center Mindanao State University, *Darangen*, Vol. 1, p. 102.

⑤ Ibid.

耀眼"①。值得注意的是,马达利王子携带的部分物件还具有魔法效力或包含神灵之力,如内含"杜能之灵"神力的魔法之石和藏有北风之神及"杜能之灵"的头盔,这些物件对战争的演化趋势和发展方向产生了至关重要的影响。此外,武器装备也是史诗重点描述的对象。马达利王子的武器装备包括:"锋利无比"的坎皮兰剑、"坚固无敌"的齐亚仁盾以及布巴兰的宝石。这些武器同时也是吉本家族的传家之宝,被认为拥有战无不胜的神力。②当马达利王子的外在装备配置完整后,公主们还向所有神灵祈祷,希望善良的"杜能之灵"保佑王子克服重重难关、取得战斗胜利、捍卫布巴兰的荣耀,这体现了原始宗教信仰对马拉瑙民族战争观念与战争实践的渗透。除为自己做充分的战前准备外,马达利王子还对布巴兰王国其他家庭成员进行了妥善的安置,彰显了史诗英雄考虑周密、心系家人的品质。

至于达囊卡王国一方,由于战斗爆发未在他们的预料之内,因而他们的应战行动及战斗准备稍显仓促,呈现出被动应对和相机而变的特点。在失去两位大督后,达囊卡国王紧急进行战斗动员和战略部署——他鸣响铜锣,召集各路战士聚集在多罗干王宫前,发表演说部署作战计划。在国王的指挥下,大督们开拔前往达囊卡海边的滩岸,要求海岸守卫人员提高警惕、加强警戒,一旦发现可疑船只抵近,立刻装弹开火,让敌人葬身海中。相比于马达利王子的精心备战和周全安排,达囊卡王国的被动应战和仓促部署使其丧失了战斗先机,也在一定程度上预示了战略形势的走向和格局。

3. 战斗经过:战斗激烈以少胜多,多方参与智勇交锋

马达利王子与达囊卡王国的战斗融会了剑盾相争、动物交战和神灵博弈等复合元素,展现了神圣与世俗交织、智谋与勇气并重、参与群体多样、英雄以少胜多的特点。史诗按照战斗发展的时间顺序对马达利王子与达囊卡王国的战斗过程进行了精细的描绘,涉及敌情侦察、部署战

---

① The Folklore Division University Research Center Mindanao State University, *Darangen*, Vol. 1, p. 105.

② The Folklore Division University Research Center Mindanao State University, *Darangen*, Vol. 1, p. 227.

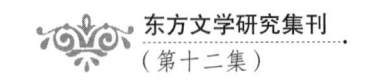

略、短兵相接、动物交战、神灵交锋等诸多环节和阶段。

在与达囊卡王国正式交战前，马达利王子利用海岸有利地形对达囊卡王国进行了侦察，并制定了有针对性的战略战术。战斗推进的过程中，考验迭现，一波三折，但史诗英雄毫不畏惧，直面挑战，攻坚克难，一往无前。战斗伊始，单枪匹马的马达利王子便以坚毅顽强的精神和锐不可当的气势，势如破竹、节节胜利，使敌方将士伤亡惨重。接着，达囊卡王国派出数员大将应战。而无论是达囊卡国王的儿子，还是达囊卡王国的武士，都不敌马达利王子以一当十的英勇进攻。面对不利局势和严峻危机，达囊卡国王转而向拉明塔楼的公主征询意见。公主在经历家仇国恨的悲痛和倾慕王子的心理挣扎后，最终选择了民族大义。此后，战斗形态从近距离的短兵相接转化为远距离操控的神灵之战。达囊卡公主和马达利王子依次召唤神灵，操纵巨石、火焰等压制对方。几个回合后，双方旗鼓相当、胜负难分。达囊卡公主和马达利王子分别召唤各自的鳄鱼马果拉因萨拉加和皮纳多拉伊齐利前来助自己一臂之力，这次较量很快决出胜负——布巴兰王国大获全胜，达囊卡王国败北而归。大势将去，达囊卡公主使出了最后的计谋。她派遣曼巴彦前往天界，取来女王的护身符，试图扭转战局。而马达利王子却将计就计，男扮女装，提前取来护身符反将一军，达囊卡公主由是陷入山穷水尽之境地。见搬来的救兵皆一筹莫展，达囊卡王国只能弃甲投戈、臣服于布巴兰王国。

4. 战斗结果：同宗真相水落石出，英雄战捷凯旋而归

尽管战斗形势及结局清晰明确，但由于战斗双方具有之前所不知晓的亲缘关系，因此战斗结果的判定和呈现过程并非一帆风顺，而是具有顿挫波折、曲折跌宕的特点。

在战斗结束的时间节点，史诗呈现的仍是相互对立的王国之间的战斗。例如，战败的公主认为自己将漂泊去往"异国他乡"，对本族和本王国的前景持悲观态度。接着，史诗话锋一转，借助达囊卡的"迪瓦塔灵"之口，揭示了达囊卡公主与布巴兰王国的统治阶层本是同根同脉的真相，表示达囊卡公主使用法力囚禁伊那约南沃坎彭王乃是数典忘祖，由此展现了战斗及其所蕴含伦理的复杂性。此外，班杜干王子和马达利王子之间的战斗也经历了真相揭露和情节转折阶段。当身处天界的

班杜干王子从阿卡阿拉瓦能公主那里听到布巴兰族人被劫掠的消息后，遂来到达囊卡王国复仇。抵达目的地后，班杜干王子误将马达利王子视为来自达囊卡敌人，准备与之决一死战。刀光剑影里，两人的口舌之战也贯穿其中，班杜干王子意识到交战的对手原是自己的堂兄弟，于是向其表明双方关系，并起誓自己所言为真，在得到后者信任后，化干戈为玉帛。

战后，马达利王子和班杜干王子召唤神灵以解救被困于巨石监牢中的族亲；战败方达纳利马阿罗贡的拉明塔楼移至伊利延阿布巴兰，以与布巴兰原有的拉明塔楼搭配。此外，史诗还对胜负双方的精神状态和战后行动进行了对比式描摹——战败方达囊卡公主沉浸在痛别家人、丧师失地的惋惜悲伤之中，战胜方则进入了梳理功绩、赞美英雄、重振荣光的状态。通过伊那约南沃坎彭王和班杜干王子的叙述，人们认识到马达利王子是此次拯救族人的重要功臣，也了解了班杜干王子连年来征服海内外十余个富庶王国的战斗成果，弥补了被困期间对外界信息的认知缺失。最后，《达冉根》（第一卷）的战斗描写和战斗叙事在布巴兰人民踏上返家征程的欢快基调中告一段落。

三、从《达冉根》（第一卷）看马拉瑙民族的战争观念

《达冉根》的创作群体和演述群体并非专业的历史学家，也非军事家或战略家，他们创作和表演史诗并不是为了全面系统地阐述战争观念和战争理论，而是将之作为特定群体自我辨识的载体，旨在以特定的故事形态和叙事方式宣示特定社区、地区或族群存在的合法性。[①]尽管从严格意义上讲，《达冉根》（第一卷）并非对具体历史人物和历史事件的真实记录，但也绝非简单的虚构叙事，而是为马拉瑙民族所认同和传承的集体记忆。这些事件带有历史隐喻，与民众的观念世界和现实世界存在深层次的互文关系。因此，探究《达冉根》（第一卷）对人物之间的斗争、王国之间的交锋、故事演述者的叙事倾向以及战争形势的演变趋势，有助于洞察马拉瑙人民如何判断战争性质、把握制胜因素、分析战

---

① 朝戈金、冯文开：《史诗认同功能论析》，载《民俗研究》2012年第5期。

争作用，也有益于从该民族的文化视角出发，思考与关照和平安全状态如何达成以及人类文明如何共生共荣的相关议题。

1. 马拉瑙民族对战争性质的认识

《达冉根》（第一卷）通过对马达利王子征战事迹的赞颂和战争细节的展现，反映了前伊斯兰时期马拉瑙人民对战争性质的理解，展现了该民族复杂多元的战争正义评价尺度。正义和非正义是界定战争性质的重要维度。同时，战争正义并非均质同一的铁板一块，而是可以区分为不同层次的综合性概念。根据战争进程，战争正义可以分为开战正义、交战正义和战后正义三种形式。在《达冉根》（第一卷）中，史诗对马达利王子的征战缘由进行了阐释和说明，并将王子为族人复仇雪耻视为正当的出征和开战理由。这体现了在马拉瑙人民心目中，正义战争的武力施加对象须先有不义之举，战争主体方能对其采取战争行动。在战斗推进过程中，马达利王子对武力、动物和神灵等战斗手段的运用，均建立在对方的口头挑衅或相应手段运用的基础之上，故王子的战斗行为可被视为正当合理的应战，而非主动的侵略进攻。此外，史诗展现的交战过程还显示了马拉瑙民族的道德约束和伦理规范，具体体现为在攻击对象的选择上区分男性和女性，以及区分军事人员和非武装平民等。例如史诗对达囊卡王国男性成员战死沙场的情景描写体现出，在达囊卡王国，男性是一线作战的主要力量。而史诗对达囊卡战斗人员深陷危机的场景描绘则反映出大督和武士是达囊卡王国战斗力量的主要来源，其他非战斗人员并非马达利王子的核心征伐对象。

对战争性质的厘定，应与具体的历史语境和文化环境结合起来，不能以现代社会的是非观念评价古代社会的战争性质，也不宜用人类成年的眼光去衡量人类童年的行为。[①]从史诗生成的历史语境以及马拉瑙民族的文化视角看，史诗将战争作为处理族群矛盾的手段，在正义原则的边界及其适用条件方面都有自己的考量和规范。《达冉根》（第一卷）对战争缘起和经过的翔实描摹，反映出马达利王子出征有因、征战有义，也折射了马拉瑙民族的开战正义和交战正义原则。而将视线转向战争结

---

① 参阅黎跃进、曾思艺：《外国文学争鸣评述》，广西师范大学出版社1999年版，第6页。

菲律宾马拉瑙史诗《达冉根》（第一卷）中的战斗描写及战争观念研究

果，马达利王子在解救布巴兰王国族亲、完成战争初始目的之余，还将达囊卡的人员和建筑工事移至布巴兰王国。这一处置方式尽管从客观上看超越了战斗主体正当防卫的限度，但并未使战斗扩大化或极端化，而是通过营造相对和平安定的社会环境、较为妥善地安置在布巴兰王国的战败一方人员，在一定程度上体现了战后正义在马达利征战过程中的贯彻。

概言之，在马拉瑙民族的文化中，战争具有有限性特征和道德伦理价值，关于谁应当参战、什么战争手段可被接受、什么时候战争需要终止，以及战胜方在战争结束之后能够获得何种优先地位等问题，都在鸿篇巨制的史诗中得到了相应的回应。具体来说，寻找正当理由是开战前的首要任务，也是战争发展过程中战斗主体不断为自身行动辩护的重要前提。交战过程中，女性和非战斗人员往往会被置于安全地带，渗透着道德律令对马拉瑙民族战争行为的规制。战争结束后，在正义边界内确认战争成果、确立优先地位、处置战败方相关人员和财物，是马拉瑙民族战后正义原则的题中应有之义。因此，对于马拉瑙民族而言，战争不仅关乎王国政治和民族尊严，而且包含道德准则和伦理规范等多重维度，是兼具政治和道德双重属性、充满矛盾又内部自洽的斗争方式。

2. 马拉瑙民族对战争制胜机理的认识

《达冉根》（第一卷）不仅描绘了跌宕起伏的战争情节，而且蕴含了制敌取胜的内在规律与基本原理，体现了前伊斯兰时期马拉瑙民族对战争中制胜因素、制胜途径与制胜机理的认识与思考。从作战的武器装备角度看，马达利王子与达囊卡王国之间的战争主要体现为冷兵器战争与火器战争。从参与的作战主体看，二者间的战争主要体现为人类、动物和神灵之战。综合上述两个角度，影响马达利王子与达囊卡王国战争进程的因素主要可以归纳为：兵器性能、交战模式、体力与兵器的结合及其整体效能的发挥以及外界帮助者的功力等。在冷兵器和火器战争形态中，参战武器主要为剑、盾和火炮等，战争规模和威力相对有限。尤其是马达利王子在"杜能之灵"的庇护下可以实现隐身作战，因此原本攻击性和杀伤力较强的火炮也基本无用武之地。由此观之，前伊斯兰时期马拉瑙民族的战争形态从物质层面看较为清晰易辨，但若结合精神信仰层面则可以发现马拉瑙民族对战争制胜机理认识的更多奥义。

围绕王国之间的矛盾纷争，史诗从人、动物和神灵三个层次分别展开了战争场面的描写和制胜机理的呈现。这三个层次看似界限分明，实则相互交叉、边界模糊。在人与人的较量中，作战人员并非孤军奋战，而是受到本民族和本王国神灵的护佑的，即使双方兵力数量相差悬殊，受到更强大神灵庇护的一方也有机会掌控局势、以少胜多。而动物与动物的对抗，则更加强调斗争主体自身的智勇博弈。在巨鳄之争中，动物自身的武力和智慧成为制敌取胜的决定性因素——米囊嘉一方面展现了英勇神武的攻击能力，另一方面也试图采取诱敌深入等战略战术，由是在武力与智力的双重作用下取得了战斗优势地位。此外，作为战斗的另一种表现形式，神灵与神灵之间的对抗看似是神力的博弈，本质仍是人与人的斗争。从史诗的描写重点和克敌制胜的因果逻辑看，作战人员和召唤神灵者自身研判形势和把握战机的能力仍是神灵之战胜负走向的关键影响因素。尽管需要承认的是，神灵的等级阶序、能力高低和辐射范围对战争发展有着举足轻重的影响，但是，史诗并未将笔墨着重落在对神灵的描述上，而是更加侧重展现神灵如何激发作战人员的主体精神、提升其战争技能和增强其防御能力上。由此可以看出，神灵在发挥自身效力、影响战争走向之余，也对凸显人的主体性和战斗精神起到了烘托和陪衬作用。

综上所述，前伊斯兰时期马拉瑙民族对战争制胜机理的认识包含物质和精神双重维度。具体来说，敌对双方物质层面的较量主要集中于作战人员的战斗能力、作战武器的杀伤性能以及人与武器的协同配合，精神层面的较量主要取决于作战人员把握战机和遣调神灵的能力。物质与精神两个层面并非相互平行、截然孤立，而是交互共生、相互作用，体现了经济、社会、历史和宗教等因素对该民族认识与演绎制胜机理的影响。

3. 马拉瑙民族对战争作用和价值的认识

《达冉根》（第一卷）通过对马达利王子征战达囊卡王国经历及成果的描述，展现了战争在前伊斯兰时期马拉瑙民族心中的作用与功能，具体体现在处理政治危机、展现王国实力、维护民族尊严和彰显英雄气概等层面。

在前伊斯兰时期的马拉瑙民族看来，战争是处理族群之间、王国之间和政治集团间矛盾的重要手段，战争的爆发是未得到妥善解决的政治危机的延续。通过《达冉根》（第一卷）的叙述可以看到，布巴兰王国和达囊卡王国因人质扣押问题未得到妥当处理，关系日趋紧张。此时，和平谈判并非马达利王子化解危机的优先选项，征战敌国、报仇雪耻方是其首要任务。在听闻公主讲述族人被劫经历后，马达利王子迅即立下出征复仇的宏愿，这体现出发动战斗而非和平的政治手段是马达利王子最先想到且最迫切希望实施的处置方案。此外，对于前伊斯兰时期的马拉瑙民族而言，捍卫民族生存权利的战争是彰显实力、维护尊严的重要手段。出于正义目的之战争，如保卫本族人民利益的卫国战争，能够凝聚民族共同体的精神和力量，激发共同体成员的荣誉感和集体意识，从而为本族群的身份认同和群体认同提供历史索引和文化基础。而出于非正义目的之战争，如残害生灵、征服异己的侵略战争，则会带来苦难和仇恨，且终将接受正义律则的审判。

除纾解矛盾困局和激发共同体意识等现实作用外，战争对马拉瑙民族理想中的英雄形象的形塑也起到了推动作用。《达冉根》（第一卷）中展现的英雄品质包括能力卓著、智勇双全、具有家国情怀和为民意识、怀有高度的责任感和使命感等。例如，史诗对马达利王子战斗能力的描写——"这位大督孔武有力/他的武器锋利骇人/他的动作迅捷灵敏"[1]凸显了其军事方面的优秀素质和卓越能力；史诗对马达利王子足智多谋的描绘——"他巧用力量和智慧/拿上宝物飞速离开"[2]则表现了英雄不仅有勇武之力，而且机敏睿智；史诗对马达利王子出征缘由的详述——"为我亲人报仇到底/若我在战斗中死去/那就是命中已注定/战死沙场是我归所"彰显了战争英雄的民族情怀和家国意识；而史诗对马达利王子出征前另一次郑重发誓的描摹——"我为我的人民而战……正如鸟儿宁愿死去/也不愿受辱，我将为/荣誉拼死一战到底"[3]则突出了史诗英雄心

---

[1] The Folklore Division University Research Center Mindanao State University. *Darangen*, Vol. 1, p. 220.

[2] The Folklore Division University Research Center Mindanao State University. *Darangen*, Vol. 1, p. 193.

[3] The Folklore Division University Research Center Mindanao State University. *Darangen*, Vol. 1, p. 110.

系人民、忠于王国、勇于担当和崇尚荣誉的品质。

总的来说，前伊斯兰时期的马拉瑙人民并未将战争与文明放在二元绝对对立的两极，也并未试图通过史诗渲染战争的恐怖与灾难、威胁与仇恨、毁灭与死亡，以达到呼唤和平的目的，而是将战争与荣誉、主权、尊严、光荣和梦想联系在一起，将之视为自我防御、抵御外侮、振奋精神、提升士气的正当途径。对于当地人民而言，战争不仅未与文明、德性截然对立，相反与人类文明和诸多崇高品质相伴而生，无论在现实世界还是精神世界，都依据自身性质目的和社会历史条件等发挥着不同程度的影响。

4. 马拉瑙民族对战争中信义与欺诈问题的认识

《达冉根》（第一卷）通过对多个战术运用场景和投降求和场景的描述，反映了马拉瑙民族关于战争信义与战争欺诈问题的认知，折射出该民族对诚实守信理念和战术欺诈手段各自适用范围和条件的理解，传递出马拉瑙人民既重视义理信誉、也认可诡诈谋略的战争观念。

在马达利王子与达囊卡王国的战争中，运用诡计、欺诈等手段谋取军事利益被视为合理的战争谋略和取胜方式。《达冉根》（第一卷）中诡诈计谋的运用主要集中于马达利王子男扮女装、骗取女王信任、获得护身宝物的情节。从史诗对马达利"智取护身符"经历的赞颂可以看出，在前伊斯兰时期马拉瑙人民的心中，战争期间不厌诈伪、诡变欺诈、迷惑对手、使其放松戒备以便达到自己目的之战斗手段，是被允许和认同的克敌制胜之道。在彼时马拉瑙民族的认知中，欺诈战术并非违背伦理、值得谴责的失信行为，而是非常态、特殊语境下的斗争手段。

在肯定战争欺诈为正当合理的军事谋略之余，马拉瑙民族也对战争中的背信弃义行为[①]持鲜明的反对态度。《达冉根》（第一卷）对马拉瑙民族拒斥背信弃义理念的阐发，主要体现在作战人员的发誓及其对背信弃义行为后果的叙述上，而未体现在具体的战争行为上，这说明马达利王子与达囊卡王国之间的战斗受到诚信观念和道德伦理的约束。在史

---

① 战争中的背信弃义行为主要表现为战争一方通过假装投降、假意停火或伪装投诚来掩盖自己的攻击目的，在骗取对方信任后实施侵略行为。参阅云霞：《军事欺诈与背信弃义》，载《国防》2000年第5期。

诗中，参战一方在希望向对方投降时，通常会发誓自己的求和是出于真心，若出尔反尔必定受到神灵惩罚。另一方在听闻此誓后，尽管存在戒备警惕心理，但一般都会选择暂时搁置矛盾，相信对手。发誓者在征得对方信任后，通常也会言出必行，基本未出现言而无信的情况。例如，史诗对巨鳄之争中投降方马果拉因萨拉加誓言的描绘——"此时此刻若我胆敢／愚弄或欺骗你的话／杜能之灵就惩罚我"[1]体现了马拉瑙民族心中的诚信观念和高悬的信仰法则，而对战胜方皮纳多拉伊齐利反应的刻画"皮纳多拉伊齐利它／觉得这话说得在理／二话没说直接释放／了马果拉因萨拉加"[2]则表现了投降求和场景下对峙双方基本的信任原则。

纵而观之，前伊斯兰时期马拉瑙民族对作为战争策略的欺诈诡道和作为道德基石的诚信观念有着清晰严格的区分。在正式交战场景中，伪装和欺诈等被视为行之有效、符合战争原则的军事策略和手段，其成功运用者会被冠以"力量和智慧兼备"的美誉。而在投降求和等场景中，诚实守信是战争参与方应当严加恪守的原则，诡诈手段则不被允许，违者将受到神灵惩罚。因此，看似相互矛盾的欺诈与诚信并存于马拉瑙民族的战争观念中，二者相互依存、彼此互补、并行不悖，有着各自的适用范围和适用规则。

结　　语

战争作为一种复杂的社会现象，有着各种纷繁错综的关系需要处理，而战争又是在变动不居的自然、社会、经济、政治和人文等各种条件下进行的，受到各方面因素的共同影响，因此，战争自身的复杂性决定了战争观念的多维性。《达冉根》（第一卷）对马达利王子与达囊卡王国战争的描写，传递了前伊斯兰时期马拉瑙民族对战争性质、战争制胜机理、战争作用和价值以及战争中的信义与欺诈等问题的理解，折射了该民族从战略战术、战争本质、战争意义和战争悖论等角度对有关战争

---

[1] The Folklore Division University Research Center Mindanao State University, *Darangen*, Vol. 1, p. 179.

[2] Ibid.

各项议题的思考。对前伊斯兰时期的马拉瑙人民而言，正义与诚信是战争重要的价值尺度，诡道与智谋是战争规范认同的制敌之术，物质和精神及二者的交互是影响战争走向的重要指标，化危纾困、形塑英雄、激发共同体意识则是战争的意义旨归。

尽管不可否认的是，史诗并不完全是对历史的忠实记录，但它也绝不应被看作毫无历史凭据的想象编造，而应被视为能够反映当时社会环境、包含实际事件隐喻的记忆载体。[1]作为一种特殊的政治手段和社会形态，战争包含一系列的组织方法、战略战术和运动过程。而作为英雄史诗的重要主题，战争在推动情节发展、凸显英雄品质和勾勒历史脉络方面发挥了重要作用。在《达冉根》（第一卷）中，战斗叙事占据较大篇幅。这些内容具象化地表现了马拉瑙民族关于战斗运行基本规律和价值规范的认识，承载和寄托着该民族对于处理族群矛盾、化解王国冲突和建立政治秩序等问题的看法。

在前伊斯兰时期的马拉瑙人民看来，战斗兼具世俗与宗教、暴力与文明、政治与伦理等多重属性，是一种从外部看来充满各种矛盾却又在共同体内部自治的斗争方式。对该民族而言，勇武和智谋是战斗策略的应有之义，信义与道德则是战斗原则的价值标度。在战斗的不同场景和不同阶段，战斗人员应遵循相应的战斗逻辑和伦理规范，因时因势地调整斗争策略和斗争方式，从而在共同体应许的正义与道德边界内谋求权益。总的来说，前伊斯兰时期马拉瑙民族的战争观念复合多元，融会了经济、社会、军事、信仰等多重要素，凝结着人的主体精神和道德自觉，交织着英雄的民族情怀与荣誉理想，渗透着共同体的伦理规范与价值观念，是该民族地方性知识和文化价值观在战争领域的集中反映。

作者系北京大学外国语学院硕士研究生

---

[1] Tarō, Miura. "Review of *Darangen: In Original Maranao Verses, with English Translation, Volume 5*, by Ma. Delia Coronel." *Asian Folklore Studies* 52, no. 2 (1993): 415–416.

作家作品研究

从叙述者看菲律宾小说《70年代》的现实意义

郑友洋

内容提要 小说《70年代》是菲律宾作家卢尔哈迪·鲍蒂斯塔的代表作。它被视为对马科斯军管法时期社会状况的生动记录，以及一部女性主义小说。此外，作为20世纪70年代菲律宾的代表作家，鲍蒂斯塔也借这部小说积极介入现实。她以中产阶级主妇阿曼达作为小说的叙述者，力图促进中产阶级政治意识的觉醒。这种叙事策略体现了作者对20世纪70年代他加禄语文学思潮的继承，以及她对20世纪70年代末变动时局的准确感知。这部小说的现实意义不仅在于它描述、记录了历史，还在于其创作手法揭示了历史语境中关键的文化和政治议题。

关键词 卢尔哈迪·鲍蒂斯塔（Lualhati Bautista）《70年代》（*Dekada'70*） 菲律宾文学 叙述者 中产阶级

卢尔哈迪·鲍蒂斯塔（Lualhati Bautista，1945—2023）是菲律宾当代最著名的作家之一，其长篇小说《加波》（*'Gapô*）、《70年代》（*Dekada' 70*）和《孩子，孩子，你如何长大》（*Bata, Bata... Paano Ka Ginawa*）分别于1980年、1983年和1984年获菲律宾帕兰卡文学奖[1]。此外，她的作品也通过译介走向国际。1993年，《70年代》被译为日语出版。她的短篇小说《月亮，月亮，授我以匕首》（*Buwan, Buwan, Hulugan Mo Ako ng Sundang*）和《胡利安生平的三个故事》（*Tatlong Kuwento ng Buhay ni Julian Candelabra*）分别在芬兰和澳大利亚被译为芬兰语和英语[2]。在日本出版的国际女作家选集《女性世界文学——重绘女性形象》[3]中，她同伊莎贝尔·阿连德、玛格丽特·阿特伍德和艾丽斯·沃克等人一起被收录，是菲律宾唯一的上榜作家。

鲍蒂斯塔的创作以现实主义风格著称，其作品贯穿着对菲律宾社会现状的关注。"鲍蒂斯塔属于在混乱的20世纪70年代涌现的、有社会意识与批判精神的菲律宾作家，声誉主要来自小说和剧本写作。"[4]例如，她的第一部长篇小说《加波》以苏比克海军基地所在城市奥隆阿坡（Olongapo）[5]为背景，讲述美国士兵在军事基地内对菲律宾人犯罪却被无罪释放的不平等事件，批判菲律宾独立后美、菲两国间的特殊关系。她创作的首个电影剧本《甘蔗工》（*Sakada*）描绘内格罗斯省（Negros）甘蔗种植园的季节性劳工受到的剥削，批判菲律宾的封建种植园农业制度。鲍蒂斯塔重视艺术作品的社会意义，通过小说和剧本记录菲律宾社会现实，并表达对现实的立场。

在鲍蒂斯塔的作品中，小说《70年代》最具社会影响力。它被誉为"第一部有力描绘我们社会正经历的变革时期的菲律宾语小说"[6]以及

---

[1] 帕兰卡文学奖（Palanca Memorial Award）：一年一度的菲律宾文学奖项，设英语、他加禄语、菲律宾地方语言文学及儿童文学四大类奖项，下设小说、短篇小说、散文、诗歌、戏剧等类别，是菲律宾文学的最高奖项。

[2] Lualhati Bautista, *Dekada' 70*, Mandaluyong City: Anvil Publishing, Inc., 2018, p. 216。后文出自同一著作的引文，将随文括注书名简称*Dekada*和对应页码，不再另注。

[3] 風呂本惇子：《女たちの世界文学：ぬりかえられた女性像》，松香堂书店1991年版。

[4] Ed Maranan. "Lualhati Bautista." In *Southeast Asian Writers*, edited by David Smyth. Dictionary of Literary Biography Vol. 348. Detroit, MI: Gale, 2009. *Gale Literature Resource Center* (accessed February 10, 2023). https://link.gale.com/apps/doc/H1200013829/LitRC?u=peking&sid=bookmark-LitRC&xid=5bd9534d.

[5] 书名《加波》（'*Gapô*）即为地名"Olongapo"的缩写。

[6] Bienvenido Lumbera, "Pagpapakilala", in Lualhati Bautista, *Dekada '70*, Mandaluyong City: Anvil Publishing, Inc., 2018, p. 7.

从叙述者看菲律宾小说《70年代》的现实意义

"对菲律宾当代社会史上混乱年代的生动记录"[1]。所谓"变革时期"和"混乱年代"是指小说情节所涉的1972至1982年,覆盖马科斯总统宣布在菲律宾实施军管法至解除军管戒严的十年时间。《70年代》对这段历史的记录在菲律宾社会产生了持久影响。2002年,它被改编为同名电影;次年菲律宾提交该电影参加奥斯卡最佳外语片的评选。小说获得的官方认可表明,鲍蒂斯塔对20世纪70年代社会风貌的刻画具有典型性,这部作品也因此在菲律宾文学史上留名。

除"描绘""记录"历史外,《70年代》的研究价值还体现于它的书写语言以及小说对现实的介入。它也被誉为"第一部用同胞能理解的语言创作并尝试回应现实的小说"[2],这与20世纪七八十年代他加禄语文学的时代特征有关。他加禄语虽然自1937年以来就被确立为菲律宾国语的基础,但它长期被殖民者和本地精英阶层贬低为"议论琐事的厨房用语"[3],而涉及历史或政治主题的严肃作品多以英语写就。他加禄语在20世纪70年代兴起,成为菲律宾文化民族主义的表达载体,以对抗美国的文化霸权与新殖民主义。大量以社会政治、民族复兴为主题的文学、戏剧和流行音乐用他加禄语或其他菲律宾地方语言创作,受到民众的欢迎。这一时期的他加禄语文学因而具有高度的社会意识,以介入新殖民主义背景下的菲律宾社会现实为己任。可以说,在以鲍蒂斯塔为代表的这批作家和艺术家的叙事中,"包含了比社会科学作品更丰富的政治理论与分析"。("Alternative":219)因此,面对《70年代》这样的作品不仅要关注作者所呈现的社会现实,还应该重视她的表达手段,以及她如何借此介入现实。

与鲍蒂斯塔其他的作品相比,《70年代》在表达上的一个突出特点是以中产阶级妇女为叙述者。鲍蒂斯塔常以故事之外的全知叙述者的视

---

[1] Lilia Maria Sevillano, "Some Notes on the Translation Process of *Dekada '70*", in *LIKHA* 18 (1998), p. 59.

[2] Jun Cruz Reyes, "Ang *Dekada '70* sa Kasalakuyan", in *MALAY* 3 (1984), p. 90.

[3] Jacqueline Siapno, "Alternative Filipina Heroines: Contested Tropes in Leftist Feminisms", in Aihwa Ong and Michael G. Peletz, eds., *Bewitching Women, Pious Men: Gender and Body Politics in Southeast Asia*. Berkeley: University of California Press, 1995, p. 222.

角观察社会底层小人物的生活。比如《月亮，月亮，授我以匕首》和《胡利安生平的三个故事》均讲述马尼拉城市贫民的生活悲剧，《加波》的主人公是生活在军事基地城市的菲律宾工人、性工作者和混血孤儿。而《70年代》的主人公来自富裕的中产家庭，整部小说的情节都通过这个家庭中的主妇视角来呈现。在处理20世纪70年代的故事题材时，鲍蒂斯塔采取这种写法是否有特殊用意？作者如何借助对小说叙述者的这种选择来回应社会现实？本文将通过对小说《70年代》文本话语的分析来解答这些问题。

一、《70年代》：社会编年史与女性主义小说

小说《70年代》讲述了马尼拉一户中产家庭在军管法期间的经历，记录了育有五子的母亲阿曼达·巴特洛梅（Amanda Bartolome）从庸碌、懵懂的家庭主妇成长为具有社会意识的菲律宾公民的心路历程。小说刻画了阿曼达的孩子们不同的命运：长子胡莱斯（Jules）同20世纪70年代早期的许多菲律宾大学生一样，成为青年激进分子，并加入新人民军[①]；次子伊萨加尼（Isagani）为追求更好的生活加入了美国海军；三子贾森（Jason）在戒严期间离奇被害[②]；四子埃曼努尔（Emmanuel）成为关注社会热点的记者、作家，记录政府的腐败滥权；幼子宾戈（Bingo）在贾森遇害后对犯罪学产生兴趣，决心加入菲律宾警察部队。

阿曼达的丈夫胡利安·巴特洛梅（Julian Bartolome）是一位工程师。他希望家庭远离政治，坚决反对胡莱斯的激进倾向。他秉持男主外、女主内的观念，拒绝阿曼达出门工作的请求。阿曼达在十年间逐渐意识到女性也应有个人追求与社会价值，同时通过理解胡莱斯与埃曼努尔的事业来感知社会变革。她厌倦胡利安的强势，想离他而去。但在共同经历

---

① 新人民军，简称NPA（New People's Army），菲律宾共产党的军事组织，成立于1969年，是反对马科斯政权的游击武装力量。

② 小说暗示贾森遇害是因为宵禁期间未及时回家，被警察或军队秘密残杀，小说中对应的术语是"Salvaged"。"Salvage"意为"打捞"，这个英文单词在20世纪70年代的菲律宾语境中表示"出于不明因素被警察或军队处死"，特指政府武装力量对平民的法外杀戮。

贾森的遇难后，阿曼达发现丈夫也已改变保守的政治立场，并表露出内心的脆弱。她最终决定与丈夫继续生活。

《70年代》的故事内容决定了它在文学史上的两种角色，一是反映现实的社会编年史，二是女性主义小说。一方面，小说按时间顺序描写巴特洛梅家十年间的生活经历，并在其中穿插越南战争、绿色革命、石油危机、马尼拉城市美化运动、跨国公司在菲律宾投资设厂等历史事件。鲍蒂斯塔将个体命运置于20世纪70年代菲律宾的社会全景中，使小说具有强烈的现实主义色彩。《70年代》因此被视作对马科斯军管法时期最具权威性的历史叙事（"Alternative"：222）。另一方面，主妇阿曼达的经历和感悟也是小说的核心内容。阿曼达反思自己作为女性在家庭中的边缘地位，提出她有权发展个体潜能，表达了女性的主体意识。因而《70年代》是一个"有力的女性主义文本"，鲍蒂斯塔则是开创性地用文学作品表达女性主义意识形态的菲律宾作家①。

鲍蒂斯塔本人对小说的编年史特征毫不讳言。她在小说前言中表示，作品忠于20世纪70年代菲律宾的生活场景：

> 我想起我的婆婆，当她从广播里听到今天的集会死了多少人，而她的孩子恰好跟着去了，那是什么感觉？当博耶的母亲取回他的尸体，她自己也不想活了。我当然不惊讶：尸体在拉马达酒店后面的垃圾堆里，一共17处伤口：肺部刺穿，其余的在膝盖和心脏；脉搏附近有铁丝缠过的痕迹，手肘皮肤几乎剥落，大腿和膝盖都被撕烂，睾丸破碎。这场景正是我在贾森的案子里所描述的，没一点添油加醋。（*Dekada*：13）

此外，她还介绍了自己为还原历史背景所做的努力：

> 当我决定以过去十年间的政治现象作为故事背景，我就把此

---

① Thelma B. Kintanar, "Towards the New Filipina: Filipino Women Novelists and Their Novels." in Thelma B. Kintanar, ed., *Emergent Voices: Southeast Asian Women Novelists*. Quezon City, Philippines: University of the Philippines Press, 1994, p. 117.

前收藏的所有合法或非法的读物都拿出来。写作时，我房间里散着书籍、杂志、报纸和信件。最重要的是，我选取的是那些有确定日期、地点、名字和具体细节的新闻，它们在我脑海中依然鲜活。小说最有血有肉的内容就是我认识的人、我爱的人在那段岁月中真实的经历。(Dekada：13-14)

鲍蒂斯塔的自述说明，《70年代》的情节有据可考，源于她十年间的所见所闻。小说第二十五节描写了贾森的验尸情况，这来自她亲见的案例；小说为每个场景标明了具体的年份与月份，以1972年9月为起点，到1982年9月为止。鲍蒂斯塔在《70年代》中展示了一个真实可感的20世纪70年代，使小说成为对这一时期菲律宾社会状况的生动记录。

在鲍蒂斯塔的作品中，女性议题也占据重要位置，《70年代》延续了作者的女性主义思想。在20世纪70年代的菲律宾，反对马科斯统治的社会力量与女性主义运动联合，旨在推翻专制，实现民族主义理想。女性主义运动将菲律宾的性旅游[①]、邮寄新娘[②]、出口加工区对女工的剥削、海外劳工的受虐等性别议题同新殖民主义、阶级压迫相联系，在戏剧、电影、小说和诗歌中加以探讨("Alternative"：220)。当时菲律宾女作家的女性主义意识十分活跃，鲍蒂斯塔正是其中的代表。其获奖小说《孩子，孩子，你如何长大》塑造了一位独立女性的形象，她对爱情、家庭和亲子关系持开放态度；其戏剧代表作——独白剧《罗勒娜》再现了菲律宾现代女性主义运动代表人物玛利亚·罗勒娜·巴里奥斯(Maria Lorena Barros，1948—1976)的生前时光。《70年代》的主人公阿曼达发现，无论在原生家庭还是在同胡利安组建的家庭中，自己作

[①] 菲律宾的"性旅游"产业始于20世纪60年代。它在美国苏比克、克拉克军事基地所在城市奥隆阿坡和安赫莱斯(Angeles City)尤为著名。20世纪70年代，两地设有大量色情酒吧迎合驻扎美军的需求。

[②] 指通过中介公司或互联网的介绍，为女性匹配结婚对象，主要趋势是为发展中国家女性寻找发达国家的男性。菲律宾是"邮寄新娘"最大的供应国之一。马科斯执政时期，菲律宾外债高筑、失业率和贫困率高，许多女性以成为海外劳工或邮寄新娘的方式改善生活。1990年，菲律宾通过《反邮寄新娘法》，禁止了相关业务。

为女性都处于从属地位：

> 我成长于非常中产的一个家庭。虽然我们能支付娱乐和度假费用，但父亲却相信教育是只为男性准备的。这种念头有个古老的原因：女性只需居家。我们好像只是为服务男性和生孩子而存在，永远不需要思考个人发展，或参与到属于他们的世界中。（Dekada：26）

在以男性为主导的家庭氛围中，阿曼达为自己的生存现状感到焦虑。她不满于只做妻子和母亲，或巴特洛梅家的"住家女仆"（Dekada：61）。她向丈夫暗示，女性除了成为妻子还有其他想做的事情，比如工作，这与赚钱无关，而是要获得成就感（Dekada：106）。离开人世时只留下了孩子而没有成就，这种可能性构成了她深层的恐惧（Dekada：177）。阿曼达渴望走出家庭，参与社会生活；渴望从事工作，追求自我实现。她的想法体现了自20世纪60年代复苏的女性主义运动的呼声，即女性出于自由及自立的需求进入职业市场。《70年代》正是在这个意义上成为菲律宾女性主义文学的代表作。

不论是社会编年史还是女性主义小说，这两个标签都在一定程度上概括了《70年代》的部分特征。然而，这种概括方式并不能解答有关鲍蒂斯塔小说的核心问题，即她如何通过文学表达来介入现实。总体而言，视《70年代》为一部社会编年史或女性主义小说，是通过文学作品的情节事实层面得出的结论。作者对十年间生活场景和社会事件的排布、阿曼达对女性主体意识的阐发，都反映了小说对特定历史年代的再现。然而作为一部文学作品，《70年代》并不仅仅是对具体事件和思潮的简单描摹。从叙事学的角度考察《70年代》的叙述技巧，分析作者对现实的处理方式，可以进一步揭示她的思想与情感倾向。具体说来，叙述声音的社会性质和政治含义，以及导致作者选择特定叙述声音的历史原因是女性主义叙事学关注的重点[1]。就《70年代》而言，解读阿曼达这一角色的历史内涵，是理解鲍蒂斯塔现实关切的关键。她选择通过阿

---

[1] 申丹、王丽亚：《西方叙事学：经典与后经典》，北京大学出版社2010年版，第201页。

曼达的生活和视野来展现20世纪70年代这段历史,是否仅仅出于表达女性主义思想的需要?如果不是,这种叙事选择又体现了作者的哪些现实考量?这些问题有助于我们从叙述话语层面把握小说同现实之间的深层联系。

二、阿曼达:中产阶级的政治觉醒

在小说前言中,鲍蒂斯塔承认自己同主人公阿曼达之间存在着叙事距离:"很多人问我,《70年代》是不是一部自传?整部小说采用阿曼达的视角,我是不是阿曼达?我和阿曼达确实有相似之处,但都是些外在特征:我们都是女性,也都是母亲。"(Dekada:11)换言之,就内在角度而言,她与阿曼达十分不同。最明显的区别在于两人的成长背景与阶级。鲍蒂斯塔出生、成长在马尼拉汤都区[①]的工人家庭。她从小在公立学校接受教育,通过在《黎明》杂志[②]发表而成名,只用他加禄语而非英语写作。《70年代》的叙述者阿曼达来自马尼拉高档社区,婚前、婚后一直生活在中产家庭。可以说,鲍蒂斯塔塑造了一个与自己的成长经历大相径庭的女性作为主人公。她们之间除了身为女性和母亲外,没有更多共同点。因此,《70年代》不是鲍蒂斯塔直接描写个人经历、进行自我表达的自传。

就鲍蒂斯塔本人而言,她对20世纪70年代菲律宾的社会现实抱以批判态度。《70年代》选取的场景与事件凸显了在军管法时期暴露出来的菲律宾政治、经济危机,以及平民人身安全受到的威胁。这同她在《加波》中讽刺的菲美特殊关系、在短篇小说中呈现的城市贫民生活困境等内容一脉相承,都指向战后新殖民主义在菲律宾社会酿成的恶果。在20世纪50年代,菲律宾政府尝试以进口替代政策扶持民族工业发展,谋求更平等的菲美关系。这种尝试受国内市场有限、依赖进口货物和原材料、美国施压等因素的影响而告终。20世纪60年代,取而代之的是

[①] 汤都区(Tondo),马尼拉著名的城市贫民窟。

[②] 《黎明》杂志(Liwayway),菲律宾流行杂志,出版他加禄语文学,与出版英语作品的精英化杂志相对。

出口导向政策，政府引入了由美国主导的世界银行等国际金融组织的支持。然而，这一政策以民族工业为代价，使外国投资者和传统的农业精英（即农产品出口商）从中获利[1]，酝酿了社会矛盾。菲律宾政府的经济发展项目远不能满足激增的城市人口的需求，从而涌现出大量的贫困人口。20世纪60年代的经济危机导致菲律宾兴起一系列大众运动，以城市学生为主的青年激进分子是主要的参与群体。大众运动的诉求包括反对美国，赢得真正的主权；团结菲律宾人，反抗将无地佃农逼入绝境的地主；致力发展民族工业；推行真正的土地改革；建立廉洁高效的官僚系统。激进分子认为国家的堕落与菲律宾对美国的依赖以及政府的政策制度有关，他们在菲律宾政府和美国大使馆门前游行示威，表达反帝国主义、反殖民主义的主张[2]。在动荡的社会环境下，总统马科斯为把持权力，于1972年宣布在全国范围内实施军管法，遏制民主政治的发展[3]。这些事实构成了《70年代》的故事背景。在20世纪60年代末70年代初的混乱之后，菲律宾继而陷入了"起义的十年"（Inside：44），也就是小说所描写的十年。期间，石油和基本生活用品的价格出现"前所未有的"上涨（Inside：57），激起了民众对马科斯政权及跨国公司的广泛仇恨，大众运动的队伍更加壮大。面对社会危机，鲍蒂斯塔的个人立场同要求变革的政治激进主义一致。她认为，菲律宾女作家不能仅仅渴望伍尔夫所说的"一个属于自己的房间"，她们的房间应该在街头的抗议和集会上（"Alternative"：229）。她主张作家应当突破书房的空间限制，用写作来声援当下的抗议活动。

根据鲍蒂斯塔的个人立场反观小说主人公阿曼达，可知作者在小说中采取了迂回的写作策略。她塑造了一位无心于政治的主妇形象，再通过其心理变化论证社会革命的必要性。阿曼达身为衣食无忧的中产阶

---

[1] Michael H. Bodden, "Class, Gender, and the Contours of Nationalism in the Culture of Philippine Radical Theater", in *Frontiers: A Journal of Women Studies*, 16 (1996), p. 28.

[2] Raul E. Segovia, *Inside the Mass Movement: A Political Memoir*. Mandaluyong City: Anvil Publishing, 2008, p. 29。后文出自同一著作的引文，将随文括注书名简称 *Inside* 和对应页码，不再另注。

[3] 尹蒙蒙：《美国对菲律宾1972年军管法的态度与政策》，载《东南亚研究》2018年第1期。

级，对20世纪六七十年代菲律宾的社会状况没有深刻认识。她对现实的不满只来自于女性在家庭中的附属地位。尽管她在性别意识上实现了觉醒，但面对更广阔的社会现实，她却显得麻木。阿曼达不满于只做一位家庭主妇，但考虑到他们生活富足，她也承认自己似乎无可抱怨（*Dekada*：31）。因此，她对20世纪70年代发生的大众运动感到困惑不解。为突出阿曼达在政治意识方面的成长，鲍蒂斯塔用阿曼达的第一人称叙事来强调她在20世纪70年代始末产生的思想变化。例如，小说中的阿曼达常常以如今更加成熟的自己的视角去审视曾经对现实感到漠然的"我"：

> 那时我还不爱看报纸，只看点社会新闻和写给女性的文章。我对国家和社会的状况还没有意识……尽管我脑海中有些疑问，我还是相信这些消息与我无关，我不该关心。在从家去超市的路上，我看到墙上的字：加入战斗、摧毁美帝国主义、推进民主之战、国家的呐喊——自由。我摇摇头。我想，墙上的字迹太脏了，无所事事的年轻人的手也弄脏了……推进全国民主、国家的呐喊——反抗，我对墙上手写的字迹摇头。为什么他们煽动起义？我们不是有真正的民主吗？他们还要求怎样的民主？
>
> 那是1970年。我的孩子们还没有完全摆脱自行车、风筝、口琴和尤克里里。我还没有理由担心他们会去参与游行示威。那我担心什么？他们来自清白的家庭。清白的家庭只会生出清白的孩子！即使总统在1971年的年中取消了人身保护法令——一件我无法理解的事情——我仍然在沉睡，怀抱着满足，有时还有些骄傲的感觉。（*Dekada*：32-33）

鲍蒂斯塔在这里用第一人称的回顾视角将正在回顾过去的"我"与正在经历过去的"我"区别开。例如在第一段文字中，"我"评论过去的自己不爱看报，这是一种回顾性视角。当"我"看到墙上的字句并发表议论时，作者运用的则是体验性视角，表达阿曼达在过去那一时刻的感受。回顾过去的"我"暗示后来自己开始关心国家和社会的状况，并对当时正经历社会变动的"我"语带讽刺，因为她对周遭事物漠不关心，沉湎于中产阶级的生活现状。

同样的写作手法还呈现于阿曼达和胡莱斯母子的交锋中。小说最突出的矛盾围绕胡莱斯与父母相左的政治观念展开。作为一名20世纪70年代的菲律宾大学生，胡莱斯投身于争取社会变革的大众运动。这在他的中产之家掀起了轩然大波。父亲胡利安反对他的事业，母亲阿曼达也无法理解他的选择。她曾与胡莱斯辩论改革是否必要：

> （胡莱斯）："你是要帮助改善这个情况呢，还是继续服务于这种压迫……对工人的压迫，对农民的压迫。他们被捆绑在土地上，被窃取收成，终其一生都是剥削的受害者：资本主义的剥削、封建生产关系的剥削、帝国主义的剥削。"
>
> 但我们不是工人，胡莱斯！我在心里尖叫道。我们也不是农民！
>
> "自由……那不是对所有人来说最珍贵的东西吗？"
>
> "但我们是自由的，胡莱斯！"
>
> "那不是真的！"
>
> "那什么才是真的？"
>
> "当大多数菲律宾人被奴役，深陷困苦，我们就不自由。"胡莱斯坚定地答道。（*Dekada*：57-58）

可见，对当时自满于中产生活的阿曼达而言，她与其他的社会阶层保持着距离，因而无法理解儿子的行为逻辑。她不明白生在"清白"中产之家的胡莱斯为何关心农民和工人的自由，这些是与自己无关的阶级。之后，当胡莱斯收好行装离开家门，去比科尔地区（Bikol）参加新人民军，阿曼达忍不住流泪：

> 我坐在胡莱斯的床沿。我在啜泣。我紧咬着嘴唇。喂，你别哭！这才刚刚开始，你就已经哭了？（*Dekada*：69）

在这里，回顾性视角的"我"再次出现。这是成长之后的阿曼达对过去正在哭泣的自己说话，暗示此刻内心软弱的阿曼达将面临漫长的蜕变之路。而在小说末尾，阿曼达的心理已完成转变，认同了社会变革的必要性，这种第一人称视角的区分也随之消失：

"看到广告上的食物种类和数量，我很震惊。因为，听说还有很多人饿死。"埃曼努尔说道。

"那些食物本就不是给穷人的。"我答道，"那是为资产阶级准备的。"

我回味自己的回答。我们这些某种程度上的资产阶级——通过支持他们的产品而喂饱我国大型外资企业的，不正是我们吗？每一笔购买，意味着我们为他们增加了利润。他们带走这些利润，过后又通过世界银行借给我们，再从我们身上生利。想想这些债务，每天光利息就要支付1700万比索，太可怕了！

等一下，我都在想些什么？

但我确实在思考着什么。我一想到，穷人在现实中可能看不到电视上丰富的食物，我就不舒服。我看到健康漂亮的孩子在银屏上歌唱，歌颂牛奶帮他们健康成长，我就不舒服。我想到那些糟糕的事情：瘦削的孩子站在发臭的河口；咳嗽的、瘦骨嶙峋的老人栖身于汤都区；我想到呼吸中刺鼻的气味，人们的汗水与伤口……我思来想去，我只是在思索，希望没人因此而生气，但我的确在思考：我们好像确实需要革命！（Dekada：160）

此时的阿曼达已经从20世纪70年代的一系列经历中获得成长，开始质疑新殖民主义背景下菲律宾畸形的社会秩序。作者在这里采用阿曼达的体验性视角进行思考，表示已不存在曾经无知的"我"和回首往事的"我"之间的区别。这两段思考就来自正在经历这个场景的阿曼达。通过阿曼达第一人称视角的转换，作者塑造了一位菲律宾中产阶级的思想变化。她曾经是安于现状、不问世事的家庭妇女，不关心也不理解大众的抵抗运动，直到其长子卷入这场运动，她才开始认识现实。在混乱的社会秩序中，她引以为豪的中产之家未能独善其身。胡莱斯的出走与被捕、贾森的被害，这些事件促使阿曼达实现思想上的转变。她意识到，国家在经济上的不独立造成了菲律宾人的贫困，政治上的高压、独裁统治造成了个体家庭的悲剧。在小说中，第一人称回顾性和体验性视角的交替存在引导读者与成长后的阿曼达形成认同，和她一起感受过去那位阿曼达的幼稚和天真。借助读者对成长后阿曼达的认同，鲍蒂斯塔也实现了自己政治立场的表达，即对不合理的社会秩序进行反思与批判。

三、叙述者与《70年代》的现实意义

以批判现实主义风格著称的鲍蒂斯塔在《70年代》中没有通过直接描绘底层民众的生活来揭露现实的阴暗面，而是借中产阶级主妇阿曼达的视角观察社会，借她的声音间接地表达对现状的不满、对变革的渴望。在这部作品中，鲍蒂斯塔较为含蓄地表达了自身激进的政治立场。这种写法本身就和当时的菲律宾社会现实息息相关。首先，这可以被视为军管法时期出版审查制度的余波。当马科斯在1972年宣布实施军管法时，他对大众媒体也进行了全面控制。《70年代》首次出版于军管戒严取消的1982年，此时政府对出版物的审查仍然严格（"Alternative"：230）。因此，鲍蒂斯塔在这部以军管法时期为题材的小说中采取委婉的方式表达激进观点，有助于它通过审查。其次，鲍蒂斯塔在以阿曼达作为叙述者的同时，也预设了小说的读者群体，即中产阶级。而促进中产阶级的政治觉醒正是20世纪70年代以来许多菲律宾文艺作品的目标。《70年代》是这股文艺潮流的延续。

20世纪70年代的他加禄语文学阐述了新兴的社会价值观，展现当时在菲律宾活跃的女性主义、民族主义和政治激进主义等思想。可以说，他加禄语文学在这一时期发挥了重要的政治启蒙效用。比如，许多剧团活跃在城市和农村，通过自编自演政治戏剧的方式唤醒民众的政治意识。这些作品的一个重要受众群体就是城市中产阶级。创作者将城市贫民、工人、农民等更广大菲律宾人口的生活带入中产阶级观众的视野，实现二者的对话与合作。以当时的一部著名剧作《胡安·坦班》（*Juan Tamban*, 1979）为例，它的主人公玛丽娜（Marina）是社会工作专业的中产阶级大学生，在实践课上接了贫民窟孩子胡安的案例。胡安因在街头表演吃蜥蜴和蟑螂而进了医院。玛丽娜在帮助他的过程中开

始理解他如何为了生存而做这类怪异表演，也理解了时下的社会法则如何给穷人制造障碍。《胡安·坦班》是描绘中产阶级政治觉醒的经典作品，主人公玛丽娜为目标观众群体——中产阶级（尤其是女性）提供了感性认同[①]，使他们意识到对弱势群体的责任。

作为20世纪70年代文学转型期的代表作家，鲍蒂斯塔在对这个时代进行总结的小说中以其叙事策略重现了他加禄语文学的这种现实意义。《70年代》也是一部讲述菲律宾中产阶级如何走向政治激进化的作品（"Alternative"：217）。以阿曼达作为小说的主人公和叙述者，可以激发同阿曼达相似的中产阶级读者的共鸣，使之认同她的思想转变。面对中产阶级读者，如果鲍蒂斯塔直接在作品中宣扬激进的革命观念，那么他们或许不易接受这种说教。正如阿曼达起初面对墙上的标语时，首先感到的是不解与冷漠。《70年代》将阿曼达这样的中产阶级女性放在历史舞台的中心，与她身处同一阶级、住同样街区的读者易于接纳这种渐进、温和的政治动员过程。因此，鲍蒂斯塔在《70年代》中的叙事选择可被视为对20世纪70年代他加禄语文学思潮的继承，即重视发挥文学作品的启蒙效用。

就理解20世纪70年代的菲律宾社会而言，这部小说更重要的现实意义还在于它准确地捕捉到促成社会变革的重要线索，即中产阶级的政治觉醒。在20世纪70年代后期，菲律宾大众运动波及更广泛的群体，包括学者、律师、商人、医生、低级别公务员等群体在内的中产阶级开始加入。他们被媒体称为"中间力量"，此前从未走上街头（Inside：60）。中产阶级逐渐接受民族主义和马克思主义的话语，转向激进的政治立场，本尼迪克特·安德森认为这是马科斯统治后期菲律宾社会一个最大的特点[②]。当鲍蒂斯塔在20世纪80年代初回望过去的十年时光，她选择通过中产阶级的视角对之进行呈现，这不仅是出于对读者进行政治动员的考虑，还出于鲍蒂斯塔对20世纪70年代末菲律宾时局

[①] Michael H. Bodden, "Class, Gender, and the Contours of Nationalism in the Culture of Philippine Radical Theater", pp. 30–31.

[②] Benedict Anderson, "Cacique Democracy in the Philippines: Origins and Dreams", in *New Left Review*, 169 (1988), p. 23.

的深刻理解。在小说出版四年后,1986年,推翻马科斯政权的"人民力量"运动爆发。菲律宾中产阶级作为20世纪70年代他加禄语文学的目标读者和大众运动的新加入者,在这场运动中扮演了重要角色。从这个角度来看,《70年代》借阿曼达之口突出强调菲律宾中产阶级走向政治激进化的过程,体现了鲍蒂斯塔高度的政治敏感性,也证明了将20世纪七八十年代的他加禄语文学同"社会科学作品"相提并论的合理性。

结　语

鲍蒂斯塔是菲律宾当代现实主义文学的标志性作家,其小说《70年代》尤以忠于现实著称。从故事内容的层面上看,小说主人公阿曼达作为家庭主妇接受了时兴的女性主义价值观;作为激进青年的母亲,她认识到新殖民主义社会的本质,理解了大众运动的诉求;作为普通市民,军管法期间社会的混乱无序使她失去亲人。借助这个家庭的遭遇,鲍蒂斯塔既还原了具体的历史场景,又提炼了交汇于20世纪70年代菲律宾社会的女性主义、民族主义和政治激进主义等思想。因此,《70年代》的现实意义之一在于它是对特定历史时期菲律宾社会状况的记录与再现。

此外,这部小说的现实意义还体现于作者的创作手法。20世纪70年代以来本土文艺作品的创作潮流与鲍蒂斯塔对变动时局的理解促使她选择中产阶级作为小说的叙述者。她借此暗示了自己对社会变革的支持,以及对中产阶级政治能量的期许。写作的技巧表达了作品与社会的真实关系[1]。《70年代》的叙事策略体现出小说同20世纪70年代菲律宾社会现实之间的深层联系。一方面,以阿曼达作为叙述者可以促成中产阶级读者的政治觉醒,这种写法凸显了20世纪70年代他加禄语文学作品作为一种政治启蒙手段的时代印记。另一方面,阿曼达的思想转变紧扣20世纪70年代末以来菲律宾社会发展的主要特点,即中产阶级转向激进的政治立场,加入反对现状的队伍。因此,这部小说不仅在内容上

---

[1] 萨特:《什么是文学》,施康强译,人民文学出版社2018年版,第126页。

反映了20世纪70年代菲律宾的生活场景，还通过作者对叙述者的选择揭示了历史语境中关键的文化和政治议题。这些都是鲍蒂斯塔创作《70年代》的现实意义之所在。

作者系中国社会科学院外国文学研究所助理研究员

宗教时间里的社会理想

——论赫尔南德斯诗歌中的宗教意识*

王 彧

内容提要 阿玛多·赫尔南德斯是菲律宾著名诗人、小说家和剧作家,被后世尊为"国民艺术家"和"一流的菲律宾人"。赫尔南德斯的作品的现实主义包含了唯心主义的宗教意识。在赫尔南德斯的诗歌中,圣经中"天堂"和"伊甸园"的概念为描述殖民者到来前的菲律宾历史以及诗人的社会理想提供了实体框架。在圣经的框架下,诗歌叙述了菲律宾人应该和耶稣一样反抗现实中的暴政、压迫、背叛和苦难,最终才能得到前往天堂的奖赏,颠覆现存的社会秩序。赫尔南德斯以宗教书写社会现实并将个人的社会理想普世化,体现出其作品独具一格的现实主义特征。

关键词 赫尔南德斯 诗歌 菲律宾 天主教

阿玛多·赫尔南德斯(Amado V. Hernandez)是菲律宾独立早期他加禄语文学界的重要作家,人们称他为热心的民族主义者、马克思主义

---

* 本文系国家社会科学基金项目"菲律宾当代文学的现实主义潮流研究"(19BWW032)的阶段性成果。

者、反帝国主义者和革命诗人[1]，他曾被评选为当今菲律宾最杰出的诗人[2]和国民艺术家，被誉为"工人的作家"（Manunulat ng mga manggagawa）。赫尔南德斯的诗歌呈现出浓厚的现实主义色彩。正如他本人所说，"文学是艺术品，描述一个时代的生活、习俗、经历或社会状况，如果有作者的经历或见证，则更可取"[3]。他批评了菲律宾人逃避现实、追求浪漫主义的行为，认为优秀的作品是"现实主义与艺术的流畅结合"[4]。赫尔南德斯认为作家应该与他的时代相联系，而不是像一块扔进海里被海浪冲走的木头。他在诗集《一丈天堂》（*Isang Dipang Langit*）中提到，"菲律宾作家必须长大……他必须描写赢得自由的坚强的人，或在反人类的压迫下受苦的人。简而言之，他必须写一部热血的文学"[5]。在他的作品中，可以看到塑造了菲律宾民族的革命烈火和浴血诞生的伟大传统。[6]

西班牙在菲律宾建立殖民统治以来，天主教信仰与菲律宾本土的文化传统相结合，逐渐成为了菲律宾人生活方式的一部分，深刻影响了菲律宾作家的文学创作。美籍菲律宾学者、诗人评论家埃皮法尼奥·圣·胡安（Epifanio San Juan）表示："（菲律宾）本土的天才作家把（宗教赞美诗）体裁变成了将社会中邪恶现象客观化的方式，基督变成了叛乱领袖和起义者的典范。"[7]菲律宾文学中的现实主义概念与菲律宾根深蒂固的天主教信仰有着密不可分的联系，探究现实主义作家作品中

---

[1] Mary I. Bresnahan, "The continuity of Tagalog tradition in Amado V. Hernandez. Philippine Studies", *Philippine Studies*, Vol. 37, 1989, pp. 15-28.

[2] Rosario Torres-Yu, "Ang Pagtataman ng Nasyunalismo sa Panulat ni Amado V. Hernandez at Bienvenido L. Lumbera at ang Diskursong Postkolonyal", *Humanities Diliman*, Vol. 9, No. 1, 2012, pp. 28-54.

[3] Ferdinand Tablan, "Kaisipang Sosyalismo sa mga Akda ni Amado V. Hernandez", *Kritike An Online Journal of Philosophy*, Vol. 5, No. 1, 2011, pp. 15-35.

[4] Ferdinand Tablan, "Kaisipang Sosyalismo sa mga Akda ni Amado V. Hernandez", pp. 15-35.

[5] Amado V. Hernandez, *Isang Dipang Langit: Katipunan ng mga tula ni Amado V. Hernandez*, Quezon City: Ken, Incorporated, 1996, p. 204.

[6] Amado V. Hernandez, "The "Urian Lectures" on Philippine Literature Ⅱ", *Philippine Studies*, Vol. 18, No. 2, 1970, pp. 227-228.

[7] Epifanio San Juan Jr., "Prolegomena to Philippine Poetics", *Comparative Literature Studies*, 1970, pp. 179-194.

的宗教意识对于理解菲律宾文学特有的现实主义特征具有重要意义。

一、天主教与菲律宾文学

自16世纪末起，西班牙各修会在菲律宾建立起各自的势力范围，天主教在菲律宾迅速传播开来，并与当地的民族文化和传统宗教习俗相适应，发展出融合了传统文化习俗和罗马天主教的菲律宾民俗天主教。[①]作为当今亚洲最大的天主教国家，菲律宾的现代文化中也可见天主教的影响，例如各式宗教节日庆典、教亲制度、绘画和建筑等宗教艺术、自由平等和社会正义的价值观等，天主教可以说是菲律宾人重要的身份标志之一。

菲律宾文学创作的主题、内容和象征也深受宗教影响。西班牙建立殖民初期，菲律宾文学出版受天主教会管理。1593年多明我会刊印了第一本出版物《天主教教义》，此后耶稣会、奥古斯丁会等教会也分别出版了他们的语法书、词典、教义问答书和忏悔手册等。[②]天主教教义与菲律宾本土的诗歌形式融合，形成了菲律宾独具特色的宗教诗歌。在1605年出版的第一部他加禄语文学作品《有风暴亦有黑暗》（*May Bagyo Ma't May Rilim*）中，就出现了天主、神圣之书等天主教概念，用传统的诗歌形式表达对天主教教义和真理的追寻。在菲律宾的宗教诗歌中最具特色的是融合了殖民前就在马来民族中广为流传的说唱艺术与天主教耶稣受难故事的八音节韵文诗"赞美诗"（Pasyon），包括最早的《我主耶稣基督神圣受难赞美诗》（*Ang Mahal na Passion ni Jesu Chiristong Panginoon Natin*）、19世纪最受欢迎的《皮拉皮尔赞美诗》（*Pasyon Pilapil*）和严谨优美的《生命之书》（*El Libro de la Vida*）三个主流版本[③]，在伊洛戈、班嘉诗兰、伊巴纳格、宿务、比科尔等地

---

① 施雪琴：《西班牙天主教在菲律宾：殖民扩张与宗教调适》，厦门大学2004年博士论文，第112页。

② Bienvenido Lumbera, and Cynthia Nograles Lumbera, *Philippine literature: a history & anthology*, Manila: National Book Store, 1982, pp. 37–38.

③ Bienvenido Lumbera, and Cynthia Nograles Lumbera, *Philippine literature: a history & anthology*, pp. 38–39.

也会在四旬斋季吟唱各自版本的赞美诗。①赞美诗在菲律宾民间广为流传，成了民众最熟悉的宗教文本，并且影响了后来的革命者博尼法西奥（Bonifacio）等人领导群众运动的话语和形式。②菲律宾早期作家的诗歌创作受天主教影响颇深。例如《阿达纳鸟》（*Ibong Adarna*）中好人蒙难终得好报的故事是传播天主教"谦卑"教义的载体。③菲律宾文学史上的瑰宝、长篇叙事诗《弗洛伦特和劳拉》（*Florante at Laura*）虽然故事背景设置在遥远的虚构王国阿尔巴尼亚，但是其中寻找爱和公正的故事主线却与天主教的苦难、解放、真理等概念相吻合。④

除诗歌外，其他文学形式也深受宗教教义和概念的影响。在四旬斋节表演的"耶稣受难"（Sinakulo）剧和描述基督徒和摩洛人战争的"摩洛摩洛"（Moro-moro）剧均以天主教信仰为背景，被视为菲律宾小说先驱的叙事散文《乌尔巴纳和费丽扎两位小姐的书信往来》（*Pagsusulatan nang Dalauang Binibini na si Urbana at ni Feliza*）也具有鲜明的说教和传道意味。菲律宾国父黎萨的经典著作《不许犯我》（*Noli Me Tangere*）的书名就来自圣经故事中耶稣在复活后对抹大拉的玛利亚所说的话，书中揭露了菲律宾天主教会的丑恶和腐败，激发了菲律宾人反抗殖民统治。菲律宾国民艺术家、著名作家尼克·华金（Nick Joaquin）常以宗教身份认同作为自己创作的主题，在《有两个肚脐的女人》（*The Woman Who had Two Navals*）中通过隐喻来暗示宗教。⑤由此可见，早期天主教对文学的影响体现在文学作品直接以圣经和天主教教义为主要内容并以传教

---

① Christine F. Godinez-Ortega, "The literary forms in Philippine literature", *National Commission for Culture and the Arts*, 2020.

② Reynaldo Clemeña Ileto, *Pasyon and revolution: Popular Movements in the Philippines, 1840–1910*, pp. 11–27.

③ 郑友洋：《论菲律宾文学经典〈弗洛伦特和劳拉〉的历史意义》，北京大学2021年博士论文，第4页。

④ Jose Mario C. Francisco, "Voices, Texts and Contexts in Filipino Christianity", in Sipra Mukherjee, eds., *The languages of religion: exploring the politics of the sacred*. Taylor & Francis, 2018, pp. 80–99.

⑤ Joselito B. Zulueta, *The Catholic Imagination in Nick Joaquin's "The Woman Who Had Two Navals"*. Diss. University of Santo Tomas, 2017.

为目的。但随着西班牙殖民统治的衰落和终结，天主教仍然主导着菲律宾民众的信仰，并且成为菲律宾人身份认同的一部分，宗教对文学的影响也开始以更为多样和微妙的形式表现出来。

二、赫尔南德斯诗歌创作的天主教情结

赫尔南德斯于1903年出生于布拉干并在马尼拉汤多（Tondo）长大，他曾在马尼拉公立高中和美国函授学校学习，在完成法学专业学习之前，他退学成为了专栏作家。他早年曾为《国旗报》（*Watawat*）和《团结报》（*Pagkakaisa*）撰写他加禄语文章。[1]1922年，19岁的赫尔南德斯加入了文学社团"民族书屋"（Aklatang Bayan），与洛佩·K·桑托斯（Lope K. Santos）和何塞·科拉松·德·耶稣（Jose Corazon de Jesus）等著名作家相识。1931年，赫尔南德斯成为了菲律宾报刊《万岁报》（*Mabuhay*）编辑，后来还做过《茉莉花》（*Sampaguita*）、《菲律宾语》（*Filipino*）、《爱国》（*Makabayan*）、《群众》（*Ang Masa*）等报刊的编辑，编辑经历使他有机会熟悉同时代人的作品和主张，并形成了支持独立运动的激进观点。[2]

在日本占领菲律宾的几年里，赫尔南德斯曾参与抗日游击战。第二次世界大战结束后，他曾在1945年和1948年两次担任马尼拉市议员。1947—1951年间他积极参加了各类作家和工农阶级公益团体，曾担任工会主席。1949年，他因为"危险"的言论和行为被政府指控为共产主义者并被监禁。1951年，政府以叛乱罪为由逮捕了赫尔南德斯；1956年，赫尔南德斯被暂时释放，但直到1964年，季里诺政府才撤销了对他的全部指控。尽管狱中生活艰辛，但赫尔南德斯仍然创作了四十余首诗歌、史诗《自由的祖国》（*Bayang Malaya*）和长篇小说《鳄鱼的眼泪》（*Ang Luha ng Buwaya*），并完成了小说《捕食鸟》（*Ang*

---

[1] "Amado Hernandez | Mga Maikling Kuwento Wiki | Fandom", March 21, 2023, https://mgamaiklingkuwento.fandom.com/tl/wiki/Amado_Hernandez

[2] Ferdinand Tablan, "Kaisipang Sosyalismo sa mga Akda ni Amado V. Hernandez", pp. 15-35.

Mga Ibong Mandaragit）的开篇。①在狱中创作的诗歌和小说是赫尔南德斯最重要的作品。监狱赋予了他苦难，也赋予了他看待社会问题的独特视角，为他的作品注入了活力。②他在监狱中创作的诗集《一丈天堂》后来获得了共和国文化遗产奖，《自由的祖国》获得了巴拉格塔斯（Balagtas）奖。

赫尔南德斯本人从未承认过自己是共产主义者，他曾在写给典狱长的信中说道："我生来至今都是天主教徒，我从未放弃过我的信仰……我不是完美的天主教徒，但我仍是天主教徒中普普通通的一员，绝不是'顽固的共产主义者'……只有来自内心和灵魂的善良才能让一个人真正变好，而不是有害的偏见或任何引人注目的矫饰。"③在赫尔南德斯的诗歌中也可看见许多天主教的象征符号，例如"十字架"（kurus）、"各各他"（Golgota）、"基督"（Kristo）、"上帝"（Diyos）等，可见天主教信仰对其文学创作的影响。总的来说，赫尔南德斯以娴熟的技艺将诗歌的形式与政治内涵融合在一起④，以天主教故事来隐喻菲律宾社会的过去与现在，用基督受难的故事来解释自身蒙冤入狱的经历，在末日审判与天堂的奖赏中构建"反抗"的现世意义。

（一）伊甸园与天堂：从前的菲律宾

赫尔南德斯是"传统"的作家。伦贝拉将传统性定义为，"作家在自己所处的时代根据自己的需求有意或无意地运用过去的文学态度、主题、类型和技法的综合体"⑤。赫尔南德斯像19世纪菲律宾传统作家一样

---

① Ferdinand Tablan, "Kaisipang Sosyalismo sa mga Akda ni Amado V. Hernandez", pp. 15-35.

② Mary I. Bresnahan, "The continuity of Tagalog tradition in Amado V. Hernandez. Philippine Studies, 37, 15-28", pp. 15-28.

③ Andres Cristobal Cruz, "Ka Amado: Bartolina at Barikada", *Philippine Studies*, 19.2 (1971), pp. 255-286.

④ Rosario Torres-Yu, "Ang Pagtataman ng Nasyunalismo sa Panulat ni Amado V. Hernandez at Bienvenido L. Lumbera at ang Diskursong Postkolonyal", pp. 28-54.

⑤ Bienvenido Lumbera, *Tagalog Poetry 1570 -1898: Tradition and Influences in its Development*, Quezon City: Ateneo de Manila University Press, 1986.

使用了象征人物性格的命名方式，关注故事发生的地点以及地名的由来，并且使用引自黎萨的人物和典故。①在小说和诗歌创作中，赫尔南德斯作品最典型的"传统性"元素之一，是在美国权力支配菲律宾的时期延续了菲律宾革命时期民族解放运动的爱国主义话语。

菲律宾历史学家雷纳尔多·伊莱托（Reynaldo Ileto）全面解读了包括卡蒂普南在内的菲律宾农民革命运动话语特征。他指出，人们通过耶稣受难赞美诗的文本和相关仪式，能够意识到普遍的历史发展模式以及社会关系和社会行为的理想形式。②赫尔南德斯的诗歌与卡蒂普南等革命者的共同点在于"怀旧的幻想（chimera of nostalgia）"③，以"伊甸园"般的世外桃源来比拟菲律宾已经不复存在的美好过往。

赫尔南德斯的长篇自传体史诗《自由的祖国》描述了群众运动在战前、战时和战后三个阶段的反抗史。故事围绕着一个名为皮纳巴谷（Pinagbangunan，意即苏醒的地方）的小镇展开，描述了城市地区半封建、新殖民体系的生产关系以及农民和工人所受的压迫与反抗。随着"和平"的回归，战争造成的资源稀缺使生活条件变得更糟，前统治阶级重新掌权，人民饱受资本家和外国垄断者的折磨，激进的群众运动此起彼伏。从故事内容来看，《自由的祖国》与作者所处时期菲律宾社会的现状相差不远，因此诗歌具有鲜明的现实主义特征。但与卡蒂普南等农民革命运动的话语一致，赫尔南德斯也使用了"伊甸园"与"天堂"的隐喻将日本人到来之前的菲律宾普通村庄描述为一个干净、舒适、人人互相关怀、相互帮助的地方。他这样写道：

> 道路整个夏天保持整洁，
> 不论去哪里都舒适干净。④

---

① Mary I. Bresnahan, "The continuity of Tagalog tradition in Amado V. Hernandez. Philippine Studies, 37, 15-28", pp. 15-28.

② Reynaldo Clemeña Ileto, *Pasyon and revolution: Popular Movements in the Philippines, 1840-1910*, p. 254.

③ Epifanio San Juan Jr., "Prolegomena to Philippine Poetics", pp. 179-194.

④ Amado V. Hernandez, *Bayang Malaya*, Quezon City: Ateneo de Manila University Press, 1969, p. 6.

其中，"舒适"（ginhawa）一词的使用让人联想到，在菲律宾革命组织卡蒂普南创始人博尼法西奥曾撰写的文章《他加禄人应该知道什么》中，也曾使用"繁荣舒适"（kasaganaan）来描述西班牙人到来以前菲律宾人的生活。伊莱托指出，繁荣舒适、人人相互关爱正是"天堂的常见特征"①。菲律宾人熟悉的赞美诗就将亚当和夏娃在伊甸园的生活写成是"人间天堂，极具舒适"②，而人人平等、相互关爱的场景也符合菲律宾人对于天堂生活的想象，正如菲律宾革命时期农民在祝祷时也曾将天堂描述为"人尽虔诚，相爱美满"③。通过这样的描述，赫尔南德斯将战争前菲律宾村庄的现实历史与圣经故事中亚当和夏娃未被逐出伊甸园、在人间天堂快乐生活时的圣经历史相对应。

赫尔南德斯也详细描述了皮纳巴谷居民的日常生活。这里像是一个宁静祥和的世外桃源，即使在午夜，房门也不用上锁，虽然生活得并不奢靡，但居民们天性淳朴。皮纳巴谷是村民生活的中心，尚未遭到现代文明的屠戮，因此是一个平静和不用伪装的地方。在诗中也可窥见菲律宾人"互惠互助"（Bayanihan）的文化传统，人人相互关爱，亲如兄弟：

谁做了美味的食物，
都分给身边的人。
他们秉持着黄金原则，
互惠互助，
给予的人更幸运，
难道不是吗？④
当有人去世，所有人都捐助；
当有人结婚，所有人都帮忙；

---

① Reynaldo Clemeña Ileto, *Pasyon and revolution: Popular Movements in the Philippines, 1840–1910*, p. 83.

② *Pasyon*, p. 4. October 2, 2021, https://commons.wikimedia.org/wiki/File: Pasyon.pdf.

③ Reynaldo Clemeña Ileto, *Pasyon and revolution: Popular Movements in the Philippines, 1840–1910*, p. 39.

④ Amado V. Hernandez, *Bayang Malaya*, p. 9.

当想要建房子，

所有人都和泥，

他们互相关怀

从摇篮到坟墓。①

人人亲如兄弟、互相关爱正是赞美诗中天堂的特征。在天堂里，会对人类联盟的脆弱纽带造成威胁的因素也将消失。正如赞美诗中所述，天堂中"无可妒怨，傲慢不再；……造物天主，视同伙伴。人尽虔诚，相爱美满"②。嫉妒、傲慢、愤怒、自私都不复存在，所有人，无论是圣贤还是教众，都因爱而团结在一起。虽然诗人和读者都无法得知遭受殖民暴政和战争发生前的菲律宾究竟是怎样的，但熟悉的天主教信仰支配着诗人"怀旧的幻想"，用"伊甸园"与"天堂"的图式来描述西班牙殖民者到来前的菲律宾，创造了笔下舒适、宁静、祥和且友爱的故乡。

（二）暴政、背叛与苦难：菲律宾社会的现状

宗教与文学都以"想象"为其共同特征。和宗教一样，诗歌也以虚幻的想象反映真实的世界，正如费尔巴哈所说，"因为幻想是诗的主要形式或工具，所以人们也可以说，宗教就是诗，神就是一个诗。"③宗教的想象渗透在人对世界的理解中，"支配着人们日常生活的外部力量在人们头脑中的幻想反应。在这种反应中，人间的力量采取了超人间的力量形式。"④也就是说，宗教的想象可以操控人理解外部世界的方式，支配人的想象力。天主教也同样影响了赫尔南德斯理解他所处的社会现实的方式。与卡蒂普南革命者一样，他用耶稣受难赞美诗来引导创作想象，以宗教故事来隐喻菲律宾社会的现状。

赫尔南德斯创作《自由的祖国》与《一丈天堂》的时期正值菲律宾

---

① Amado V. Hernandez, *Bayang Malaya*, p. 9.

② Reynaldo Clemeña Ileto, *Pasyon and revolution: Popular Movements in the Philippines, 1840-1910*, pp. 38-39.

③ 费尔巴哈：《费尔巴哈哲学著作选集》下册，商务印书馆1984年版，第683页。

④ 荆云波：《此岸与彼岸：文学人类学视域中的文学与信仰》，《宗教学研究》2008年第2期。

独立早期。日本投降以后,美国人又重新掌握了对菲律宾的控制权。尽管在美国允许下菲律宾取得了自治和独立,但政府却唯美国人马首是瞻,大肆镇压工农运动,赫尔南德斯也在这种情况下被季里诺政府以"煽动""叛乱"和"共产党人"的罪名抓捕入狱。他曾在狱中这样描述当时的社会现状:

> 已经过去二十个世纪,
> 旧历史仍旧没有改变:
> 文士、犹大、彼拉多,
> 仍是许多地方的国王。①

赫尔南德斯明确地将美国控制下的菲律宾社会与圣经故事中耶稣受到迫害的情节相对应,用伪善的文士、背叛耶稣的犹大和判处耶稣死刑的残暴总督彼拉多等圣经故事中典型的反面形象来比喻当时社会中迫害工农阶级的菲律宾政府精英和美国殖民者,以圣经历史解读当前菲律宾的社会现实。在《自由的祖国》中,赫尔南德斯将菲律宾社会中的不道德、不公正现象比作天堂里出现的蛇:

> 每个社会都存在不道德现象,
> 在天堂也会出现蛇。
> 对待一些坏人,
> 是否应该摧毁整个社会?
> 如果确实有蛇,
> 是否应该烧毁整片森林?②

显然,天堂里尽管有蛇出现,但烧毁森林并不是使天堂恢复纯洁的正确方法,这才有了之后的故事,即耶稣降生、传道和牺牲来救赎人

---

① Amado V. Hernandez, *Isang Dipang Langit: Katipunan ng mga tula ni Amado V. Hernandez*, p. 149.

② Amado V. Hernandez, *Bayang Malaya*, p. 173.

类的过程。现实社会应有的发展道路与圣经历史相呼应,即少数人承担起与耶稣相同的救赎任务,通过反抗、奋斗和自我牺牲来实现净化社会中不道德现象的目的。而当前的菲律宾尽管经过革命赶走了西班牙殖民者,但美国人仍然控制着菲律宾,社会公平公正仍然没有实现,赫尔南德斯用"耶稣的血还没有流尽"来描述这一阶段的社会现实:

> 哦耶稣!你的血尚未流尽,
> 世间的罪恶尚未清除。
> 生命和法律的平等,
> 是还未实现的乌托邦。①

当时菲律宾仍然掌握在美国殖民者的手中,真正的解放没有实现,民族主义革命尚未成功。在描述这一现状时,赫尔南德斯再次保留了源自菲律宾革命的传统,将"宗教"与"民族主义"结合在一起,以宗教故事来解释民族主义的概念。伊莱托指出,菲律宾革命时期的群众运动采取了"宗教"和"民族主义"结合的话语来吸引群众加入反抗斗争。例如卡蒂普南时期的一则小报新闻记录了博尼法西奥曾梦见圣母穿着巴林塔瓦克本地服装、在卡蒂普南成员的带领下进行解放斗争。而几十年以后菲律宾独立教会的主教格雷高里奥·阿格利拜(Gregorio Aglipay)主教不断给信徒灌输马比尼、黎萨和博尼法西奥的教导,但同时也毫不犹豫地声称:巴林塔瓦克的圣母就是祖国母亲(Ang Virgen sa Balintawak ay ang Inang Bayan)②。博尼法西奥在菲律宾革命时期创造出了一套融合了宗教概念的民族主义话语,让菲律宾民众可以把个人经历同"民族主义"联系起来,进而前赴后继地投身于反殖斗争之中。这套话语并没有随着反西革命的结束而消失,而是长久地存在于菲律宾人民的反抗运动之中。在卡蒂普南运动结束的五十余年后,赫尔南德斯的诗

---

① Amado V. Hernandez, *Isang Dipang Langit: Katipunan ng mga tula ni Amado V. Hernandez*, p. 150.

② See Reynaldo Clemeña Ileto, *Pasyon and revolution: Popular Movements in the Philippines, 1840–1910*, p. 106.

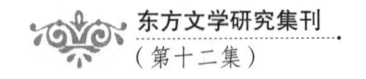

歌依然采取了同样的话语体系：

> 亲爱的圣母和妇人，
> 那妇人抽泣着，
> 悲伤无法熄灭；
> 圣母惊讶问道：
> "你让我不明白，
> 告诉我，
> 你所祈求的是什么。"
> 妇人回答说："慈悲之母啊，
> 我是被骗了很久的菲律宾，
> 我永远向天神祈祷，
> 还我真正的自由！"①

在诗歌中，菲律宾依然是以当地传统女性的形象出现，哭泣、悲伤的样子就像圣经故事中失去儿子的圣母那样引人同情。虽然圣母的形象也同时出现在诗歌中，但在菲律宾人看来圣母并不是独一无二的，在革命时期有巴林塔瓦克的圣母，祖国母亲也同样是圣母，是所有菲律宾人的母亲。祖国母亲遭到欺骗和背叛，但只是哭泣祈祷，如菲律宾人信仰的圣母一般温和、令人同情。"宗教"与"民族主义"的概念合为一体，为诗人叙述和读者理解当前菲律宾社会处境和民族主义革命尚未胜利的事实提供了框架。诗人将一系列圣经人物和故事与菲律宾的社会现状一一对应，社会现实也因此具有了宗教含义。

（三）基督受难：诗人的斗争与入狱

菲律宾革命史上许多反抗运动的领袖被追随者认为是"他加禄人的基督"，例如1841年农民起义领袖阿波利纳里奥·德·拉·克鲁兹（Apolinario de la Cruz）、卡蒂普南（Katipunan）运动领袖博尼法西奥、

---

① Amado V. Hernandez, *Isang Dipang Langit: Katipunan ng mga tula ni Amado V. Hernandez*, p. 151.

"圣教堂"（Santa Iglesia）农民运动领袖萨尔瓦多（Salvador）等。[1]作为工人运动领袖的赫尔南德斯也同样以基督受难来解释自身受难的经历。因政府错误地指控其为共产党人而入狱后，他曾经在信中写道，"因为我的过错，上帝以其无限的智慧赋予我苦难来提醒我，让我悔过"[2]。在诗歌中，赫尔南德斯时常将个人经历，尤其是自己蒙冤入狱的经历与基督被钉上十字架的故事相比拟，认为自己所受的苦难是救赎的必经过程。例如赫尔南德斯曾多次将自己在狱中的苦楚比作身负十字架，让人很自然地联想起基督为了救赎全人类而甘愿被钉上十字架的经过：

> 因为你，爱人，
> 我唯一的快乐，
> 我不关心十字架的沉重，
> 你的爱超过全世界的苦难。[3]

他曾经在诗中明确将自己与耶稣比较，指出两人都曾经历过周四那晚在客西马尼遭遇的痛苦。但与基督相比，赫尔南德斯更加孤独，因为他没有抹大拉的玛丽亚陪伴，而是独自一人走向了属于他的骷髅地。他经历了同耶稣救赎人类一样的苦难，但却是独自一人走过这条道路，因此能够引起读者更深刻的同情与共鸣：

> 哦耶稣，我也一样，在圣周周四，
> 也有我彻夜守护的客西马尼。
> 你更加幸运，因为你是基督，

---

[1] Reynaldo Clemeña Ileto, *Pasyon and revolution: Popular Movements in the Philippines, 1840-1910.*

[2] Amado V. Hernandez, "Katipunan ng Duplikado ng mga Isinulat sa Loob ng Bilangguan", in Andres Cristobal Cruz, "Ka Amado: Bartolina at Barikada", pp. 255-286.

[3] Amado V. Hernandez, *Isang Dipang Langit: Katipunan ng mga tula ni Amado V. Hernandez*, p. 140.

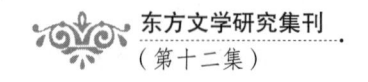

与抹大拉的玛丽亚一起到骷髅地。①

基督在被钉上十字架后的第三天复活，而后升天回到上帝身边，完成了自己的救赎之路，并将在末日审判那天审判世界。这就是赫尔南德斯对于未来世界想象的来源，因为他曾同基督一样为了菲律宾的自由和独立而饱受苦难，也曾被掌权者迫害并投入监狱，所以他也将同基督一样，将在完成了救赎之后升天。诗人身负十字架，准备好为了理想而献身：

> 我在忍耐中学会了有用的一课，
> 人们教会了我，
> 在我们的祖国也有人准备好，
> 身负通往伟大理想的十字架。②

通往天堂奖赏的道路虽然崎岖、充满苦难艰辛，但却能够让人接近上帝，因此赫尔南德斯把这条路描述成一条"荣耀"之路：

> 风暴过后的平静，
> 信仰将移动大山。
> 因为当我们靠近上帝，
> 身负十字架搭上荣耀之梯。③

事实上，对于需要"受难"才能到达"天堂"的描述也同样出现在菲律宾人吟唱的赞美诗中，赫尔南德斯的诗歌与耶稣受难赞美诗一样使用了"荣耀"一词来指代这条苦难的救赎之路："万事具毕，受刑之时，

---

① Amado V. Hernandez, *Isang Dipang Langit: Katipunan ng mga tula ni Amado V. Hernandez*, p. 150.

② Amado V. Hernandez, *Isang Dipang Langit: Katipunan ng mga tula ni Amado V. Hernandez*, p. 148.

③ Amado V. Hernandez, *Isang Dipang Langit: Katipunan ng mga tula ni Amado V. Hernandez*, p. 140.

苦难至死；荣耀之门，方始洞开"①。诗人将自身被逮捕入狱的受难经历与耶稣遭到背叛而被抓捕受刑的经历一一对应，进而阐释真实世界中他的斗争与救赎同圣经故事中耶稣的救赎是一样的，其中必然充满苦难与艰辛，但诗人最终也将和基督一样到达天堂的荣耀之地，因为只有历经苦难才能到达天堂。

（四）天堂奖赏：理想世界与现世反抗

"宗教里的苦难既是现实苦难的表现，又是对这种现实苦难的抗议。"②天主教由西班牙传教士传入菲律宾，本意是让菲律宾人安于殖民统治，但却为菲律宾人反抗殖民者、寻求解放提供了一套话语体系。早在西班牙殖民统治时期，农民就开始以天主教教义为旗帜起义对抗教会和西班牙殖民者的腐朽统治。③伊莱托也在对19世纪末至20世纪初的农民革命研究中指出，菲律宾民间最喜爱的解放话语与对基督受难、死亡和重生的理解有关④，菲律宾革命时期的群众运动也采取了"宗教"和"民族主义"结合的话语来吸引群众加入反抗斗争。可见，将天主教教义从个人救赎拓展到对社会制度的救赎的传统在菲律宾由来已久，并不只是20世纪60年代以后解放神学家⑤的首创。赫尔南德斯也正是通过一系列的宗教叙事，将民族主义的"反抗"精神注入到诗歌创作之中。

首先，天主教社会公正和财产分配的教义也是赫尔南德斯作品中社会理想的内容。理想世界是人对美好生活的设想，是文学和宗教共同的永恒主题。⑥人类以宗教想象构拟出至善世界的样子，并影响了作家

---

① *Pasyon*, p. 51. October 2, 2021, https://commons.wikimedia.org/wiki/File: Pasyon.pdf.
② 《马克思恩格斯选集》第一卷，人民出版社1972年版，第3页。
③ 详见金应熙主编：《菲律宾史》，河南大学出版社1990年版，第242—251页。
④ Reynaldo Clemeña Ileto, *Pasyon and revolution: Popular Movements in the Philippines, 1840-1910*, p. xi.
⑤ 施雪琴：《解放神学在菲律宾：处境化与回应》，载《南洋问题研究》2011年第1期。
⑥ 详见葛兆光：《中国宗教与文学论集》，清华大学出版社1998年版。

的心理和审美趣味①，影响了文人心中对理想世界的追求②。赫尔南德斯将自己的纯真构想和精纯技艺投射到田园牧歌般的过去或超凡脱俗的未来，以朴素目的论的方式理解现实世界。③在他看来，真正完备的社会秩序应该公平、公正、人人平等，不论资本家还是工人都一视同仁，人人都同样享有社会公正，群众也将在未来秩序的塑造中发挥重要作用。赫尔南德斯曾因其思想具有共产主义倾向而遭到逮捕和囚禁，但他本人却否认自己与马克思主义和共产主义之间的关系，而是认为自己的思想是来自天主教和西方古代许多大思想家的理念。他曾在自己的专栏中指出："在马克思主义产生前的几千年里，善良的人们就已经实践了社会主义经济。新约使徒行传说：'信教者都在一起，凡事公用；他们变卖财物，按需要分给众人。'天主教徒称之为基督教共产主义。"④

在描述自己的社会理想时，赫尔南德斯也同样采用了这种将天主教教义与民族主义精神相融合的话语。天主教本身就蕴含着渴望土地和财产分配公平公正的"颠覆性"元素，而赫尔南德斯的社会理想也同样以"颠覆"现有秩序为目标：

> 是时候了，奴隶解放，
> 农民成为土地的主人，
> 挥汗如雨的厂工富裕起来，
> 付出辛苦理应得偿。
> 我们的理想一目了然——反抗，
> 没有奴隶就没有主人；
> 稚弱的小鸡愤而抗争，
> 骄傲的老鹰肃然起敬⑤。

---

① 周群：《宗教与文学》，载《江苏社会科学》2006年第4期。
② 胡山林：《家园何在——论文学中的理想世界及其价值》，载《河南大学学报（社会科学版）》2009年第3期。
③ Epifanio San Juan Jr., "Prolegomena to Philippine Poetics", pp. 179–194.
④ Amado V. Hernandez, *Progessive Philippines*, Manila: Pilipino Press, 1949, p. 6.
⑤ Amado V. Hernandez, *Bayang Malaya*, p. 192.

宗教时间里的社会理想

这段诗歌开头第一句"是时候了"（Panahon na）正呼应了博尼法西奥在革命前夕写于山洞里的宣言："是时候了！自由万岁！"在革命时期，这一宣言不但表示革命开始了，而且意味着一个新的纪元（panahon）将要取代旧时代，颠覆旧时代已是不可避免的趋势，正如革命时期报刊文章所说，斗争的结果是"智者不再傲慢，强者不再暴虐，愚者获得智慧"[①]。诗人在之后的描述也同样意味着颠覆现有的社会秩序，让农民成为土地的主人，工人成为富豪，从此再无奴隶和奴隶主，小鸡和老鹰也得互换身份。这种"颠覆"话语既是卡蒂普南革命话语的延续，也同赞美诗中"天堂"的理想如出一辙："贵族贱民，富翁贫民，样貌一致，此天主愿。"[②]宗教理想、诗人的社会理想和革命话语熔于一炉，难分彼此，是诗人宗教意识与民族主义理想融合的集中体现。

其次，赫尔南德斯通过词语、典型人物和情节的对应，将圣经历史映照到现实世界，从而赋予"反抗"以现世意义。反抗是他诗歌的主旋律。在他的作品中，怀旧情绪不仅是对田园牧歌般过去的追忆，更是对未能坚持反抗行为、继续反抗精神的哀悼。[③]圣·胡安·埃皮法尼奥也称赞赫尔南德斯："他的特点在于其精湛的技艺，他的重要性在于其艺术的生命力，他的影响在于改变了我们对生活的态度。赫尔南德斯的生活和他的艺术无缝衔接：技巧和现实自发地融合在一个单一的行为中——反抗行为。"[④]

宗教将人的精神外拓，从而将个人的理想与精神普世化。菲律宾人通过圣经历史来理解真实世界中发生的种种事件，并用圣经故事的发展来判断未来的走向，以此为依据安排自己的生活。伊莱托用耶稣受难赞美诗的内容来解释19世纪至20世纪群众起义中菲律宾农民的行动。赫尔南德斯的诗歌也正是通过宗教时间将菲律宾过去的历史、当下的处境与未来世界的想象连接起来，从而将属于个人的社会理想通过宗教时间

[①] Reynaldo Clemeña Ileto, *Pasyon and revolution: Popular Movements in the Philippines, 1840-1910*, pp. 103, 118.

[②] Ibid., p. 38.

[③] Epifanio San Juan Jr., "Prolegomena to Philippine Poetics", pp. 179-194.

[④] Epifanio San Juan Jr., *Only by struggle: reflections on Philippine culture, politics, and society in a time of civil war*, Kalikasan Press, 1988. p108.

转变为全体平民读者对未来现实的共同想象。耶稣在赫尔南德斯的笔下除了是为救赎全人类而受难的人，更是反抗者：

> 全国已知晓我说的话，
> 我站出来了所以成了反抗者；
> 基督是反抗者，黎萨是反抗者，
> 反抗那些窃取了王位的人。①

作为反抗者，就必然要面临被迫害的命运。基督被钉上十字架，黎萨被流放枪决，而诗人自己则被捕入狱。但反抗也必然会得到奖励，赫尔南德斯认为耶稣流血、救赎人类之后应该能够清除世间的罪恶，实现生命和法律的平等。真正应该享受斗争胜利果实的，正是那些曾经身受苦难、背负着十字架的人：

> 谁比受苦的人，
> 更应该享受舒适的成果呢？
> 身负十字架的人，
> 有权利登上天堂。
> 难道上帝不公正，
> 不是世人的天父吗？②

在天主教故事中，反抗者耶稣在钉上十字架死亡后又复活，最终升入了天堂。这也是"身负十字架"的反抗者们将来应该得到的奖赏。以圣经故事的发展为框架，赫尔南德斯暗示了现实世界中历史发展的必然趋势，从而构建起了反抗的现世意义。"天堂"为赫尔南德斯个人化且抽象化的社会理想提供了一个实体框架，天堂的特征即是理想世界的特征。殖民者到来前的菲律宾社会也如同伊甸园和天堂一般美好，但殖民

---

① Amado V. Hernandez, *Isang Dipang Langit: Katipunan ng mga tula ni Amado V. Hernandez*, p. 145.

② Amado V. Hernandez, *Bayang Malaya*, p. 162.

统治让菲律宾遭受压迫、暴政和背叛，饱受苦难摧残，包括诗人在内的菲律宾人应该为了实现"天堂"的理想而"反抗"。反抗虽然可能会招致迫害，但最终将得到"奖赏"。诗人的"颠覆性"话语因此都变得顺理成章了。通过这种方式，赫尔南德斯书写了既属于个人、亦属于菲律宾普通民众的社会理想，将反抗精神灌注于读者心中。

结语：宗教时间里的社会理想

信仰以理想的方式支配人的行为，文学作品以接近信仰的方式表达思想与感情，才能折射出深刻的理性之光。[1]赫尔南德斯是公认的菲律宾现实主义作家的代表，但他的现实主义却不仅限于描写真实社会中的现实，而是包含了唯心主义的意识形态，试图以宗教理想为蓝本建构现实的社会理想。他在诗中对于内心理想世界的描述，透过宗教时间，从诗人个人的内心世界进入到读者共同的想象之中，进而创造出了属于所有读者集体意识的想象现实。菲律宾人熟悉耶稣受难赞美诗的故事，他们为人类受到蛇的诱惑而被逐出伊甸园感到痛惜，因此能够理解赫尔南德斯诗歌中对于菲律宾失落过去的伤感怀旧；他们了解基督所处的时代中的暴政和背叛，与基督受难和圣母丧子共情，因此能够理解菲律宾社会中的种种现实问题和黑暗的现状；他们懂得基督被钉上十字架的苦难，因此能够理解诗人作为反抗者所受的迫害以及对未来的希冀；他们向往人人平等的天堂，渴望在天堂与耶稣团聚，因此理解了只有反抗才能颠覆现有的社会秩序，到达理想的彼岸。宗教时间连接了菲律宾世外桃源般的过去与苦难的现在，指向天堂般平等、公正的未来社会理想。从这个意义上来看，赫尔南德斯的政治理想和社会理想不再是个人主观情感逻辑的产物，而是通过宗教时间、透过纸张成为所有读者所共有的对未来世界的想象。

作者系云南民族大学南亚东南亚语言文化学院讲师

---

[1] 董学文、张永刚：《文学精神向度探要》，载《社会科学战线》2001年第1期。

战后"无赖派"对民族问题的思考

——以太宰治与坂口安吾为例[*]

向志鹏

内容提要 长期以来,"无赖派"作为"颓废""堕落"的象征被视为日本战后文坛上的一支特异流派,但这种视角割裂了"无赖派"与日本战后知识界全体面临的核心问题——民族问题之间的关系。在"战后初期"这一社会大转型的特殊时代背景之下,对"无赖派"的文学思想做出联动式考察是必要的。通过分析以太宰治与坂口安吾为代表的作者在其文学创作中隐含的对民族问题的思考,并将之与以丸山真男、竹内好为代表的日本战后思想家的主张做出对比,能够进一步明晰"无赖派"精神的内涵。

关键词 无赖派 太宰治 坂口安吾 民族主义

引 言

自1945年8月15日日本败降以来,日本国民由于社会的剧变而迅速陷入精神上的强烈不安与空虚状态。在战时大肆散播极端民族主义话

---

[*] 本文系重庆市研究生科研创新项目市级课题"战时太宰治翻案小说中的中国形象研究(1937—1945)"(CYS22430)阶段性研究成果。

语、赞美天皇制的社会舆论转而开始一味否认战争,高举所谓"民主主义"的大旗。面对这般乱象,一支风格特异的文学流派于战后文坛异军突起,以嬉笑怒骂的笔调展示出对"战后初期"这一混乱时代的叛逆,并以颓废虚无的心理刻画真切地反映了当时日本国民的心境,从而引起广泛的社会共鸣。这批在文学上具备相同特征的作家——太宰治、坂口安吾、织田作之助、石川淳等人——被后世冠以"无赖派"之称谓。事实上,他们并非于战后才崭露文坛,只是在战前一直处于文坛少数派的位置,并从那时起就始终贯彻着强烈的叛逆精神。如今看来,真正使其成名、定型并流传后世的作品多集中于战后。

迄今为止,学界对"无赖派"的研究多集中于其文学或思想特征,以及该特征与时代背景之间的关联等方面。小田切秀雄根据"无赖派"的文学活动特征对该称谓提出了订正,认为"就其实体而言,称之为'新戏作派'过于轻描淡写,而称'无赖派'又只是夸大了其特征的片面。因此,可以暂用'反秩序派'这一称谓。……他们不是'反体制派',而是'反秩序派',这是基于其活动特点而决定的"[1]。国内多数研究也遵循该研究范式。刘炳范认为"无赖派"的思想特征是"以表现堕落来蔑视、叛逆传统道德理念,并对权威进行反抗"以及"在对颓废的毫无顾忌中去追求'人性的解放'";并概括出"无赖派"注重真实、擅长自嘲、反近代文学传统的文学特质。[2]任江辉归纳出"无赖派"文学的特征在于反天皇制、以堕落追求解放、自嘲戏谑、反近代文学传统以及价值颠倒;并分别指出"无赖派"文学思潮促进战后文学转型、反映战后国民心态的进步性以及颓废堕落、具有消极破坏性的局限性。[3]从这些学者们的研究成果中可以看出,他们对"无赖派"的考察无不指出其文学思想上强烈的堕落与叛逆性质,并往往夹杂着消极的批判性色彩。例如叶渭渠认为"无赖派"的反叛精神是"从恶俗中沦落的'反叛

---

[1] [日]小田切秀雄:《现代文学史(下卷)》,集英社1975年版,第593页。如无特别注明,本文所引日文文献均为笔者所译。

[2] 刘炳范:《论"无赖派"与日本战后文学的转型》,载《东北亚论坛》2000年第2期。

[3] 任江辉:《日本无赖派文学思潮评析》,载《山西大同大学学报(社会科学版)》2013年第2期。

精神',是畸形的、病态的反抗",它"既无助于批判战后的社会现实,也拯救不了个人所面临的命运"。①

诚然,"无赖派"确实在日本战后初期特殊的时代背景下,以不同于日本近代传统的、风格特异的文学精神把握着社会的脉搏。但放眼于日本战后知识界,无论是以马克思主义者与近代主义者为代表的左翼阵营,还是与之保持距离、思想偏向保守的右翼阵营,均在努力重建与日本民族主义密切相关的话语体系。可以认为,民族问题是横亘在日本战后知识界的核心问题之一。而面对该问题,"无赖派"作家们作何思考?他们果真只是单纯的时代叛逆者,而毫不触及此类问题吗?当然,仅将"叛逆"或"堕落"视作"无赖派"的象征符号似乎确实足以概括其文学性特征,但实际上,置身于特殊的时代语境,"无赖派"文学的根底同样不乏对日本民族问题的独特性思考。甚至不妨说,"无赖派"对于时代的叛逆,正是以一种稍显消极、剑走偏锋的方式,追问"民族"这一深刻复杂且极具挑战的课题。基于此,有必要将"无赖派"重新置于日本战后思想史的语境下展开思考,探究其叛逆精神之内涵。

一、"无赖派"之于战后日本

"无赖派"是日本战后最早出现的有代表性的文学思潮。其存续时间并不长久,自1946年兴起,1947年(织田作之助于此年去世)达到高潮,直到1948年(太宰治于此年自杀)便走向衰微。由于缺乏组织性,"无赖派"没有作为文学运动的力量,其影响主要是依靠太宰治、坂口安吾、织田作之助等人的作品支撑起来的。就文学史而言,"无赖派"的兴起与没落有如昙花一现。

为何日本会在战败后出现这样一股文风特异、极具叛逆精神的文学潮流?其缘由需要追溯至战前。20世纪30年代以降,日本逐步滑向法西斯化的深渊。随着对外侵略战争的升级,日本政府对内的思想文化统制也愈发极端。而受此压迫的日本文坛无疑也在同时陷入了困境。尽管

---

① 叶渭渠:《略论无赖派的本质》,载《日本问题》1988年第3期。

曾出现过短暂的文艺复兴期,但无产阶级文学的覆灭仍使得"转向"成为时代的主旋律。其结果便是国策文学与风俗文学的泛滥。正是在此时,太宰治、坂口安吾等"无赖派"作家登上了文坛,并且从一开始就凭借着文体上的创新展现出有别于文坛主流或权威的叛逆性。即使是到国内统制最为严格、多半作家纷纷失足附庸政治的战争末期,他们也尽可能地与时代潮流保持一定距离,在持续创作的同时坚守住了艺术的立场。这种贯彻始终的文学创作态度为战后"无赖派"的迅速崛起奠定了主观基础。

与此同时,日本战后初期的社会现状则为其发展提供了充分的客观条件。由于作为统治根基的天皇制遭到根本性颠覆,曾经被强迫灌输"忠君爱国"思想的日本国民不得不马上面对外部输入的民主主义,这种价值取向的反转造成国民对权威的幻灭,以及一种从令人窒息的环境中解放的虚脱感。与此同时,美国的侵占也使日本国民对未来感到强烈不安。这种混乱状态成为"无赖派"生长的土壤。就其代表人物太宰治与坂口安吾而言,二者本就在日本战败前坚持着对时代的反抗意识,这种精神在面对战后的社会乱象时自然会再度显现。前者如矶贝英夫所言,其文学价值正在于"绝不饶恕时代之'恶',以赌上自己性命般的、近乎绝望般的热情,产生出卓越的能量"[①]。战后初期是太宰治创作生涯的最后时期,也是其作品最被世人所熟知的时期。其于战后陆续发表《圣诞快乐》《咚锵咚锵》《维庸之妻》等诸多描写时代众生相的小说,及至《斜阳》更是引发出所谓的"斜阳族"现象。而后者则以战后不久发表的《堕落论》造成轰动。在这篇被视为"日本战后'无赖派'文学的宣言书""解脱精神桎梏的钥匙""疗治创伤的良药"[②]的文章中,坂口安吾呼吁人们通过反语式的"堕落"挣脱旧的伦理束缚而重新回归人性,最终在尚处彷徨状态的读者群中引发了广泛的共鸣。

因此可以认为,"无赖派"于战后的兴起既是"战时/战后"日本社会之反差所造成的必然结果,也是"无赖派"作家们贯彻始终的文学创

---

① [日]矶贝英夫:《太宰治论》,载《太宰治Ⅰ》,有精堂1987年版,第16页。
② 杨国华:《坂口安吾的〈堕落论〉是向传统价值体系的挑战》,载《解放军外语学院学报》1992年第2期。

作态度之产物。正是这两方面的原因,为考察"无赖派"对民族问题的思考提供了可循之迹。

二、"竹林隐士"的民族意识

明治维新以来,近代日本的政治制度始终凭借着以天皇为总家长的"家族共同体"意识侵蚀本属于独立"个体"的领域。此举导致日本国民的个体意识长期被集体意识取代,也使得"个体"与"集体"之辩成为讨论日本近代性的关键议题。可以认为,战后初期日本国民的迷惘心境正是权威性集体的崩溃与个人主体意识尚未确立,这两种情况交汇而形成的空白地带。面对这种社会状况,"近代自我"自然将成为日本战后知识界长期追问的主线。同时,日本近代以降的制度性积弊也无法避免地将"自我"问题并入到民族问题的轨道上。于战后展开文学活动的"无赖派",其思想特征之一就在于对"人性解放"的追求。在讨论"无赖派"的民族问题思考时,该特征是必须展开深究的。

以太宰治与坂口安吾为例,二者于战后的诸多作品均体现出个体意识与民族意识的结合。太宰治原本就是在战争中保持主体性并坚持创作的极少数作家之一,这一点已被众多学者所肯定。但这并非代表太宰治是旗帜鲜明的战争反对者,毋宁说其对待战争的态度具有一种二律背反性:一方面对发动战争的法西斯主义政府表示消极的抵抗;另一方面又不惮于在作品中高声赞美日本民族性之可贵。诚然,在法西斯主义垄断民族话语权的战争时期,赞美日本民族几乎就等同于讴歌战争。但太宰治的特别之处就在于,从其战时作品群中,读者难以寻觅到附庸政治的倾向,却又能感受到他强烈的民族归属感。事实上,太宰治的这种态度在那部受内阁情报局与文学报国会之委托撰写而成的小说《惜别》中已经有所诠释。小说中,太宰治假借青年鲁迅"周君"之口,以"竹林隐士"的典故隐喻了自己的心境:

> 魏晋时期的竹林隐士,便是不堪于"礼"的思想之堕落,才逃进竹林恣意饮酒的。……他们自暴自弃,反过来对"礼"恶语相向,……但其实,在当时,真正在内心中将礼教视为宝物的却只

有他们。如果不采用这种"背德者"般的态度,就无法继续秉持礼教的思想。而当时所谓的"道德家",虽然装出一副正经高贵的嘴脸,但实际上却是在破坏"礼"的思想。他们根本不相信礼教这一套。①

可以发现,太宰治对"竹林隐士"的解读正是他对自己战时遭受当局"非国民"批判的申辩,同时更是对战时政治扭曲民族话语之现状的自我回避式否定。正是二者的交汇,才呈现出太宰治独特的、"竹林隐士"般的民族情感。在这种意识的支持下,太宰治一方面坚持从日本一般民众的生活中寻觅被官制口号所掩盖的民族话语;另一方面也对战时全体主义思想压杀"个体"的社会现状表示出隐晦的讽刺——例如小说《东京来信》中对战时女性"产业战士"群体进行的描绘:

每个人都长着相同的模样。甚至年龄都无法准确地估计。看来将全部奉献给天皇之后,人也许就会失去面部特征、年龄以及美貌吧……她们是失去个人特征,将所谓"个人事情"悉数忘记,为国家而竭尽全力奉献的。②

这种个性泯灭的现状普遍存在于战时日本社会,且随着战败而变得愈发明显。但在该小说结尾处,太宰治笔锋一转,引出一位"生来跛脚""拄着拐杖"的少女,并由衷地感叹其美丽:"她那与众不同、不可思议的美,来自更加严肃崇高、走投无路的现实"③。凭借这种反差的描绘,太宰治对全体主义社会众生相的讽刺表露无遗。权锡永指出,"那位少女的存在承担着强化整齐划一的少女集团形象的作用,《东京来信》在刻画当时社会现状的同时,也混杂着对其讽刺式的批评"④。而这一批

---

① [日]太宰治:《惜别》,新潮社1973年版,第278—279页。
② [日]太宰治:《東京だより》,载《ろまん燈籠》,新潮社2009年版,第316页。
③ [日]太宰治:《東京だより》,载《ろまん燈籠》,第319—320页。
④ [日]権錫永:《アジア太平洋戦争期における意味をめぐる闘争(3):太宰治〈散華〉·〈東京だより〉》,《北海道大学文学研究科紀要》2002年第106号,第76页。

评正是战时太宰文学的主要特征之一，即在对战争日常化的白描中，通过某种反差的建构形成对时局的反讽。这种创作态度构成了太宰治言说战争的作品群之基底，并体现出其在战时"国民"化的社会中对"个体"的坚守。其精神内涵即对时代的深入参与却与时代主流话语的非重合。

直至战后初期，社会追捧民主的浪潮已然带有盲目的倾向，并包含着轻易抛却战争体验的危机。更严重的是，这种民主是随着美国的占领而被赋予的。如果持续追随这种并非发自民族主体的民主主义，则将在丧失自我的同时进而丧失民族性。在这种现状下，太宰治拒绝被时代同化，坚持与时代之"恶"抗争到底的精神得到了延续。

事实上，"无赖派"这一称谓原本就出自太宰治之口，它正是源于太宰治对战后"便乘主义"的不满与唾弃。他曾在《回信》中坦言"我是无赖派，反抗一切束缚，嘲笑得意的投机主义者"①，将矛头直指当时日本忘却战争体验、忽视逃避战争责任、一味高唱民主的风气，甚至声明自己宁愿加盟"保守党"，也不能容许自己受这股风气的感染。这篇宣言式的书信展现了太宰治对时代的反抗和他对民族问题的一贯坚持——它在此时表现为直接声明对战争的态度。

就在日本上下人人自危，多数人极力撇开与战争的关系之时，太宰治反而率先表明了自己的态度。他在《回信》中宣称："坦白直说又有何妨？我们在这场大战中支持日本。我们深爱日本"②；在《十五年间》中也仍以同样的口吻重述："我在战时曾多次跟大家表示，自己对东条英机目瞪口呆，对希特勒也表示轻蔑。但在这场战争中，我还是想要大力地支持日本……这一点我想表示明确"③。在当时，如此清晰地表明战争立场需要具备十足勇气，但正如上文所述，太宰治"深爱日本"的感情同时还伴随着对战时日本政治的消极否定。这种感情在战后则演变为对战败结局的肯定——"结果日本惨败。确实，如果变成那样日本还能取胜，那日本就不是神之国，而是魔之国了。如果那样也能胜利，我可能

---

① ［日］太宰治：《返事》，载《もの思う葦》，新潮社2002年版，第166页。
② ［日］太宰治：《返事》，载《もの思う葦》，第164页。
③ ［日］太宰治：《十五年間》，载《グッド・バイ》，新潮社1989年版，第55页。

也不会像现在这样深爱日本了。"①一方面在极端民族主义走向总崩溃的战后时期仍不惮将日本称为"神之国";另一方面却否定极力将日本神化的话语主体——法西斯主义政府。二者悖论般地揭示出太宰治对民族话语的自主性坚持,同时也体现出将民族问题的解释权从令其僵化的、带有意识形态色彩的政治话语手中夺回至属于日本全体国民之"自我"领域的无畏精神。太宰治在战时日本民族主义走向极端之时,于"竹林"中寻找民族的出口,又在战后大胆背负战争责任,以此反抗社会盲目"崇美"的倾向,其对民族问题的自主性思考应是不言自明的。

三、"堕落"的意义

相较于太宰治依赖个人体验发出的感性宣言,坂口安吾则通过其诸多看似离经叛道、实则饱含逻辑的文章展现出"无赖派"理性思考的一面,其代表当属《堕落论》。该文章在后来被收录进《中央公论》1964年10月号推出的特辑"创造战后日本的代表性论文"中。值得注意的是,若按照论文发表的时间排序,《堕落论》是该特辑所有论文中最早发表的(1946年4月)。而同时入选的还有丸山真男的《极端国家主义的逻辑与心理》以及竹内好的《中国的近代与日本的近代》(后改题为《何谓近代——以日本与中国为例》)等论文。它们共同构成了"创造战后日本的代表性论文"这一作品群。仅从这一意义角度看来,《堕落论》中所蕴含的思想之重量也是不容忽视的。

所谓"堕落",如果按照其惯常含义来理解,即一种思想、行为上的腐化。但在坂口安吾的笔下,"堕落"成为反语,它彰显的是一种进步。在《堕落论》中,坂口安吾指出诸如"武士道""天皇制",乃至要求女性忠贞的一系列维护道德之举,其实都不过是政治家稳固统治的权术手段。他们并非不懂人性才制定出这些措施,恰恰相反,正是因为他们过于了解人性的弱点,才编撰出所谓的道义加以控制。久而久之,人们被这类"健全道义"所束缚,逐渐忘却自身个性,甚至不敢表达好恶,只知一味地追求"大义名分",以空洞的道德逻辑为自己的所

---

① [日]太宰治:《返事》,载《もの思う葦》,第164页。

作所为辩白,乃至通过对它的顶礼膜拜来反衬出自己的威严。因此在坂口安吾看来,一切道义都不过是诡计,是对真正人性的破坏。如果日本在战败后继续呼吁这类制度,那么"人类的真理之光将被永远封存,人类真正的幸福、苦恼以及人类所有的真实姿态也就永无到访日本之日"①。

基于此,"堕落"的理念应运而生。对于战败后的乱象——复员的军人做起黑市买卖、战争遗孀开始新的恋爱等,与指责世风日下、道德崩坏的舆论相对,坂口安吾为此做出辩护:

> 我一直高呼日本必须堕落,但实际意思却与之相反。如今的日本和日本式思考正沉沦在巨大的堕落之中。我们必须从充斥着封建残余之诡计的所谓"健全道义"中坠落而出……回归到人类本真的状态。②
>
> 人没有变化,只不过是重新做回人而已……并不是因为战败而堕落。正因为是人,所以才堕落;正因为活着,所以才堕落。③

在坂口安吾看来,真正堕落的并非违背传统道义的行为,而在于传统道义本身。这些道义被政治操弄,利用人类脆弱的天性而成为束缚人性的手段。因此,反抗道义的途径就在于一种反语式的"堕落",也即人性对道义的涅槃式超越。其终极目的是完成人性的彻底解放。不仅如此,坂口安吾深知人类固有天性的弱点,故指出当人"堕落"到一定阶段时,政治必然会打着维护社会秩序的旗号对人性进行约束,以道义为手段掌握解释人性的话语权——这正是"武士道""天皇制"等传统价值体系在日本扎根的原因所在。基于此,"堕落"不可能是一蹴而就的,而是一个永续的、不断实现自我更新的动态过程。

不过,尽管在以《堕落论》为代表的诸多文章中,坂口安吾均显示出对传统道义的批判,但在终极意义上,其目的却并不在于对"道义"

---

① [日]坂口安吾:《続堕落論》,载《堕落論》,角川書店2012年版,第126页。
② [日]坂口安吾:《続堕落論》,载《堕落論》,第126页。
③ [日]坂口安吾:《堕落論》,角川書店2012年版,第118页。

的彻底舍弃。换言之，坂口安吾对传统道义的批判固然含有对政治遏制人性自由的否定，但这种批判却不能简单地等同于对其精神本身的全盘否认。这一点可以在《堕落论》的结尾处得到证明：

> 人类可怜且脆弱，因此是愚蠢的生物，根本无法做到彻底堕落。最终人们不得不……编造出武士道、搬出天皇来。但是如果要做到……创造出自身的武士道、自身的天皇，那么人们就必须正直地将堕落之道一走到底。日本也是同样，必须堕落，必须通过将堕落之道贯彻到底去发现自我、拯救自我。靠政治拯救之类的说辞实属浮于表面，愚不可及。①

面对战败之前逐步走向极端的民族主义在战败后迅速烟消云散、仅留给国民以巨大精神空虚的情形，坂口安吾在嗤笑政治的无力时，鼓励人们自己去努力发现"道义"，呼吁人们掌握"道义"的话语自主权，挣脱被政治操控的束缚。这一点在其另一篇文章《天皇小论》中同样有所体现：

> 对于日本历史的发展而言，让天皇在科学面前成为客观平等的普通人有着不可或缺的必要性。若是在科学面前脱下外衣、成为普通人之后，日本人的生活仍需要天皇制，那到时候再按需确立天皇制便是。②

《天皇小论》发表于1946年6月，而就在同年的1月1日，昭和天皇向日本国民宣读了否定天皇神性的《人间宣言》。因此，坂口安吾此时是站在天皇权威已被其亲自否定的背景之下，对构成日本近代政治制度之根基——"天皇制"展开讨论的。自明治维新以来，日本确立了以"天皇制"为中心的政治制度。与西方民主制度（即使是君主立宪制）

---

① ［日］坂口安吾：《堕落論》，第118页。
② ［日］坂口安吾：《天皇小論》，https://www.aozora.gr.jp/cards/001095/files/42891_21292.html，最后访问日期：2021年10月8日。

相反，日本天皇在作为国家之象征的同时还握有强大的政治实权，使得天皇本身被升格为绝对的存在，国家政治可以借由"天皇"的名义无限制地侵入私人领域，并凌驾于所有的"个体"之上。换言之，在日本战败以前，天皇的"神性"权威是政治为统摄其国民而树立起来的。它并非国民的"自觉"，只是对国民爱国意识的单方面利用。毋须说明，这种忽略个体的极端政治最终将日本导向了自我毁灭的结局。而正是基于这般历史教训，坂口安吾提出，让天皇一并"堕落"为普通人，在剥去政治性的外衣后，再根据日本民众自身的需求来讨论其宗教意义。这不仅是坂口安吾对信仰自主权的呼吁，也是其国民主体意识的体现。此外，考虑到天皇对于日本的特殊意义，对其宗教意义的讨论实际上也构成了讨论日本民族问题的有机组成部分。就在天皇本身被视为旧日本帝国的终极象征符号，从而使得战后日本社会对此噤口不言的时代背景之下，坂口安吾能够以"国民之需求"为原点出发，对天皇问题进行"无赖派"式的讨论，这是一种火中取栗的可贵精神。

四、"无赖派"思想之于时代

经由对"无赖派"两位代表性作家——太宰治与坂口安吾的作品群之解读，可以明确的是，二者的文学观念虽然呈现出感性与理性的乖离，但却不乏对民族问题的思考。这种思考在其终极意义上无异于对日本民族之"主体性"的追问。在日本战后的社会语境下，"无赖派"的这种主体性思考具备双重含义。在反思过去极端民族主义借助极权政治压制国民政治意识的场合下，该主体性思考意味着战后对国民自主掌握民族话语之主体地位的呼吁（即"国民"之主体）；而在批判战后社会轻易抛却战争伤痕、一味追逐被从外部赋予的民主主义之倾向的场合下，该主体性思考又意味着对坚持从本民族之历史经验出发，自主确立具有本民族性格之制度的主张（即"民族"之主体）。

放眼战后日本，尽管在思考民族问题的方法论方面，知识界呈现出了阵营上的分歧，但在追问日本民族之"主体性"的意义上，这些学者的思想成果与"无赖派"的主张至少不能说是毫无共通性的。以战后日本政治思想史研究的重要奠基人丸山真男为例，其曾在"无赖派"战

战后"无赖派"对民族问题的思考

后活跃时,于其著名文章《极端国家主义的逻辑与心理》中揭示出日本近代的病理所在,指出日本近代政治制度对"权力"与"伦理"话语解释权的同时性垄断,国家通过二者的互相迭代剥夺国民作为"私"的主体性,使整个国家和社会的价值体系被"与天皇的距离之远近"决定,并借由独特的"转嫁压抑"机制维系国家精神的平衡。[1]该观点正是对日本近代"个体"遭到极端政治权力扼杀的阐释与批判。而在《日本的民族主义——其思想背景与展望》一文中,丸山也延续了对日本民族主义内部主体性缺失之病根的追问,进一步指出日本的民族主义"从早期开始就同国民解放的原理诀别了,并且反过来还常以国家统一之名牵制后者",这不仅使得日本的"'民主主义'运动或者工人运动中关于'民族意识''爱国心'等问题的严肃讨论长期弛懈",还导致"统治阶层或反动分子垄断民族主义的各种象征的恶性循环"[2];对此其提醒道,如果日本战后的民族主义仍只是延续着传统民族主义的性质而散落到社会底边,则必将与民主革命分道扬镳,并产生再度被政治势力利用的危险。[3]不难发现,这里存在着丸山基于历史经验对国民积极掌握民族话语自主权的切望。

不仅是丸山,对于和丸山的近代主义式思考方式有所差异但又与其形成思想上之伙伴关系、对日本战后思想界同样影响深远的竹内好,这种于特殊时代背景下探索民族主义之出口的精神也反映在其诸多文章中。作为与"鲁迅问题"一同进入战后思想界视域的学者,竹内好通过《何谓近代》一文开拓出了借助"鲁迅"这一他者以及"落后中国"的现代化经验来质疑日本近代化道路的研究范式。通过中国与日本比较框架的建构,竹内反思了中日两国近代化的差异("回心"型与"转向"型),并根据差异彻底批判日本近代以降诸学问的堕落,进而指出丧失"自我保存的欲望"、只知一味追求模仿进步原理之"优等生文

---

[1] [日] 丸山真男:《极端国家主义的逻辑与心理》,载《现代政治的思想与行动》,陈力卫译,商务印书馆2018年版,第6—19页。

[2] [日] 丸山真男:《日本的民族主义——其思想背景与展望》,载《现代政治的思想与行动》,陈力卫译,第157页。

[3] [日] 丸山真男:《日本的民族主义——其思想背景与展望》,载《现代政治的思想与行动》,陈力卫译,第165—167页。

化"流行的日本"什么都不是"。①而在另一篇重要文章《近代主义与民族问题》中,竹内又率先将战后知识界抹杀"日本浪漫派"的行为视为问题,表示出对民族问题的思考。他指出,不能仅从近代主义的角度来阐释日本战败的合理性,把自身定位为极端民族主义的受害者或抵抗者,从而回避对民族问题的正面讨论。相反,应该正视埋没于"日本浪漫派"中朴素的民族主义传统以及恢复完整人性的呼声,与过去"沾血的民族主义"展开正面对决。若非如此,则"也许因此得以忘却噩梦记忆了,但血迹却无法得到清洗"②——即无法从根本上抹除健全的民族主义心情被政治话语所操控,并再度驰向极端与反动的可能性。如此可见,竹内对日本近代的批判及其对正面思考民族问题的呼吁,正是基于唤醒民族主体的立场,通过与历史问题的对决实现自我否定式超越的主张。

通过观照丸山真男以及竹内好的思想可以发现,虽然太宰治与坂口安吾对民族问题的思考并无这般深刻及理论化,但至少可以认为,在强调民族之"主体性"这一点上,"无赖派"显然与战后知识界之间存在着相通的精神。换言之,将"无赖派"置于日本战后知识界讨论民族问题的场域之中是具备其思想条件的。然而就实际情况而言,"无赖派"却往往是被排斥在该场域之外的"异端"。毋宁说,这种现状反而提示出一个更加深刻的问题:为何"无赖派"对民族问题的思考容易遭到忽视,反倒是被打上"颓废""叛逆"等标签而成为战后文坛的一股逆流?

或许,这些标签本身就存在着某种暗示——即"无赖派"对时代的颠覆性变化所抱持的态度。20世纪50年代初期,丸山与竹内分别发表《日本的民族主义》《近代主义与民族问题》,对日本民族主义的命运展开追问与思考。时值朝鲜战争时期,日本所处的社会背景正如谭仁岸所概括:

---

① [日]竹内好:《何谓近代》,载《近代的超克》,李冬木、赵京华、孙歌译,生活·读书·新知三联书店2005年版,第196—198页。

② [日]竹内好:《近代主义与民族问题》,徐明真译,载薛毅、孙晓忠编:《鲁迅与竹内好》,上海书店出版社2008年版,第436页。

战后"无赖派"对民族问题的思考

美国解体旧日本帝国主义的同时，又把日本重新组织成了冷战帝国主义的要塞。……由此，日本国内产生了"精神革命"尚未完成、民主改革被美国的冷战政策打断、日本将被美国长期控制的不安和抵触情绪。这一峻急的历史局势唤醒了许多日本人渴望真正的民族独立的欲求。①

而与此同时，与日本隔海相望的亚洲各国均兴起了轰轰烈烈的民族独立运动。其运动之旺盛与尚处美国控制之下的日本之阴郁形成强烈的对比。日本的民族主义将何去何从，日本与亚洲之间的命运又将何去何从？身处历史的交叉口，诸多学者正面挑战了被时代视为禁忌的民族问题，并冒险般地试图从中解放出健全的民族主义话语。无可否认，日本曾经的极端民族主义与如今所需的健全的民族主义之间存在有一定程度的重叠（丸山将此比喻为"失去处女性"②的民族主义），若处理不当，就容易重演历史的惨痛教训。尽管如此，诸多学者迎难直上的觉悟仍如竹内好所言："即便最终开辟不出这样一条道路（笔者注：指日本与亚洲民族主义相结合的道路），那就与民族一道灭亡好了"③。

相比之下，"无赖派"就缺少从积极意义上直面"绝望"的勇气。在战后日本社会大转型的时代背景下，以太宰治与坂口安吾为代表的"无赖派"固然也大胆挑战了"民族主义"这块"烫手山芋"，并显示出同样的火中取栗之精神，但这种精神却将其引导至虚无的道路上去——这正是值得深思之处。不妨追问，为何"无赖派"能够精准地把握住当时社会民众的心理？其原因无非在于，尽管显示出种种强调个性解放的主张，但他们终究还是"集体"中的一员。因此，战后"集体"崩溃的趋势与外来民主主义的泛滥所带来的双重冲击滋生出的是"无赖派"作家们"往日不再"的叹息，甚至是回溯往昔的冲动。例如太宰

---

① 谭仁岸：《极端民族主义之后的民族主义——以战后初期的丸山真男、竹内好与石母田正为例》，载《山东社会科学》2018年第6期。
② [日]丸山真男：《日本的民族主义——其思想背景与展望》，载《现代政治的思想与行动》，陈力卫译，第151页。
③ [日]竹内好：《近代主义与民族问题》，徐明真译，载薛毅、孙晓忠编：《鲁迅与竹内好》，上第440页。

治，其在《潘多拉之匣》中借"越后狮子"之口批评"一味囫囵吞枣地学习西方文明的表面正是招致日本惨败的真正原因所在"①，这确实与竹内好所批判的日本"优等生文化"存在思想上的共性。但太宰治的提议最终却落入了高呼"天皇陛下万岁"②的窠臼，而天皇制正是战后诸多学者反思、清算的对象。在这层意义上，安藤宏对"无赖派"的总结也许会起到一些提示作用："正是在试图将昭和年代的历史性课题——失去精神故乡的青年们对共同体的希求——嫁接到战后的民主主义、个人主义中去，却又终究无法做到的纠葛中，可能才会探求到'无赖派'的历史性作用。"③然而从这种纠葛中无法孕育出属于新时代的答案，因此"无赖派"才径直驰向了虚无的道路。于骤然间兴起，却又迅速地销声匿迹。

结　语

作为战后最早兴起的文学流派之一，"无赖派"并非单纯以颓废、堕落抵抗时代的"叛逆者"。在民族问题成为知识界面临的核心问题的情况下，其同样对该问题做出了独特的思考与言说。这种独特性正是其始终坚持"主体性"的呈现。"无赖派"的主要作家们从登上文坛之初就显示出不妥协于时代、反抗主流的精神，这种精神与日本战时思想的高度统治形成鲜明对比，使之成为"集体"社会下个性鲜明的"个体"。正因为此，他们才能在战后混乱的社会背景下率先展开对"日本民族"的追问。其文学化表现便是对民族之"主体性"的坚守——这正是后来以丸山真男与竹内好为代表的学者们所共有的精神。基于此，将"无赖派"置于日本战后民族问题思考的场域中是具备一定合理性的。然而"无赖派"的根本性缺陷在于，其并不具备积极面对时代的态度。即使自始至终地主张个性，但"无赖派"却最终没有跳脱出"集体"的框架。这正是"无赖派"能够准确把握战后社会复杂心境的原因

---

① ［日］太宰治：《パンドラの匣》，新潮社1989年版，第296页。
② ［日］太宰治：《パンドラの匣》，第298页。
③ ［日］安藤宏：《日本近代小説史》，中央公論新社2016年版，第172页。

所在，更是揭示出"无赖派"的主张终将驰向虚无之必然结局的原因所在。这种反时代意识的单方面爆发却无力提示出属于新时代之答案的"无赖派"精神无疑是一种自我毁灭式的精神。所以，与其说"无赖派"的特征是"颓废""叛逆"或"堕落"，毋宁说是身处时代变化之中的"迷失"。

作者系重庆交通大学外国语学院硕士研究生

丹津拉布杰小说《娜仁其木格和萨仁格日勒图的故事》叙事策略研究

格根陶丽

内容提要 《娜仁其木格和萨仁格日勒图的故事》是19世纪喀尔喀蒙古著名高僧作家丹津拉布杰所著的小说。丹津拉布杰在作品中将佛教训喻诗改编为通俗易懂的小说，简化诠释佛教理论性思辨的写作方式，包含了丰富的叙事策略。这一创作理念对佛教的传播和民间化具有深远的意义。本文从叙事世界、叙事声音和叙事结构三个角度切入，发现其结构和艺术手法可以用现代西方叙事学理论进行阐述，并认为以复杂的叙事理论解读佛教文学是一种新的研究思路。

关键词 丹津拉布杰　叙事世界　多层结构

戈壁诺颜呼图克图丹津拉布杰（Danzanravjaa，1803—1856）是喀尔喀蒙古杰出的佛教思想家及诗人。他一生游历各地，学习和宣扬佛法；精通蒙古语和藏语，并用两种语言创作了数百篇作品。诚如蒙古国著名藏学家拉·呼日勒巴特尔（L. Khurelbaatar）所言，他是"封建黑暗中闪耀的启明星；用清扬的歌声惊醒了沉寂的旧时蒙古草原，以民间灵活的创意逆袭佛教古板虚伪的教义"[①]的戈壁才子。

---

① ［蒙古］拉·呼日勒巴特尔著，策·朝鲁门转写：《巨蟒如意顶戴》（蒙古语），内蒙古人民出版社2010年版，第33页。

丹津拉布杰小说《娜仁其木格和萨仁格日勒图的故事》叙事策略研究

丹津拉布杰出生于喀尔喀蒙古土谢图汗部戈壁莫尔根王旗（今蒙古国东戈壁省乌日根苏木）。他家境贫寒，其父原名乌力吉图，因时常持锡杖乞讨，久而久之流传的名字就成了多勒泰图（持锡杖者）。丹津拉布杰的母亲在荒野上的骆驼车里生下他，之后不久便去世了。自幼跟随父亲吃百家饭长大的丹津拉布杰长久以来一直过着颠沛流离的贫穷生活。但他聪慧异常，七岁开始便创作诗歌，以神童之才闻名家乡，获得了"诺颜呼图克图"（未经官方认证）的称号。

丹津拉布杰曾在内蒙古的五当召学习佛法，因对藏语感兴趣，自十岁起开始钻研，并创作多部作品。他并未长期停留于某个寺庙中，而是行走世间，游历各个地区，呼和浩特、阿拉善、多伦诺尔等地均有他的足迹。丹津拉布杰在游历途中经常举办宴会，载歌载舞，又以此获得灵感创作诗歌。他的身边陪伴着多位善音律、通诗文的追随者，有男有女，他们会记录丹津拉布杰即兴创作的作品，为其配乐传唱。

当时，蒙古地区多信奉藏传佛教格鲁派（俗称黄教），然而丹津拉布杰的佛教思想却更偏向藏传佛教的宁玛派（俗称红教）。他并不推崇多数僧人追求的净心禁欲思想，认为佛教徒也可饮酒食荤，对男女情爱持开放态度。这种做派和思想遭到了当时诸多黄教徒的批评，经常被称为"疯子""酒鬼"等。然而，丹津拉布杰坚持自我，仍然参与凡俗生活。他所创作的诗歌虽然也传扬佛教智慧，但却注重描绘普通人的心理和生活；在语言上更是"极力避免运用艰深难懂的佛学语言以及华丽而不实的辞藻，而是吸取民间诗歌之所长，创造性地运用民间口语来写诗歌"。[1] 如此，丹津拉布杰的作品在民间广为流传，有的甚至成为脍炙人口的民歌。他还将藏戏《青颈鸟的故事》改编为蒙古戏，命名《青颈鸟传》，并亲自培养剧团，在蒙古地区演出。

训喻诗和赞美诗是丹津拉布杰写的最多的两种题材，以《显示时序之纸鸢》《殊胜的恋人》《赠幼子训喻》等为代表，讲解为人处世的道理和佛教思想。彻·阿拉坦格日勒（Q. Altengerel）、达·查干（D. Chagaan）、拉·呼日勒巴特尔等蒙古国学者曾对其生平和作品展开研究，

---

[1] 荣苏赫、赵永铣主编：《蒙古族文学史》（第三卷），内蒙古人民出版社2000年版，第95页。

发表论文及专著，并翻译、整理和出版了丹津拉布杰的作品集。1990年巴·格日勒图（B. Gereltu）编著的《悦目集》中收录了丹津拉布杰的三十八篇作品，丹津拉布杰自此正式进入国内学者的视野。

《娜仁其木格和萨仁格日勒图的故事》[1]（以下简称《娜萨故事》）是丹津拉布杰用藏语创作的一篇题材新颖的短篇小说，彻·阿拉坦格日勒将其译为蒙古语。该诗讲述了衣食无忧的十六岁少年萨仁格日勒图邂逅了美丽的姑娘娜仁其木格后，两人互通家世、讨论佛法、结为夫妻、携手远去的故事。该小说在情节和结构上都展现了丹津拉布杰高超的构思能力和文学功底，在少年少女的爱情中融入了对佛教思想的解读。所谓外行看热闹、内行看门道，这种既取材于俗世生活、迎合大众对缠绵暧昧的爱情的天然向往，还向有志者传授佛法的做法，是丹津拉布杰经典创作理念的体现。

一、梦幻般的叙事世界

《娜萨故事》是一部诗话体短篇小说，由诗歌体对话构成，因此也可以将其看作一首训喻诗。它的情节引人入胜，环环相扣。灵活巧妙的叙事话语是丹津拉布杰作品最突出的特点之一，他在《娜萨故事》中为读者们塑造了一个梦幻世界。

小说的开篇先介绍了人物和背景。一对虔诚的夫妻育有一子，即十六岁萨仁格日勒图。初夏傍晚，微风习习，从西山走来一位明月般的女子。舒适的气候、幽静的傍晚、少年以及美丽女子，以简洁的文字勾勒出的情景、人物和氛围——即爱情故事中经典的邂逅情节。丹津拉布杰用了二十六行诗句，尽量避免细节描写和背景铺垫。有学者认为，"就特定虚构世界而言，只有某些可构想的陈述可以说是真或假，而其余的则不能决定"[2]。以此逆推，《娜萨故事》模糊的叙事话语使得它从一开始就显示了虚构世界的不完整性，令其脱离了经验现实。而"叙事话

---

[1] 巴·格日勒图编著：《悦目集》（蒙古语），内蒙古文化出版社1991年版，第189—213页。

[2] 张新军：《可能世界叙事学》，苏州大学出版社2011年版，第52页。

丹津拉布杰小说《娜仁其木格和萨仁格日勒图的故事》叙事策略研究

语具有创造世界的功能"[①]，丹津拉布杰只用寥寥几句便将《娜萨故事》里以暧昧为表象的虚构世界构筑完毕。

故事继续，由女子率先开口。她对萨仁格日勒图诉说人所拥有的一切及世间万象如露如电、如梦似幻，到头来不过一场空，又表示能领悟这一真理的人少之又少，询问少年对此有何看法。萨仁格日勒图表示自己从未因财物等外物动过心，但今日见到她却情难自禁，还问了她的姓名家庭、旅行目的以及有无婚配。女子回答自己叫娜仁其木格，乃是龙王之女，并无恋人，喜爱真理，如今正要回家。少年说自己被她吸引、无法自拔，虽然一切皆空，但如果不曾得到，必将郁结于心，请求女子能回应他的心意。娜仁其木格劝道，无论是痛苦还是欢乐都不会永远存在，世间唯有无常这一真理才会永存；追求幸福也可能变成苦难，这幸福是"假"的，会带来痛苦。然而，萨仁格日勒图仍然坚持，虽然赞同她的理念，但也提出新的观点——如果在经历世间的乐趣之时还能将空性之理参悟于心，岂不是更好？又再次请求娜仁其木格回应。女子心中欢喜更盛，拥抱少年亲吻他，回答：

> 如果饱尝心中所愿时
> 仍然明了其皆为虚假
> 则强欲必然不再增生。
> 通晓此等真理的智者
> 唯一又亲爱的恋人啊
> 可否愿意同我一起去
> 享受广博见闻的快乐？

二人心意相通后成为知己。拂晓之时，萨仁格日勒图于半梦半醒间欲前往山林，回过神却惊觉自己身处一片陌生的国土。那里"所有的山都是黄金珠宝，所有的水都是八功德水，所有的居所都由水晶和各种宝石建造，天空中遍布彩虹……走兽皆为独角麒麟，飞禽皆为凤凰、孔雀、大鹏、鹦鹉、杜鹃……寿命皆永生不死……所传真理皆为秘法，所

[①] 张新军：《可能世界叙事学》，第63页。

行之事皆为他人之利……"。这些形容与佛教典籍《净土三经》[①]中对极乐世界的形容及其相似，可见萨仁格日勒图在梦中去到了那里。

"极乐净土"是一个经典的虚构世界，也是一种可能世界。"可能世界是世界的各种可能的存在方式，而现实世界则是世界的实际存在方式。"[②]对萨仁格日勒图来说，他和娜仁其木格相遇的世界是"现实"，梦中见到的则是可能世界。对我们这些读者来说，佛经里的极乐世界、萨仁格日勒图和娜仁其木格的世界以及萨仁梦到的世界都是可能世界。在丹津拉布杰笔下，一环扣一环的现实与虚构交织，令人应接不暇。

萨仁格日勒图在那个信奉佛教的国家被推举为国王，执政五十年，娶了一万名妻子，有了三个儿子。某日佛陀亲临他的宫殿，国王便请求赐教。佛陀教导他：眼中所见事象的本质即心中所想的世象，而心中所想的也在变化，故眼见不一定是真。这又是一番关于空性的教诲。随后萨仁格日勒图看见一处琉璃房屋，进入那房屋中时琉璃竟化作水浪，正当他认为自己要被淹没之际却突然从梦中醒来。

萨仁格日勒图的梦是故事中的故事。他在清醒时和娜仁其木格讨论佛法，梦中又重温无常之理，现实的十六年和梦中的五十年孰轻孰重难以分辨，犹如庄周梦蝶。丹津拉布杰安排了这样的情节，是要进一步解释佛教万事皆空的思想。"虚拟世界（指记忆、梦幻等……）同现实世界一样是真实的，但并非所有的虚拟都能成为现实，虚拟之所以是真实的，是因为虚拟能够对现实产生影响。"[③]这一场大梦让萨仁格日勒图获得了更深的感悟，进而影响了他在"现实"中的思维。我们可以认为，无论是他的"现实"还是他的梦，都是一种可能世界，在《娜萨故事》中是不可分割的整体。这样的虚实变换令"无常"的主题更为突出，进一步丰富了其虚幻的叙事世界。

萨仁格日勒图醒来后对娜仁其木格讲述了自己在梦中的感悟，两人

---

① 指《佛说无量寿经》《佛说观无量寿佛经》《佛说阿弥陀经》三部有关阿弥陀佛及其极乐净土的佛经，为汉传净土宗的根本经典。

② 张新军著：《可能世界叙事学》，苏州大学出版社，2011年，第18页。

③ 张新军著：《可能世界叙事学》，第32页。

各自感叹世间的无常。最后萨仁格日勒图抛下父母家乡跟随娜仁其木格北去修行。自此，萨仁格日勒图获得了完满的精神升华。可谓"浪漫传奇在所有文学形式中最接近于如愿以偿的梦幻"[①]。

一场带有魔幻色彩的邂逅引出的虚实交织的世界，使得佛教的"无常""空性"教义在《娜萨故事》中体现得淋漓尽致。蒙藏僧侣常以动物为主角来编写寓言故事，而丹津拉布杰选择的少年少女形象则更能牵动读者的同理心。从叙事学的角度来说，丹津拉布杰选择了最符合《娜萨故事》主题的叙事方法，创造了最自由的叙事世界。

二、巧妙的叙事声音

丹津拉布杰在《娜萨故事》中运用了多种叙事手法，使得整部作品细节突出、情节严密。他创造的叙事世界相互缠绕，其中的叙事声音也同样是反复重叠的。叙事声音是作者借以描述故事世界与展开故事情节的一种手段，叙事声音的多重性有助于作品中心思想的全方位表达。叙事者通常选择基调一致的多重叙事声音来构筑主题。

佛教中常说空性、无常，是大乘佛教的重要教义之一。简单来说，世间没有永恒不变的事物，一切都在变化，因此一切现象都是假的。《娜萨故事》便是一部以此为主题的小说，内容大部分是关于世界真实性的哲学讨论。丹津拉布杰也特地表明该作品是"以少年少女二者代称、以日月二者为名、以平稳和空性二者为意、以无常和本质二者的相辩方法来记录自己的感悟"[②]的。既然该小说中"辩论"为主要表达方法，那么参与的"辩方"就可以仔细推敲。

《娜萨故事》里共有三个明确出场的角色——萨仁格日勒图、娜仁其木格和佛陀。萨、娜二人的对话（或辩论）贯穿全文，佛陀的独白则作为点题之笔出现在小说结尾前。在娜、萨二人相遇，开始对话前，丹津拉布杰就简单介绍了故事发生的时间地点和背景，并简单描写了一些

[①] ［加拿大］诺斯洛普·弗莱：《批评的剖析》，陈慧译，北京大学出版社2021年版，第255页。

[②] 该段为丹津拉布杰《故事》的结语原文。

动作。这种叙事方法属于"无固定视角……比任何人物知道的都多，而且不用向受述者解释这一切他是如何知道"[1]的叙事者全知视角。后又转换为"叙述者聚焦在某一个固定人物，人物的语言、行为及心理活动，都没有超出人物自身范围"[2]的限知视角，将故事限定在娜、萨二人之间，用来详细展示他们的对话。该视角延续至萨仁格日勒图在梦中的经历，在中间穿插了一段全知视角的叙述，即对"极乐净土"的全方位描述。之后又继续专注于萨仁格日勒图的梦中所见所闻和亲身经历。叙事视角的转换带动重点人物的偏移，小说前期娜、萨二人的对话缺一不可，丹津拉布杰令他们的话语充分得到展示。后期萨的梦境有两个作用，其一是作为佛教空性教义的实例；其二是以极乐净土这一美好的概念做"饵"，鼓励人们修行佛法。其中又属佛陀的教诲最能总结全文的主题。因此，拉布杰放弃了娜仁其木格的视角，通过萨仁格日勒图的限知视角穿越现实和梦境的空间横跨五十年的时间，皆为凸显萨仁格日勒图在梦中听得佛陀教诲复又清醒的剧情。萨仁格日勒和佛陀的视角为人物限知视角，而对梦境中那极乐世界详尽描绘则属于叙事者全知视角。

《娜萨故事》里的人物各自从不同的角度分析"无常"理论，他们的话语中包含着不同的叙事声音。三个人物各持己见：娜仁其木格所说的一切都在表达同一个叙事声音，即佛教的基础空性理论；而认为与其一开始就思考如何放下执念不如得到追求之物、在这个过程中顿悟无常之理的萨仁格日勒图则代表着丹津拉布杰自身的理念；佛陀则更深入地分析了"本质"和"空"的辩证关系。即该小说"里面有多种声音存在，并不受作者控制，甚至可以反对他"。[3]在巴赫金看来，像托尔斯泰的小说那样只有作者权威性声音的是"独调"，那么出现了作者本人之思考以外的声音，且没有引发话语矛盾的《娜萨故事》，应该是一种柔和的"复调"。丹津拉布杰通过视角的转换，将《娜萨故事》中的叙事声音——展现，由浅入深，先讲解基本，辅以作者自身的见解，再点出

---

[1] 孟繁华：《叙事的艺术》，中国文联出版公司1989年版，第44页。
[2] 陈霖、陈一：《事实的魔方》，中国书籍出版社2011年版，第111页。
[3] 胡经之、王岳川主编：《文艺学美学方法论》，北京大学出版社1998年版，第192页。

丹津拉布杰小说《娜仁其木格和萨仁格日勒图的故事》叙事策略研究

深层的奥义，组成了依次递增的佛法辩论。

"作者在创作时会……进入某种'理想化的，文学化'的创作状态……做出各种创作选择"，[①]这种状态下的作者即是"隐藏作者"。我们能从《娜萨故事》里提炼出一位意在记录佛教教义的辩论，并向广大读者讲解佛法的"拉布杰"。"他"希望读者明白"空性"这一经典理论，为此特意描写了萨仁格日勒图的一场"黄粱梦"来归纳全文的主题。

"黄粱梦"作为唐代沈既济《枕中记》的典故广为人知。中原地区同样构思的作品还有《南柯太守传》《樱桃青衣》《焦湖庙祝》等。我们可以将它简化为"入梦（进入另一个世界或经历幻觉）—梦中经历漫长时光—梦醒（被赶出梦境或撤除幻觉）—顿悟"的故事母题。《枕中记》的主人公卢生得到道士吕翁的点拨，借助陶瓷枕做了一个梦。梦中他的一生跌宕起伏，娶妻生子，享尽荣华富贵，于耄耋之年逝世；梦醒之后幡然醒悟，明白所谓的荣华富贵如梦一般，短促而虚幻。同时代的李公佐采用与《枕中记》相同手法和用意创作了《南柯太守传》。两篇故事各自以卢生的"稽首再拜而去"以及淳于棼"生感南柯之浮虚，悟人世之倏忽，遂栖心道门，绝弃酒色"结尾。两部作品所表达的思想一致："贵极禄位，权倾国都，达人视此，蚁聚何殊"。"他们同样用虚幻的象征的描写，来描写富贵功名以及人生的幻灭，给当代沉迷于利禄的人生观一种强烈的讽刺，也可以说一种解脱。"[②]在《枕中记》和《南柯太守传》里，其隐藏作者讽刺文人盲目追求功名利禄之举，追求从尘世解脱的叙事声音尤其明显，带着轻微的厌世思想。

三位主人公虽然同样独自入梦，在梦中享乐数十年，但醒来后卢生和淳于棼追寻一时的解脱，萨仁格日勒图却深刻明悟真理，走上继续修行佛法的道路，与《枕中记》和《南柯太守传》形成了鲜明对比。母题框架相同而叙事声音的基调不同，归根结底与各自隐藏作者的根基有关。"隐藏作者是受各种社会因素影响"[③]的。盛唐时期文人的地位大幅

[①] 申丹：《叙事、文体与潜文本》，北京大学出版社2009年版，第37页。

[②] 刘大杰：《中国文学发展史》（上），百花文艺出版社1999年版，第321页。

[③] 申丹：《叙事、文体与潜文本》，第37页。

提升，导致文人墨客开始过度追求权力富贵。这种畸形的社会心理自然遭到讽刺。丹津拉布杰持有偏向宁玛派的佛教思想，认为修习佛法和在红尘中享乐并不冲突。因此，隐藏作者"拉布杰"才发出了"好比顿悟梦不过是梦，真正识得此理的时机，与其在清醒之时知晓，不如在梦境中便理解，如此更合心意"的声音。

"黄粱梦"类型故事的传播范围泛且历史悠久。丁乃通曾搜集了时间横跨古代、中世纪（8—15世纪）和现代（16世纪即以后）的六十三个异文，归纳出了六个流传区域和八个亚类型，并在其《人生如梦——亚欧"黄粱梦"型故事之比较》一文中探讨该母题的起源。但是，丁先生的"局限是对佛教文献的重视不够……佛教文化圈故事资料的掌握不全面"。[①] 佛教经典《甘珠尔》中收录一则不信魔法的人由于骑上了一匹魔法马，被马带去远方历经世间疾苦，最后发现不过黄粱一梦的故事，蒙古地区也流传着类似的民间故事。呈·达木丁苏伦认为这是"起源于印度、中国的故事在蒙古国本土化，具有了蒙古民族特点"[②] 的表现。无论何时、何种民族，"黄粱梦"这一母题都是带着浓重宗教色彩的。因为丹津拉布杰自身的佛教背景，《娜萨故事》可能借鉴了《甘珠尔》中神奇的马匹的故事。然而，流传的"黄粱梦"类型故事均有"教训怀疑者"和"动物引路"的元素，有异于《娜萨故事》里萨仁格日勒图和娜仁其木格理念达成一致、在没有引路者的情况下入梦的情节。从另一方面来说，上述其他故事的主人公在思想上都是不完满的，他们需要某种强制的、诱导性的教育来达成转变，故枕头、马等辅助性工具必不可少。而萨仁格日勒图已经足够通透，又和娜仁其木格互通心意，具备了入梦的先决条件，因此不需要特意的引导。

《娜萨故事》通过超越时空的视角变换和多重叙事声音塑造了自身不可撼动的主题。其严密的结构足以驾驭类型复杂的"黄粱梦"母题，借其天然的佛道背景来加深主旨，使得全文逻辑严谨、通俗易懂。

---

① 张玉安、陈岗龙主编：《东方民间文学比较研究》，北京大学出版社2003年版，第487页。

② ［蒙古］策·达姆丁苏荣：《蒙古文学概要》（下），达·呈都译，内蒙古人民出版社1983年版，第799页。

三、多层的叙事结构

小说中人物形象的塑造决定整个作品的优劣，因此，娜仁其木格和萨仁格日勒图两个特殊形象于现实和梦境的种种，对该小说的解读具有至关重要的作用。

龙王之女娜仁其木格这一角色是《娜萨故事》的中心。她是一位美丽又聪慧的女子，我们可以从字词间窥见她对世间法则豁达独到的见解。小说里萨仁格日勒图曾三度对娜仁其木格表达爱意，她的魅力可见一斑。虽然娜、萨最终成为情侣，但笔者认为他们的地位是不平等的。

丹津拉布杰对娜仁其木格的外貌形容非常简单：

右边的山头上
簇拥的白岩上
似汇集拓印了
皎皎明月光冕
以歌谣描绘的
无比美丽的神女

这是娜仁其木格出场时对其的形容，在之后的文中再没有对她的容貌神态进行描写。传统的爱情文学中对男女双方的仪态描写必不可少，而该作品中对女主角仅有这么一段描写，男主角也只被提到了父母的名字、家乡以及年龄。蒙古族和藏族英雄史诗《格斯尔》和《江格尔》中也不乏娶亲的情节，其中对美丽女性的描写一向细致巧妙。如《江格尔》中以"可在她的光彩中牧马，可在她的光华下穿针"来表达女性的容颜靓丽；又如藏戏《青颈鸟的故事》中对王后的描写："……诞生之际天上便降下蓝莲花雨……左脸颊上有莲花图案，左耳上有刀剑图案，身上天生散发莲花的幽香……认定她是度母之化身"。[①] 对比之下，关于

---

① 杨·巴雅尔、乌力吉布仁转写注释：《萨仁呼和的故事》（蒙古语），内蒙古人民出版社1991年版，第38页。

娜仁其木格的外貌描写既没有蒙古族口头文学的细致，也没有佛教文学浓重的神化意味，反而具有一种亲切又神圣的特殊色彩。

娜仁其木格的智慧是通过她的言语来表达的。丹津拉布杰将笔墨集中在对空性的讨论上，对话时娜仁其木格循循善诱，萨仁格日勒图畅所欲言。即男主人公表达的所有佛教思想都是由娜仁其木格引导着说出来的，也是由她总结归纳的。或者说，在对佛法的理解上，女主人公是超过男主人公的。那么，就不能将她的形象套用到普通恋爱关系的平等立场上，当然也不能将其理解为英雄救美式的帮助与被助关系。

丹津拉布杰对女主人公的定位是"引导者"或"师长"。她指引萨仁格日勒图顿悟佛法、决心追求真理，二者有明确的引导和被引导关系。既然二者的定位不符合爱情故事中的设定，那么我们是否也能认为"爱情"这一因素也是可以被重新定位的呢？娜仁其木格这一角色具有多重身份，她既可以是恋人，也可以是师傅，萨仁格日勒图追求她的举动也随之有了别的诠释。笔者认为，这是一个以婚恋类比佛道追求的模板，本质是一个参悟佛法后皈依佛门的故事。即《娜萨故事》的叙述结构是这样的：表层是所谓"夏天的叙事结构"①，即浪漫的爱情故事；深层是训喻式的神启意象。

如前文所说，丹津拉布杰不曾细化娜仁其木格的美貌，却借她之口诉说了佛教的教义。这一叙事方法可以被解读为"娜仁其木格"这一形象是由佛教教义组成的。她是美的，丹津拉布杰没有为她的美加上特定的表述，读者可以用自身的审美创造属于自己的"娜仁其木格"。她的形象便会进一步虚化，从有血有肉的人变成某种性质的代表或符号。萨仁格日勒图追求她，是少年恋慕美人，也是凡夫俗子询问佛法。少年抛下父母故乡随她去到仙境的结局便是皈依佛法的另一种表达。所以，娜仁其木格这一角色是佛教思想的化身，其定位应当是佛教中的空行母，即护持修行之人和教法的女性。空行母这一形象广义来讲是一切女性佛陀，她们代表着一切智慧和慈悲。

萨仁格日勒图的形象同样具有多重性。表面看来他只不过是富裕家庭中一位游手好闲的少年，生活的优裕令他温和纯良且腹有诗书，与娜

---

① ［加拿大］诺斯洛普·弗莱：《批评的剖析》，陈慧译，第255页。

仁其木格的结缘和梦中的奇遇却令他在飞速成长。前文将短篇小说《娜萨故事》归于"黄粱梦"母题，但与萨仁格日勒图同样遭遇的富家公子却还有一位。

《红楼梦》第五回《游幻境指迷十二钗 饮仙醪曲演红楼梦》中，贾宝玉在午睡中进入太虚幻境，在警幻仙姑的带领下观《金陵十二钗正副册》，品茗听曲；又在游玩途中因被夜叉海鬼拖入水中而惊醒。除却太虚幻境内针对各个人物的命运暗示，萨仁格日勒图和贾宝玉的境遇极为相似。倘若将贾宝玉的入梦与《娜萨故事》的起始作比较，那么娜、萨相遇对应警幻仙姑和贾宝玉相见；娜、萨讨论佛法对应仙姑陪宝玉游玩解说；萨独自入梦为王对应宝玉单独与兼美作乐；萨溺水惊醒和宝玉落水惊醒对应。笔者将警幻仙姑与娜仁其木格对应，也是因为二者同为"引导者"。警幻仙姑引领贾宝玉游玩幻境，传授他云雨之事，劝告他不要沉迷痴情；娜仁其木格嫁给那仁格日勒图，教导他空性的奥妙，带领他踏上追寻佛法的道路。警幻仙姑和娜仁其木格虽然在男女爱情方面有各自的作为，但她们引导的重点从来不是俗事感情。

贾宝玉是"无故寻愁觅恨，有时似傻如狂；纵然生得好皮囊，腹内原来草莽"，他一生沉浸儿女情长，为情所困、不得解脱。萨仁格日勒图则不然，他自发自主地学习并领悟佛法，心如明镜，身上隐约可见那抛开国王宝座而苦苦追寻正法的西塔德（佛教创始人释迦牟尼之小名）的执着本性。萨仁格日勒图的身上还投射了那些抛开一切世俗念想、心甘情愿遁入空门皈依佛教的虔诚僧侣们的共性。由此可见，萨仁格日勒图这一人物或许是有原型的。原型是"一种典型的或重复的意象"[1]，"是联合的群体"[2]，某些人物和事物与各个时代人们的共识产生交集，并在被不断模拟、虚构的过程中慢慢升级为人类集体意识中某类象征和意象。丹津拉布杰成功塑造了萨、娜两个富有内涵的形象，令其成为解读整个《娜萨故事》背后隐藏的深层叙事结构的钥匙。

《萨仁其木格和那仁格日勒图的故事》并不是一个单纯的佛教训喻故事，丹津拉布杰以通俗文学传播佛教思想，运用了多种复杂的叙事学

---

① ［加拿大］诺斯洛普·弗莱：《批评的剖析》，陈慧译，第133页。
② ［加拿大］诺斯洛普·弗莱：《批评的剖析》，陈慧译，第138页。

表达手法。本论文尝试用现当代西方叙事学的多种理论视角来解析该小说文本。经分析,《娜萨故事》的叙事世界、叙事视角和叙事结构等各个方面具有广阔的研究空间。同时,该尝试证明古代文学和现代文学并不是没有对话的可能。在许多人看来,古代文学,尤其是佛教文学,与现当代文学有天然的隔阂,但若以现代文学理论来重新阐释僧侣喇嘛的作品,会进一步推进这类宝贵文化遗产面向世界的步伐。

作者系内蒙古大学蒙古学学院博士研究生

女性文学研究

"她体内如此优美的声音"

——阿拉伯女性作家的创作困境*

孔 雀

内容提要 埃及女作家赛勒娃·伯克尔受自身经历的影响,曾于多部作品中探讨女性作家在文学领域受到的偏见、打压和禁锢。本文以分析赛勒娃·伯克尔小说的创作内涵为基础,结合多位阿拉伯女性作家的访谈和真实经历,探讨当代阿拉伯女性作家的多重创作困境。在小说中,赛勒娃·伯克尔或是用"声音"隐喻女性作家的创作才华,或是以尖锐幽默的口吻刻画女性创作者的日常生活,指出了来自家庭、社会、文学界等领域妨碍、贬低和无视女性写作的各种阻力,展示了女性缺乏创作时间、缺乏创作空间和缺乏创作的文学传统这三个层面的窘境。女性作家的内心常常压抑着某种"优美的声音",但她们的"声音"往往不被听到、不被欣赏,人们需要跳出封建传统的烟瘴,解除整个社会对女性传统社会角色的锁定,摆脱对女性创作的偏见,才能够听到她们内心的"声音",看到她们的才能和价值。

关键词 赛勒娃·伯克尔;《她体内如此优美的声音》 阿拉伯小说 女性作家

---

* 本文为教育部人文社会科学重点研究基地重大项目"中国与西亚北非的文学艺术交流"(18JJD750004)的阶段性研究成果。

赛勒娃·伯克尔是埃及当代最著名的女作家之一，她非常善于描写现代女性在婚姻中的困境和思考，指出她们不得不既遵从传统女性角色照顾家庭，同时又作为现代女性努力工作的矛盾处境。在她于1989年出版的《逐渐被偷走的灵魂》（عن الروح التي سرقت تدرجيا）中，有多篇聚焦女性职业特别是女作家职业困境的小说，这些作品都折射出阿拉伯女性作家的创作困境。

不被倾听、不被重视的苦闷似乎是文学界女性共同的境遇。埃及著名文学家、评论家拉娣法·泽娅特曾编辑出版了一本阿拉伯女性作家小说选集，名为《如此优美的声音——阿拉伯女作家小说选集》。该选集的标题就取材赛勒娃·伯克尔的小说《她体内如此优美的声音》，齐亚特解释道："我化用了赛勒娃的标题，因为如今文学批评的主流仍在否认阿拉伯女作家的成就，仍将她们的创作置于阿拉伯世界创作主流的边缘甚至背景之外。"①

而女作家们所面对的困难不止于此，她们不仅要面对周围亲朋好友不理解的、责难的目光，困扰于家庭的负累，还要承受外界的偏见与打压。赛勒娃·伯克尔从不同的角度展现了女作家们的创作环境和她们的独特境遇。

一、缺乏创作的空间

赛勒娃·伯克尔的小说《她体内如此优美的声音》（كل ذلك الصوت الجميل لذي يأتي من داخلها）是一部用象征主义手法探讨女性探索创作困境的故事。故事的主人公是一位名叫赛依黛（سيدة）的四十多岁的家庭主妇，她没有受过教育，整日围着锅台打转。但是某天她突然发现自己获得了唱歌的天赋，她惊喜地与周围的人分享，但是没有人相信她，她的一再坚持最后只是让其他人觉得她精神错乱。在她的丈夫拿出10埃镑（对这个贫困的家庭来说很大的一笔钱）带她去精神科看病后，她意识到没有人会相信她，她认命了。于是，当她再开口唱歌时，她没有发出优美的声音，原本粗糙喑哑的声音回来了。

---

① لطيفة الزيات، كل هذا الصوت الجميل، مختارات قصصية لكاتبات عربيات، القاهرة: دار المرأة العربية، 1994، ص10.

"她体内如此优美的声音"

"赛依黛"①这个名字暗示着她可以是社会中任何一位女性,她的经历是所有女性都可能体验过的,而小说中"优美的声音"则象征着女性未被发现、未被重视、未被认可的创作天赋以及其他才华。

对许多家务缠身的女性来说,发现这种"天赋"或"才华"或许纯属偶然,正如赛依黛所遇到的情况:有一天,在打扫完卫生、做完家务之后,赛依黛决定洗个澡。她像往常一样一边哼歌一边冲洗,这时,她突然发现自己的声音变得极其优美:

> 当她开始唱《我爱自由的生活》时,她以为是别人进入了洗手间演唱,因为她听到的不是她自己的声音。那是一种深沉而优美的音色,完全不像是她的声音。②

值得注意的是,赛依黛演唱的歌曲是《我爱自由的生活》(أحب عيشة الحرية)和《多么甜蜜,甜蜜的世界》(يا حلاوة الدنيا يا حلاوة)。这两首歌都是埃及家喻户晓的作品。《我爱自由的生活》的歌词写道:

> 我热爱自由的生活
> 就像鸟儿爱栖息在树枝间
> 当我被我爱的人包围时
> 全世界都是我的国家
> 无论身在何处,我都会安然入睡
> 每天我随着世界的变化而变化
> 无论我的心带我去哪里
> 它热爱自由的生活
> 这个多彩世界的美滋润人心
> 俏皮,迷人
> 无论你来自哪里,它都能满足你的心
> 当月亮升起时,它会将光芒洒向你的爱人

---

① 可作为名字使用,也有"小姐、女士"的意思。

② سلوى بكر، عن الروح التي سرقت تدريجيا، مصرية للنشر والتوزيع، 1989، ص8.

· 275 ·

> 离开的情人回来时，心中更添幸福的
> 微风唤醒沉睡的花
> 也唤醒我的想象和思绪
> 就像树间的鸟儿
> 热爱自由的生活

通过发现她的新声音，赛依黛重新发现了生活，发现了她所渴望的自由、美好的世界。这是被社会舆论偏见禁锢在苦闷家庭生活中的女性发现自我时的喜悦，她们的心事无人诉说，发出自己的声音——创作——成为她们应对问题的答案。

但是她们的声音通常不会被认可，甚至极少得到赞赏。文中，当赛依黛激动万分地向丈夫阿卜杜·哈米德讲述自己的奇遇并试图展示自己的声音时，却被当头泼了一桶冷水，"她正要唱，但阿卜杜·哈米德用一个严厉的眼神让她安静下来。好像她之前说的话他一句也没听见一样。然后，他询问她是否把这件事告诉了其他人。她坚决否认了，并向他保证她在几个小时前才开始发现这件事，而自从他早晨离开以来，她还没有见过任何人。他松了一口气，劝告她忘掉这件事：'你不要对任何人提起，赛依黛，尤其是孩子们。'"[1]

赛依黛的丈夫不相信她有什么"优美的声音"，她所受到的这种质疑也指向了所有试图展示自己才华的女性的境遇：当女作家们努力冲破社会的偏见进入被男性垄断的文坛时，她们得到的反馈不是接纳，而是疑虑。

文中赛依黛的丈夫对她的回应是："听着，赛依黛。你已经四十多岁了，并且有四个孩子。这种胡说八道对你可没什么好处，只会让你成为孩子们的笑柄，想象一下，任何明智的人听见这话会说什么！无论如何，就算说的是真的，你打算怎么做？唱歌吗？成为歌手吗？开什么玩笑！"[2]

但赛依黛并没有因为丈夫的态度而退缩，她对自己突然获得天赋

---

[1] سلوى بكر، عن الروح التي سرقت تدريجيا، مصرية للنشر والتوزيع، 1989، ص.8.

[2] سلوى بكر، عن الروح التي سرقت تدريجيا، مصرية للنشر والتوزيع، 1989، ص.10.

"她体内如此优美的声音"

感到非常新奇、激动,"她觉得自己像是一个偶然发现了奇妙宝藏的人,却不知道该怎么办,她竭尽全力寻求解决方案,并得出一个合乎逻辑的答案:优美的声音意味着唱歌。她为什么不唱歌给全世界听?她确信,只有人们听到她的声音才是公平的"①。她决定继续歌唱,晚上在丈夫入睡后,她试着歌唱,早上孩子们离家上学后,她试着歌唱,于是,"她再次被那优美的、动人的、天堂般的、充满了力量和宁静的声音造访"。

这是灵感在叩击女性作家的心扉,她们只有在完成了家务的短暂闲暇中、或是在无人在意的僻静深夜里,才能关注自己内心创作的渴望。她们第一次真正审视自己、认识自己、关照自己的内心世界,她们仿佛被注入了灵魂的木偶,终于尝到成为万物之灵的滋味,她们用新奇的目光重新打量着整个世界,然后发现了自己的美:

> 她感到与众不同,现在的她与她所认识的赛依黛完全脱离了关系。赛依黛每天都会做饭、打扫卫生并用手帕把头缠住,因为她从来没有时间用梳子梳头。她迅速将肥皂泡沫从手上洗掉,用还未脱下的睡衣下摆擦了擦,然后快速跑向镜子。她站在镜子前唱:"我热爱自由生活。"那声音再次回响起来,像华丽的宝石一样厚重、宁静、明亮。她凝视着镜子里的自己,她的脸颊染上了一抹不同于以往的红,那是从她体内隐藏的泉水喷涌而来的血色。她的眉毛有节奏地起伏,因为它们完美地、和谐地引导着她的面部表情,就像宏伟乐队的指挥那才华横溢的手一样。这是她这么久以来第一次感觉自己美丽动人。②

当她把这份隐秘的雀跃分享给周围的人,想要获得他们的支持时,迎接她的却只有嘲笑和不理解。她的一再坚持只是让她的丈夫更加确信她得了精神疾病,她因此被带到一位精神科医生面前:

> 他们进入精神病医生的办公室,然后坐下了。她觉得那个询问

---

① سلوى بكر، عن الروح التي سرقت تدريجيا، مصرية للنشر والتوزيع، 1989، ص10.

② سلوى بكر، عن الروح التي سرقت تدريجيا، مصرية للنشر والتوزيع، 1989، ص11.

自己有什么问题的男人显得有些躁动不安、百无聊赖。阿卜杜·哈米德开始向他说明这段时间发生的事情。但是，医生用他的笔在书桌的玻璃上轻敲，示意她说话。赛依黛向他讲述了从她进入洗手间到与杂货店的伊萨交谈的整个经过。她注意到那个男人仔细倾听了她的话语，她以为他真的理解了她，她开心地微笑着问他："医生，我可以为你唱一首小歌吗？"①

她一次一次向外界愿意聆听的人倾吐，但没有人真的愿意理解她的内心：

> 这位精神科医生的脸上没有露出有兴趣的迹象。他可能已经习惯了这种事情，不微笑，不皱眉，也不回答。他只是把几句外国文字涂在纸上，递给她的丈夫："第一种药饭后吃，每天三片，第二种晚上睡觉前吃一片。"然后，他转向赛依黛："避免可能造成紧张的事情；永远不要一个人待着；洗澡时打开收音机；要吃得好，但也要运动、减肥，因为你很胖；定期服药，如果您感到沮丧和情绪低落，请迅速到我的诊所来。"说完，他站起来，伸出手说："不客气。"②

显然，这位精神科医生对赛依黛的内心世界没有丝毫兴趣，对她的倾诉也完全无动于衷，只是开了一些镇静剂和抗抑郁药就打发了她。赛依黛向外界"歌唱"的企图再一次被挫败了，她别无选择，只能面对这样一个事实：根本不会有人理解她、支持她、相信她。赛依黛回到家中，继续做家务，吃掉剩菜剩饭，回到日常的家庭琐碎中：

> 剩她独自一人待在家里，她懒洋洋地站起来，无精打采地收拾着早餐。像往常一样，她吞下了所有剩菜，对自己说："这比扔掉两勺豆子或因为一丁点奶酪占着盘子强。"然后，她给自己泡了

---

① سلوى بكر، عن الروح التي سرقت تدريجيا، مصرية للنشر والتوزيع، 1989، ص11.

② سلوى بكر، عن الروح التي سرقت تدريجيا، مصرية للنشر والتوزيع، 1989، ص14.

"她体内如此优美的声音"

杯茶,慢慢啜饮,啃掉了一块被扔在桌子上的干面包。吃得有些撑,她站起来,拖着步子清理了房间。在浴室里,她发现自己正好站在镜子前。她看着穿着睡衣的自己:苍白的脸有些浮肿,毫无生气,面目呆板,一张与世隔绝的面孔。她聚集了所有的力量,尝试演唱《多么甜蜜,甜蜜的世界》。她使了好大的劲,但声音并没有出来。她清了清喉咙,又试着唱《我热爱自由生活》,但她的声音依然卡在喉咙里,好像被巨大的软木塞紧紧地堵住了。她一次又一次地清嗓子,最后决定唱《啊夜,啊眼》(ياليل، ياعين)。她被自己发出的声音震惊了,那声音是她自从来到这个世界就已熟悉的声音,嘶哑无力,完全不具有任何美感,不清亮也不柔和。她再一次端详自己,那是同一张面孔,是她很久以来认识的那张面孔。她苦笑了一下,悲伤地摇了摇头,然后慢慢地拿起两瓶药,倒进马桶里冲了下去。①

所有人都认为赛依黛是患上了什么精神疾病,而不是拥有了神奇的天赋。创造力被周围的人重重压制,赛依黛终于放弃了挣扎,颓然接受自己不被听到、不被理解的命运,她不再拥有歌唱的冲动,那"优美的声音"也就随之消失了。

故事进行到结尾,作者必须抉择"赛依黛"的命运,而可选的结局似乎只有两种:她或是打破丈夫和整个社会对她施加的束缚,继续不管不顾地歌唱,或是被周围的压力吓退,缩回平庸的家庭生活,对自己的创造力失去信心。但伯克尔只写到赛依黛发现自己失去了声音,并且把精神科医生开的药冲进了马桶。故事在这里戛然而止,作者把悬念留给了读者。

拉娣法·泽娅特在谈到这篇小说时,认为赛勒娃·伯克尔笔下的女主人公选择了妥协,因为考虑到赛依黛的年龄、学历和社会地位,这是她最有可能的选择。齐亚特说:"每个女人都能在赛依黛身上发现自己的一部分,那是她未实现的潜力的一部分,其含义甚至可以扩展到男性

---

① سلوى بكر، عن الروح التي سرقت تدريجيا، مصرية للنشر والتوزيع، 1989، ص16.

和他们未能实现的潜能上。"①

《她体内如此优美的声音》的英文版译者胡达·萨黛（هدى الصدة）却有不同的观点，她认为赛依黛最后扔掉药物的举动"当然不是屈服，而是对权威（精神科医生和丈夫）所采用的压迫策略的反抗，这些权威只会给任何质疑现状的人贴上'疯子'的标签"。②

笔者比较倾向于后一种解读，因为把药物冲进马桶的这个举动，暗含着赛依黛对精神科医生乃至所有不理解她的人的愤怒和蔑视。她或许迫于现实而选择继续扮演社会给她预设好的角色，但她没有屈服于那些质疑，她清醒地知道自己并没有疯。尽管女主人公能否找回优美的声音仍是个未知数，但她在意识到自己的潜力之后，不可能再回到之前麻木无知的状态中去，这也是女作家对自身境遇的感叹。

赛依黛最后模糊的结局其实也影射了现实中女性作家们文学事业发展的不确定性。人们根本无法统计有多少才华横溢的女性出于种种原因未能尽情挥洒自己的天赋。阿拉伯文坛中此类的事例数不胜数。阿丽法·里法阿特在讲述自己的写作经历时曾回忆，她对写作的爱好从未受到家庭的支持③。小时候她的父亲就不鼓励她写作，还曾因为她写的某首表达对农村生活不满的诗歌责罚她。她结婚之后，她的丈夫起初允许她以笔名发表故事，后来直接要求她对着《古兰经》起誓会停止写作，不然就要和她离婚。里法阿特迫于压力决定停止写作，开始了近十四年的文学沉默期，直到1973年，她丈夫患了重病，她才被再次允许撰写和出版作品。纳娃勒·赛阿达维更是因为丈夫对她的文学写作抱有非常抵触的心态而多次离婚④。

小说中的"赛依黛"是所有女性的化身，"优美的歌声"象征着女性们生而具有的天赋和潜能，如果更具体些，可以象征女作家们妙笔生花、文思俊逸的写作能力，赛依黛对"歌唱"的热爱代表了作家们难以

---

① لطيفة الزيات، كل هذا الصوت الجميل، مختارات قصصية لكاتبات عربيات، القاهرة: دار المرأة العربية، 1994، ص.24.

② Salwa Bakr, *Such A Beautiful Voice*, Trans. H. Elsadda, General Egyptian Book Organization, 1992, p. 19.

③ أليفة رفعت، من يكون الرجل؟: أقاصيص، قطاع الآداب، المركز القومي للفنون والآداب، 1981، ص.25.

④ Dalya Cohen-Mor (ed.), *Arab women writers: An anthology of short stories*, SUNY Press, 2005, p. 5.

轻易纾解的创作冲动。作家们满腹灵感不得发泄的苦闷是难以忍受的，而对有志于写作的女性来说，被限制在"贤妻良母"的社会角色中，她们在创作领域的探索注定步履维艰。才华横溢的女作家们需要从在日复一日单调烦闷的生活和永无尽头的家庭劳作中偶尔探出头来，创作成为了她们心灵唯一的避风港湾。"女人的处境促使她在文学艺术中寻找出路。她生活在男性世界的边缘，不是从它的普遍面貌中，而是通过特殊的幻象去把握它"[①]，"为了不致让一无用处的内心生活沉没在虚无中，为了确定自身，对抗她在反抗中忍受的既定现实，为了创造一个世界，不同于她无法实现自我的世界，她需要表现自己"。[②]

在故事中，阿卜杜·哈米德假装理解他的妻子，但实际上却选择了继续诋毁赛依黛，称她突然获得优美的歌声是"胡言乱语"，令人耻笑。一方面，阿卜杜·哈米德认为赛依黛没有能力唱出优美的歌声；另一方面，他又害怕她有非凡的歌唱能力，因为这可能使她获得自由和社会属性，实现自我价值："就算你说的是真的，你打算怎么做？唱歌吗？成为歌手吗？开什么玩笑！"[③]因此，男主人公以大家长的方式指责他迷茫的妻子，并以一种非常不尊重的方式，依然把她当作他的仆人和发泄性欲的对象："对着她的屁股打了一个调戏的巴掌，低声对她说：'喝完咖啡，过来，我们在床上躺一会儿。'"[④]就这样，丈夫这种笃定的态度轻易地说服了本就不够坚定的赛依黛，让她心甘情愿地继续回到履行"妻子义务"的"正常生活轨道"。

同时值得注意的是，尽管上述的两个现实事例里，"丈夫"是"赛依黛"们停止"歌唱"的直接阻力，但最终是周围所有人的压力使"赛依黛"失去了"歌唱"的冲动，这也是作者想要表现的内容。伯克尔曾说："我不认为女性的不幸要归咎于男性，我认为女性的不幸要归咎于关系结构、社会规范、价值观和社会上盛行的规范标准。"[⑤]

---

① 西蒙娜·德·波伏娃：《第二性》，陶铁然译，中国书籍出版社2004年版，第782页。

② 西蒙娜·德·波伏娃：《第二性》，陶铁然译，第782页。

③ سلوى بكر، عن الروح التي سرقت تدريجيا، مصرية للنشر والتوزيع، 1989، ص10.

④ سلوى بكر، عن الروح التي سرقت تدريجيا، مصرية للنشر والتوزيع، 1989، ص11.

⑤ Salwa Bakr, *Such A Beautiful Voice*, Trans. H. Elsadda, p. 12.

男权社会把女性捆绑在家庭中,人们普遍认为家庭才是女性的归宿,社会工作对女性来说可有可无。而女性在长久以来的男权影响下,也潜移默化地认为家庭才是最重要的。无数女性心甘情愿为家庭放弃自己的工作,默默为家庭付出自己的一生。有太多压力逼迫女性放弃写作,女性的身份依附于家庭,她首先是母亲、家庭主妇等,然后才是自己。如果其他身份的责任过于沉重,她的"自我"所能占据的空间就不可避免地被挤压,甚至被逼迫到毫无自我可言的程度。正如波伏娃所说,"人们将女人关闭在厨房或者闺房内,却惊奇于她的视野有限,人们折断了她的翅膀,却哀叹她不会飞翔。但愿人们给她开放未来,她就再也不会被迫待在目前"。①

赛勒娃·伯克尔用丈夫、邻居、亲戚、朋友乃至医生几个角色对赛依黛的不理解、嘲笑、批评和质疑,揭露出男权社会作为一个结构性的整体是如何像一张密不透风的大网一般把女性包裹其中的。在这个社会中,女性受到的是一种系统性的压迫、歧视、打压和规训,社会中的每个人——甚至包括女性自己——都像故事中的角色一样,在自觉或不自觉中成为了父权制的帮凶,并认为这些父权制的规则理所应当。

赛勒娃·伯克尔笔下的赛依黛最终失去了优美的歌喉,象征着女作家们的才华在外界的不理解中被压制、在无穷无尽的单调家务中被消磨殆尽。

赛勒娃·伯克尔曾不无抱怨地评论道,女性在参与社会和为社会做出贡献方面受到诸多限制,因为社会期望女性扮演的主要社会角色是妻子和母亲,社会习俗也限制了她们发展友谊和人脉的机会,进而阻碍了她们在学术和专业上获得发展。②

二、缺乏创作的时间

《她体内如此优美的声音》不是赛勒娃·伯克尔唯一表现此

---

① 西蒙娜·德·波伏娃:《第二性》,陶铁然译,第449页。
② Caroline Seymour-Jorn, *Cultural criticism in Egyptian women's writing*, Syracuse University Press, 2011, p. 14.

类主题的小说，在《你（第二人称阴性单数）为什么不写作》[①]（لماذا لا تكتبين القصص؟）中，伯克尔也探讨了女性创作者面临的另一困境：被禁锢在传统性别角色中，无法找到创作的时间。

与《她体内如此优美的声音》中的主人公赛依黛一样，《你为什么不写作》中的娜西德·法伍兹（ناهد فوزي）也是一位已经成家的女性，育有三个孩子，但与赛依黛不同的是，娜西德是一个在银行工作的职业女性，她接受过高等教育，因此在工作之余还能做些舞文弄墨的雅事。繁忙的工作和生活让娜西德喘不过气来，写作是她为数不多的乐趣之一。娜西德形容写故事是"一个秘密习惯，她只有在丈夫和孩子不在家里时才偶尔练习一次"[②]。她的丈夫阿卜杜·阿齐兹生性冷淡，他对妻子写故事的天赋并不关心，只要家里整齐干净、饭菜可口，他就不会在乎妻子还做了什么其他事情。"有一次，他偶然间看见了她写的故事中的一篇。他当然没读，不过倒是问了她。当她给他讲了一遍，他只是笑了一声，他说：'真是没脑子！'她没有回答，也没有生气。她的丈夫不了解小说故事，也丝毫不喜欢，他甚至对阅读都不怎么感兴趣，连早晨报纸上的运动版面都很少读完。"[③]

娜西德把自己的作品半玩笑半认真地投递给了她在杂志社工作的表兄，作品发表之后，立刻引起了一个名叫法提西·门沙维（فتحي المنشاوي）电影制片人的兴趣。他希望娜西德能为他的新电影写一个故事，娜西德激动地同意了，但是这个新的写作任务无疑让娜西德本来就十分紧张的日程安排雪上加霜。在她试图完成创作任务的那两个月，"丈夫和孩子们吃了很多罐装三文鱼，那东西尝起来像法老木乃伊的尸体，油炸土豆配蔬菜色拉成为了餐桌上的常客，当然还有食物屡次被烧糊，牛奶被煮得只剩泡沫"。[④] 紧张的生活节奏和不顺的创作思路让娜西德神经紧绷，她对孩子们不像以前那样有耐心，因为饭菜不可口与丈夫起了争执，还因为果酱做得不够精细被姐姐责怪。不仅如此，过度

---

① 原文为"لماذا لا تكتبين القصص؟"，这里使用了阴性第二人称单数。

② سلوى بكر، إيقاعات متعاكسة، دار النديم، القاهرة، 1996، ص.97.

③ سلوى بكر، إيقاعات متعاكسة، دار النديم، القاهرة، 1996، ص.97.

④ سلوى بكر، إيقاعات متعاكسة، دار النديم، القاهرة، 1996، ص.101.

疲惫让她在银行的工作出了错,她被扣了五天的工资,这对向来认真负责的娜西德来说是从未有过的事情。尽管娜西德为了创作牺牲良多,甚至把自己的生活搞得一团乱,她创作出的作品并没有得到雇主的赞赏。两个月后,电影制片人法提西·门沙维找到娜西德,他愤怒地说:"你对写作根本不感兴趣,你也没有认真对待这件事,你只是一个玩票的人,只会在闲暇时间写作。你浪费了我的时间,我找你是押错了宝了!"①

通过前文的种种描述和娜西德内心的独白,读者可以从上帝视角了解前因后果,明白娜西德已经尽力做到最好,但是故事中的其他人则不然。制片人并不知道娜西德为了写这个故事付出了什么代价,他作为男性,也无法体察到娜西德需要克服多么繁杂、庞大的困难。娜西德对制片人的愤怒感到十分惊讶,"她想向他解释,告诉他自己与丈夫的口角、与孩子们的争执、和姐姐的不快以及被扣的工资,但她发现他不明白,她与他的对话毫无意义。他经常来找她,但他却没有看到她,他在电话上和她聊了很长时间,但是他从未听到她的声音"。②

娜西德那天晚上做了一个奇怪的梦,她梦到自己和电影制片人法提西·门沙维交换了身份,她快乐地与丈夫谈起了这个梦:"他来洗碗,然后去银行,他来管教孩子们,他每天晚上睡前都把头发卷成卷,而那时我在写故事。他哭着对我抱怨没有必要每天晚上卷头发,因为他戴着卷发棒无法入睡,但是我告诉他:那不可能,你的发质很硬。头发必须很服帖,你可不能每天早上头发乱蓬蓬的就出门去银行。"③

她的丈夫只是冷淡地回应:"那都是梦中的幻觉,我告诉过你很多次了,晚餐后等一个小时再入睡。"然后就出门上班了。娜西德一边碾着豆子一边对自己说:"为什么阿卜杜·阿齐兹不写作?"故事就此结束。

这个结尾呼应了小说的标题《你为什么不写作》,这也是作者对这一问题的回答:女性试图兼顾家庭和工作已是心余力绌,可供创作的闲暇更是一种难以拥有的奢侈。当女性无法从家庭劳动中解放出来,每天疲于奔命的时候,对她们的问题视而不见、听而不闻的男性发出这种疑

---

① سلوى بكر، إيقاعات متعاكسة، دار النديم، القاهرة، 1996، ص 107.
② سلوى بكر، إيقاعات متعاكسة، دار النديم، القاهرة، 1996، ص 108.
③ سلوى بكر، إيقاعات متعاكسة، دار النديم، القاهرة، 1996، ص 112.

问，无异于"何不食肉糜"。

赛勒娃伯克尔写作这篇小说的动机在她的另一篇短文中可以窥见少许端倪，她曾写道：

> ……在现实中和日常实践中，不得不做饭、洗衣服、打扫卫生并照顾家务的那个人是我，必须保持传统价值观的人是我，不能吸烟、不能提高自己的声音的那个人也是我。我必须表现得与那些珍视传统的女性们一样，并注意向其他人展示婚姻关系中的传统形象，这样人们才不会说激进派的人是放任的、不道德的，或者他们的女人是放荡不羁的。为了树立榜样，我要做的甚至比普通女性还要多。所以我从不装饰自己，也从不会表现得粗糙。只有这样，我才能够取悦所有参加聚会的人——知识分子、有思想的人和普通人。[①]

1974—1980年间，赛勒娃·伯克尔一直在埃及粮食供给部担任食物配给监察员，作为政府的基层公务员，她的收入是可以想见的微薄。同时，她还在攻读硕士学位，并在1976年获得了戏剧批评的硕士学位。之后，她开始给杂志和报纸供稿以赚取稿费。1980年辞去政府工作、正式以写作为生后，她才有时间、有精力、有条件释放自己的创作热情，这一点也明显体现在她的创作数量上。从1979年自费出版第一部小说到21世纪90年代，伯克尔只有三部短篇小说作品集问世，但从1991年到2006年，赛勒娃·伯克尔以每年一部的速度创作、出版小说。她自己也曾在采访中表示，直到80年代中期她才正式开始文学生涯[②]。可以想象，在四十岁之前，她的精力被工作、家庭、孩子等太多的事情牵扯，使她很难投入到自己真正喜欢且十分擅长的写作领域。《你为什么不写作》中女主人公在兼顾家庭主妇和职业女性的同时偷偷写作但却被批评是在"玩票"的经历，或许正是作者本人的亲身体验。赛勒娃·伯克尔

---

① Salwa Bakr, "Writing as a Way Out," in Fadia Faqir (ed.), *In the House of Silence*, p. 39.
② Claudia Mende, قنطرة ،لكاتبة المصرية سلوى بكر .صوت المهمشين, 2012, https://ar.qantara.de/content/lktb-lmsry-slw-bkr-lktb-lmsry-slw-bkr-swt-lmhmshyn.

通过这不长的篇幅，传神地揭示出这样一个常常被人们忽略的事实：由于人们对女性社会角色的固有印象，女性创作者往往比男性创作者面对更加多的困境。作为女性，社会天然强加给她们母亲、妻子、女儿的身份，并期待她们做出符合自己社会身份的事情：养儿育女、服侍丈夫、孝敬长辈。这些额外的"期许"像镣铐一样让女性在创作的道路上步履维艰。或许只有像弗吉尼亚·伍尔夫所说的："女性要想写小说，就必须要有钱，还要有一间自己的房间。"只有在摆脱了所有社会身份的"自己的房间"里，女性才能平静理性地思考，然后勤奋热情地创作。

三、缺乏创作的文学传统

20世纪50年代之前，埃及女性们只有少数贵族女性有受教育的机会，再加上社会文化的限制，她们在当时看似百花齐放的埃及文坛是缺位的。尽管这一时期，埃及出现了许多富有女性主义意味的作品，如埃及文学泰斗塔哈·侯赛因批判"荣誉谋杀"的小说《鹬鸟声声》（دعاء الكروان）、尤素夫·伊德里斯（يوسف إدريس）表现下层妇女悲惨命运的小说《罪孽》（الحرام）、伊赫桑·阿卜杜·库杜斯探讨女性解放议题的《我是自由的》（أنا حرة）等，但是女性自我表达的声音过于微小，往往被淹没在繁荣喧嚣的埃及文坛中。可以说，埃及男性小说先驱们率先奏出了妇女解放的基调，既表达又扭曲了女性群体的意愿。而这便是埃及第一代女性作家们面临的意识形态环境，她们似乎很难在陈旧的阿拉伯女性经验中，开辟一个完全独立于男性作家们陈述的视角，并使之得到社会的承认。女性作家们似乎唯有通过那些还未被描述过的、尚未定型的女性形象找到自己与民族时代之间的契合，在文化的缝隙把自己纳入时代，建立自己的话语，才能真实地诉说自我。

从19世纪末开始，埃及创办了许多针对女性受众的报刊，这些报刊往往由女性创办，刊登的稿件除了涉及家庭管理、生育和婚姻关系，也经常讨论女性主义辩题，如女性受教育的权利、就业的权利和政治参与的权利。这些报刊除了前文提到的《法塔特（少女）》（فتاة, 1892）、还有《东方少女》（فتاة الشرق, 1906）、《埃及妇女杂志》（مجلة المرأة المصرية, 1920）、《女性觉醒杂志》（صحوة المرأة, 1921）、《希望》(الأمل , 1922) 等。尽管这些报刊很少刊载小说，但埃及女性作家撰写小说的历史却由此萌芽。1901 年，《东方少女》的创办者、黎巴嫩旅埃作家拉比芭·哈希姆（لبيبة هاشم）发表了"故事随笔"（مقال سردي）《人心》(قلب الرجل)，被批评家们认为是女性作家创作体裁由记叙文转向小说的过渡之作[①]。作为短篇小说写作的早期实验者，哈希姆的作品虽然并不受评论家们青睐，但她本人凭借作品跻身尝试小说创作的男性作家行列之中[②]。总的来说，处于世纪之交的埃及女性作家们最引人注目的功绩是作品在期刊杂志上登载，她们也出版了一些书籍，但数量在埃及庞大出版业的背景衬托之下显得非常微不足道：从1900年到1925年，埃及三十一位女性作家创作、翻译、编辑了至少三十二本小说[③]，为女性作家的小说创作奠定了基础。

20世纪50年代之后，阿拉伯女性写作迎来了一次高峰。随着西方思潮在埃及和阿拉伯地区的进一步传播，女性主义思潮犹如一缕清风，吹开了层层面纱，露出了埃及女性们清丽灵动的面庞。埃及的文坛不再是只有男性把控的地方，一批笔锋稳健的女作家成长起来。她们笔下的女性形象不复男性作家们作品中的暗哑，她们不再接受被他人定义，而是努力发出自己的声音。她们追求纯真的爱情和平等的婚姻，不愿成为"自我压抑的淑女"或是"任劳任怨的主妇"，她们视野开阔，目光深邃，她们不羞于表达女性微妙细腻的情感，更勇于表现现代女性的独立意识和气魄。她们的笔触深入到造成女子不幸的社会和妇女解放的自身障碍。她们把对爱情、婚姻的思索引向更加复杂的地方，她们闯入"性"的禁区，大胆地描述之前只能含蓄地一笔带过的各种情节。她们以凝重辛辣的笔触，痛快淋漓地讽刺了那些在男性作家笔下如泥塑木雕般的女性形象，塑造出属于女性自己的真实形象。女性作家们的种种努力让她们逐渐在文坛中打出一片天地，与男性作家们平分秋色，但缺乏女性创作的文学传统仍然让她们的每一步都走得非常艰难。

赛勒娃·伯克尔曾表示，尽管她与男性作家和评论家都保持着友好

---

① يوسف الشاروني (محرر)، الليلة الثانية بعد الألف، القاهرة 1975، مقدمة المحرر، ص9-10.

② أنور الجندي، أدب المرأة العربية والقصة العربية، القاهرة، مطبعة الرسالة، ص 42.

③ عايدة إبراهيم نصير، الكتب العربية اللاتي نشرتها نشريات في مصر 1900-1925 ، مطبعة الجامعة الأمريكية بالقاهرة، القاهرة، 1983.

的关系，但他们从不主动与她展开文学或思想上的讨论，而这仅仅因为她是女性。即使是像她这样受过教育的女性，也会在埃及社会中被边缘化。①

1992年，在开罗大学举行的阿拉伯文学会议上，赛勒娃·伯克尔批评了会议对女性作家的公然边缘化，比如在第二天的闭幕式嘉宾名单中，没有任何一个埃及女性作家的名字。会议组织者迅速回应了她的反对意见，当即邀请她参加闭幕式上的知名作家小组发言。在第二天的会议中，小组成员对她是否应该接受组织方邀请这个问题争执不休。但赛勒娃·伯克尔延续了她一贯泼辣、大胆的风格，无视冷眼、坚持自我，向由学者、作家和学生组成的听众发表讲话。她在发言的开头自谦地表示，自己的讲话是在收拾早餐桌和重新摆放午餐桌之间的短暂间隙中写成的，请听众们担待其中的错漏。尽管这篇讲稿匆匆写就，但依然吸引了许多听众的注意力。然而，有人对此不以为然，据赛勒娃·伯克尔描述说，她在发言期间听到一位年轻的学者低声嘀咕："如果她不提及那些女人日常生活中的琐碎细节，或许不会毁了这篇发言。"

赛勒娃·伯克尔在这次会议中的遭遇几乎完美地折射出女性作家在阿拉伯文坛的尴尬处境，那位年轻学者的牢骚之语也在无意间揭示了阿拉伯女作家在文学界的劣势。女作家们如果想成为主流作家，就必须直面文学传统的挑战和压制，因为阿拉伯文学传统一直拒绝承认女作家视角及其观点的特殊性。

《世界脱节》的主题就是女性作家发觉自己的性别成为她成功的阻碍。伯克尔运用倒叙手法，讲述一位年轻女性追求文学梦想却屡次碰壁的故事。故事的主角没有名字，只能看出是一位职业女性，她迫切希望能够出版自己的诗集，因此在休息日坐火车去另一个城市，和一位杂志编辑商讨相关事宜。伯克尔将这个女孩与杂志编辑的对话巧妙地融入了故事的叙述中。故事的开始，女孩坐上返程的火车，在喧闹嘈杂的车厢中盯着窗外转瞬即逝的景色，脑中不断回想起几个小时前与编辑的对话。那位编辑在读完她那首题为《世界脱节》的诗后，并不看好她的诗集，"他不赞成这个主题，认为这个主题在某种程度上受到了限制"，他

---

① Caroline Seymour-Jorn, *Cultural criticism in Egyptian women's writing*, p. 14.

也"不喜欢晦涩的诗歌"①。更令她失望的是,那个已经获得一定知名度的编辑告诉她,想成为一名成功的作家,她应该考虑使用自己的女性魅力:"他说仅凭借天赋是不够的。想出版书籍,人脉关系和坚持不懈的毅力都是极其重要的因素。'你是个女人,你可以利用这一点。'"②

女主人公因其话语中的暗示大受打击,她感到自己的文学梦想破碎了,她失去了生活的热情,感到一切都是虚无:

> 我的视力模糊了,小贩和乘客的喧嚣声逐渐消失。我闭上眼睛,感觉到一阵甜美的麻木扩散到四肢,火车单调的颠簸声与我旁边女人的叹息交织在一起,形成某种奇怪的节奏,我的整个身体都随之抽搐、随之吟唱:什么都不值得……什么都不值得。③

小说的结尾,这个年轻的姑娘不再考虑出版自己的诗歌,"我感受到了生活的艰难,并且迫切地想回家好好洗个澡"。④

小说中女主人公是阿拉伯女性作家的缩影,她的遭遇反映了阿拉伯女性作家在创作中因性别而受到的轻视和打压。赛勒娃·伯克尔曾写道:

> 在女性作家所生活的社会环境中,没有人将她视为拥有截然不同的世界的创意作家。在生活中,出于直觉和传统,人们对待女性的方式就是他们对待女性作家的普遍方式。更重要的是,批评家们常常轻视女性写的东西。自从我的第一本短篇小说集《总统葬礼上的齐娜特》(زينات في جنازة الرئيس) 出版以来,我的确受到了广泛好评,但是这种接受是谨慎的,因为男性批评家总是出于"道德"原因避免与女作家密切接触,担心他们对这些女作家的关注会被人们指责是别有用心,因此我的作品的批评者们常常是女性评论家。

---

① لطيفة الزيات، كل هذا الصوت الجميل، مختارات قصصية لكاتبات عربيات، القاهرة:دار المرأة العربية، 1904، ص102.

② لطيفة الزيات، كل هذا الصوت الجميل، مختارات قصصية لكاتبات عربيات، القاهرة:دار المرأة العربية، 1904، ص104.

③ لطيفة الزيات، كل هذا الصوت الجميل، مختارات قصصية لكاتبات عربيات، القاهرة:دار المرأة العربية، 1904، ص101.

④ لطيفة الزيات، كل هذا الصوت الجميل، مختارات قصصية لكاتبات عربيات، القاهرة:دار المرأة العربية، 1904، ص104.

从另一个角度看，阿拉伯的男性批评者们并没有关注女性的独特创造力，他们也从未认为女性在讲故事、语言和性格塑造方面有什么特殊才能。女性的创造力，在大部分情况下，首先是要通过男性的眼睛看到的，而他们对女性创作的态度和评判标准更倾向于因循守旧、缺乏创新。

赛勒娃·伯克尔在多次访谈中都曾讲到这样一件轶事：某次，她在参加埃及高级教育委员会会议时与人争论某个问题，突然，该组织的负责人批评她说："不要提高你的声音。"赛勒娃·伯克尔立刻回答说："在场的其他男士也都提高了声音，你为什么唯独对我说这个？我为什么要降低声音？"①

类似的场景是大部分女性创作者们难以逃脱的阴影，文艺界这种针对女性的轻视、贬低并不罕见。"如果她们尝试写作，便感到被文化的天地所压垮，因为这是一片男人的天地。"②在这样的氛围中，女性创作者挥洒的空间十分狭小，她们的一举一动都备受质疑，这让她们在本来就十分崎岖的创作道路上更加步履维艰。当代女性执笔闯入文坛总是需要披荆斩棘，即便真的取得了一些名声，常常也伴随着因性别而起的批评与争执。人们总是倾向用不同于评判男性作家的标准来评判女性作家，比如夏洛蒂·勃朗特用笔名"库瑞尔·贝尔（Currer Bell）"出版《简·爱》之后，就曾有评论家表示，如果这本书是男人写的，那它就是一本杰作；如果是女人写的，则让人感到震惊和厌恶③。当评论者们不知道《呼啸山庄》的作者是女性时，他们称其"如同粗鲁的船夫"；而知晓作者性别后，却说艾米丽·勃朗特是"彻头彻尾的怪物"④。评论家以男性的审美标准衡量所有作品，女作家们的女性特质常常被排斥、厌恶，评论界对女性作家流露出的任何非本性别的特质大加赞赏：简·奥斯汀常常被批评题材狭窄，只会写些拘泥于男女情爱、围着舞会、婚

---

① Elie Chalala, *Novelist Salwa Bakr Dares to Say it Aloud on Revolution's Successes and Failures*, Al Jadid, Vol. 19, No. 68, 2015.

② 西蒙娜·德·波伏娃：《第二性》，陶铁然译，第784页。

③ Barbara Mitchell, "The biographical process: writing the lives of Charlotte Brontë", PhD diss., University of Leeds, 1994.

④ Joanna Russ, *How to suppress women's writing*, University of Texas Press, 2018, p. 43.

礼、锦衣华服打转的闺阁体①，远不如男性作家视野广阔；西尔维亚·普拉斯被赞美时的形容是"不似女诗人"②；玛丽·麦卡锡被称赞有着"男性化的思维"③。似乎只要含有"女性气质"的作品就注定是幼稚、浅薄、非严肃性的，而只要"她身体里的男性思维在写作"④则能获得评论界的褒奖。除此之外，如果女作家描写自己，那她就会受到品德上的考验，她可能会被贴上"水性杨花""有伤风化"的标签，或者被指责创作过于私人化。如此种种，不一而足，缠绕着女性创作者执笔之手的荆棘层层叠叠，难以拔除，作家"仅仅作为一个女人，就犯了某种错误"⑤。

在这种路阻且长的探索中，女性作家有的备受打击，有的中途妥协，但更多的人选择正面反击。而从19世纪开始到现在女性作家群的崛起，女性作家创作的作品对日常生活中的两性关系的深刻认知、对性别权力关系的理解辨别，都是一次次性别意识的自我发现与审视。

结　语

当女性拿起笔，她们面对的是一个支离破碎、障碍重重的文化传统，历史上功成名就的女作家如此之少，社会文化对女性书写的偏见如此之深，女性作家们很难找到一个安稳的精神落脚点。

但赛勒娃·伯克尔并不缺少面对这些苦难的勇气和毅力，即使她不得不像希腊神话中的西西弗斯一样日复一日、年复一年地推着那块名为"偏见"的巨石赶往"平等"的山顶。"我必须为成为女性作家而付出代价。这在许多层面上都是一项沉重的代价，特别是在一个大多数人都是文盲的社会，一个本质上是保守的、价值观是静态的、不尊重妇女的社会。所有这些使写作看起来像西西弗斯的任务。"⑥她对女性"失声"主

---

① Mary Ellmann, *Thinking about Women*, New York: Harcourt Brace Jovanovich, 1968, p. 23.
② Robert Lowell, *foreword to Ariel*, by Sylvia Plath, p. vii.
③ Mary Ellmann, *Thinking about Women*, pp. 41-42.
④ Mary Ellmann, *Thinking about Women*, p. 22.
⑤ Joanna Russ, *How to suppress women's writing*, p. 32.
⑥ Salwa Bakr, "Writing as a Way Out", p. 39.

题的一再重复，或许正是出于现实的苦闷与烦恼。

赛勒娃·伯克尔作为底层出身的知识分子，敏锐地觉察到男权观念和主流社会对天然是"他者"的底层女性的遮蔽和排斥，她能够倾听被男权话语掩盖的、来自女性的"不谐之音"。

在上述的几篇小说中，赛勒娃·伯克尔为我们呈现了女性在家庭中丧失地位、在社会中面临压力以及在文本中失语的状态，从而反映男权社会中女性创作者面临的种种问题。女性的"失声"反映了女性在社会中受压迫的状态，是女性寻求平等道路上的巨大障碍。因为长久的失声，女性已经不知道如何为自己发声，而赛勒娃·伯克尔相信，女性首先要为自己发声，表达自己的不满和愿望，只有这样，才能开始为自己争取话语权，才能推动女性争取独立、获得解放、实现男女平等。"通过女性作家们的著作表达女性的声音，被边缘化的男性和女性都可以得到解放。"[①]

赛勒娃·伯克尔相信每个平凡的女性内心都有着某种"声音"，即创造力，男性或者说整个社会不需要去挖掘她们的才能和价值，她们的才华和价值就摆在那里，人们只需要跳出封建传统的烟障，解除整个社会对女性角色的锁定，就能够听到她们内心的"声音"，看到她们的才能和价值。

作者系北京大学东方文学研究中心、北京大学外国语学院博士后

[①] M. G. Masoud, "An Interview with Salwa Bakr", November 2nd 2009, *Elfada Magazine*, Retrieved of July, 22, 2010.

日本江户时期"女卢生"形象的诞生[*]

虞雪健

内容提要 唐传奇《枕中记》传入日本后,到了江户时期,随着歌舞伎中变化舞踊的诞生,"女卢生"形象登上舞台,浮世绘美人画中也诞生了"女卢生"。草双纸中亦不乏以女性为主角的"邯郸梦"改编故事。与作为中国儒生的"卢生"经典形象相比,日本江户时期的"女卢生"形象体现了日本对中国故事"邯郸梦"在改编方向和传播形式上的独特性。本文将从歌舞伎、浮世绘美人画和草双纸三个方面,对江户时期"女卢生"形象诞生的始末作具体评述和考察。

关键词 女卢生 邯郸梦 变化舞踊 浮世绘 草双纸

引 言

唐传奇《枕中记》中,卢生枕青瓷枕入梦,历经万般红尘劫后梦醒而悟。在日本江户时代,随着文艺形式的多样化和出版业的极大发展,由《枕中记》衍生而来的"邯郸梦"故事,或以人形净琉璃、歌舞伎狂

---

[*] 本文为日本三得利文化财团2022年度"外国人青年研究者社会文化个人研究资助"阶段性成果。

言等戏剧形式，或以假名草子、浮世草子、草双纸等文学形式，为庶民阶层所熟知。

"邯郸梦"不仅在表现形式上是多样的，主题更是多变求新。如黑本《初梦邯郸枕》（1755年）的主题是异国想象；青本《风流邯郸 浮世荣花枕》（1772年）的主题则是女子婚嫁；神原文库藏上方儿童绘本《风流邯郸枕》（出版年不明）的主题是近畿的四时风俗；黄表纸《金金先生荣花梦》（1775年）的主题则是青楼宴乐。倘若根据主人公的性格特征进行分类，净琉璃《花扇邯郸枕》（1737年）中是因奢靡享乐被逐出家门的纨绔；浮世草子《风流劝进能》卷五第一"邯郸"（1772年）中则是厌恶金钱、期待穷苦生活的富豪；青本《风流邯郸 浮世荣花枕》中是渴望嫁与王侯贵胄的庶民女子等等。

比起按照主题分类，根据主人公的性别特征进行分类更能体现中日两国在"邯郸梦"故事改编上的差异性。在我国，"邯郸梦"改编作品中以女性为主人公的情况较为少见。"南柯梦"的改编作品——清代长白浩歌子《萤窗异草》中的"女南柯"故事，是典型的以女性为主角的梦幻故事。清代王筠的剧作《繁华梦》中，才女王梦麟梦中变为男性，或也可归为此类情况。与中国的情况不同的是，日本江户时代的"邯郸梦"中，主人公为女性的情况较为普遍。中国的邯郸梦故事在日本呈现出这样一种特殊的改编方向和特征，不仅体现了中日文化的差异，也说明了邯郸梦故事在海外的深远影响和顽强生命力。

一、日本古典中的女性与梦

日本平安时代的物语文学和女性日记文学中不乏描写女性的梦的内容。《源氏物语·夕颜卷》中，六条御息所朦胧间梦至葵上居所。生魂离体勾连梦境，体现了日本古代"梦魂"的观念。①《浮舟卷》中，在浮舟决意跳宇治川自尽前，母亲中将君做了一个不祥之梦。②生离死别前

---

① 江口孝夫：《夢についての研究》，风间书房1987年版，第331页。
② 杉山弘道：《便利につかわれている古典・昔話（民話）の夢》，风咏社2012年版，第101—104页。

的预言梦，凸显了母女间的亲情和浮舟的悲情色彩。平安时代的女流日记中，《更级日记》记录了菅原孝标女从十四岁到四十七岁的梦。①同样的，《蜻蛉日记》也记叙了多位女性做梦的故事。②

除了物语文学之外，和歌中也多有咏叹"梦路"之作。《古今和歌集》第十二卷"恋歌二"中收录了小野小町关于梦的三首和歌，其中一首这样写道："念久终沉睡，所思入梦频，早知原是梦，不作醒来人"③。古代日本人相信，日思夜想的恋人会在梦里出现。与此相对，《万叶集》卷十二和歌［3117］写道："门儿关，户儿闭；问妹何处来，梦中得团聚？"④则反映了古代日本人的另一种梦的观念——思念自己的恋人会在梦中出现。梦是男女之间互通情愫的隐秘之路，"梦路"一说便由此而来。

无论是平安朝的物语文学、女性日记文学，还是古今的和歌，都表明梦在日本古代宗教、民俗信仰中占有重要地位，承载着古代日本女性的爱怨思绪。女性与梦，从来都是日本古典文学中不可忽视的主题之一。

唐传奇《枕中记》传入日本后，无论是14世纪中叶的军记物语巨著《太平记》，还是15世纪中叶的能乐剧作《邯郸》，均沿袭了中国邯郸梦的故事设定，主人公仍是男性。到了江户时期，随着庶民文学的不断发展，自18世纪中叶至19世纪初，邯郸梦的改编创作走向空前的高峰。其中以黄表纸的滥觞《金金先生荣花梦》（1775年）最为有名。在这些作品中，虽然沿袭男性主人公设定的居多，但也不乏以女卢生为主人公的例子。同一时代的歌舞伎、浮世绘中，相较于男性卢生而言，女卢生的形象更为主流。

尽管女性与梦是日本古典文学中的重要主题之一，但本为男性之梦的邯郸梦，为什么会衍生为女性之梦？女性与梦的主题是远因，歌舞伎、浮世绘、草双纸的流行则是近因。江户时期的女卢生形象是如何诞

---

① 森文彦：《更級日記》，载《箱庭療法学研究》29（2），2016年，第87—95页。
② 倉本一宏：《平安貴族の夢分析》，吉川弘文館2008年版，第24—35页。
③ 纪贯之等撰：《古今和歌集》，杨烈译，复旦大学出版社1983年版，第114页。
④ 赵乐甡：《万叶集》，译林出版社2002年版，第557页。

生的、有何种变化？本文将从歌舞伎、浮世绘、草双纸三个方面一一解读。

二、歌舞伎中的"女卢生"

歌舞伎中女卢生的诞生，与歌舞伎的"书替女狂言"密不可分。书替女狂言是书替狂言的一种。"书替"即改写之意，将已上演的歌舞伎狂言或人形净琉璃作品中登场人物的性别由男性改写为女性，并保留原作的主要情节，通过这种改写形成的剧作被称为"书替女狂言"。典型的例子有女鸣神、女助六、女清玄等。比如女鸣神是将鸣神上人改为尼姑的书替女狂言，1696年在江户中村座上演的《子子子子子子》中，女鸣神首次登场，宝历期以后被频繁运用于多个剧作中，其中1743年在江户市村座由初代濑川菊之丞主演的《春曙郭曽我》，同年在大阪岩井座由其弟初代濑川菊次郎主演的《女鸣神振分曽我》最具代表性。[①]

元禄年间，歌舞伎舞踊中分化出了变化舞踊。变化舞踊由多个短编舞踊组合而成。表演时，由一个人连续变装，跳完所有短编舞踊。早期的变化舞踊中还存在男性角色，但到了天明、宽政年间，以三代目菊之丞和四代目半四郎为中心，完全由"女形"（相当于旦角）演员完成的"五变化""七变化"迎来了全盛时期。[②]歌舞伎舞踊中的女卢生形象正是从这一时期的五变化舞踊中诞生的。

天明五年（1785年）二月，于桐座上演的《春昔由缘英》中，三代目濑川菊之丞分别表演"卢生""禿""白酒卖""扬卷助六""石桥"这五组短编舞踊。表演第一组短编舞踊"卢生"时，菊之丞以女卢生的形象登台。日本国立音乐大学附属图书馆藏长歌正本《春昔由缘英》封面画（见图1）中，女卢生以葫芦形团扇掩面、伏几少憩。葫芦形

---

① 高桥则子：《黒本・青本と濑川菊之丞》，载《近世文藝》49，1988年，第36—40页。

② 服部幸雄：《変化論　歌舞伎の精神史》，平凡社1975年版，第84页。

日本江户时期"女卢生"形象的诞生

团扇掩面的卢生形象最早可追溯到能剧《邯郸》，歌舞伎舞踊沿用了这一极具代表性的道具和动作。早稻田大学演剧博物馆藏绘本《春昔由缘英》（见图2）中，女卢生欹靠手枕，梦中出现了秃、白酒卖、扬卷助六等角色，左侧佩戴狮头和牡丹花头饰的两名女子正翩翩起舞。女卢生佩有凤凰、璎珞头饰，手持葫芦形团扇，身着华丽的唐人服饰，与歌舞伎中唐人锦祥女的形象别无二致。《春昔由缘英》的五变化中，除女卢生外，其他四变化分别对应四季。能剧《邯郸》中，卢生醉酒起舞时，身边四时花草一同盛开，宛如仙境。《春昔由缘英》正是取能剧《邯郸》四方四季的意象，先由女卢生登场，随舞蹈入梦，再演绎象征四时变化的舞蹈。

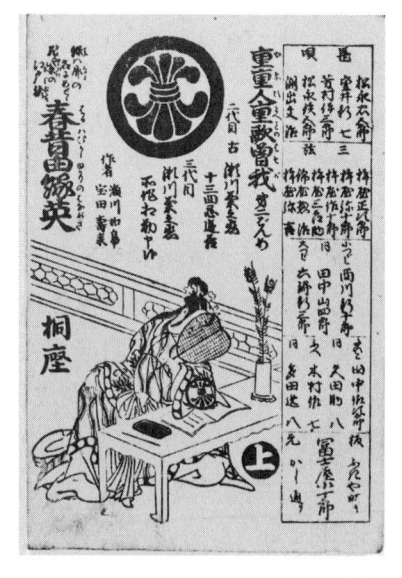

图1 日本国立音乐大学附属图书馆藏长歌正本《春昔由缘英》

图2 早稻田大学演剧博物馆藏绘本《春昔由缘英》

· 297 ·

文化二年（1805年），三代目濑川路考（菊之丞）于中村座登台演出五变化舞踊《法花四季台》。五组短编舞踊分别为"露情""春 鹿岛踊""夏 萤狩""秋 黑木卖""冬 座头"。"露情"部分词句中，"露情之男文字（'男文字'即'汉字'之意），读之可知卢生之梦心（作者译）"一句，日语中"露情"与"卢生"同音，取"情浅如朝露"之意。露情入梦和四时舞踊的设定与《春昔由缘英》异曲同工。不同的是，从葫芦形团扇、凤凰璎珞头饰和唐人服饰来看，《春昔由缘英》的女卢生明显更接近唐美人形象，但到了《法花四季台》的"露情"，葫芦形团扇变成了圆形团扇，唐美人也变成了花魁形象（见图3）。

文化六年（1809年），四代目濑川路考于中村座登台演出五变化舞踊《邯郸园菊蝶》。五组短编舞踊分别为"倾城""春 子守""夏 女达""秋 小褄重""冬 山姥、金太郎"。"倾城"词句与《春昔由缘英》中"露情"几乎完全一致。因词章中有一处替换成了"送信给我心爱的人哟，不要拿错了给别人哟，送到我心爱的人手里啊（作者译）"，所以《邯郸园菊蝶》中女卢生的书几上多了一卷书信（见图4）。歌川丰国的锦绘《四季折々手向風流 倾城 濑川路考》（见图5）中更是略去了卢生标志性的团

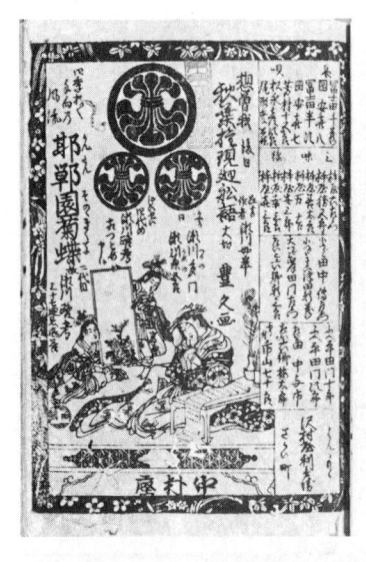

图3 国立音乐大学附属图书馆藏　图4 黑木文库藏《四季折々手向
　　《法花四季台》　　　　　　　　　　風流 邯鄲園菊蝶》

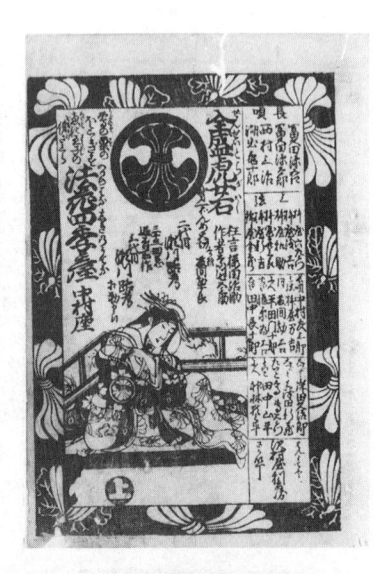

日本江户时期"女卢生"形象的诞生

扇，只留一卷书信。由此，手持书信、花魁形象的女卢生诞生了。

根据以上分析可知：（1）随着歌舞伎狂言中"书替女狂言"的流行，以"邯郸梦"为题材的歌舞伎狂言中出现了卢生的性别转换，由此诞生了女卢生；（2）歌舞伎中女卢生的登场基本集中在五变化舞踊，由三代目濑川菊之丞和四代目濑川路考演绎的女卢生是歌舞伎中女卢生形象的典范；（3）从天明到文化年间，女卢生的形象特征由唐美人逐渐转变为江户花魁的形象；（4）除手持团扇外，女卢生中还有手持书信的特例。

图5 歌川丰国画《四季折々手向風流 けいせい 瀬川路考》

三、浮世绘中的"女卢生"

前文提及的歌川丰国作锦绘《四季折々手向風流 傾城 瀬川路考》中，歌舞伎中的女卢生形象被画成"役者绘"（歌舞伎演员像），成为浮世绘中女卢生形象的一种表现形式。除了这类情况以外，浮世绘中的女卢生形象主要以美人画为主。喜多川歌麿的《见立邯郸》（1798年）、歌川国贞的《见立邯郸》（1830年）是其中较为著名的两例。这两幅作品的创作时期相对较晚。实际上，早在天明五年的歌舞伎舞踊《春昔由缘英》之前，美人画中就已经出现了女卢生形象。根据主题和创作手法的区别，大致可将女卢生型美人画分为三类。

（一）梦中的迎亲队列

浮世绘的开山鼻祖菱川师宣门下有一名为古山师重的弟子。师重的儿子师政师从其父，据《浮世绘类考》记载，师政"学师宣画法""至此人失菱川画风"。师政的肉笔美人画中有一幅《玉之舆图》（见图6），根据其作画时间判断，大概创作于宽保至延享年间（1741—

· 299 ·

图6 砌思艺术博物馆藏铃木春信《见立邯郸梦》

1748年)。《玉之舆图》描绘了樱花树下小憩的美人形象，属于当时流行的"樱下美人图"的一种。与川又常行、西川祐信等人的樱下美人图相比，师政的樱下美人图没有沿用美人立于树下的构图，而是在樱花树下设有床几，盛装美人欹枕而眠。美人头上升起霭霭云烟，其中隐约可见抬锦轿、张罗伞的迎亲队伍。这幅美人图生动地表现了适龄女子对风光出嫁、婚姻美满的期望。"玉之舆"指的是云烟中隐约可见的锦轿，意味着女子嫁与贵胄、风光出阁。女子以团扇掩面、梦中与唐人队列类似的迎亲队伍等元素都暗示了其与能剧《邯郸》的关联。此外，"玉之舆"一词在谣曲《邯郸》中也有提及，即"（地谣）欣然乘玉舆，佛途仍不晓"。[①]楚国的卢生梦见敕使来迎、坐上前往楚王宫的帝王舆车。能剧《邯郸》的这一情节到了师政的《玉之舆图》里，变成了适龄女子梦见家仆来迎、坐上王侯贵胄家的舆车。

与师政《玉之舆图》异曲同工的还有铃木春信的美人图《见立邯郸梦》（见图7），创作时间大体为明和二年至七年间（1765—1770年）。图中画有两美人，右侧美人身着婚服常用的鹤丸纹衣裳，描绘的梦境是武士家仆抬轿来迎的画面。浮世绘中的"见立绘"指的是拟古为今、化尊为卑、化严肃为滑稽的绘画技法。[②]以《见立达摩》为例，美人立于江上一根芦苇，就是以达摩祖师一苇渡江的故事为原

---

① 张哲俊：《母题与嬗变：从〈枕中记〉到日本谣曲〈邯郸〉》，载《外国文学评论》1991年第12期。

② 小林忠：《江戸の浮世絵》，艺华书院2009年版，第154页。

日本江户时期"女卢生"形象的诞生

型创作的。《见立邯郸梦》与此类似，以能剧《邯郸》中卢生持团扇入眠为原型，多为美人持团扇、欹枕而眠的形象。铃木春信接受城西山人巨川、旗本大久保甚似浪忠舒等人的委托，创作了大量见立绘，开创了见立绘的时代。出自春信之手的女卢生，其影响力可想而知。

此外，歌川丰国的《初梦座敷》（1792年，见图8）中也描绘了贵族少女梦见迎亲队列的情景。不过，丰国所画迎亲队列并非常人，而是"老鼠娶亲队列"。当年正值子年[①]，加上老鼠娶亲的民间传说在日本有喜庆吉利的寓意，这样的构图可谓巧思。不过归根结底，丰国所画的女卢生形象与师政《玉之舆图》仍是一脉相承的。

图7 MOA美术馆藏古川师政《玉之舆图》

图8 歌川丰国《初梦座敷》

---

① 楢崎宗重：《秘藏浮世絵大観　ベレス・コレクション》，讲谈社1991年版，第243页。

· 301 ·

丰国的《初梦座敷》几乎同期的还有喜多川歌麿的《见立卢生梦》（约1798年，见图9）。以团扇掩面、梦见迎亲队列的艺妓，与右上角梦见楚王舆车来迎的卢生形成对比。歌磨在此之前已创作了多幅与梦有关的美人画。此外，以艺妓梦见迎亲队列为主题的诸多前作及黄表纸《金金先生荣花梦》也是歌磨创造这样一个女卢生的重要影响因素。①

总之，18世纪中叶开始出现的女卢生美人画，以"梦中的迎亲队列"为主题，到18世纪末已极为普遍，是浮世绘中女卢生的典型形象之一。此后丰国的门人歌川国贞制作了美人画《见立邯郸》（1830年），虽然整体基本沿袭前述作品的构图，但在女卢生指尖添了一只蝴蝶，巧妙地将"邯郸梦"与"庄生晓梦"融为了一体。

图9　比利时王立美术历史博物馆藏 喜多川歌麿《见立卢生梦》

（二）以书案、书箱为枕

除了关注梦中情景，如何入梦也是女卢生美人画的重点。以书案、书箱为枕入梦的美人画是比较有代表性的，这些画中梦境内容多与书案上或书箱中的书卷有关。

铃木春重画有《见立庄子蝴蝶梦》（1772年以后，见图10），虽取自庄周梦蝶，但实际上画中艺妓的睡姿等与女卢生如出一辙，这里的女庄子形象大概也脱胎自女卢生。女庄子伏于朱红书案前，梦见自己化为蝴蝶，在庭院前的牡丹花下嬉戏。蝴蝶戏于牡丹花下这一情景出自净琉璃《天神记》（1714年）第一中"庄子梦中游无我有之里，成蝴蝶戏牡

---

① 相賀徹夫：《ベルギー王立美術歷史博物館アムステルダム国立美術館》，小学館1981年版，第73頁。

日本江户时期"女卢生"形象的诞生

图10 铃木春重《见立庄子蝴蝶梦》

丹花（作者译）"，牡丹和蝴蝶似有南苹画风。① 如春重一般，安永至天明年间（1772—1789年）矶田湖龙斋也巧用女卢生书案前入梦的构图描绘了形形色色的梦境。湖龙斋擅长柱画，创作了一系列以游女做梦为主题的柱画。尽管意趣不同，但做梦的构图却完全相同。这些画作虽然也是邯郸梦的见立绘，但梦中情景却被偷梁换柱成了与之无关的内容。见立邯郸在湖龙斋手上已然成了一种构图范式。

湖龙斋的柱画中除了伏书案入梦的美人图外，还有一部分是游女枕书箱入梦的美人图。例如，在《梦见相伞美人》中，女子将胳膊肘支在书箱上入梦。小林忠猜测梦境可能是女子刚刚读过的书中的一个场景。② 在《梦见长歌三味线美人》图中，女子伏于收纳台账的书箱上，梦见自己演奏三味线，梦中场景无疑与书箱中书籍内容有关。《小町之梦》虽属于六歌仙见立之类，但本图所采用的和歌与梦有关，即《古今和歌

---

① 山口桂三郎：《肉筆浮世絵 第四卷 春章》，集英社1982年版，第88页。
② 楢崎宗重：《秘蔵浮世絵大観九ベルギー王立美術館》，第223页。

集》恋歌二卷首的和歌"念久终沉睡，所思入梦频，早知原是梦，不作醒来人"①。用见立邯郸的构图来表现吟梦的和歌是这幅作品的亮点。

除了湖龙斋的美人画，西村重长的门人山本义信也作有《鹭娘之梦》（1771年），与湖龙斋的《梦见相伞美人》《梦见长歌三味线美人》等图异曲同工。画中书箱里放着几本书，榻榻米上还放着写有"富士田吉治□□""长歌菊童"的书籍，梦中描画的则是撑伞的鹭娘。美人在读完富士田吉治所作的长歌正本后，梦见了长歌中所唱的鹭娘。鸟文斋荣之的《梦见美人图（伊势物语之梦）》（1781—1801？年，见图11）与湖龙斋《小町之梦》的意趣相似。该画中，女子所枕书箱上写着"伊势物语"四字，梦境中则描绘了手举火把的追兵、躲在草丛中的女性和偷情男子。由此可见，女子是在读完《伊势物语》十二段"武藏野"的故事后，做了一个与其相关的梦。

图11 鸟文斋荣之《梦见美人图（伊势物语之梦）》

无论是伏于书案入梦，还是枕书箱入梦，此类见立邯郸图已然成为一种构图范式，通过这种构图，浮世绘画家们巧妙地将各种元素融入了女卢生的梦境中。其中枕书箱入梦的构图，更是将日本古典作品、当时流行的文艺作品与女卢生相结合，赋予了邯郸梦更多的可能性和想象力，与之类似的创作手法在草双纸作品中亦有体现。

---

① 纪贯之等撰：《古今和歌集》，杨烈译，第114页。

（三）滑稽的、色情的梦

活用见立邯郸的构图，在意趣上附加滑稽、春画的元素的美人画，也是丰富女卢生形象的浮世绘类型之一。其中最为典型的是喜多川歌麿《见德荣花一睡》系列的作品。

歌麿系列作品中的《娘之梦》描绘了伏于书本上微睡的花魁和正在窥视梦境的猫，梦中则是男女路遇抢劫的画面。江户时代常有拦路抢劫并要求对方脱光身上衣服的事件，这幅画便是将时下事件融于女卢生形象的典型之作。《秃之梦》中，秃（花魁身边的年轻少女）靠在花魁身上入梦，梦中花魁从屏风背面窥视正在偷偷吃饼的秃。在梦外，花魁也表现出掩口而笑的样子。或许是因为秃说梦话，或许是秃做出了咀嚼的样子，又或许是花魁和秃两人入了同一个梦。现实与梦中窥探的呼应、梦中的秃可爱的吃相，让这幅画谐趣顿生。歌麿还有一幅《正月梦见淘米杵米图》，描绘了花魁梦见自己在淘洗糯米，身旁男人用杵子研磨的场景。梦中场景描绘的是正月里制作糯米饼的场景，与此同时，研磨糯米用的杵和淘洗糯米用的钵又分别暗喻男女性器，作者通过具备多重寓意的元素，赋予了作品更丰富的趣味。

四、草双纸与女卢生

从上文分析可知，无论是歌舞伎，还是浮世绘的美人画，女卢生的形象在江户时代都具有相当广泛的影响力。除了舞台上跃动的女卢生和美人画中婀娜的游女卢生之外，草双纸中也不乏女卢生的邯郸梦，其中以富川吟雪作青本《风流邯郸 浮世荣花枕》，神原文库藏上方儿童绘本《风流邯郸枕》，丰里舟作、鸟居清长画的黄表纸《八景浮世之梦》（1783年）最具代表性。

（一）女卢生的风流梦

在浮世绘中，以"梦中的迎亲队列"为主题的女卢生美人画是浮世绘中女卢生的典型形象之一，而草双纸中也存在以女子梦中渴望嫁与王侯贵胄为主题的作品，其中富川吟雪作青本《风流邯郸 浮世荣花枕》

最为有名。该作讲述了居于浅草今户的少女阿势梦中嫁与王侯贵胄的故事：阿势某日读完《伊势物语》后，梦见自己受邀入宫侍奉。凭借自身才情，阿势威势渐长，开始横行霸道。她与侍童私通，为争夺王位而陷害嫡长子。恶事败露、将被斩首时，忽闻浅草寺钟声，遂从梦中惊醒而悟，不再艳羡荣华富贵。

文中开头提到，阿势居于浅草今户附近，她的器量不输于笠森阿仙（笠森お仙），她的容姿连仙女路考见了也羞愧不已。笠森阿仙是明和三美人之一，是笠森稻荷门前茶屋中工作的美人，而仙女路考指的是歌舞伎名角濑川路考，二人均为浮世绘画家常描摹的美人。吟雪将阿势与二人比较，使读者对女卢生阿势的形象有了更为立体的想象。作者不仅赋予了阿势极为生动的形象，还赋予了她复杂的性格。故事前半部分中，阿势不仅有闭月羞花之貌，还精于歌学、香道、丝竹之道，深受少纳言宠爱。但到了后半部分，阿势受天魔欲念侵袭，开始横行霸道，甚至与侍童花之介私通。二人黎明前依依不舍时，阿势赠侍童和歌一首，即"待天明兮扔水槽，恨彼破鸡乱啼叫，遂令吾爱早出逃"。[①]这首和歌出自《伊势物语》第十四段，原本描写的是陆奥国的乡村少女不舍京都贵族男子，泄愤于早上打鸣的公鸡身上的故事。作者借用这首表现乡村少女粗鄙不堪的和歌，或许是在讽刺阿势即使在梦中也无法摆脱的庶民女子的粗鄙气质。

该作首页插图中绘有刻着"伊势物语"四字的书箱，少女阿势大概于午后阅读《伊势物语》时，因困意而入梦。这一入梦场景的构思与前文以书案、书箱为枕入梦的构图有相似之处（见图12）。

图12 日本国立国会图书馆藏《风流邯郸 浮世荣花枕》内文

---

① 林文月译：《伊势物语》，译林出版社2011年版，第28页。

（二）游女卢生的四季梦

如上文所述，歌舞伎舞踊《春昔由缘英》等中，女卢生登台舞蹈后，其扮演者须连续换装四次，跳完象征四季的四组舞蹈。女卢生与四季所构成的邯郸梦不仅在这样的歌舞伎舞踊中存在，在草双纸中也不鲜见。

神原文库藏上方儿童绘本《风流邯郸枕》中，吕洲居住于摄津国附近，前往京都岛原山中拜访某位高贵的艺妓时，在梦想屋中得到"契淡枕"（见图 13），枕之入梦后，成为他国帝王后妃，享受了五十年四时荣华、饮延寿仙药后梦醒而悟。主人公的名字"吕洲"原指澡堂私娼，《百花评林》中提到，在大阪岛内及北浜新地，游女被称为白人，也叫吕洲。《野白内证鉴》廿八番"无量卦"中也提及，吕洲虽然是低级妓女，但比茶屋女更漂亮，脖子尤其白嫩，总是穿着艳丽的浴衣。此外，文中刻画吕洲的人物形象时，还引用了谣曲《江口》中的词章。"江口"是活跃于淀川和神崎川的分流口处的游女的总称。谣曲《江口》中，江口实际上是普贤菩萨的化身，在故事最后褪去凡身，江口所乘之船也瞬间化为白象，与江口一同乘云西去。勘破迷妄的游女江口与该作中梦醒而悟的游女吕洲，既同为古代摄津国的游女，又暗合了邯郸梦所论"梦幻"一事，谣曲《江口》词章的引用使吕洲的人物形象变得更为丰满。

图 13　神原文库藏《风流邯郸枕》（国文学研究资料馆影印）

吕洲入梦后成为他国帝王的后妃,故事中梦境内容按照四时次序,描绘了作为后妃的吕洲所享受的四时风情。吕洲春日观赏正月的传统艺能"万岁"和"春驹";夏季体验大阪的天满祭、夜游船;秋季和众女一同室内舞蹈;冬季在屋前看下人"扫尘""清雪"。《风流邯郸枕》中的女卢生有吕洲的容姿,又有江口的佛性,在梦中还被赋予了深受近畿四时风情熏染的美人的形象。

与此相对,丰里舟作黄表纸《八景卯来世之梦》则描绘了江户地区的游女的四季梦。该作讲述了江户庶民女子阿文凭借梦中贫穷神送来的枕头(见图14),梦见自己成为游女、体验游女的七情八苦的故事。阿文本是江户日本桥边窄巷的租屋中与父母蜗居的平民少女,年方十七,至今未曾出游赏花,更没有看过戏。从小醉心于洒落本中描绘的男女之事,无奈父母均是平凡百姓,自己也不能亲身体验一二。某夜梦中,贫穷神立于阿文床头,赠予其"艰难枕"①。阿文入梦后便被仆役接走,改名为"近江",成为中近江屋最高级的艺妓。梦中的近江随着四季流转,其人物形象特征也不断发生改变,这是本作最独特之处。具体来说,正月春日里,近江穿着华丽的花魁服饰,行走在新吉原的大道上。新吉原

图14 国文学研究资料馆影印黄表纸《八景卯来世之梦》

---

① 日语中"艰难"(kannan)与"邯郸"(kantan)发音接近。

迎来了正月的"初买"（新年第一次买春），最终得到近江一夜的是乡下武士仁田山新五左卫门。然而野蛮的乡下武士被近江嫌弃，被晾在了一旁独自过夜。近江很快便厌腻了新吉原不尽如人意的风流生活，离开后前往橘町、本町，成为了"江户艺者"，凭借高超的三味线演奏，活跃于市井中，时而也被邀请至武士家中、或游船登山时演奏助兴。随着季节流转，近江年老色衰，无法以色事人。时值夏日，近江好不容易与情夫约好在中洲的茶屋见面，却因为跑腿的送错了书信，最终并没如愿。秋日渐至，近江又厌倦了橘町的生活，前往深川的土桥，成为了"辰巳艺者"。光阴似箭，待到冬日，近江沦为每日往返于采女原的下级娼妇"夜鹰"，为温饱出卖身体。向往风流的庶民女子虽然在梦中得偿所愿，却在四季轮转下饱受了风流带给她的艰难困苦。基于谣曲《邯郸》的四方四季，作者将江户艺妓的种种苦难一一道来，巧妙地构筑出梦中女卢生魔幻的经历。这部作品还有一大特点，即如标题中"八景"一词所示，文中情节描述与近江八景谐音（如下表所示），作者通过谐仿、双关语将黄表纸谐趣滑稽的特性刻画得淋漓尽致。

表1　近江八景与该作中双关语对比

近江八景	文中"近江八景"的谐音	文中对应情节
唐崎の夜雨	かごかきのよるのあめ（駕籠舁の夜の雨）	仆役雨夜抬轿前来迎接
三井の晩鐘	みついのはんじやう（見ついの繁盛）	外貌出众的艺伎更受欢迎
瀬田の夕照	下たのせきしやう（下駄の夕照）	近江所穿木屐反射夕照
粟津の晴嵐	あわつのせいさま（会わづの清様）	（因为送错信）没能与情夫"阿清"相见
八橋の帰帆	どあしのきはん（土橋の帰帆）	在土桥下送完客人后乘船归来
堅田の落雁	からだのらくがん（体の楽がん）	（艺伎自掏腰包休假）难得清闲
比良の暮雪	はらのぼせつ（原の暮雪）	（沦为夜鹰后）冬日雪后在采女原接客
石山の秋月	なし	

· 309 ·

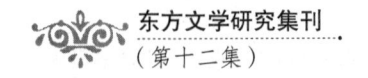

结　语

　　日本江户时期女卢生的诞生，既是受日本古代女性与梦的文化的影响，也是这一时期文学、文艺发展的必然趋势。歌舞伎五变化舞踊开端手持团扇的女卢生由三代目濑川菊之丞和四代目濑川路考演绎，由唐美人逐渐转变为江户花魁的形象，给观众带来生动立体的视听享受；浮世绘中以"女卢生乘舆车出嫁"为主题、以枕书案或书箱为入梦方式、以滑稽或春画的元素为特征的诸多画作，给庶民阶层带来了更贴近平民、充满生活气息的女卢生形象；草双纸中结合近畿地区和江户地区的四季梦，既与当时的旅行文化相结合，发挥了一定的科普教育功能，又深刻刻画了两地艺伎的四季生活和人生百态。作为江户时期极具代表性的文艺形式，歌舞伎、浮世绘、草双纸三者各有千秋，又相互影响，共同形成了求变多样的女卢生形象。与其他东亚诸国相比，日本的女卢生是独特的，极大地丰富了邯郸梦的表现形式和主题内涵，是研究中国邯郸梦故事在海外的流播和改编问题时不可忽视的一个方面。

作者系日本综合研究大学院大学文化科学研究科博士研究生、
日本国际日本文化研究中心博士研究员